ЛАБИРИНТ

Людмила Петрушевская

迷　宫

〔俄罗斯〕柳德米拉·彼得鲁舍夫斯卡娅 著　路雪莹 译

人民文学出版社
PEOPLE'S LITERATURE PUBLISHING HOUSE

Людмила Петрушевская
ЛАБИРИНТ

图书在版编目(CIP)数据

迷宫 /(俄罗斯)柳德米拉·彼得鲁舍夫斯卡娅著；路雪莹译. —北京：人民文学出版社，2021
(短经典精选)
ISBN 978-7-02-016930-6

Ⅰ. ①迷… Ⅱ. ①柳… ②路… Ⅲ. ①短篇小说-小说集-俄罗斯-现代 Ⅳ. ①I512.45

中国版本图书馆 CIP 数据核字(2021)第 009625 号

总 策 划 **黄育海**
责任编辑 **朱卫净 欧雪勤**
封面设计 **好谢翔**

出版发行 **人民文学出版社**
社　　址 **北京市朝内大街 166 号**
邮政编码 **100705**

印　　制 **上海利丰雅高印刷有限公司**
经　　销 **全国新华书店等**

开　　本 **890 毫米×1240 毫米 1/32**
印　　张 **11.875**
字　　数 **250 千字**
版　　次 **2021 年 6 月北京第 1 版**
印　　次 **2021 年 6 月第 1 次印刷**

书　　号 **978-7-02-016930-6**
定　　价 **78.00 元**

如有印装质量问题，请与本社图书销售中心调换。电话：010－65233595

SHORT CLASSICS

短经典精选

目 录

迷　宫

那加兰女子

这件事的发生跟通常没什么不同：一曲终了，他们一起走出闷热的舞场。

这个姑娘在舞会上的出现显得很特别，她显然是个生人，说不清她为何会在这里。也没人问她。那个和她一起去外边的人压根儿不打算刨根问底，这姑娘自己凑上来，真是紧追不舍。在此之前她在人群中和大家一块儿蹦跶，就是说弯身子，折手臂，让长发像柳树那样垂地，所有表现都和大伙儿一样，只是她的脸好像格外地容光焕发。他注意到在那些表现得有些千篇一律的姑娘中间——她们就像在酒神节上，在夜幕的掩护下赤身裸体，只戴着一顶花环的酣醉的女祭司——有这样一张容光焕发的面孔。

这种节日聚会的规矩都是一样的，男的衣着灰暗，女的则服饰鲜艳，这个特别的姑娘也不例外，身着类似蛇皮纹的衣服。

不过所有人的表情都不同程度地有点疲倦，而这个姑娘却给人一种喜不自胜的感觉。别人好像都是漫不经心的主人，只有她是好不容易才进来的，因此备感幸福。

走在她前面的那个人安稳而沉闷，自己也说不清为什么要来赴这场秋天的舞会。他郁郁寡欢，既不需要音乐，也不想跳舞。他一副鄙夷的样子，靠墙站着，喝着酒，一点也没动弹。他好像是权威感的化身，无精打采的主人的活样本。

穿蛇皮装的姑娘在他旁边停下来，跟他并肩而立，也不动了，好像一下子静了下来，就这样站着不走了。

这位自己命运的主人甚至没看她一眼。她也没有看他，只是静静地、容光焕发地站在那里。

问题是，他干吗要她？可能是因为那种兴高采烈，没来由的容光焕发，俯首帖耳，准备以身相许的感觉。

“咱不要这样的！”他的心立刻发出抗议，他要用行动清楚地表明这意思，于是很傲慢地，就像每一个被追求的人一样，转身向外走去。

他刚一动，她当然也就尾随而来。他穿上大衣，而她也穿上了裘皮半大衣。

他们一前一后走出来。外面有大雾。

灰蒙蒙的夜幕中，寒气扑面而来，潮气很重，甚至有点小雨。

她加紧脚步走在他的身边。他只管走自己的，而她紧跟着他。

他要再次示意她，他要回家，而且是一个人回家。于是他加快了脚步。

她一路小跑地跟着他，活像一条小狗，生怕把主人丢了。

谁会要这样的女人呢？他扫了她一眼。脸蛋儿长得挺俊，身材很棒，两腿修长，各处都很标致。但是看看她那美滋滋的表情！就像有谁出乎意料地夸奖了她，让她大喜过望似的。然后就贴上来了。

他不情愿地开了口：

“去我那儿不成。”

她在他身旁小跑着，默不作声，脸上的表情也没变化，还是那么喜形于色！

“你听明白了吗？”

她还是一言不发，忙不迭地连连点头。

“那么你这是去哪儿？”

她握住他的胳膊肘，这样一来，就好像和他挽着手似的。

好家伙！

他很快用力瞅了她一眼，把胳膊肘拿开。

“你这是干什么？”

她带着幸福的表情小跑着。

“我说，去我那儿不成！”

她终于开口了：

“去我那儿更不成。”

她的声音是低沉的胸音，听上去是个聪明人。

不知道这个没人需要的姑娘这是在往哪里奔。宿舍的值班员不会让她进门的。我也根本没打算去你那儿！

他了解这一类纠缠不休的单相思的女人，她们好像小章鱼，会把人紧紧缠住，让人窒息。她们会没完没了地纠缠，在任何地方都能把你找到，会跟踪你，不择手段。不知为何，她们猎取的对象总是些穷学生：在图书馆、食堂设埋伏。

“好了，我走这边。”他指指侧面那条街说。

浓雾弥漫的夜幕中，只有几盏昏暗的路灯闪烁，周遭一片灰暗。这里是城郊，相当僻静！冬天临近，寒气逼人。远处黑乎乎的民房中间，稀稀疏疏地亮着几盏灯。

她当然尾随着他拐了过去。

那边是新宿舍，城市新村，很黑，有一些还没完全竣工的城市住宅区，几乎没人住在那个荒僻的地方。

他似乎妥协了，把责任推卸掉了（要是把她赶出门去，她怎么回家呢。在我们这儿连出租车都找不到）。

他强硬的嘴角有了笑纹儿。

这个缠人的姑娘容光焕发地小跑着。黑暗中可以看到，她的脸真的在放光。

“你叫什么名字?”她用低沉的嗓音问道。

“安纳多利。”他开玩笑说。其实他的名字不是这个，但是他得隐瞒真实姓名。以前那些纠缠不休的姑娘常根据名字把他找到。

“你在念书吗?”

“对。”

“在哪个系?”

“地理系。”

他很快编了一套故事。

“几年级?”

“五年级。”

“这我就不明白了。”她忽然说。

“你不明白什么?”

“全不明白。”

他心跳起来：来了，开始刨根问底了。

她继续盘问，他继续编谎话。

不知为何，他一点儿都没想过可以不说话。

结果他说到了他的论文《印度，不准外国人进入的邦》，说到他的计划：想得到一笔津贴去那加兰邦。

这不是他的真实生活，而是很早以前的梦想。他曾经爱过一个年龄比他大的印度姑娘伊拉。她就得到过一笔用于学习俄语的津贴。后来津贴用完了，她就走了。

他不由自主地透露出越来越多关于这个不准外国人进入的

邦的生活细节——他们怎么去猎头，把人头陈列在村子的围栏上面，夜里给牛挤奶的时候蛇怎么爬到牛棚要它的那一份奶，当别的蛇和邻村的猎头人来进攻的时候，自家的蛇如何保护自家的孩子。

总的来说，伊拉已经完全是另一种人了，是个开化的女学生，信基督教，住在德里穆斯林区一座平顶的四层木制房子里。清晨五点，当附近宣礼塔发出震耳的呼唤礼拜的声音时，她照样可以安然地睡觉。除了"当"(豆子)，她什么饭都不会做，而且还常常为没把豆子煮熟道歉。她在学生小餐厅吃饭或者就在街上吃点东西。十五岁的时候，她带着几件祖母的首饰离开了有很多水蛇的母亲河。她已经在念第二所大学，会好几种语言。可是她的位于顶层的住房总是被小偷光顾，因为住在这座房子里的人们白天不会上到四敞大开的楼上去，他们总是躲在水井的洞里，上面无人看守。结果她的钱和祖母的首饰被偷了，而来现场的警察把最后三百卢比也拿走了。伊拉笑呵呵地说，她把蛇从老家带了来。它喜欢在显眼的地方招摇，总是待在窗台上。它完全不伤害人，只吃小鸟。伊拉在台阶上撒些吸引小鸟的面包屑，在盆子里留一些水，就可以走了，一天不锁门都没关系。可是有一天她看到自己的朋友被砍成了几段，她的家也被洗劫一空。看来坏人是带着獴来作案的。

他一边回想她那些可笑的故事，一边在大雾中急匆匆地一个劲儿往前走。忽然，出乎他自己的意料，他冒出一句话：

"你知道那些獴吗？它们是捕蛇的。"

这个缠人的姑娘不知为何笑了起来。

有一次，伊拉的男朋友得了肺炎，这个信基督教的姑娘便向人打听，在哪儿可以买到活的公鸡。她不顾人们惊奇的反应，到什么地方去了一天。后来她说，她去了林子里。她做了类似伏都教[①]的仪式，但是不能跟人说。后来他奇迹般地康复了。

这个不相识的姑娘一直走在他的旁边，确切地说是紧随着他的脚步，就像狗一样，整个人容光焕发。看来，不期而至的爱情把她搞得腾云驾雾的，她以为一切都符合她对于白马王子的期待和隐秘的幻想。

这个小傻瓜。

在伊拉之后他没法再爱任何人。她在这方面本领过人。刚认识的时候，是她把鲜花摆在他的门口，后来又在食堂坐到他的那张桌子旁来说笑。那时她已经三十岁了。

假安纳多利声音低沉，讲得不生动，可是很详细。她则向他提问题。

他自己从来不对女孩子问长问短。那些找上门来的女孩子通常也不谈自己，却总是贪婪地把他透露的任何信息吞下去，她们真正是听得目瞪口呆，但是不好意思提问题。

可这个新出现的女孩却滔滔不绝，很大方，洋溢着幸福——就像伊拉在他们刚认识的时候一样。

可是咱不需要自己送上门来的姑娘！

通常，她们在第二次约会的时候就已经好像是在他面前站岗的哨兵，像墓碑一样呆板，笑容很不自然，连一个手指头都不碰他。有时候也会碰他，那么他就会全身掠过一阵寒战。不知为什么，她们对脖子特别感兴趣，比方说，当他坐在图书馆的时候，她们会用冰凉的手指去碰他。他觉得她们好像是押解着他，好像是无形的、然而无所不在的吸血鬼，在摄取他的精气，从他身上吸吮信息，想

① 伏都教是非洲某些地区的信仰。

借他的命活下去。

“我有个要求，”其中一个哀戚地说，“我想碰碰你。”

她正是出于这个可怕的目的守护着他。他脖子上突然一凉，好像碰到了凉醋，好像触到了涂在别人手上的油脂。

而这个女孩是他队伍里的新兵，她正在他身边飘然而行，容光焕发。她已经不指望去碰他的衣袖了，看来她已经从别人身上摄取了足够的能量，所以和他保持着四十厘米的距离。奇怪的是，这距离在逐渐拉大。

伊拉显然是个女巫，她很长时间把假安纳多利的心紧紧抓住，所以几年之后他才会这么详细地谈她的生活。现在他又编故事说，他一个来自印度的同学刚一入学就被偷得精光，这个同学挨了半年的饿，但还是坚持到期满回国，一直在高高兴兴地学着俄语。

当时他还怀疑伊拉出入学生中间的夜店。他们年级有很多女孩子都穿着光鲜，出入打车，夜不归宿。伊拉时常请她的男友吃饭。

“是我用肚皮挣的。”她说。

而她的女友们说，伊拉从电话旁边的墙上一气儿抄下了三个夜店的电话。

事情就是如此。

“你叫什么名字？”新送上门来的女孩又问了一遍。

“谢尔盖，我已经说过了。”他这么回答，是为了让对方知道他在撒谎。

对此姑娘报以开心的笑声，继续在黑暗中容光焕发，神采奕奕。她还是没有说她自己的名字。以前的那些女孩一般不用问，马上就会自报家门。

“你的那个印度朋友现在过得怎么样？”

“我不知她过得怎么样，”这个新冒出来的谢尔盖说，“她要么去了德里完成大学学业，住在顶楼，要么回到那加兰邦的蛇那儿去了。那儿到处是蛇。人们供它们吃喝。如果家里有家蛇，它们会把别的蛇吓退。有时会打起架来。”他忽然笑了。

她也从胸部发出低沉的笑声。说起来她的嗓音真好听！

“打架？”

“是啊！蛇会打架！家蛇一定要获胜。如果主人看到外来的蛇胜了，就会把家蛇打死。或者新来的蛇夜间偷袭，然后就变成了家蛇。主人应该接受它，即使它是条毒蛇。否则神不答应。”

“啊！”她笑了，“我听说过一条蛇爱上一个士兵的故事。每次他站岗的时候它都会爬到他跟前。他喂它面包屑。后来他死了，人们把他放在锌板做的棺材送回家。他的家人打开棺材跟他告别，看到他身边躺着一条死蛇。”

“这是童话。”说话简短的谢尔盖—安纳多利回答，“这都是编出来的段子。实际上一切都没那么玄。”

“你叫什么？”她又一次问道。

他看着这个纠缠他的姑娘。她浑身发亮，近处的路灯光投射在她周遭，看起来她好像是行走在光晕中。她那双有点偏斜的黑眼睛非常亮，闪着幸福的光。现在她的皮肤看起来比刚才在舞厅的时候黑多了。不过舞厅里有特别的灯光在转动，在那儿所有白的东西都显得加倍地白。

“你干吗要知道我叫什么？我们马上就要分手，再不见面。干吗要问？”谢尔盖—安纳多利反问道。

“随便问问！随便问问！你很像一个人，很像！”她像个小傻瓜一样回答说。

原来是这么回事！这就明白了。原来她不是要他，而是要寻找一个自己的幻影。原来这些幸福的表示并不是冲他来的。

虚构的谢尔盖感到孤单，没劲，讨厌。游戏结束了。他跟这个故事绝对没有任何关系。一切都平淡无奇，乏味透顶。别人的爱情。

他决定沉默。

姑娘在他身边飘然而行，真真正正地放着幸福的光芒。她真幸运！她遇到了自己的爱情，这个傻女人。

终于可以名正言顺地做个了断了。

“好了。你走吧，回家去。我饱了。你懂吗？我不需要你。我有女人。她在等我。”

“你结婚了？”她黯然地问道。

“差不多。”

“你妻子是谁？”

“我妻子是个很好的人。我饱了。你能理解吗？”

“她跟你住一起吗？”姑娘克制着自己问道，“你讲讲她。”

他意外地讲了起来。他们站在路灯下，雾气缭绕。

“她很漂亮，很聪明。她年龄不算小。她会十一种语言。她谈恋爱很艺术，她是个女祭司。”从他冻得发木的嘴中冒出这些奇怪的话，“她在夜店跳肚皮舞，可是那儿没人敢碰她。她星期六和星期天去那里。她的智商是210，比阿尔伯特·爱因斯坦还高。”

“210？”她吃惊地说，“没有那么高的。”

“有。她已经三十岁了。”

“她的眼睛是什么颜色的？”这条黏人的鱼问道，同时睁大她自己那双纯黑色的、有点偏斜的、闪闪发亮的眼睛，“是深色的还是浅色的？”

“她眼睛是浅的，不过是棕色。”前安纳多利胡诌道。

“她现在在哪儿?”

“现在她在等我。”谢尔盖没有正面回答。

“在哪儿？在哪儿等你?”

“这个我不告诉你。”

“为什么，为什么不说?”她问道，意外地带着外国口音。

“我不想说，就这样。”

“你不知道？原来你不知道她现在在哪儿等你?”这个缠人的姑娘不依不饶地继续追问。

“怎么，你觉得我是在撒谎吗?”

“不，不，你没撒谎，我知道。你说的是真的！从开始到现在你这是第一次说真话。你说得对，她在等你。可是你不知道她在哪儿等你，是吧?”

谢尔盖没言语，转过身走了。他听不出来她是不是还跟着他。他不想再看她。他的胃里涌起一种说不出的感觉，好像在梦中一脚踩空的感觉。这有点像谎言忽然被戳穿的时候的那种不安、害怕的感觉。

“你叫什么?”那姑娘从远处带着很重的外国口音固执地问。

原来她原地没动。他回头看了一眼，加快了脚步。

后来他再次停下来，回转身。

她已经离他相当远了，在路灯下发着光，就像一根颤巍巍的、笼罩在荧光下的小杆子。她从头到脚都发着光，好像这是一个即将落幕的时刻，左近所有的灯光都凑拢来投射在她的身上。

“回见！”他喊道，陡然感到一阵轻松。脱险了。

他去学校的时候要坐车，走的是另一条路线。他从来不走这条路。她再也逮不住他了。

幽暗的寒气像湿布一样扑打着他的脸，所以他跑起来很困难。但他是久经考验的运动员，所以没有减速，像平时那样飞奔着，同时不知为何心里非常高兴。(也许是因为获得了自由?)

低年级的时候，他还参加过自行车赛，得到了一辆公家的自行车。他拼尽全力地骑，因为怕被开除（他能进这所大学是靠体育教研室提出的申请，因为他是一级运动员）。这几年来他一直怕输，怕突然被发现是个冒牌货。他在老家获得了全市比赛的第一名，那是因为比赛快要结束的时候出现了混乱的场面，第一集团的几辆车绞成一团，他跟在第一集团后面，利用这个机会猛一使劲儿，胜之不武地超过了所有人。他被授予了一级运动员的称号，可是人们在背后耻笑他。好在他马上就去上大学了。

他再次停下来喘口气。已经是另一番景象了。

那亮晶晶的一小条还在老地方闪闪发光。他跑出去了多远啊!

别了!

他回到宿舍，冲了淋浴，就一头躺到了床上。

真舒服。

有人敲门。来了一个邻居。

“你没睡觉吧?刚才有人从德里给你打电话来了。听不清楚。什么人死了。可能是叫比拉或皮拉，好像姓那加那。”

“伊拉吗?”他立刻问，“那加兰?”

“也许吧。听不清楚，请原谅。”

邻居走了。

“原来这样，原来是这样。”他反反复复地叨咕着，哭了起来。

他马上穿外衣，四处翻找干衣服，最后总算跑了出去。

她到处找他，终于找到了!

他沿着大路飞奔，就像在那次比赛快结束的时候一样。

隐约可见远处有一个发光的小条儿。

“安德烈！我叫安德烈！”他含泪喊道。

他怎么会没认出她来呢。

他跑到护栏旁的那根发光的小柱子旁。

一辆车从旁边驶过，小柱子熄灭了。

他喘着粗气站了一会儿，抚摸着冰凉粗糙的小柱子，好像它是一块墓碑。然后慢慢地踅回去。

她走的时候对他说：“我不会回来了。除非死后再回来。不会再给我钱了，也不会让我来这里教书，有很多男人想来（她笑起来）。这是唯一的办法。我尽量把你认出来。”

她几乎认出来了。

改变的时间

我身上发生了一件稀奇古怪的事。这件事是从葬礼开始的。我们一大帮同班同学参加了我们班神童的葬礼。这是个男孩子，他来得早，走得也最早。他是个怪人。

现在他躺在棺材里，看起来很年轻，像个消瘦的少年，只有上唇和下巴上的胡子使他看起来和我们所习惯的形象有些不同。他上唇和下巴上的胡子被称为“坏笑的胡子”。

他活着的时候经常嘿嘿笑，他似乎抱着怜悯与倨傲暗暗地嘲笑我们这帮在时间中滞留过久的、正在老去的年长的傻瓜，他知道某种我们已经不可能了解的东西（也许这只是我们由于害怕而产生的感觉），在我们之中，他要大很多，虽然这听起来很荒诞，因为先出生的是我们。但他这个小家伙比我们知道得多。他好像也知道自己的命运，所以一边嘿嘿笑着，一边忙碌。

确切地说，他是被让先的！（至于是谁让的，这是另一个问题。但关于这个不好公开谈论。）

他并不是未来世界的来客——众所周知，智慧过人者并非进步的产物，他们的出现从来与时代无关。

但是“时间”这个词的出现总是与他有关。

他是怎么长大的——显然，在他的学校，在他同龄人中间，特别是在那个阶层（就是彼此关系良好，门户相当的家庭）的孩子中间，他是格格不入的。

他已经中学毕业了，而他们还鸿蒙未开，大概是二年级的样子。说起来吓人。

他跟他们能谈什么、玩什么——就是和我们在一起，坦率地说，他也觉得没意思。

简而言之，他在时间中迷失了。

他的工作对于所有人来说是那么的奇怪和稀奇，让人们有点怕他，不知道从哪个方向走近他，特别是以什么尺子量他(说句相称的文辞，就是深不可测)。这一切跟现实一点关系都没有!

他发现了某种无法利用甚至对人类有害的东西，至少现在是这样，也就是目前（说句雅言)。目前采用的还是另外的尺度。

他自己对此抱着讥笑的态度。

他搞出了某种时间交错的配比。

他带着他的计算结果，亲自参加了教研室的讨论会。

他挺喜欢公共场合的，这让他陶醉。他在人们中间嘿嘿笑，把笔记存到移动 VC上。

不错，人们躲着他。人家担心被他嘲笑是有道理的。

我们的列奥卖力地到处宣传他学生的研究成果，在我们学院的大师中奔走，这些大师每隔六个月会歪在自家的沙发上打出一页半的论文，这是学院的周期，不能隔更长时间（而每一次的论文都具有半个世界级的意义)。

列奥把这个专著放到了互联网上，他承认自己不大懂这个计算法，但是希望世上的一切，像以往一样，是有反射的。同样的想法会在不同的地方出现，那些似乎显而易见的狂想往往是无独有偶的：伍德沃德的倒数第三个问题同时在堪培拉和科学城阿帕季特得到解答，这不是偶然的。我们阿帕季拉的 M.H.C. 先解了出来，但是他懒得上网发布，却出去买酒庆祝了。

但他总算早发布了几秒钟，可以说，是世界冠军（值五十万美元）。还有，好在他的 VC 自动记录了日期。我们有些科学家连这个也没有。

不错，这样的发现往往会遇到有着确切证据的竞争对手。

可是列奥白忙了。没有找到这样的志同道合者。所有人都撇撇嘴，耸耸肩。全世界都如此。

我们这孩子的想法也无法用于军事目的，虽然这个部门甚至把女巫也当真，拼命想加以利用。

可是这个孟菲斯特还是很乐呵，嘻嘻哈哈的，不管哪一层楼办什么样的酒会，他都会乐滋滋地搓着他那双瘦瘦的、小孩子的手，非要参加。人们还看见他在女清洁工住的服务楼为她张罗生日晚会，照老样子，最后是一场乱搞。这孩子喜欢这事儿，性伙伴的数量（和他们的性别）则不加考虑。他总是及时行乐。

而他身边的一切是那么、那么地空虚。人们沉默着，他们往往尽量不去发现并拼命嘲笑看不见的东西，也就是将其视为荒谬。

这孟菲斯特似乎还写谱子，这就好像小婴孩有时会淘气。结果任何一个技法高超的乐手都——第一，演奏不了这谱子，第二，认为没必要演奏。也就是说，我们的人声称，技术的困难是可以克服的，可是他们不想参与。这是瞎说。

这是很简单的解释，然而他的论文让我们很受罪。

而后一切发展得相当快。孟菲斯特菲力开始喝酒，而且不仅是饮用酒类。说是睡眠不好：可是谁没有睡眠问题呢！从这个意义上说，列奥是个范例。在他的机体内一切都运转得非常自然，像动物一样。当他的同事很难得地（半年一次）离开沙发，聚到教研室开会时，他有时会在会后嚷嚷：“你知道我怎么大便吗？就一下子！”

不错，列奥临死受了很长时间的罪，这个过程是与孟菲斯特衰弱的过程同步的。莫非这孩子故意要追上自己的导师，就像当年莱蒙托夫总是想跟人决斗一样？

很大而且越来越大的剂量把孟菲斯特脆弱的体质搞垮了。父亲把他弄到康复医院，后来他便自己跑医院，精神失常，梦游，嗜睡，有一次大张着嘴躺了两年，生命体征都僵化了。

最后，在第二次发病期间（这次耗了五年），他的管子被拔掉了。

不错，他自己提前就写好了，算出了他在失去知觉以后借助仪器可以维持生命多长时间。这对他又有什么用处呢？

就在这时候，队伍已经像潮水一样从四面八方汇聚而来，为了讨论他的一个想法，而正是他们让他没有在第一次嗜睡症发作的时候离开。

不错，在第二期他们错过了。当时是盛夏，主任医师们都在休假，忽然有一日，值班护士接到一个电话指令，让她把管子拔掉。后来她辩解说，她听出那是主任的声音。可是主任说，那一天她正好在海牙开学术会议，不会从那么远的地方管这样的事情（那么鸡毛蒜皮的小事）。

我再说一遍，给他拔掉管子是在七月，但是他活到了九月，神奇之处就在于此。他是慢慢化掉的。

我们这些代表民族智慧、拥有强大潜力的人都来了，有的带着感冒，有的好不容易从沙发上爬起来。我们中没有那种彪悍威猛、身上挂满无线麦克风、坐着装有火炮的大型装甲车来的人。再说告别仪式也不是在那种地方举行。告别大厅在霍里祖诺夫街的医院里。

现在我们的小孟菲斯特躺在那里，显得很可怜，身体蜡黄而冰冷，看上去像个十岁的孩子。和他告别有点不便，为什么呢？因为人只要碰一下他的肩膀，立刻就会明白，在那毛料衣服下面，只剩下一副小骨头架子了。所有人都马上把手缩回来。墓室的秘密不应该暴露在光天化日之下，就是这样！

他躺在半明半暗的告别室与世长辞，而他的职业生涯结果如何还不得而知。在两次嗜睡症之间，一些武夫将他拘在疗养院养病，他跟任何人都没有联系。列奥在他第一次发病的时候就去世了。

和以往一样（我们这么想），和以往一样，没人对这一切感兴趣，虽然与此同时，有几个人（在热情而悲情的讲话中）表示应当在网上发布对他的纪念并公布他的 VC。需要向他的继承人提出恳求，请他们授权这样做。

死者的老婆是个傻乎乎的胖女人，病历上写着患有甲状腺功能亢进和弱智，她只不过是一个泄欲的工具（这是孟菲斯特菲力有一次嘻嘻哈哈地顺嘴说的），俄罗斯族的黑人，一个白奴。她马上害怕地连连点头。他的儿子显然智力低下，张着嘴站在那儿。还有两个穿军服的人，两个没戴帽子的脑袋往一起一凑，每人小声咕哝了一句什么。这就是他的全部继承人。

据说这个傻老婆每天给他买一升伏特加，而儿子从一所好学校被劝退了。

这对孤儿寡母笼罩在绝望里，彻底的绝望。

而我们一个接一个地说些忏悔的话，我也说了几句，说完就走开了。我只能看到前面人的后背，走开是为了给后面的人腾地方。

其实我们都在等。在等某种辉煌的、皆大欢喜的结局，就像绞刑架旁的人们，特别如果自己就是犯人，已经被包住头站在凳子上了——大势已去，还竖着耳朵想听到马蹄声——等着怀揣着皇帝特赦令的专使飞驰而来。

我们每个人都相信，他不可能就这么走了。

这间阴湿的告别室里气氛紧张。不知怎么的，所有人都在磨蹭。

但是管事的，她也是那种粗人，注意到走廊里的棺材前已经排成一个死亡队列，她要整顿终极秩序，催着大伙儿赶快跟死者告别。

人们于是走近棺材，鞠躬，画十字，老婆大哭着吻了孟菲斯特的嘴唇，我也随着大流走到跟前。

他爱我。在两次嗜睡症之间，他曾嘻嘻哈哈地给我打过电话。今天早上，已经死了的他还邀请我参加他的葬礼，去他的吧。

死者忽然陷入了花儿的海洋，而且是最名贵的花儿。吐着妖艳的嫣红色的，来自亚马逊热带雨林的野生小兰花，一捧淡蓝色的莲花（我觉得是阿斯特拉罕的）……花圈上的挽联是用印地语和希伯来语写的。甚至有用赫梯语写的愿死者永垂不朽的条幅（我曾经替女朋友的侄子辨认墓碑上的题字）。

可是在一幅挽联上有个明显的错误：黑底子上织着“Любимой”[①] 的金字。看，生活中什么事都有。

我站在孟菲斯特脚的那一边，只能看到他的鼻子，一个普普通通的、有两个鼻孔的蜡黄的鼻子。

我有一种朦胧的但越来越强的负罪感。

---

① 这是俄文“亲爱的”这个词的阴性第三格。

我想起他那些绝望的电话、他写的信。他不加掩饰地直接把信发到我学院的邮箱，在任何一块VC屏幕上，在随便哪个工作地点，甚至在院办都可以把它打开。

幸亏只有我一个人看得懂。他知道，实际上我什么都能破译。我在学院就是一个普通的破译人员。有事的时候军方派人来找我，我每破译一次他们就会付给学院一笔可观的酬劳。

可是我并不是每次都接受他们的订单，我订了时间表，干一天，歇三天，那时候他们根本找不着我。

我访问了一些圣地，这个孟菲斯特是知道的。比如说，有一次我离开了四天，为女朋友的侄子借回来一块沉重的刻字石板（俗称“碑”）。孟菲斯特就打来电话，直截了当地问我，第三点译得是否准确。

孟菲斯特的几十封信都是关于时间的改变的。很多人日夜颠倒，这很糟糕，但很平常。“我可以有生命的另外一些钟点，”他抱怨道，“可是不行！常言说，我们什么事都能做到，但不是什么事都有益。我不能离开我的儿子。”

我一次都没答复他。

他对此习以为常。他一向只干自己的，而什么都得不到，没有任何反馈信息。他不需要。

甚至当孟菲斯特写道，列奥走后再也没处发报告的时候，我也没答复他。

想想看！

我没回答他，没告诉他，就是列奥活着的时候我也没有人可以说句话。

当然喽，也可以有口无心地问一些人问题，但这完全是另一回事。可以向一个秃头、翘鼻子的人提问题，明知道会被他挖苦。

哦，这里没有人能认出在那里的我。一个像假小子的女人，露着膝盖，穿着迷你裙（在那儿它叫别的名字）。那里有很多石头，像刚出炉的面包一样热。

顺便说一句，孟菲斯特也给我们其他的工作人员发了一模一样的文本。

我们大家简单交谈了几句，交谈像零星的枪声一样短促。我们这些地底下的老鼠，每个人都有自己的课题（非常复杂的课题）。

我们达成共识：我们的小不点儿跟时间错位了，但是只有现在，当他有了儿子之后，他才为此感到苦恼。

要知道他一向是这样一个旁观者，现在世界上更没有谁可以迫使他，比如说，从天上回到人间，按照他在凡间的年龄生活。

最根本和最难做到的是，无法迫使他不继续制造无法解决的问题！就拿他的孩子来说吧。孟菲斯特本想生个普通的怪物，娶个老百姓，就真的找了个女洗碗工。可是瞧瞧，这孩子不符合我们时代任何一所学校的要求！不懂乘除法，不懂任何定理。他根本就不需要这些。这小不点一年级就被清除出去了，进了弱智学校。就是在那儿他也不能回答问题。他早就开始研究那位疯疯癫癫的爸爸灌进他脑子里的问题，因为爸爸想让他做一个解决现在已经是Золтанаи佐尔达纳伊的第三个问题（复杂问题的一半）的活人实验。孟菲斯特在一封信中写道，他真没有先见之明，他说，他没预见到他儿子会那么拼命地钻这个题目。

可以看出来，甚至在棺材旁边，这孩子也在紧张地、不出声地思考问题，同时流着哈喇子。

“我应该走，可是不能扔下他们。法伊娜很杰出，可是我走了她就无依无靠了。而季玛还根本做不出完善的表达式。他还没有学会如何登录我的VC设备！我怎么能扔下他们呢？”

我心里替他想出了一个解决问题的方法——暂时死去。

他竟能把我的想法从智力圈扫描下来（用伟大的B.的话来说），也就是说，不用交流。或者，按照世界节奏的规律，他也产生了这个想法。

嗜睡症第一次发作的时候，他的家庭生活得挺正常（军队耐心地等待着），小男孩又花了两年时间研究Золтанаи佐尔达纳伊问题的第二部分（复杂问题的另一半）。

“谢谢你，我心爱的。我想慢点走，好解决时间的问题。很遗憾，天才儿都是身体孱弱的动物。”他在发到我学院公共邮箱的信中写道，还用任何一个婴儿用双拳敲击键盘都可以在VC上搞出来的图形作为示意图。

我相信，他能读到我的想法，一闪而过的、最粗糙的想法。

我再没有想过他。

不错，有时他迫使我想他——比如今天。

我在那个不知为何写着“Любимой”的花圈前停住了脚步。

显然是写错了。

生活中这种可笑的事情无处不在。

就这样，我再说一遍，我们整个集体也拦不住他制造我们可怜的人类还对付不了的问题并研究最简单的定理，其中每一条都是不可克服的障碍，都是无法解决的难题（就像“毋杀人”这条戒律对于信天主教的士兵那样）。

而付钱给他的军人不管这些，他们操心的是些比较简单的问题，比如飞碟。他们想利用这些迷幻现象（DI级的cnth）对敌人进行洲际威慑。

让我们言归正传。

我站在离棺材尾部不远的地方，前面是堆积如山的花海。正对着挽联上写着“любимой”的花圈，那个无耻的错字在我面前格外刺眼，就像一切黑底子上的金色，就像东方女人的鲜艳服装。

他们写错了字母！应该写“любимому”①！

我心里正不痛快，忽然意识到，在一般的哀乐声中闯入了一阵粗鲁的喧哗声。

在前面，棺材的那一头，有人大呼小叫，把什么人从地上扶起来。

出现了在这种场景中不可思议的、歇斯底里的场面！

忽然我听到一个很响很粗鲁的嗓音。有个男人来到中间说道：

“她请我们大家去参加追思会。请各位赏光祭奠祭奠她！”

这个陌生男人的脸上带有明显的酗酒者的特点。

“要是死者能起来，她会亲自邀请各位的！”

这显然是开玩笑。

她是指谁？死者又是谁？

“活着的时候，”那男人哽咽着大声说，“你们不是每个人都看望过她。谢谢你们在她死后来看她了。别人也会照样看你们的，你们所有人！”

人群里发出不满的喧闹声。

“请赏光参加追思会，我们地方足够，订了工厂的礼堂。你们

① 这是俄文“亲爱的”这个词的阳性第三格。

马上要祭奠了！”那人泪如雨下。

于是人们开始莫名其妙地走向两扇巨大的门。

这男人的话里明显地含有对在场所有人的指责。此外，他还威胁我们每个人很快将受到惩罚——“别人也会照样看你们”。

我从一大堆花的上方仔细看了看，什么也没看清。

只能看到孟菲斯特菲力的鼻子，两个鼻孔奇怪地膨胀着，好像塞满了鼻涕。

其他部分被一块布盖得严严实实的。

一个疯子冲进来大喊大叫，他显然是个疯子，由此造成一片混乱，地上出现了一堆奇怪的垃圾，有人打了起来。

然而，写着“любимой”的挽联上面还有几个字，因为卷着，所以没看到。

我走近花圈，用手把挽联拉直，整好。

“悼念亲爱的妻子阿列福姬娜！”花圈上这样写着。

在旁边我又看到一条挽联上写着“亲爱的阿列福姬娜”和一个不好念的父称，它拧成麻花儿埋在花朵里了。还有“悼念亲爱的妈妈。奥丽佳和孙儿们”。这是什么乱七八糟的？

孟菲斯特菲力成了女人，还是上了岁数死的？

这可真新鲜，这就是时间的跳跃和倒换！

可是他在信里说，他很快就会找到办法，在改变了的未来保持过去的样子。

“亲爱的瓦利亚，”我听到另一个人的哭诉，这回是个女的，“阿列福姬娜！请原谅我！”

我走近一些。这位死者没有胡子！很明显是个老太太！

全明白了。我走错了。

但这怎么可能呢。才两分钟之前我明明看见了孟菲斯特的鼻子！

怎么，我的时间错乱了？我也跨越了时间，略掉了过程，失去了知觉，来到了未来？这是过了多少时间？

我失去知觉一个小时还是十分钟？就是在这个地方，当我像木偶一样站在那儿的时候吗？

孟菲斯特正是研究时间穿越的。是他把我拉到了另一个时刻？

对了，昨天我就发现自己的生活中有些匪夷所思的事情：昨天早上我把摊好鸡蛋饼的平底锅放在已经热起来的炉子上（因为来不及吃了），晚上回家的时候看到烧焦的锅放在洗碗池中，而炉子是关着的。

我心里很清楚，我的确把锅忘在炉子上了，而整整一天一次都没想起过它！我是什么时候回家，什么时候关了炉子，什么时候把热锅放在洗碗池里的？这些都说不清！而我绝对是一个人过的，我用自己的钥匙开了门，任何人都没有我的钥匙！要是进了小偷，他们也不可能扑向冒烟的锅，关了火，把什么都收拾好，然后好好地离开呀！

显然是好的鬼魂帮了忙，很显然！

现在，我像一个最大的白痴一样在一群陌生人中间参加一个不认识的老奶奶的葬礼！一个“亲爱的女人”！而且我盯着这个花圈有好长时间了，几乎从我刚刚站到棺材的尾部那时就开始盯着它……

“对不起，您的表几点了？”我问站在我前面的女人。

她半转身子（我看到一张陌生的面部轮廓和一个好看的鼻子），回答说：

“十三点十三。”

真怪！孟菲斯特的葬礼正好定在十三点十三！我还迟到了十分钟，很长时间进不去，因为前面的人怎么也不出去……我们在两点钟左右进了这间告别室。

我看了看自己的表。整三点。

“对不起，今天星期几？”

她甚至没转身，只是摇了摇头：

“星期一。”

不错，正是星期一。我记得很清楚。

“那么年呢，是哪一年？”

她从肩膀上方斜了我一眼，没说话。

也许她觉得我脑子有毛病，或是一个在这个家族聚会中旁不相关的人想跟人拉话。

我的穿着也跟他们完全不同，没戴黑头巾。什么都没戴。

我悄悄地出了停尸房，来到白雪覆盖的、洁净的原野上。地上有一条没有车辙的路，上面撒着小杉树枝和五颜六色的花瓣。

这条路蜿蜒地穿过田野直到地平线。大客车排成一队，停在一幢有烟囱的楼房旁边（这应该是火葬场）。

而我是在两点钟到达霍里祖诺夫街的，出租车在市区到处遇到堵车，司机在小胡同里钻了半天，想进入到单行的街道。喧闹、肮脏、交通拥堵的城市在身边延伸着，太阳雾蒙蒙的，人行道是湿的……正是九月底！

我的身边一片寂然的白茫茫的世界。

我回身向大巴走去。

最别扭的是，在这儿我谁都不认识，现在却要坐上外人的车，去找那些陌生人……

我回到火葬场的告别厅，奋力向我问过时间的那个大婶身边挤过去。此刻这是我唯一认识的人。

已经响起了哀乐声，棺材向幕布后移动，人们大哭起来，有人大声号啕，简直是扯着嗓子，大放悲声。哭灵的女人显然很专业，是正牌货。

沿着墙根立着一溜儿花圈，上面写着什么“亲爱的”“永远活在心里的”。

那个女人，她是我唯一的贴心人，半转过身子，说：

“尼古拉到底没看到她。”

“是啊。”我小声回答。

她肯定是把我当成了别的什么人。

我扮演着满怀悲痛的尼古拉的亲戚（不知我叫什么名字），觉得有点心烦、沮丧，慢慢地（现在已经是随着人群）朝外走。我可以看到我那熟人，确切地说是她的后背。我随着这个黑色的后背上了车，指望到什么地方去。

我的穿着自然不合适——一件薄上衣、裤子，全是深色的，很正式。还戴着一副墨镜！我赶快把它摘下来。有些人已经好奇地回过头来看我（我坐在后排的右边）。

有人开始一排一排地给客人倒酒，也给我倒了一小塑料杯。“为我们亲爱的干杯！”前面有人举杯说，大家全都点头赞同，干杯。我假装喝酒，过了片刻，把酒倒在脚边。好在坐在我旁边的那个男人这时正对着他自己另带的酒瓶灌酒。

“你叫什么？”他问道。

“莲娜。尼古拉的熟人。”

多谢那大婶。

“你从哪儿来？”

“您是从哪里来的？”

“我嘛，从塔尔多姆来。”那男人回答，口气中好像含着很大的指责。

“那么您叫什么？”

“尼古拉。”

“也叫尼古拉？”我闷声说，“尼古拉……真巧……父称呢？”

“就算彼德罗维奇。嗯……你从哪儿来？”他好像已经有点失控了。

“我从美国来。”我忽然脱口而出。

“哦，”我这位尼古拉漠然地说，“我们听说过，听说过您。”

我的老天！

“那，现在你怎么样，杀了人以后？”他把声音稍微拉长了。

“我？”

“对，你。我们用不着回忆。她一辈子总是说你，她相信，一定能找到你……”

(他快喝光了，我想。)

我瞎蒙胡扯地说：

“我被判刑了。”

“判了多少年？”

“二十年。”

“够可以的。”我这位尼古拉点点他那愚蠢的头说。意思大概是判二十年很公道。

随后他把酒一口喝干了。

接着他睡着了，安心地把他那颗现在被大量信息塞得满满的虚弱的脑袋靠在我的肩膀上。

我的左边坐着一个大婶。她全听到了。

“瓦利亚一辈子总是说你，”这位大婶把说过的话又强调了一遍，“她相信能找到你。这是尼古拉娅。”大婶主动向前面的一个男人和一个老太太解释。

他们回过头来。

“她很想把你杀死！”老太太说。

“她是在阳台上自杀的，想从上面迎你来着。”左边的大婶继续说。

“我没赶上。”我的嘴回答。尼古拉第二的沉重脑袋在我的肩上直跳，路不平。

“哼，”一个老头儿回头冲我说，“这正是尼古拉娅本人，尼古拉娅·斯捷潘诺夫娜。尼古拉，你去了哪儿？”

我暴露了。怎么，我成了尼古拉？

我摸摸脸。不，我原封没变。外衣，外衣里面的衬衣，胸衣，胸脯。

“他不在过去的地方，”我继续这场荒唐的对话，“他在阿巴拉契放驴。”

他们连连点头。

“在别墅放驴放羊。”前排传来一个声音，有人没听清，打岔道。

他们胡说些什么无所谓，最重要的是他们别把我扔在这雪茫茫的荒郊野外，好歹能走到一个地方。

“现在可不能把你放走了，”一个老头儿说，“她等着见你等得好苦。”

“等得好苦，等得好苦。”前前后后的人纷纷应道。

我出其不意地答道：

“多熟悉的火葬场！我在这儿送走了丽达。老爹也是在这儿打发的。”

“是啊，是啊，”车里的人纷纷说，“我们往这儿拉过很多人！”

有两分钟的时间，他们争先恐后地大声数说死者的姓名，然后争论，再次干杯，后来唱了起来。

车窗外黑了下来。

哪怕弄清楚现在是哪一年呢？

“喂，谁有报纸？我的脚湿了。”我挺随便地问车里的人们。

“我在这儿送走了埃里兹巴尔，”一个麻脸的小老头儿说，“他是车间主任！酒厂已经关门了。买了新设备，把人都解雇了……柳芭被开除得更早。直接把她开除了。她说：‘没你们之前我就喝酒，你们死了之后我还是要喝！’她还是技术员呢。我们把她送来，她朝她婆婆嚷嚷：‘你这个能人儿！把我的大褂儿脱下来！’”

“啥时候了？”我问。

“啥时候？”左边那个女人听到了，“该睡觉了。夜里时候了。”

尼古拉从我肩膀上抬起头来，应道：

“五点？”

“就在这儿给舒拉送了葬，”我对他说，“那个舒拉·孟菲斯特。”

“送了多少次啦！”尼古拉甚至往旁边一闪，“我跟他是同学！”

你瞧，还有这回事！

“几年级的时候？”

“十年级。”

“但他比你们小是吧？”

“是啊，那时他八岁。小多了！他是九月份从二年级跳上来的，明白吗？我们已经刮胡子了！他一个月就中学毕业了，十月份进了大学，马上，刚满十岁，就大学毕业了！”

“你想想吧……”

“这样的人有种习惯，”尼古拉还是固执己见，“他们喜欢掉头，喜欢跳来跳去穿越时间！这就是长生不老。”他说，“他拽着我。也拉着大伙儿跟他一块儿。我回来时是个小青年，而我妻子已成了老奶奶。”

“我们现在是哪年？”我挑刺儿地追问。

“这不重要！”醉醺醺的尼古拉嚷道，“反正他现在正在医院等着出生。”

“他感觉如何？”

“他有感觉，”尼古拉回答，“觉得很没劲。他自己住一层。不是在这儿。他儿子是教授。百万富翁。老婆总是有事，一会儿去这儿，一会儿去那儿。而这个舒拉·孟菲斯特总是给我打电话，问我什么时候来。（他出人意料地勃然大怒）我有工——作，明白吗？”

“您是做什么的？”

“我吗？我是驾驶员。怎么，你是小孩子吗？上床睡觉去！”尼古拉忽然对空说道，“我可是驾驶员！联合收割机！干一天歇两天！”

“我们干一天歇三天，现在我得接班了。”我打断他。过了一会儿，我已经走在大理石柱子之间了。

头顶是永恒的明朗的天空。我露着膝盖，蓬松的头上插着一根精巧的螺旋形的常春藤的小枝子。

迷 宫

一个四月的傍晚，大地复苏，草已经长出来了。天还亮着，月亮就出来了，好像一枚苍白的鳞片。Д姑娘总算来到了坐落于果园中的“迷宫”园艺协会的郊外度假区，这里的排排果树也已经绿意婆娑，掩映着一座座小房子。

刚去世的姨妈（她很老，很穷）的那座房子因为浸了雨水，显得黑乎乎的，不过相当结实。

房子内部有很多尘土，有股烂苹果的味道（在宽敞的阁楼上，报纸上摊放着去年的苹果，已经变成棕色的了，姨妈没来得及把它们倒腾出去，她自己倒是被抬出去送到医院了）。不过，两个房间及凉台倒是蛮宜人的，尽管眼前一片狼藉，简直是被那些临终时的访客们洗劫了一番，所有的东西都被扔得乱七八糟。

不错，还剩下一只柜子和几件小家具没弄走，可以吃饭、睡觉。还有，好在有煤气取暖设备和灶具。姨妈为漫长的老年生活做了充分的准备。姨妈一个人过，足不出户，不给任何人添麻烦。这样蛮好，尽管她或许有点神神道道的。因为邻居们说，在她生命最后一年的早春，当他们趁着雪没化来种萝卜（有这样一种种法），在园子里遇见她的时候，他们问她一个人在这儿过得怎么样，而她回答说，我不是一个人，亚历山大·布洛克[1]和我在一块儿，那不是，他来拜访了。她朝房子那边把头一摆，说道。当时她的气色已经不好了，可是神色中甚至透着幸福。

Д姑娘跟邻居请教如何打开煤气取暖设备时听说了这回事，听完后就果断地着手清理书架，很快就用废纸生了一堆火，她没精力整理鉴别，信件、诗、账单、写满字的本子、字条，所有这些他人生命中的重要痕迹，全都一把火烧了！她把诗歌拿在手里看了一下——确实是布洛克的诗句。"我梦见迷人的海岸"，那是用彩色墨水写的，还是用老式写法，挺怪的手札。

后来她想起那些本子，后悔把它们烧了。或许，姨妈会用某种方式从那边——从棺材里给她指点，因为笔记本是他人的经验教训，是迷宫中的门，是傻瓜的知识宝库，等等。

可是做过的事已经无法挽回了。那时Д姑娘还没有像后来那样爱她的姨妈。

简而言之，Д姑娘忙到半夜才躺下。本应赶紧收拾出来至少一个房间，可是Д姑娘干得上了瘾，非得把整个房子都收拾好、打扫干净才踏实。园子里，他人的思想熊熊燃烧，冒着甜丝丝的烟，擦过书架和窗户的湿抹布搭在矮树枝上。Д姑娘看到一桶很合适的白色涂料，尽管累得要命，还是顺手把房子里面以及窗框刷了，准备明天再刷外面。

看起来，像这样在春天美滋滋地打扫新居的狂热是一种工蜂的本能，许许多多的女人一辈子都有这个毛病！

房子焕然一新。

Д姑娘感到从没这么幸福过。

---

① 亚历山大·布洛克（1880—1921），俄罗斯诗人。

蕾莉亚姨妈在遗嘱中指定把房子留给了她，而Д姑娘根本不想请什么爸爸、妈妈来做客，更不用说长住了。她的家里人总是吵吵嚷嚷，说话很直，甚至用语低俗。Д姑娘盼着离开这臭烘烘的人堆，去个清静的地方，在那儿没人会惹得一个没出嫁的姑娘抱着枕头痛哭，特别是当父亲直话直说地表示关心，说什么“我们家的女儿不是处女没什么了不起，我们可以贴张纸把她嫁出去”，而母亲则报以“烂白痴”的咆哮的时候。于是全家就会一如既往地打起罗圈架来，就像一锅热乎乎的稠粥，天天如此，一日不爽，令人无言以对。这是因为父亲心里憋屈，不痛快：那个米沙没有娶他女儿，平白无故地在他家住了两个月，吃了六十天饭。米沙住在她家时父亲就已经早早地觉得不痛快了，米沙就在父亲露骨的粗言秽语（“他算哪棵葱啊？从哪儿来回哪儿去！”）和母亲毫不逊色的大声对骂中在他们家混饭吃。米沙来找未婚妻时带来一个羽绒睡袋，在此期间他每天晚上耐心地拆睡袋，把羽绒一格一格地掏出来，然后把它们全泡在洗衣粉水中洗净——所有用具都是他自己准备的：大盆子、小盆子、水桶——在地上晾干后再把它们装回去，不声不响地用大针脚绗起来，然后把睡袋一卷，东西收好，就去赶夜车了。他是个旅行者，一个到处走的人，一个一般不爱多说话的男人。

Д姑娘没怀上孩子。在这两个月期间，Д姑娘一直很害臊，因为父母始终待在只有薄薄的一墙之隔的隔壁房间，一次也没离开过家门，没出去看过电影，没做过客，就连出去遛个弯儿都没有过，好像是特意待在家里监视一样。

在此期间，那没当成女婿的未婚夫一直一个人睡在地板上。他好像只是暂时离开，把自己的背包捆好，把睡袋绑在上面，背起来高过头顶，急匆匆地跟哭哭啼啼的Д姑娘告了别。她躺在床上，好像发热病一样，他就这么永远消失了。对于这个尽说大实话的家庭的气氛，他一点也没搞懂，一点也没接受，他回家去了。他的家住在乌拉尔山以东的某个地方，他也有一个还不老的母亲，这位母亲同样直率得可怕，她在电话里直截了当地跟Д姑娘说：“甭往这儿打电话，听见了吗？他有未婚妻，好着呢。”

Д姑娘决定睡在地上，盖自己的被子，至于沙发床和高低不平的长沙发，只是简单地擦一擦，明天再想办法把它们弄到外边去敲打土。

然后她坐下喝茶，并一直想着姨妈。为什么姨妈恰恰把房子留给她，而且是悄悄地呢？姨妈叫她到车站来，把遗嘱交给她，她说话很简短，同时用那双非常明亮的棕色（茶色）的圆眼睛看着Д姑娘。姨妈的脸型瘦削，是咖啡色的，就像烤苹果那种颜色。她好像要误车了（她要去哪儿呢？），着急忙慌的，尽管来往的车次很多，每小时都有。

不过，有件事堪称奇特：姨妈小心地把自己织的棕色手套摘下来，露出了戴在她右手中指上的一枚戒指，戒指上镶着一颗很显眼的宝石，是浅棕色的，就像姨妈眼睛的颜色一样。姨妈干吗要戴着它到车站？何必那么隆重？

后来这枚戒指找到了，Д姑娘把它找到了，确切地说，是吃惊地看到了它，但这是后来的事。

姨妈和她妹妹，也就是Д姑娘的妈妈，从小关系就不好。Д姑娘的母亲出生时，姨妈已经八岁了，她于是心生嫉妒，羡慕加嫉妒，特别是当Д姑娘的妈妈嫁出去的时候。显然，姨妈喜欢妈妈的未婚夫。妈妈不止一次地讲这段家史，而父亲则笑着默认。姨妈自己到底成了一个老姑娘，跟父母一起生活，给两个身有残疾、卧床不起的老人送终。不幸的姨妈总是打电话来，请他们趁老人还活着去告别。何必提前告别呢，煎蛋，别说不吉利的话，父亲开玩笑说。他管大姨子叫“煎蛋”，常说：“煎蛋，把遗产留给我吧。你一个人，我得给你送终。”

Д姑娘在姨妈留给她的宽敞的屋子里自在地喝着茶，明净的玻璃窗外是五月时节一直亮着的黄昏。

Д姑娘小时候的一个夏天，她曾在这里住过一个月，那已经是外公外婆去世以后了。那是因为一个很严重的情况：妈妈住院了，而父亲突然要出差，姨妈只好带着年幼的外甥女来到别墅。小姑娘很快就生病了，每晚睡觉前都要哭，想念妈妈爸爸，于是姨妈走过来，拉住她的手，用被子把她像小婴儿一样裹住，甚至专门给她缝了一个小男孩娃娃，名叫氨基比林，为的是哄她吃氨基比林。姨妈给她读些听不懂的诗，读得很卖力，全情投入，可是Д不想听，只管闹脾气。后来，小姑娘心中所有的伤口愈合了，孩子就像猫，如果被抛弃了，就只好适应孤独，有什么法子呢。她也习惯了姨妈，寸步不离地跟着她去商店，去车站，甚至有一次坐着电气火车又倒汽车去镇上打电话。姨妈要了长途电话，拿起听筒，听见什么人在说话，但是她始终没说话，很快从电话亭出来，到服务台吵了一架，把钱要了回来，因为电话没打通。那时候她们两人已经一起过了一个月了，可是突如其来地，回到“迷宫”以后，姨妈收拾好Д的东西，坐着电气火车把她送回了莫斯科，到了她家门口，一言不发地把她交给了父亲。母亲也在家。原来，妈妈只住了三天院，父亲也很快就回来了——他出差时间很短——可是他们想要滑头，让姨妈把Д接到别墅去！孩子需要新鲜空气！他们气得大骂姨妈。他们本想去军队的疗养院度假，疗养院不能带孩子。疗养证已经准备好了。没办法，只好退掉一张疗养证，母亲气咻咻地带着Д也去了苏达克，在那儿花很贵的价钱租了一个双人间，很不痛快地住了二十四天。他们原本很想不带孩子，自由自在地在军队的疗养院休养。父亲总是很晚才回到自己的房间，他不愿意离开母亲独自回疗养院去，总是在熄灯号以后才从窗户爬进一楼的房间，早上见到老婆孩子的时候情绪也不佳。父母总是吵架，并一块儿骂蕾莉亚姨妈。

所以，关于姨妈的记忆都很不愉快，不知为什么她突然决定把别墅留给Д。

但事实就是事实。电话铃响起来，一个遥远的声音喊道："莫斯科，鲁扎的长途电话。"接着传来姨妈的声音，声音很小，只能凑合听，姨妈约她明天三点在车站第六站台的楼梯旁见面。

前面已经说过，在路上走了两个小时的姨妈脸上挂着不健康的红晕，她的眼睛清亮，好像抛过光的红木。姨妈塞给Д一张对折过的新纸，说道：

"你是我唯一的亲人。我常记起你，宝贝儿，你常哭，我总是哄你。我写了遗嘱，把'迷宫'的房子留给你，会有人给你打电话的。在园子的雨水桶下面，一锹深的地方埋着一个玻璃缸，里面有礼物。我的车就快到了，快走吧，你要误车了。你长得这么大，这么漂亮了……"

Д在回家的路上满腹狐疑，从来没有人跟她说她长得漂亮，相反，母亲总是用批评的眼光看她，总是对她的个头、粗壮的身材、脸上的两片红不满，跟她嚷嚷，说在学校里应该少吃些面包，说现在不时兴胖了，说哪怕夜里别塞那么多呢，又把糖果吃光了！

至于长大，她甚至太大了。她已经在学校工作八年了，她在咨询室工作，在尘土飞扬的角落里填写卡片，按专题抄写报刊资料，放到不同的夹子里，星期天早上八点和图书馆的女同事们一起去游泳。她驼背了，母亲总是又难受又无可奈何地朝她嚷嚷："挺起来，胖子！"

Д在地铁上读了姨妈立的遗嘱，同时想起来，外公去世后，妈妈很长时间内坚持要蕾莉亚姨妈把Д迁到她那里，或哪怕是她搬来和他们这几个在世的亲人一起住，可是蕾莉亚姨妈把电话一挂，连谈都不要谈。

Д没有问老太太城里房子的事。

如今，过了好多年以后，Д坐在蕾莉亚姨妈郊外的房子里，不禁再次思忖，城里的那套房子到底是怎么回事。要知道对于她这个走向衰老的图书馆里的老鼠来说，这可是一笔很大的财富。跟父母同住已经令人难以忍受了，他们三个人住在两居室的狭小魔圈中，好像关在同一个号子里，而且老两口很喜欢吵架，而Д则躺在自己的长沙发上吃东西，看电视。

但是看来这套房子黄了。在得到关于蕾莉亚的消息以后，父母一起去找了什么地方，又垂头丧气地回来了。Д一句话也没问。这套房子一定出了什么问题，既然蕾莉亚姨妈一年到头住在这个差不多是纸糊的乡下房子里，住在胶合板的四壁之间，而不在莫斯科露面。一定是出了什么问题。若是父亲和母亲有所斩获，Д立刻就能看出来。他们会兴高采烈，父亲还会在厨房唱起歌来。母亲本是蕾莉亚那套房子唯一的继承人，Д敢肯定，他们会马上把房子卖了，把钱存起来"养老"。

至于Д，她从车站回来以后立刻就告诉二老说，蕾莉亚姨妈把郊外的房子作为遗产留给她了。他们大惊小怪，着急忙慌地想掺和进来，但Д态度坚决，说姨妈还活着呢。

当蕾莉亚在区医院去世后，医院打来了电话，Д一个人去了那家医院，带着从女友那里借的钱。但是在那偏僻的地方，一切都比城里便宜得多，她订了棺材、车、墓穴，把一切都安排好了。

她第一次去过回来之后，父母又是闹病，又是发牢骚，又是闹情绪，好像小孩子一样，但最后终于忍不住了，宣布了自己的决断：我们不去那儿！根本不去！夏天也不去！虽然这不是你一个人的，我也是继承人，母亲说，她已经提前在生气了。

父亲则嚷嚷说，他想什么时候去别墅就什么时候去，这是全家共同的别墅，你一点办法也没有，你不能把亲生父亲赶出去。Д胆怯地接嘴说："是亲生的吗？"于是母亲喊，父亲骂，这是他们家一向的谈话方式。

好了，Д一个人把所有后事都办完了，坐公车从墓地到汽车站，又坐了两站电气火车，背着行囊在林子里走了三公里来到"迷宫"，急忙打开用板子钉死的门（锁被贼撬开了），闻到一股混合着潮气和土腥气的烂苹果味道……

Д一路艰难地拖着她的背囊，里面有她的被子、枕头、被单、两盒罐头、半个长面包，还有些为在园子里干活儿穿的旧衣服。她带着这些家当去参加了葬礼，她站在墓旁的时候就把背囊搁在脚上……刚卸下棺材，卡车就开走了，所以她回来的时候只好步行，等公车，然后穿着胶皮靴用脚量了好几公里……

现在她得到了这样的奖励：干净温暖的房子，暖气中注满热水，茶壶中也有热水，走出屋外，地上还有些残冰，清冽的空气恰如汽水一样直扑喉咙，天空、寂静、月亮，这一切令人幸福得喘不过气来……Д狼吞虎咽地把面包和一盒罐头吃光了，明天还有一盒罐头，还有什么呢？

还有：Д发现姨妈这儿有几个盛着腌白菜的玻璃罐子，全放在地窖里，每个这种罐子（容量三升的）都用空的马口铁罐头扣住，为了防老鼠，上面再用卵石压住。贼没有发现这个地窖，其实地窖里的东西真不少，有果酱，有腌菜。他们发现了另外一个地窖，那个地窖的门被狠狠地用锤子劈开了。而这个地窖的入口在柜子底下，当初蕾莉亚姨妈曾经给Д看过这个秘密的机关。

姨妈还在这里保存瓷器，有一叠盘子、几个老式的奶罐、糖罐，还有几条新的粗地毯，涂了润滑油、保养良好的缝纫机，一些工具，以及几只不知装着什么的箱子，得用钳子把钉子拔出来才能打开。

但是Д谨慎地重新把柜子挪回原位，把这些盖住。她四下打量了一番，走动了一阵，忽然把自己的铺盖铺在了姨妈的床上。

但此时她想起蕾莉亚姨妈说过，在园子里的雨水桶下面埋着一个装着礼物的玻璃罐子，于是她拿起一把锹就来到了外面。是不是卖了姨妈那套房子的钱呢？

Д脑子里飞快地想象着如何用这笔钱给自己买一套房子，她不能在这个简陋的房子里过一辈子啊，得买套房子，买家具……然后给米沙写信——情况有变，速来。

雨水桶里已经积了半桶带冰碴的水，她只好先用桶把里面的水舀干净，把它推到一边去，然后才开始挖。很快，铁锹发出当啷啷的声音，接着Д从土里拖出来一个脏兮兮的罐子，看起来像是空的，只是在罐底有什么东西滚来滚去。

Д当即就在露天，把塑料盖子打开，用手接着把罐子翻了个个儿。于是她看到了那枚镶有浅褐色宝石的银戒指：原来藏的就是这么个玩意！

不过Д还是把手套摘下来，把它戴在右手的无名指上。

在已经暗淡下来的暮色中，Д戴着这枚核桃那样棕色的戒指走到新绿迷离的花园前，打开了篱笆门。

她站在夜空下，心里变得很快乐，好像鲜花盛开，长长的自由安宁的日子像彩虹一样在她面前铺展开来。

突然，Д听到一阵坚定的脚步声，她害怕起来。

一个奇怪的路人向她走来。

他脚上蹬一双高腰皮靴，穿着奇怪的半大衣，戴着羊羔皮的帽子，而他的手上拿着一根细棍子，好像盲人的盲杖。

这个过路人停下来问Д，她是否看见了另外一座同样的黄房子。有一个那么美丽的姑娘一个人住在那儿，身边没有父母。她名叫奥丽佳。

而后他沉默片刻，告诉Д，奥丽佳忽然不知所踪，他是寻踪而来的。他为了寻找她东奔西走，结果甚至找不到家了。就是说，他在跟踪中已经迷路一个多月了。

"一个多月！"Д心想，"真能撒谎！……"

"我在这儿谁都不认识。"Д心安理得地回答，然后转身离开，并锁上了篱笆门。他走了。然后，当她把挖地的痕迹清理好，把雨水桶推回到原来的地方以后，她又看到那个陌生人，他又回来了。这一次她主动迎着他走出去。于是他们开始讨论，这个陌生人该怎么办。其实主要是Д在说，她说可以去三公里外的车站，从那儿坐两个小时的车就到莫斯科了。得看看时刻表，应当还有一趟车。

可是他回答说，他不是从莫斯科来到这里的。他在莫斯科没有亲友。已经没有了。

这时她把他仔细地打量了一番：他的脸色灰暗，而眼睛明澈，颜色很淡，似非凡间所有，这双眼睛不时向上面看，好像是在颜色同样很淡的空中寻找那幢黄色的房子。也说不定是因为他不好意思看胖胖的、脸色红扑扑、身体健壮的Д，她的辫子乱蓬蓬的，因为弄冰水两手通红，而且穿着件旧上衣、一条脏兮兮的裤子。

他的脸是椭圆形的，脸庞消瘦，好像被晒花了。他比Д大，也就是说四十出头，差不多是个老人了。

他说，他觉得他要找的正是这座黄房子，谁知又走错了。道路好像迷宫。

“这个村子就叫‘迷宫’。”她开心地说，并跟这个新认识的人一起四处转着寻找另一座黄色的房子。

他们沿着铁路走了几十公里，一个又一个别墅组成的村落从面前过去，但是这个新认识的人除了“奥丽佳”和“M.”什么都不知道。

夜仍然没有降临，Д自己也在一条条安静的砂石街巷中迷路了。月亮照着果园，夜莺在歌唱。Д甚至费了很大劲儿才找到了自己的房子，窗户中有光影在闪动。“爸妈来了！”Д害怕地想。她笨拙地对倒霉的旅人说：

“现在，我告辞了！”

然后她甩动着辫子，跑进自家的栅栏门里。

他留在篱笆外，用木棍儿敲打着皮靴的靴筒，对于一个迷失在迷宫中的人来说，这个动作可是有点轻佻。Д的心怦怦直跳，她走上台阶，推开门——门没锁，但是房子里没有人。

屋里亮着灯。其实根本用不着电灯，因为那不曾消散的晚霞正从窗口照进来。Д想起来了，她的确留了灯以防迷路。

小棍儿的敲击声已经完全消失了。

Д脱了衣服躺下，盖上姨妈的特大亚麻衬衣。一只夜莺在拼命地叫着。此时那个没着没落、无家可归的人正饿着肚子，穿着潮湿的靴子在什么地方徘徊。Д的心已经平静下来，不那么愤怒地狂跳了。父母袭击的危险过去了，至少今天。Д忽然感到若有所失，心里隐隐作痛。不错，姨妈死了。但最主要的是因为有一个人正走在近旁的迷魂阵一样的街巷里。去找他已经不可能了，因为那是迷宫！在那儿可以并行行走好几个月却见不到面。

Д躺在姨妈的床上，望着床头两个在夜色中显得朦朦胧胧的金属球。忽然，她听到一阵脚步声，好像有人迈着沉重的步子沿着胡同朝这座房子跑来。那步伐沉重，然而均匀，好像是长跑运动员的步伐，咣，咣，咣，咣。那人跑过去之后，停下，站住了。而后栅栏门一响，犹犹豫豫的脚步由远及近。

"对不起，"一个喑哑的声音唤道，"M.是不是住在这儿?"

"还是不对!"Д喊道，"等一下! 找错了!"她迅速套上裤子、毛衣和上衣，又用睡衣一罩，奔了出去。

没有人。

Д向栅栏门外张望。

影影绰绰地，那个戴着羊羔皮帽子的晦暗的身影就在左边远处的路口晃着。

Д站在那儿没动。怎么办? 已经十一点了，这个可怜的人还在外面转来转去。

"走吧!"Д喊道。

她看到，他移动起来，这就要拐过弯去消失不见了，就像射击靶上的小人儿。

"等一下! 先生!"Д不知为何脱口喊道，喊过之后又觉得很窘。哪门子先生? 他已经站在她的身边了，正望着天空。明月当空，月色皎洁。

"先生，您可以进来坐坐，哪怕喝杯茶。"她望着他消瘦晦暗的脸，说道。

她在前面走，他随她进了屋，在拖布上把靴子蹭干净，脱了外衣，摘了帽子，洗手，用姨妈的亚麻毛巾擦手，然后在桌旁坐下。

他穿着一件悠悠荡荡的黑色长礼服，头发好像羊毛一样卷着。

他右手的无名指上有一颗熠熠闪光的透明的深色宝石，和蕾莉亚姨妈戴过、现在Д戴着的那枚戒指上的一模一样。

Д给这个陌生人沏了茶。要取果酱，就得搬开柜子进到地窖，因此Д说道：

“我刚来，请别见怪，这里什么都没有，什么吃的都没有。”

“我已经习惯了。”这位“先生”不知怎的好像回答得挺费劲儿，然后就津津有味地喝起稍有点发黑的茶来。

Д忽然想起来了，她打开了那盒罐头。里面是浸在番茄汁中的便宜的小鱼。“先生”等着Д把一块好像铁锈一样的鱼放进一只小碟，然后不紧不慢地吃起来。

Д正把茶壶坐到炉子上去。

“奥丽佳在哪儿？”陌生人问道。

“您不知道吗？我今天把她安葬了。”Д回答说。

“天哪！”他叫道，画了个十字。

“您认识她？”

“我去过她那儿。我跟您说过：黄色的房子，女孩子叫奥丽佳·M。”

M！蕾莉亚姨妈的姓正好是M开头的。奥丽佳！

他吃得很慢，艰难地活动着颌骨，吃相很文雅。那只干瘦的手拿着铝餐叉，姿态中有种说不出的优雅。他的两只手腕撑在桌边上，露出一尘不染的雪白的衬衣翻袖。

Д忽然不好意思起来，退到房间里，想换身衣服，可是没有衣服可换。结果她把裤子和毛衣脱了，只穿着姨妈那件领口绣花的亚麻大罩衣。

她就这样，把辫子拉到胸前，穿着袜子走进来，坐在桌旁。

而过路人已经在那张旧的长沙发上躺下了，他把两手放在胸前，呼吸平稳，两只很大的眼睛闭上了，但闭得不紧。

Д回到姨妈的房间，把自己的被子拿来盖在他的腿上。

炉子上烧着的水大开了。

Д又在桌旁坐下，端详起来人，她越来越清楚地认出他来了。

“亚历山大·亚历山大洛维奇①，”她说道，“我在房间里给您铺床，您先歇一会儿，待会儿到那儿去。”

她到房间里铺上了姨妈的干净的床单，幸亏她带来了两条替换的单子。她把自己的枕头和最后一床被子放在上面。再没有别的了。

“我自己盖衣服好了。不要紧。”她想。

在姨妈的密室中有好几箱子各种各样的东西，明天得打开来吹吹风，洗洗晒晒。说不定还会找到些被单、被子。

然后Д关掉了炉子，熄了灯，把门锁上，回自己的房间去，从姨妈的桌子上拿了一本发潮的旧书准备睡觉前读一会儿。这是亚历山大·布洛克的《诗集》：

每逢夜晚，在约定时刻，
(也许这只是我的梦幻？)
身穿绸缎的苗条女郎，
出现在烟雾迷茫的窗前。

她缓步穿行在醉汉之间，
总是独自来往，无人陪伴，
浑身散发雾蒙蒙的香气，
从从容容地在窗边落座。

---

① 诗人布洛克的名字和父称。

Д的眼睛里满含泪水。此时此刻，未能实现的命运展示在她的眼前，灯光明亮的夜晚，飘来淡淡的香水味，一顶轻盈的大帽子稳稳地戴在她的头上，束腰的淡紫色的丝绸长裙在膝间发出窸窸窣窣的声响，手套紧紧地裹着Д的手，镜子照出她的模样，面容娇柔而红润，一双核桃色的大眼睛，帽子的边缘露出浓密的鬈发，一对淡棕色的秀眉，纤巧的嘴唇。

她帽子上插着送葬的羽毛，
她那富有弹性的丝绸衣裳，
戴戒指的纤手，让人相信：
是古代传奇女神降临世上。

不该把那些写的东西都烧了，Д想。那里可能会有一些解释。不过，又能有何解释呢？蕾莉亚被送进医院以后，亚历山大·亚历山大洛维奇害怕了，失踪了，迷路了。但是姨妈的戒指发挥了作用，他到底在一个月之后走了出来，找到了黄色的房子。在这座房子里，有一本被读了又读的他的诗集放在床头的小桌上。他回到了这个世界上他自己的家……

带喷泉的房子

有个女孩被炸死了，又被救活了。原来，她的亲人得到通知说姑娘被炸死了，可是没把尸体给他们（当时他们正一块儿乘公共汽车，但是爆炸的时候女孩站在前面，而父母坐在后面）。女孩很年轻，只有十五岁，就被炸死了。

当人们叫救护车、抬死伤者的时候，父亲抱着女孩，虽然知道她已经死了，医生也验明她确实已经死亡。后来总得把女孩运走，但是父亲和母亲跟着救护车和孩子一起来到太平间。

她躺在担架上面貌如生，但是没有脉搏，也没有呼吸。人们让她的父母回家，他们不想走，可是现在还不能把尸体交给他们，得履行我们的司法程序和法医鉴定所必需的手续，也就是说得找到和确定原因。

但是父亲伤心得发了狂，并且他是个虔诚的基督徒，他决定把女儿偷出来。他把已经几乎失去意识的妻子送回家，跟岳母说了发生的事，叫醒了邻居的一位医学院的女生，找她借了白大褂儿，然后，带上家里所有的钱去了最近的医院，在那儿叫了一辆空救护车（当时已经半夜两点了），跟穿着白大褂儿的做救护的小伙子一起抬着担架，混进了他女儿停放的那家医院，通过保安，沿着楼梯下到地下室的走道，顺利地进了太平间。那儿一个人也没有。他找到自己的孩子，跟救护员一起把她放到担架上，然后叫了运货电梯，把担架抬到三楼的外科抢救室。昨晚他们在接待室等候的时候，他就把这一套都想好了。

他把救护员打发走，和抢救室的值班医生简单地说了几句，把那一卷钱给了他，然后就把女孩交给了他。女孩随即被推进去急救。

由于送来的女孩没有诊断书，医生大概以为是父亲叫的救护车，径自把（濒死的）病人送到了最近的医院。抢救室的医生看得很明白，女孩已经死了，但是他很需要钱，妻子刚生了孩子（也是个女孩），这位医生的神经紧张到了极点。他妈妈不喜欢他妻子，她俩轮番地哭，孩子也哭。还要值夜班。得弄些钱租套房子。而这个已经死了的公主的父亲（他显然已经疯了）所给的钱足够支付半年的房租。

医生二话不说就动手施救，好像躺在他面前的真的是个活人。至于女孩的父亲，他只是让他换上全套病号服，躺在抢救室里旁边一张病床上，因为这位病人是死也不肯离开他女儿的。

女孩躺在那儿，像大理石般苍白，面容美得不可思议。而父亲坐在自己的病床上，用奇怪的目光看着她。他的一颗眼珠不断地朝边上斜，而当这个神经错乱的人眨眼的时候，他的眼皮动弹得很是吃力。

医生观察了他一下，就让护士给他做个心电图，而后迅速给这位新病人推了一针。父亲很快失去了知觉。而女孩躺在那儿，好像一个接上仪器的睡美人。医生围着她忙活着，竭尽全力，尽管现在已经没人用那游走的眼光监督他了。其实，这位年轻医生是个幻想家，对于他来说世界上没有什么比极具挑战性的病例更要紧的事情，也没有比处于死亡边缘的病人更重要的人了——不管他是什么人，姓甚名谁，什么来历。

父亲睡着，他梦见了自己的女儿。就是说他去看她，就像以前去城外的儿童疗养院看望她一样。他收拾要带的食物，不知为何，只有一个夹肉面包，只有这个。在一个美丽的夏日黄昏，他在地铁索科尔站那一带坐上了公共汽车（又是公共汽车），前往一个天堂般的所在，他女儿就在那儿。田野上，在缓缓起伏的绿色的山丘之间有一栋巨大的灰房子，它的拱门高达天穹，而当他穿过巨大的拱门进入院子时，则看到一片翠绿的草地中有一道像房子那么高的喷泉直接从草中喷出，在空中纷纷散落。夏天的黄昏很长，父亲心情愉快地走向拱门右侧的那扇门，上了楼。女儿迎接他时显得有点局促，好像他打扰了她。她站在那儿，眼睛朝旁边看着。好像这里过的是她自己的私人生活，已经跟他没关系了。她好像有什么事。

这是一套大房子，天花板很高，窗户宽大，朝南，前面是一片阴影和喷泉，落日从侧面照在喷泉的水柱上。喷泉依然高过窗户。

“我给你带来了你喜欢的夹肉面包。”父亲说。

他走到窗前的桌子旁，把纸包放在桌子上，想了想，把它打开。纸包里有一个奇怪的夹肉面包，两块黑面包。为了向女儿表明里面有肉饼，他把两块面包分开。里面是（他立刻明白了）一颗生的人心。父亲不安起来，因为这颗心没做熟，夹肉面包没法吃。他重新把它包好，难为情地说：

“我弄错了，我再给你送一个夹肉面包来。”

可是女儿走近些，带着一种奇怪的表情看了看夹肉面包。于是父亲把纸包藏进衣袋，用手攥着，免得女儿把它抢走。

她站在旁边，低着头，伸着手，说：

“给我吧，爸爸，我饿，饿极了。”

“你不会吃这玩意儿的。”

“不，给我吧。”她粗声粗气地说。

她把她那灵活的、非常灵活的手伸向他的衣袋，但是父亲知道，如果女儿把这个夹肉面包抢去吃掉，她就会死。

于是，他转过身，掏出纸包，打开，自己开始大口地吃那颗生的心。他的嘴里立时充满了血。他和着血吃了那两块黑面包。

“我就要死了，”他想，“但至少能先于她死掉，太好了。”

“您听我说，睁开眼睛！”有个人说道。

他费力地掀开眼皮，看到一个年轻医生的脸仿佛从散去的雾中浮现出来。

“我听着呢。”父亲回答。

“您是什么血型？”

“和女儿一样。”

“您肯定吗？”

“是的，没错。”

接着他被推到了一个地方，用带子把他的左臂绑住，把针头推进了静脉。

“她怎么样？”父亲问。

“什么意思？”医生一边忙活一边反问。

“活着吗？”

“您看呢？”医生随口答道。

“活着？！”

“躺着别动，别动。”那亲爱的医生嚷道。

父亲躺在那儿，听到旁边有人发出嘶哑的声音，他哭了。

而后人们已经开始围着他忙碌了，而他又去了什么地方，周围又是一片青翠，但是他被一种声音惊醒了：女儿躺在旁边的病床上，大声地发出嘶嘶的声音，好像喘不上气似的。父亲从侧面看着她。她脸色苍白，微微张着嘴。鲜血从父亲的手臂流入女儿的手臂。他觉得身上很轻松，他想血流得快一点，想让自己所有的血都流进他的孩子的身体。他想死去，只要她能活着。然后他又在那栋巨大的灰房子中，在那套单元房里了。女儿不在。他蹑手蹑脚地找她，把这栋有很多窗户的豪华住宅的角角落落搜了个遍，可是一个人也没有。于是他在长沙发上坐下，然后躺下。他觉得很放心，很安定，好像女儿已经在什么地方安置好了，活得很开心，而他可以歇口气了。他（在梦中）昏昏欲睡，女儿忽然又出现了，她像旋风一样冲进屋，立刻在他身边形成一个旋转的风柱，发出“呜呜”的风声，撼动周围的一切，把指甲插进他右臂的臂弯处。因为扎进了皮肤，父亲被重重地刺痛了，惊得大叫一声，睁开了眼睛。原来医生刚把针管推进他右臂的静脉。

女孩躺在旁边，呼吸沉重，但已经不发出嘶嘶的声音了。父亲用胳膊肘支撑着欠起身，看到他的左臂已经松开，被包了起来。他对医生说：

“医生，我得赶紧打个电话。”

“打什么电话，”医生应道，“暂时还没什么可告诉的。躺好，否则您也会……飘走……”

可是医生离开的时候还是把自己的无绳电话给了他。父亲打电话到家里，家里没有人。大概妻子和岳母一大早就去了太平间，现在正在到处找孩子的尸体。

女孩已经好些了，但还没有恢复知觉。父亲假装要死了，以便尽可能地和她一起待在抢救室。夜班医生已经走了，这可怜的人身上再没有钱了，但是做过心电图之后还是把他留下了。大概夜班医生还是做了工作，要么就是他的心电图不好。

父亲琢磨着下一步该怎么办——他不能下楼去，不许打电话，周围都是陌生人，而且大家都在忙。他想，现在那两个女人——妻子和岳母，他的“小女孩”（这是他对她们三个的统称）——该是一种怎样的状况。他的心跳得很厉害，医生给他也输上了液，和女孩一样。

后来他又睡着了，而当他醒过来，女儿已经不在身边了。

“护士，原来在这儿的那个女孩到哪儿去了？”

“您问这个做什么？”

“我是她父亲，就这么回事。她在哪儿？”

“送她去做手术了。别激动，别起来，您不能动。”

“她怎么样？”

“不知道。”

“亲爱的，请叫医生来！”

“医生都忙着呢。”

旁边有个老头儿在呻吟，隔壁有个人，好像是一个年轻的医生，大概正在对付一个老太婆。他大声地逗她，就像在跟一个乡下的傻女人说话一样：

“奶奶，想喝汤吗？（停顿）想喝什么汤？”

“呜……”老太婆发出一种粗重的、不像人类的声音。

“想喝蘑菇汤？（停顿）是蘑菇汤吗？喝了蘑菇汤吗？”

忽然老太婆用粗重的低音回答道：

“蘑菇……鹿角菌。”

“真棒！”医生大声说。

这位父亲焦虑不安地躺在那儿。他的女儿正在某个地方做手术，他的悲痛欲绝的妻子不知坐在哪儿，她身边的岳母也抖作一团……年轻的医生来看了看他，又给他打了一针，他就睡着了。

傍晚他悄悄地起身，就那样光着脚、只穿着件病号服走出去了。他神不知鬼不觉地来到楼梯口，好像幽灵一样，踩着冰凉的台阶往下走。他走到地下室的走廊，然后顺着“解剖科”的箭头往前走。

这时一个穿白大褂儿的人叫住了他。

“那个病人，您在这儿干什么？”

“我是从太平间出来的，”这位父亲忽然答道，“我迷路了。”

“从太平间出来的，怎么回事？”

“我出来了，可我的证件留在那儿呢。我就回来了。可这儿是哪儿？”

“我一点儿都不明白。”这个白大褂儿说。他扶着他的胳膊，带着他顺着走廊向前走，然后还是开口问道：

“怎么，您起来了？”

“我活过来了，一看没人，我就走了。后来我还是决定回来，好让他们搞清楚。”

“真怪。”这位陪送人说。

他们来到解剖科，可是医士把他们迎头痛骂了一顿。这位父亲等他发作完，问道：

“我女儿也在这儿。她应该在手术结束后被送来。”

他报了姓氏。

“没在，她没在！所有的人都伤透了脑筋！上午找过了！没有她！大伙儿全都四脚朝天！又来了这么个神经病！从疯人院跑出来的，还是怎么的？他是从哪儿来的？”

“他在两座楼中间的通道那儿晃。”白大褂儿回答。

“去叫保安！”医士又破口大骂开了。

“让我给家里打个电话，”这位父亲回答，“我想起来了。我躺在三楼的抢救室来着。我失去记忆了。我是在华沙站爆炸以后来这儿的。”

穿白大褂儿的两个人不说话了。华沙站的爆炸发生在一天前。

于是他们把光着脚、发着抖的他领到了放着电话的桌子跟前。

妻子一接电话就开始号啕大哭：

“你！你！你到哪儿逛去了！她的尸体被弄走了，我们不知道弄到哪儿去了！你还到处乱逛！家里一分钱都没有！连打出租的钱都没有！是你拿走的，对不对？”

“我，我失去了知觉，进了医院的抢救室。”

“哪儿？哪个医院？”

“就是她的那个医院……”

“她在哪儿呢？哪儿？”妻子号啕大哭。

“我不知道，我自己也不知道。我什么衣服都没穿，给我把东西送来。我光着脚站在太平间。这是第几医院？”他问白大褂儿。

“你怎么到那儿的？我一点儿都不明白。”妻子还在大哭。

他把电话交给白大褂儿。白大褂儿镇定自若、若无其事地通报了地址，挂了电话。

医士大概是有点怜悯这个活人了，给他拿来了一件大褂和一双歪歪拉拉的破拖鞋，然后就让他到医院大门处保安那儿去了。

面目肿胀、看起来同样衰老的妻子和岳母来了，给他穿好衣服，穿好鞋，终于听明白了事情的原委。她们幸福地哭着，然后大家开始一起在椅子上等待，因为他们得知，他们的孩子做了手术，正在抢救室，她的伤情属于中等。

两个星期以后她已经开始走路了，父亲牵着她在走廊里溜达，不停地说爆炸后她是活着的，不过是昏迷了，是昏迷。谁都没看出来，而他当时就知道。

不错，他没有说，他生吃了一颗人心，为了不让她吃。但那是在梦中，梦中的事是不算数的……

离 魂

当生命、幸福和爱时时刻刻从身边溜走的时候，你怎么才能忘掉这种受打击的感觉呢？一个叫尤利娅的女人在女友家做客的时候看着她丈夫一直黏在一个几乎还是个孩子的小姑娘身边，这样想着。别人都是大人，唯独她像个孩子。后来他请她跳舞，边跳边用眼神示意坐着的尤利娅看那姑娘："瞧，长得多俊！我上次见她的时候她才六年级。"他高兴地笑起来。他说得不错，那是主人的女儿，住在这儿。在返回的路上，坐在地铁车厢里，尤利娅还在想着"怎么才能忘掉"的问题。这时醉醺醺的丈夫（把助听器拉过来权当眼镜）煞有介事地读起一张揉成一团的报纸来，忽然，在强光底下闭上了一双疲倦的眼睛。他们就这样坐着车，回到了家。他拿着那张报上厕所，大概是在里面睡着了，只好敲门把他叫醒。这一切都很琐碎、丢人。生活中什么事不丢人呢，尤利娅想。丈夫在床上打鼾，就像每次喝酒以后那样。"天哪，"尤利娅想，"生命就这么溜走了。我成了没人需要的老太婆，已经快四十了，我完了。"

早上，尤利娅独自一人给全家做早饭，忽然觉得，她得去一个地方。去哪儿都行——看电影，看展览，甚至冒险去剧院。最主要的是和谁一起去。一个人总有点不自在。尤利娅给所有的女友打遍了电话：一个女友正裹着热毛巾，她得了一种叫"跟你一刻不离的节日"的病，肾病。不久以前她们还谈过她的病。另一个女友家没人接电话，大概是把电话线拔掉了。第三个女友正要出门，已经到门口了。她一个年迈的女亲戚生病了。这个女朋友是独身的，但总是精力充沛，很快活，很阳光，跟咱不一路。

可以动手打扫卫生。她的女领导说过："我不好受的时候，比方说我姐姐刚去世，医生就做出诊断，说我跟她得了同样的病，我回到家马上开始擦地板。"接下来很妙：原来是误诊。这番话的主旨如下：不要认输！地板要干净！

因为昨天参加了大学女友的丈夫讨厌的生日聚会，攒了一大堆洗洗涮涮的事。她得料理这些事，然后会觉得，什么事都没人做，只有她独自一人做所有的事。丈夫昨天喝多了，会睡到很晚才起床，她会看家里人不顺眼，抱怨，嚷嚷，想起那漂亮姑娘，主人的女儿，那还用说。她想离家出走直到晚上，她想躲起来，躲到什么地方去。让他们自己干去吧，哪怕一辈子就一次也好。她再也受不了了。

这时候尤利娅想到，是不是去那个地方？只有在那儿她的到来不会让人感到吃惊，她会得到招待，有人让她喝茶，听她倾诉，甚至为她铺床留她过夜。那是他们在乡下度假时的房东老太太。当纳斯佳还小，她和丈夫谢尔盖对未来还怀有憧憬的时候，他们曾一连好几年在她家过夏天。对尤利娅来说，这个女房东是一份很珍贵的记忆。尽管尤利娅和自己的母亲关系紧张，她却很依恋这个一点亲戚关系都没有的老太太，这个贴心而智慧的人。尤利娅甚至觉得她美丽而善良，又像孩子一样狡黠。尽管这位安妮亚大婶跟自己的女儿也分手多年了——如果可以这样说的话。她女儿过着浪荡的生活，不看望母亲，不过却给老太太留下份遗产——年幼的玛丽娜，一个畏缩怕生的黑发小女孩。

正是如此！当你被所有人抛弃，你要关心关心别人，关心外人，那样你的心就会感到温暖，别人的感激会赋予生命意义。最重要的是，会有一个宁静的港湾！就是这样！这就是我们对朋友的期待！

尤利娅很兴奋，她暗自笑了，很快收拾好要带的东西，她尽量不惊醒家人，去翻找装着纳斯佳旧衣服的包儿，她特意为安妮亚大婶留着这些衣服，因为她知道，老太太一个人拉扯外孙女，没有人帮她。

尤利娅甚至找到了给安妮亚大婶的衣服，那是一件暖和的衬衣，两个小时以后，她已经在站前广场急急地一路小跑，差点被车碰着（要是真出事了也不错，可以直挺挺地躺在那儿，省得解决各种问题，照顾那个谁也不需要的人，大家都解脱了。她在这个念头上停留了片刻，一霎时竟有点恍惚）——很快，好像被施了魔法一样，她已经在那熟悉的城郊小站下了电气火车，拖着行囊，走在那条熟悉的、从车站通往村边的小路上。

这个十月的星期天显得空旷、明亮，树上的枝叶已经萧疏，空气中弥漫着烟味和澡堂的气味，夹杂着落叶发出的新酒的气味、篱笆墙后别人的生活散发的忧伤而舒适的气息，不知为何，还有一点墓地的气息。窗口已经亮起了灯，虽然天还没有黑。惆怅的心情，辽阔的视野，明亮的天空，过去幸福的岁月——那时她和谢廖沙都很年轻，朋友们来到他们消夏的乡下，大家一起玩乐，喝酒，在篝火上烤肉串，等等。他们常给安妮亚大婶帮忙，因为她那栋挺大的房子总有什么地方漏水了、塌陷了，需要修理。当年他们可以把小纳斯佳留在安妮亚大婶那儿过一晚上，小纳斯佳和沉默寡言的玛丽娜挺要好。安妮亚大婶照顾她俩睡觉，而尤利娅和谢廖沙则进城去参加某人的生日聚会，通宵达旦地喝酒唱歌，直到第二天傍晚才能赶回来，女儿被照顾得很好。安妮亚说，你们就是去度假也没问题，莫非我还不帮着看孩子吗？她和谢廖沙两个人去南方度假两个星期，而安妮亚大婶也挺乐意，因为他们给她留了钱和食物。不错，当他们回来以后，当天晚上女儿纳斯佳就乐极生悲，大病一场，整整卧床两周。度假的事全都忘在了脑后，晒黑的皮肤也褪色了。尤利娅十个晚上没睡觉，纳斯佳差点没把命丢了。世上的一切都要求平衡，尤利娅拖着行囊边走边想，差点说出声来。

小路蜿蜒，脚下是潮湿的黏土，现在出现了岔口，我们得往左，顺着医生家的栅栏走。邻居们这样称呼那两口子，那位丈夫的确在卫生检疫站工作。星期六他们夫妇总是要淘粪坑，用积粪给院子施肥，说是为了追求天然生态（其实是不想雇车），结果弄得周边一股天然有机肥的臭味。现在就有这种难闻的味道随风飘过来(墓地的气息就是打这儿来的)。

安妮亚大婶曾经嘲笑过这种种植法。其实她是个搞育种的，曾在某研究院工作，甚至经常出差。只是退休以后，才在大自然中变成一个农民，重操尼日尼诺夫哥罗德祖先的口音，固执地把草莓叫作“炒梅”(另一个名称是“维克多利娅”)，扎着头巾，脚蹬胶靴，在灌木下小便（这才是好肥料!)。她种的所有东西都会自行生长繁殖，就好像被施了魔咒一样。她早就在乡下定居了，把城里的一套房子留给了女儿，似乎是为了不要打扰她（其实这是一场内战，和所有的内战一样，结果是两败俱伤)。

尤利娅轻车熟路地沿着野草丛生的小路往前走，有些野草变得稀疏发黑了。怎么好像很久没人走了？然后她从门上取下代替门闩鼻儿的生锈的铁环，推开发潮的栅栏门，高兴地朝房子那边挥起手来，因为她看到窗户上的窗帘动了。

安妮亚大婶在家！她看到了尤利娅，可能很高兴。这老太太很喜欢他们一家。

门没锁，她敲了两下，然后穿过阴凉的门厅，用拳头敲打安妮亚卧室的门，这门被安妮亚用粗麻布包住了。

“来了，来了。”安妮亚大婶低沉的声音应答着。

尤利娅走进散发着别人家气息的温暖的房间，而这可爱的气味让她一下子快活起来。

“您好啊，婶婶！”她高声说，都快要哭了。这个庇护所，过夜的地方，宁静的港湾，迎接了她。婶婶变得更瘦小干枯了，不过一双眼睛在黑暗中显得很明亮。

“我没有打扰您吧？”尤利娅兴冲冲地问，“我给您的玛丽娜奇卡[①]带东西来了——连裤袜，针织裤，小大衣。”

“玛丽娜奇卡没有了，”婶婶急忙接口说，“完事了。我再也没有她了。”

尤利娅脸上还带着笑，但心里一阵恐惧，感到后背发冷。

“走吧，走吧，”婶婶相当清楚地说，“离开这儿，尤利娅。我不需要。”

“我给您带来了好多东西，我买来了香肠、牛奶、奶酪。”

“那就全拿走吧。用不着。拿上走，尤利娅。”

婶婶的声音一如既往地轻柔悦耳，她头脑清醒，可是她说的话却不可思议。

“出什么事了，婶婶？”

“一切正常。一切都正常发生。离开这儿。”

婶婶是不会这样说的！尤利娅站在那里，感到惊恐而委屈，简直不敢相信自己的耳朵。

“我得罪您了吗，婶婶？我不会待很长时间，真的。我其实一

---

① 玛丽娜的小名。

直记着您，可是生活……”

“生活就是生活，”婶婶含含糊糊地说，“死就是死。”

“总没时间……”

“而我的时间有的是。所以走你的路吧，尤利娅。”

“不过，我就把东西都给您留下吧……我拿出来……省得拖回去，婶婶。”

(天哪，怎么摇晃起来了?)

“干吗？干吗?”婶婶好像自言自语，用清楚的、吵架似的口气说，“我已经什么都不需要了，完事了。我下葬了。我需要什么？坟上一个十字架。”

“您能不能告诉我，发生什么事了?”尤利娅还在追问。

房里很暖和，在尤利娅和婶婶说话的走道，和往常一样，为了保持卫生，地上铺着展开的纸箱子。通往婶婶房间的门大敞着，房间里传来收音机蚊子一样的声音，透过房间的窗户玻璃可以看到村子。一切都和往常一样。而婶婶大概是疯了。发生了对活人来说最可怕的事。

“好，我跟你说，我死了。”

“多久了?”尤利娅机械地问。

“哦，已经两个多星期了。”

太可怕了。可怜的婶婶。

“婶婶，小姑娘在哪儿？玛丽娜奇卡?”

“我不知道，葬礼她没露面。我希望斯维达没把她抓走。斯维达不好，很坏，她没准已经把房子卖了。简单说，她彻底堕落了。脚上有破口，可能是营养不良的溃烂，用报纸包着。季玛把我下葬了。她就在旁边叨叨个没完。他吓唬她，季玛。”

“季玛?”

“就是她扔下的季玛，她把他跟一岁的玛丽娜奇卡扔下走了。玛丽娜奇卡才一岁。当时他把她送进了孤儿院，我把她接出来了。你不记得了，还是我没说过？”

“嗯，我记得。”

“也可能没讲过……你们来的人真多。住一阵子就走了，也不写信，也不捎信。有一个女人死了，摔倒了。那时玛丽娜还上学呢。”

“可是我来了呀！”

“季玛葬了我，可也就是一烧，那个坛子还没取回来呢。我没入土。我就到这儿来了。暂时我还在那儿。斯维达很坏，浪荡鬼，浪荡鬼。她都没想到可以住在这儿。季玛把她从火葬场的大厅吓走了，她正要重新用报纸包她的脚。她不知怎么到医院太平间找到了我。她下了车，开始流脓，那样子很糟。她在垃圾箱找了张报纸。斯维达，我知道她，指望在丧宴上喝一顿。季玛不知怎么把她找到了，可没想到她已经那个样子了。可是我先在这儿待一段儿，到第四十天。然后就完事了，拜拜了。行了，尤利娅，走吧。”

“婶婶，这都是您太累了！您歇歇！嗯，我跟您住几天，好不好？我会把玛丽娜奇卡找到的。她什么时候丢的？”

“玛丽娜丢了？不，瞧你说的。我摔跤以后，开始什么都不记得了，后来，把我抬走的时候，我只看见了季玛。玛丽娜在哪儿呢？从太平间把我运走的也是他。”

“季玛。他姓什么？”

“我不知道，”婶婶含糊地嘟囔道，“好像是什么费奥多西耶夫。跟玛丽娜奇卡的姓一样。她姓费奥多西耶娃。愿他健康。他把他爹带来参加葬礼了。再没别人了，就他们俩，谁都没通知，也没人可通知，他不知道。他通知了斯维达又把她永远赶走了。我一直等着她来，她可能要死了。”

“没通知我。”尤利娅突如其来地说。

“你是谁？尤利娅，你是好几年前的房客。你已经好几年没音信了，五年了。玛丽娜已经十二岁了！但愿她不要来，她可不要来！”

五年，好家伙！纳斯佳已经十五岁了。大姑娘了。他们已经五年没在乡下租房消夏了！纳斯佳的奶奶在库班的斯拉夫扬斯克市有所房子。那儿有冰河。这孩子从那儿回来时变化很大，变野了，还抽烟。显然是个女人了。

“请原谅我，婶婶！”

“上帝会原谅的。上帝原谅所有人。离开这儿，别耽搁。把那些破烂儿也拿走。已经有一些不好的人到这儿来了，我给所有人都开门。我已经不是个人了。”

“这不是破烂儿，这是给孩子穿的好衣服，毛的连裤袜，大衣，马甲。”

尤利娅这么说。她想让婶婶相信，一切正常，这不过是病态的心理在作怪。她被所有人抛弃了，就像尤利娅的处境一样。

“婶婶，我来找您是把这儿当作世界上最后的避难所的。”

“世界上没人有这样的避难所。每个人都是自己的最后的避难所。”

“我以为您不会赶我，会接待我，我本想在您这儿过夜。”

“不行，这不可能，尤利娅，我跟你说。不行，我是没有的。”

“我带吃的来了，您吃点。”

“回头你吃了吧。离开这儿。”

“那儿冷……这儿的天空那样，空气……婶婶！我好容易来到您这儿！”

婶婶坚决地回答说：

“我担心玛丽娜，非常不放心，不知她在哪儿。”

“我已经懂了。我懂了。我会找到她。”

“斯维达正朝这儿来。她死了，可是还活着。要是她死了，她就该在这儿。可是我谁都不想看到，你们明白吗？让我安静待着！玛丽娜在哪儿？我不想看见她！不愿意，明白吗？”

婶婶显然是越说越来劲了。又是想又是不想的。她坚定地站着，用窄窄的身体挡住过道。

尤利娅想象自己拖着沉重的行囊往回走，带着这些面包、衣服卷儿、一升牛奶……

“婶婶，我能不能在您这儿坐坐？腿疼。我的腿不知为什么特别疼。”

“我再说一遍，开步走！把你的腿带走，趁它们还没折！”

尤利娅从她身边走过，就像走过虚空一样，她进了房间，在椅子上坐下。

邻居家的臭气更浓了，从敞开的气窗飘了进来。

这房间好像没人打理似的，床上放着卷起的床垫，整洁的婶婶是从不会这样的。她总是把床铺得一丝不苟，枕头立起来放，枕头角儿支棱着，上面盖着钩织的花巾。可现在却有那么难闻的气味儿！

“婶婶，请烧点茶。”

“没有茶壶。人们来到这儿把东西全拿走了！”婶婶在过道里回答，她的声音还是那么清脆。

“那么水呢？水有吧？”

“也早就没有了。只有井里有水，而我从不出去。”过道里的声音回答。

“我去打点水好吧?”尤利娅在房间里提议,“您好久没喝茶了吧?”

“我死了两个多星期了。”

“水桶有吗?”

“水桶也给拿走了。”

尤利娅铆足力气站起来,重重地走向厨房。她看到厨房一片狼藉。碗橱的门大开着,碎玻璃撒了一地,一只皱巴巴的小铝锅侧躺在地上(这是婶婶煮粥的锅)。厨房当中有个三升的空铁罐,原是盛豆子罐头的。这是谢廖沙有一次为过什么节日带来的,罐头没打开,烤土豆就够吃了,秋天走的时候,他们就把罐头送给婶婶吃了。

尤利娅把罐子拿在手里。

“把自己的东西都拿走!”

“我拿它去打水。”

“拿走,拿走!包也拿着!”

尤利娅顺从地把包挎在肩上,拿着罐子走了,到外边的井边去。婶婶提着背囊跟在她后面,但不知为何,没有到外边的门厅来,留在了门内。

门口一阵凉气向尤利娅扑来,吹来阵阵清风。到处是黑乎乎的野草,摇荡着干燥的种子。她离开荒芜不堪的园子,吃力地向着最近的水井所在的那道沟走去。各家早就铺了水管,只有婶婶这里没有铺,因为老太太没钱做这事。

沟里到处都是垃圾,几乎是个垃圾场,而井台的摇把上没有水桶,只缠着一根锈色的尼龙绳。照婶婶的话说,水桶被“共产”了。

她头晕起来,周围的一切变得清晰,白得耀眼——但仅仅是一瞬间。尤利娅到底没失去意识，她发现了一根粗大的、歪歪扭扭的钉子，于是从地里挖出一块碎砖头，在罐子的侧面打了一个眼儿，结果把左手的食指弄破了。她从伤口中吮出一点血，在沟沿找到一片新鲜的车前草叶，敷在伤口上，然后用绳子勉强拴住罐子，开始摇摇把。她舀上水，把她临时改造的小水桶提上来，把冰凉的罐子上的绳子解下来，用两手把罐子举得离自己远一点，免得弄湿。不过水很满，因为她一心惦记着家里没有一滴水的婶婶。她向上走，爬到了沟上面。路很黏，很难走，因为不习惯，她的腿很疼，甚至开始麻木了。上来以后，尤利娅把罐子放在小路上，四处张望。

安妮亚婶婶的栅栏是用稀疏的木板围起来的，从这里俯瞰下去，她的房子显得很漂亮。窗户上已经没有窗帘了！尤利娅一激灵，感到一种健康人面对疯狂的恐惧——这种疯狂在七八分钟之内就把四扇窗户的窗帘都扯掉了。

尽管如此，还是得给安妮亚婶婶弄饭，至少给她水喝。要找大夫，把门锁好。想法子找到玛丽娜、斯维达或是季玛·费奥多西耶夫。至于房子给谁住，是无家可归的斯维达——这个继承人一眨眼就会把这房子喝没了——还是同样无家可归的玛丽娜，这就不是我们能决定的了。得收养玛丽娜！就是这样。现在生活就得这样规划了，既然已经开始做了。你想出走，结果离开自己的生活却闯进了别人的生活。哪里都不清静，到处都有孤苦伶仃的人。谢廖沙和纳斯佳会反对的。谢廖沙不会说什么，纳斯佳会说，你又出花样了。妈妈，你简直是个疯子。而尤利娅的母亲会打电话来掀起一场风波。

尤利娅站在那里，心情沉重地想着这些事。她知道应该往前走，可是她的两条腿像灌了铅一样不听使唤。它们不想负担着三升冰冷的水走向那个疯老太婆的被洗劫一空的房了，走向新的生活重负。疾风向小山吹来，家庭主妇尤利娅一动不动地站在那儿，好像一个无家可归的人，一个乞丐，脚边放着唯一的财产，就是容量三升的铁皮水罐。疾风吹过，狰狞的、黑乎乎的树哗哗地响着，远处的喧嚣声越来越大，可以闻到好像西瓜味道的冬天的气息。周遭寒冷萧瑟，天色明显地暗了，此时此刻，她多想回家，回到温暖的、醉意朦胧的谢廖沙身边，回到活生生的纳斯佳身边，现在她已经醒了，穿着睡衣，正在看电视，吃薯片，喝可乐，不停地给朋友打电话。谢廖沙马上就要去找同学，他们会一起喝酒，这是星期天的固定节目。由他吧。只要在干净、温暖、平凡的家里，没有烦恼。

尤利娅用两手举起罐子，要把它运下去，给安妮亚婶婶送去，可是收不住脚，在黏土地上滑倒了，把一半的水洒在了自己身上。天哪！两条腿已经疼得相当厉害了。

可是安妮亚婶婶的门上锁了，没人来给尤利娅开门，尽管她用疼痛的两腿踹门，像疯子一样大喊大叫。

在她的上方，有人很清楚又很快地咕哝了一声："喊呢。"

不过尤利娅知道另一条路，沿着通往阁楼的临时梯子往上爬，然后扒着墙爬过一个洞，就可以下到阳台上，当初他们不止一次在夜里这样爬进房里，当找不到钥匙的时候，她和谢廖沙。

尤利娅把罐子留在门口。

发疯的安妮亚婶婶就待在房子里，没有水，以她的精神状态，也没法把食物从扎着口的背囊里取出来。当一个人失去一切，他会怎么样呢？一个聪明、善良、美好的人会变成一只危险愚傻的动物……

尤利娅吃力地从屋檐下搬来沉重的梯子，放好，踩着腐朽的踏板往上爬。她从第三级上摔了下来，腿完全摔坏了（可能断了?)。她呻吟着爬起来，到底爬上了屋顶。她把手也弄伤了，两胁也疼，头也疼，一霎时甚至又出现了辽远的白色空间（这是梦魇，但它很快就过去了），而后她吃力地穿过满是尘土的阁楼，下到阳台。她移动得非常艰难。从阳台通往屋里的门也是关着的。看来是有先见之明的安妮亚婶婶从里面挂上了挂钩，以防小偷。

真是的。

尤利娅哭起来，用拳头捶门，喊道：

“安娜·谢尔盖耶夫娜！喂！是我，尤利娅！尤利娅！放我进去！”

尤利娅站了片刻，侧耳倾听，周围一片死寂（只是什么地方有土一样的东西像水流般洒下来）。尤利娅说：

“好，我走。水在门口的罐子里。面包和奶酪在背囊的前兜，香肠也在那儿。”

往回走要向上爬，这更艰难。手不听使唤，一个劲儿地挠木板。尤利娅落地的时候已经半迷糊了，不知道是怎么从腐朽的梯子上下来的……透过暝色，她看到闪耀的白光，那是昏迷中的一片空白。

好不容易到了车站，她坐在冰冷的椅子上。冷极了，两腿僵硬，钻心般疼，好像被碾碎了一样。很久不来车。尤利娅蜷着身子躺下。所有的电气列车一辆辆从身边驶过，站台上一个人都没有。天全黑了。

蓦地，尤利娅在一个包厢里醒来了。那无边无际的白茫茫一片又出现了，好像身边覆盖着白雪。尤利娅呻吟起来，把目光转向地平线。那儿有一扇窗，用蓝色的窗帘遮住一半。窗内是黑夜，远远地亮着些灯光。尤利娅躺在一个暖和的大房间里，盖着被子，就像压在废墟之下一样。右臂抬不起来，被什么重东西压着。尤利娅抬起左手打量着。手非常苍白，近乎透明，食指上有个深色的伤口。

这是她在安妮亚婶婶那儿用钉子给水罐打孔时，被砖头划伤了手指。可是伤口已经快愈合了。

“我在哪儿来着？”尤利娅大声说，“嗨！喂！安妮亚婶婶！啊——啊！”

她想起身，可是一点也动不了。两腿疼极了，这是真疼。下腹也感到刺痛。

一个人也没有。

她总算撑着右臂欠起身来，四下张望。

这是一张床，有一根半透明的管子从她身上向下垂着。

导尿管！她被插上了导尿管！就像从前垂死的奶奶在医院时一样。这就是医院，旁边还有一张床，床上有一堆白色的、一动不动的东西。

“喂！嗨！救命！”尤利娅嚷道，“救救安妮亚婶婶！救救玛丽娜·费奥多西耶娃！”

旁边床上的那一堆白色的东西动了动。

一个穿白大褂儿的护士睡眼惺忪地走了进来。

“嚷什么，小点声，”她边走边说，“安静。您会把大家都吵醒的。”

“这是什么地方？”尤利娅哭着问，“让我起来！玛丽娜·费奥多西耶娃，去找她。我得起来！”

“会起来的，会起来的，病号，既然您……既然您醒过来了，那么……”

她走了，然后拿着注射器回来。打针的时候，尤利娅苦苦地回忆着。

“我怎么了，护士，求求您告诉我。”

“怎么了？双腿骨折，一只胳膊骨折，盆骨骨折。好好躺着吧。

明天您丈夫和女儿会来的，还有您妈妈。他们都会告诉您的。脑震荡。您苏醒过来了，这就好了。何必让他们不断地跑医院，在这儿白坐着呢。腿有感觉吗？”

“疼。”

“那就好。”

“在哪儿？在哪儿？发生了什么事？”

“您被车撞了，不记得了？睡吧，睡吧。被车撞了。”

尤利娅大吃一惊，惊呼一声，但镇静药随即控制了她，于是她又试图敲门进入安妮亚婶婶的房子，想给她水喝。那是十月的薄暮，阳台门窗上的玻璃给风吹得一阵乱响。可是看起来安妮亚婶婶不想接待她。后来在玻璃后面出现了几张愁容满面、表情悲伤、挂满泪水的脸，那是亲人的脸——妈妈、谢廖沙和纳斯佳。尤利娅总想告诉他们去找玛丽娜·费奥多西耶娃·德米特里耶夫娜，德米特里耶夫娜·安妮亚大婶，大概是这么个人。去找，去找，去找她，说别哭，我挺好。

幻　影

有一次，女孩丹尼亚躺在床上看一本漂亮的杂志，她的心情正如每天早上一样。

这是一个星期天。

忽然“漂亮幻影”像个电影演员（你们自己知道是谁）一样走进房间，他穿得好像模特儿，径直坐到丹尼亚的长沙发上。

“你好，”他大声说，“你好，丹尼亚！”

“哎呀，”丹尼亚说（她穿着睡衣），“哎呀，怎么回事？”

“过得怎么样？”幻影问，“你别紧张。这是魔法。”

“去你的，”丹尼亚反驳说，“这是我的幻觉，我睡得太少了，就是因为这个。所以您就来了。”

昨天她和安卡、奥丽佳在舞厅试着吃了尼古拉从熟人那儿拿来的药片儿。现在还有一片药放在化妆包里，尼古拉说，钱可以以后再给。

“这不重要，就算是幻觉吧，”幻影表示同意，“可是你可以说出随便什么愿望。”

“那会怎么样？”

“你先说。”幻影微笑地说。

“嗯……我想毕业……”丹尼亚不太有把握地说，“叫玛利亚别给我两分……数学。”

“我知道，知道。”幻影点头说。

“知道？”

“你的事我全知道。当然！这可是魔法。”

丹尼亚慌了。她的事他都知道！

“我什么都不需要，走开。”她难堪地咕哝了一句，“药片是我在阳台上捡的，包在纸里。不知谁扔的。”

幻影说：

“我可以走，可是说不定你会因为把我赶走而终身遗憾。我可是能满足你的三个愿望。别把它们白瞎了。数学你随时可以赶上的。你本来有能力，只是不学罢了。所以玛利亚给你打了两分。”

丹尼亚想：确实，这个幻影说得对。母亲也是这么说的。

“那好，”她说，“我要漂亮吧！”

“别说傻话了。你本来就很漂亮。要是你把头洗干净，一个星期每天在外面散步一个小时，而不是去逛街，你就会比她漂亮（你自己知道我指的是谁）。”

这是妈妈的话，一点不差！

“可我胖呀！”丹尼亚坚持说，“卡佳瘦。”

“你没见过胖人吗？要想减去多余的三公斤，只要别不停地吃甜食就行了。这个你可以做到！好，你再想！”

“让谢廖沙……嗯，就是那个。”

“谢廖沙！我们要他做什么！谢廖沙现在就开始喝酒了。莫非你想嫁给一个酒鬼！你瞧瞧奥莉娅姨妈。”

是的，幻影什么都知道。母亲也是这么说。奥莉娅姨妈的生活可怕极了，家徒四壁，生的孩子有缺陷。而谢廖沙确实喜欢喝酒，而且看也不看丹尼亚。他正像常言说的，跟卡佳“吊膀子”。他们班去彼得堡的时候，谢廖沙在返程的火车上喝了那么多酒，早上都叫不醒他。卡佳甚至打了他的脸，还哭了。

“您简直跟我妈妈一样，”丹尼亚沉默片刻，说道，“我妈也是嚷嚷这一套词儿。她跟我爸总冲我嚷，好像有病似的。”

“我是为你好的！”幻影温和地说，“好，注意。现在你可以提出三个愿望，还剩下四分钟。”

“嗯……我想要很多钱、海边的大房子……还有，住在外国！”丹尼亚一口气说。

嘭！丹尼亚顿时已经躺在一间粉红色的、不知为何很熟悉的卧室里了。透过宽敞的窗户吹进了清爽的海风，尽管天气挺热。桌子上有一只打开的箱子，里面装满了钱。

“我的卧室和芭比一样！”丹尼亚想。她在“儿童世界”商场的橱窗中看到过这样的卧室。

她站起身来，完全不知道哪儿是哪儿。房子有两层楼，到处是粉红色的家具，好像过家家的房子一样。太棒了！丹尼亚惊叹不已，在长沙发上跳一跳，看看柜子里有什么（什么都没有）。厨房有冰箱，不过是空的。丹尼亚接着水龙头喝了点水。可惜忘了说“要随时有吃的”。还应该加上“还有啤酒”（丹尼亚喜欢啤酒，她和同伴们经常会去买一听。只是没钱，但丹尼亚有时从爸爸的衣兜里拿钱。妈妈藏钱的地方丹尼亚也知道。大人藏东西孩子总是能找到的！）。不，应当就这么跟幻影说：“要生活所需的一切。”不，“阔气的生活所需要的一切”！浴室里有个什么机器，好像是洗衣机。丹尼亚会用洗衣机，但家里的洗衣机是另一种。对这个她一窍不通，不知道那些按钮在哪儿。

房里有电视，可是丹尼亚不能打开，那些按钮也看不明白。

接下来该从外边看看了。原来这房子位于街边，而不是在院子里。她该说“有花园和游泳池的房子”。钥匙挂在前厅门旁的一个铜钩上。想得很周到!

丹尼亚上到二楼，拿起钱箱，想提着它上街，但发现自己还穿着睡衣。

不过这是一件有两条背带的裙式睡衣。

而丹尼亚脚上那双旧的平底凉鞋格外刺眼，真要命!

但是也只好这副样子出门了。

门锁上了，钥匙却没地方放，总不能把它放在钱箱里吧。只好把它放在门垫下面，就像妈妈有时候做的那样。然后，丹尼亚快活地哼着歌，信马由缰地跑走了。她的两眼一直望着大海的方向。

这条街的尽头是沙子铺的路，两边出现了几栋小小的夏季房屋，而后又出现了一片空地，这里有很重的鱼腥味，于是丹尼亚看见了大海。

一些人在岸上坐卧散步，有几个人在游泳。但是游泳的人不多，因为海浪很大。

丹尼亚想马上下海，可是她没有游泳衣，睡衣里面只穿了条白色的内裤，丹尼亚可不想以这副样子示人，所以她只是一手拎着鞋，一手提着钱箱，紧贴着水边溜达，逃开大浪的袭击。

丹尼亚在海边饿着肚子走到天黑，当她往回走，并希望找一家商店的时候，她走错了，找不到那个与她住的那条街相连的小广场了。

钱箱很坠手，凉鞋也被海浪打得湿淋淋的。

她在一片干一点的沙子上坐下。她坐在自己的箱子上。太阳落下去了。她特别想吃东西，特别是想喝水。丹尼亚狠狠地骂自己没有想到返回的事，总之，什么都没想到，应该哪怕先找一家商店买点东西，像食品、鞋子、十来件衣服、泳衣、眼镜、浴巾。在家里，这一切都是妈妈爸爸操心，丹尼亚不习惯计划明天吃什么、喝什么、穿什么，怎样洗脏衣服，在床上铺什么。

她穿着睡衣感到冷，湿漉漉的鞋灌进了沙子，很重。

得想个办法。海边已经几乎没有人了。

只有两个老太太还坐在海边，远处有几个人在喊人，准备离开浴场，那是由三位老师带领的一群小学生。

丹尼亚向那个方向走去，有点胆怯地在那些好像一群乌鸦一样闹嚷嚷的孩子旁边站住。这些孩子大都穿着旅游鞋、短裤、马甲，戴着帽子，每人有一个背包。他们用英语喊着什么，可是丹尼亚一个字也听不懂。她在学校学过英语，可不是这样的。

孩子们用瓶子喝水。有人还没喝完那宝贵的水，就用力把瓶子往远处扔。有些傻瓜还把它们抛到海里。

丹尼亚等待着这些吵吵嚷嚷的孩子离开。

收拾用了很长时间，太阳差不多已经落下去了，最后这些小乌鸦终于整好了队，在三重护卫下被带到什么地方去了。浴场上剩下了几个瓶子，丹尼亚赶紧把它们收起来，急不可待地喝里面的水。然后她沿着沙滩走远一些，一面还是张望那些海岸沙丘，希望在它们之间找到回家的路。

黑夜出其不意地降临了。丹尼亚在黑暗中什么也分辨不清，她在冷冷的沙滩上坐下，她想，应当坐在箱子上，但突然想起来，把它忘在了上次坐的地方！

她甚至都没感到害怕。这个新的不幸简直把她压垮了。她两眼一抹黑地开始往回摸。

她想起，还有两个老太太留在海边。

要是她们还坐在那儿，就可以找到她们旁边的箱子。

可是谁会在寒冷的夜里坐在湿乎乎的沙子上呢！

在沙丘背后早就亮起了灯，因此海滩上已经什么都看不见了。

黑暗，冷风，冰冷的、因为灌进湿沙子而十分沉重的鞋子。

过去丹尼亚丢过很多东西——在学校的舞会上丢过妈妈最好的鞋子，丢过帽子和头巾，丢过无数双手套，丢过十来把伞，而对于钱，她根本不会计算，也不会花。她丢过图书馆的书、课本、练习本和书包。

不久前她还拥有一切——房子和钱。而她又丢掉了一切。

丹尼亚在心里骂自己。如果一切可以重新开始，她一定要好好想想。首先，应该说："让我想要的一切都能实现！"那么现在她就可以吩咐道："让我待在自己家里，冰箱里满满的（薯片、啤酒、热比萨饼、汉堡包、小香肠、炸鸡）。让电视里演动画片。要有电话，可以邀请班上所有同学：安卡、奥丽佳，还有谢廖沙！"还有要给爸爸妈妈打电话，跟他们解释说得了一个大奖——出国旅行。让他们放心。他们现在肯定在东奔西跑，给所有人打电话，说不定已经在警察局报了案，一个月前外号叫"纸头儿"的嬉皮女孩连卡搭车去彼得堡以后她父母就是这样做的。

现在她只好穿着睡衣和湿漉漉的鞋，游荡在冷风袭人的漆黑的海边。

可是她不能离开海滩，说不定明天早上她可以幸运地第一个看到自己的箱子。

丹尼亚觉得自己比早上跟幻影说话的时候聪明多了。如果她跟那时一样傻，她早就离开这该死的海边跑到一个暖和点的地方去了。可是那样的话就不可能找到钱箱和那座亲爱的房子所在的街道了。

三个小时之前丹尼亚还是个大傻瓜：她既没看自己房子的门牌号，也没看街名！

她迅速地变得聪明起来，可是她饿得发昏，冷得彻骨。

这时她看到了一盏小灯。它迅速地接近，好像是摩托车的车灯——可却没有声音。

又是些幻觉。这到底是怎么回事啊！

丹尼亚吓呆了。她知道自己身处外国，没人保护她，而此时出现了这么一盏可怕的、无声的灯。

她转过身，拖着熨斗一样沉重的鞋在沙丘间艰难地往前走。

可是那盏灯已经在她的左边了。只听那幻影的声音说道：

“你还有三个愿望，丹妮奇卡。说吧！”

丹尼亚现在已经变聪明了，她用沙哑的嗓音说：

“我想让我的愿望都可以满足！”

“永远吗？”那声音不知怎的神秘兮兮。

“永远！”丹尼亚发着抖说。

不知什么地方发出了很臭的气味。

“但是有一点，”那看不见的带灯者说，“如果你想救一个人，你就会失去你的超能力。你就会永远达不到任何愿望，你自己会很难过。”

“我谁都不想救，”丹尼亚说，她由于寒冷和害怕而瑟瑟发抖，“我可没那么好心。”

“那么说出你的愿望吧。”那声音说，同时又有一股臭气。就像污水坑那种夹杂着霉气的浓重的气味。

“我想在自己的房子里，冰箱里满满的，还想让班上所有的同学都来，还有给妈妈打电话。”

立刻，她还是穿着那身——湿鞋子和睡衣——好像做梦一样，回到了自己新房子里的粉红色的卧室，而床上、地毯上、长沙发上都坐着她的同班同学，卡佳和谢廖沙坐在同一张单人沙发上。

地上有一部电话，可是丹尼亚不急于打。她很开心！大家都看到了她的新生活。

“这是你的房子吗？”同学们吵吵嚷嚷地问，“真酷！太帅了！”

“请大家去餐厅！”丹尼亚说。

大伙儿在餐厅打开冰箱，开始扮演蝗虫，也就是说把冰箱里所有的食物一扫而光，连加热都不加。丹尼亚想加热一些东西，一些比萨饼，可是炉子打不着，有些按钮不管用。还需要冰淇淋、啤酒。谢廖沙要伏特加，男孩子们要香烟。

丹尼亚悄悄地回转身，提出成为最漂亮的女孩的愿望，要了同学们想要的东西。立刻有人在门后发现了第二个冰箱，里面也是满满的。

丹尼亚去卫生间照了照镜子。她的头发由于潮湿的空气变得卷曲，双颊绯红，没有涂口红的嘴唇丰满红润，顾盼生辉。甚至睡衣都好像是带花边的晚礼服！真棒！

可是谢廖沙照样跟卡佳坐在一起，当他打开瓶子对着嘴喝起来的时候，卡佳小声地跟他争吵着。

“哎呀，你干吗总是没完没了地教训他！”丹尼亚大声说，“他不需要你！大伙儿想要什么，我都允许！你们大家尽管要！听见了吗，谢廖沙？你想要什么就跟我说，我全都允许！”

丹尼亚的话让大伙儿非常兴奋。安东走过来给了丹尼亚一个很长的吻，这辈子还没有人这样吻过她。

丹尼亚得意地看看卡佳。他们还是坐在一张沙发上，可是已经背靠背了。

安东凑到耳边问，有没有毒品可吸。丹尼亚就拿来了含有毒品的烟。后来谢廖沙大着舌头说，有一个国家可以随便买任何毒品，丹尼亚回答，这儿就是那个国家，然后拿来很多的注射针管。谢廖沙带着狡猾的表情一下子拿了三支，卡佳想把它们夺走，可是丹尼亚要求：谢廖沙想做什么就做什么。

卡佳伸着两手定在那里，不知是怎么回事。

丹尼亚觉得自己完全像一个女王，她无所不能。

如果他们想要一条船或是飞往火星，她也可以安排。她觉得自己既善良，又快乐，又美丽。

她不会注射毒品，安东和尼古拉帮她。很疼，可是丹尼亚只是笑。她终于有了很多朋友，大家都爱她！终于她不比别人差了，也就是试过了注射毒品，什么都不怕了！

她的头晕起来。

谢廖沙奇怪地用眼睛扫着天花板，而不能动弹的卡佳恨恨地看着丹尼亚，忽然说：

“我想回家。我跟谢廖沙该走了。”

“你怎么能替谢廖沙说话？你自己走！”丹尼亚费力地转动着舌头说。

“不，我得跟他一起回家。我答应他妈妈了！”卡佳嚷道。

丹尼亚说：

“这儿我做主，懂吗，你这虱子？离开这儿！”

“我不能一个人走！”卡佳尖叫道。她不能动，只能用眼睛去看完全失去知觉的谢廖沙，然后她连同她的尖叫声迅速地融化消失了。没人发现这件事，大家好像破布娃娃一样，三五成堆地挤在角落里、地毯上、丹尼亚的床上。谢廖沙眼珠乱转，翻着白眼。

丹尼亚爬到床上，奥莉娅、尼古拉和安东在那儿吸毒，他们拥抱她，用被子把她盖住。丹尼亚还是穿着她的缀着花边的睡衣，像新娘子似的。

安东开始说些什么，含含糊糊地说着“别害怕，别害怕”之类的话，然后用不听使唤的手捂住丹尼亚的嘴，喊尼古拉帮忙。喝醉的尼古拉爬过来，一下子把她扑倒了。丹尼亚感到呼吸困难，开始呕吐，可是一只沉重的手把她的脸压住，手指开始压紧她的眼睛……丹尼亚竭尽全力地扭动身体，而尼古拉扑过来用膝盖压着她，不断说他这就拿刀片来……这好像一场可怕的梦。丹尼亚想要求自由，可是词儿全都溜走了，没法组成句子。她完全透不过气来，肋骨就要断了。

这时候大家全都跳了起来，装腔作势地哈哈笑着把丹尼亚团团围住，大伙儿大张着嘴，乐不可支。忽然安东的皮肤变青了，翻着白眼。一群散了架的绿色尸体围着床，尼古拉的舌头从张开的嘴里直接甩到丹尼亚的脸上。谢廖沙躺在棺材里，被从他的胸口爬出来的一条蛇缠住。丹尼亚看着这一切，什么都做不了。然后丹尼亚走在炙热的黑色的地上，火舌从地里面喷出来。她径直朝幻影脸上的大嘴走去，它红红的，像落日一样。她疼得受不了，喘不上气，烟雾迷住了双眼。在就要失去知觉的当儿，她说了一句："我要自由。"

当丹尼亚醒来的时候，烟雾还是罩着她的眼睛。她的头上是星空，可以呼吸了。

一群成年人聚集在她的身边，她自己穿着烧烂了的睡衣躺在担架上。一个医生向她俯着身子，用外国话问她什么。她一点都听不懂。她坐了起来。她的房子差不多烧光了，只剩下几面墙。旁边的地上有一小堆一小堆的东西，用被子盖着，一具皮肤烧焦了的、黑乎乎的骨架从一条被子下探出来。

"我想听懂他们的话。"丹尼亚说。

旁边有人说：

"共有二十五具尸体。邻居们说，这是一栋新建的房子，没人住。医生根据没烧掉的骨头残骸断定，这是些孩子。找到了注射器。唯一活着的女孩什么都不说。我们会审问她。”

“谢谢，头儿。您不觉得这是某个想集体自杀的新宗教教派吗？孩子们受了什么蛊惑？”

“我暂时无法回答您的问题，我们应该给女孩录口供。”

“这房子的所有者是谁？”

“我们都会弄清楚的。”

有人激昂地说：

“这些坏蛋！害死了二十五个孩子！”

丹尼亚一阵发冷，颤抖地用外国话说：

“我想让大家都得救。让一切回到老样子。”

地突然裂开了，发出一阵难闻得要命的臭味。有人发出呜咽声，仿佛被踩到爪子的狗。

然后变得温暖、安静，可是头很疼。

丹尼亚躺在自己的床上，怎么也醒不过来。

时尚杂志扔在旁边。

父亲走进来说：

“你怎么回事？睁着眼睛。”

他碰了碰她的额头，然后一下子把窗帘打开了。而丹尼亚就像每个星期天一样，喊起来：“哎呀，让我一辈子睡一次好觉吧！”

“躺着吧，躺着吧，”父亲温柔地表示同意，“昨天还四十度呢，今天就像个健康人似的大喊大叫！”

丹尼亚忽然嘟囔了一句：

“我做了一个多可怕的梦！”

父亲说：

“是啊，你说了一个星期胡话。妈妈给你打了针。你甚至说了一种听不懂的语言。是流感，你们全班都传染上了。谢廖沙都住院了。卡佳也一个星期神志不清，可是她比别人都病得早。她说到你们，说全班在一间粉红色的房子里……说胡话呢。她求人们救救谢廖沙。”

“可是大家是不是都活着？”

“谁？”

“就是我们全班？”

“当然，”父亲回答，“瞧你说的！”

“多可怕的梦啊！”丹尼亚又一次说道。

她躺在床上想，她在背包的化妆包里，藏有一片从舞会带回来的药，为此得付钱给尼古拉……

什么事都没了结。不过大家都活着。

闹　鬼

很显然，家里有什么在作祟。人走进小房间，大房间里却有某样东西掉了下来。看看猫在哪儿——它在前厅的桌子上待着，镜子里照出它的影子，两耳竖起，显然也听到了什么。走进大房间，发现一张纸自己从钢琴上落下来，一张写着不知什么人电话号码的纸片无声地飘下，落在地毯上，白白的，很显眼。

这人已经不是小心翼翼的了——房子的女主人想——这个人已经不隐藏了。

人总是害怕不了解的生物的造访，怕昆虫，怕卫生间里的小蚂蚁，怕——比方说，唯一的一只带着醉意的蟑螂，它可能是在邻居家大打一仗后，晕头晕脑地爬过来的，所以就待在很显眼的地方。一个孤身与猫为伴的人什么都怕，大伙儿都作鸟兽散了，以前的一家人，只留下唯一的一个人，像蟑螂一样待在显眼的地方。

特别是每到星期六和星期天，总是有东西掉下来。有人悄无声息、磨磨蹭蹭地从一个房间转悠到另一个房间。就是这种感觉。

她没有跟别人提起过家里的这个家神，毕竟他还是隐身的，没有敲打，没有闹事，没有放火，没有让冰箱到处乱蹦，没把她赶到墙角，也就是说，没什么可抱怨的。

可是已经有某种东西落了脚，那是一种空虚的活物，小个子，好动，在地上踩着猫步来回活动。就是那种感觉。猫竖起耳朵是有原因的。

“得了。”她跟猫说。这猫安静而古怪，和所有的猫一样。不喜欢人摸它，不喜欢人把它抱过来搁在膝盖上，可是会在某个不合适的时候突然自己跳上来趴在那儿。“你怕什么呢，丽奥列奇卡，行了，别怕。”

猫躲开她的手，走了。

女主人一直看电视，看到不能再看，浸在蓝幽幽的光里，游向一个又一个甜美的世界，饶有兴味，又是惊吓，又是牵挂，也就是说，过得很充实。女主人正躺在沙发上，突然，嘭！小房间里又有什么东西毁了。

毁得很可怕，轰隆一声，引起了回响。

她跑进房间，呆住了。放唱片的架子断了，而且唱片飞得到处都是，散落在没收拾的沙发床上，还有地上，好像一些落满灰尘的扇子。要是有人躺在那儿（不用说是谁），唱片的尖角就会打到那人的太阳穴。但是没有发生这样的事。现在的情况是：墙上有两个被击中的深色的伤痕，当初某人钉在墙上的那些钉子掉了，我们不提他了。其实它们不是钉子，它们曾经有别的名称。这里面有一段不同寻常的故事，差不多是一段爱情。当年为了在墙上打眼儿，还用了钻。

可是这些不是钉子的钉子到底被钉进去了。又终于全掉下来了。

架子在钢琴的上方，因此才会发出那种好像山谷回声的惊天动地的声响。

这钢琴也有一段故事。曾经有个小女孩学习弹琴。妈妈一定要她弹，强迫她坐在钢琴前。结果一点用都没有。执拗占了上风。这种执拗是用来抵抗他人意志、保卫自己生活的。即使最终这生活比某人计划的糟糕、贫穷，但却是自己的生活。不管它怎样，即使没有音乐，没有才华，没有为亲戚举办的家庭演出。可也没有不必要的痛苦，觉得谁比自己强。妈妈很痛苦，话里话外地表示别的孩子比她女儿有才能。女儿经常听这么说，为了报复母亲，就成了完全没出息的人。她们俩都是这么看的。

后来一切都尘埃落定了，这两代人的纠结已成往事，只剩下钢琴和那些老唱片。妈妈买了很多的古典音乐。当年妈妈经常给她的女友打电话，把女儿生活中的大事小情和盘托出，横加指责。现在妈妈、女儿、书架都没有了。她站在门口，被家里遭到的破坏惊呆了。没有母亲和女儿。已经没人在这张床上睡觉，一切都已衰朽，落满灰尘。应该换一套床单。应当洗干净，把一切安放得井井有条(放哪儿呢)。

她退回到大房间，关上小房间的门，好像是永远关上似的。

哪怕抓住干这事的那个**某人**讨厌的、若隐若现的尾巴也好呀。干吗呢？会怕得要命，厌恶得要死。又没法对他饱以老拳，把他揍死。所以说，没必要抓他。

那总让什么东西坍塌的家伙想达到什么目的，就像那位母亲想让女儿达到什么目标一样。要是能搞明白**他**想达到什么目的，就可以（像过去曾经发生的一样）打消**他**的兴趣，让**他**失去优势。有这样一种方法，叫迎头而上。就像在森林中迎着火势点火一样，如果两场火遭遇，那么它们就会全都熄灭！

比如说，母亲把一套德国咖啡具视若珍宝，不知是预备不时之需，还是想留着当棺材本，而当女儿在火头上把一只杯子啪地摔到地上之后，母亲便开始无动于衷地把整套咖啡具一件接一件地、噼里啪啦狠狠地扔到地上。女儿抱住头，差点疯了，而母亲说："要是我死了，也让你什么都落不下。"

但现在问题是，**他**是想把一切都毁掉，还是仅仅想把她赶到大街上去？

她不能离开这房子，没地方可去。甚至说不定是某个人会想回来（“母亲—女儿”想道）。那么，只好留下，但既然**他**不停地搞破坏，就需要用自己的力量加以制止。就像库图佐夫对拿破仑的回答，让他在自己的阵地内感到难过。这是个高明的决定。**他**会被打败的。

下这个决心一开始很难，后来就容易些了。

她把厨房的所有餐具都打了，摔得满屋都是。费了很大劲儿把小吊柜摘下来扔到一堆瓷器的碎渣子上面。现在她看到，在她摘这个小吊柜的时候，它恰好已经螺钉松动，摇摇欲坠了。就是说一个螺钉随着柜子从墙上被拔了出来，就好像一条从水中拉出来的鱼。轻轻松松就拉出来了。而且吊柜本身也已经快散架了，原来后面的板子有一个角儿已经脱扣。看起来，这个柜子是下一个要从墙上掉落下来、打碎所有餐具的家伙！而且还可能砸到站在它下面的人的头上！

母女很振奋。哎呀，多有先见之明啊！只不过迎着走了一步，就揭露了一个这么大的预谋！这是意志的对决！

她睡在大房间的沙发上，然后一天都在等着。

她等到了。小房间发出窸窸窣窣的声音，那里到处是尘土，唱片像扇子一样散落，从昨天起一直嗡嗡响。她走进去。似乎并没什么异样。房间里放着总是打开的长沙发，被褥一般都是收在床垫下面的箱子里（一段时间以来已不再收拾了，何必要收呢?）。

现在母女拿起一把一头带有拔钉钳的锤子，把弹簧床垫抬起来，把唱片推成一堆儿。她开始用拔钉钳拔那些固定床垫支撑杆的螺钉。这很不好干，得把身子弯得很低！真的要跪着钻进箱子里，在黑暗和尘土中干活。可是刚起了两个螺钉她就看出来，它简直如同鼻涕一样！那些螺钉自动地松开了一半！就是说再过一两天，支撑杆就要失灵，既起不来又放不下。又预防了一场恐怖袭击！**他**的企图又落空了！

现在长沙发没法抬起放下。随它去吧。它堆满杂物，落满尘土，中间的一堆唱片上罩着皱巴巴的单子，它将永远是那个样子，就像一个灾难现场的纪念地，一公里外就应该绕着走。就像地震死难之地。

又一次跟**他**来了个迎面遭遇，先下手为强。

可是需要走在出事的前面，不是抓住正在发生的事情的马脚，而是要寻找还纹丝没动、完好如初的东西。

她用锤子打烂了电视机。电视发出轻微的碎裂声。这是一台老电视机，可是影像还挺好，虽然已经变成黑白的了。

用它来实施制定的斗争计划再合适不过了。如果**他**想进行十分可怕的进攻，他要捣毁的肯定是他妈的电视机。想象一下会有什么后果吧：脸上挂了彩（她总是坐在离电视很近的地方，那是她的岗位），整套房子都得着火。就是说烧得精光。用聚乙烯袋子把残骸运走。这种可怕的事情就是在那台电视里播放的。

而这正是最疼的地方。对于母女来说，电视就是一切，它提供生活的内容，带来幸福感，它是家的核心。当她急急忙忙地从外边、从商场往家赶，她正是奔着电视去的。她总是取印着电视节目表的免费的广告单，用完了也不扔掉，总是琢磨、回味那些节目。

可是按照（在那里）普遍认可的等级，头上的房顶更值钱，这可是得考虑的事。

为了不再为这个两难命题（活着还是不活）伤脑筋，母女把衣柜里**所有的东西**都扒了出来，放进一个从壁橱里的一堆破烂儿中拽出来的土豆口袋里。这些破衣服早该扔了（可是现在不是做这个的时候），是些旧马甲、旧裙子、旧套鞋，都是留着当抹布使或是预备去乡下时用的，比方说，如果疏散或打仗的话。再比方说，要是闹饥荒的话。那儿还存着些旧窗帘、旧被子，从儿童被开始。如果像在围城时候一样，冬天没法取暖，这些东西就可以救急。壁橱里结结实实地攒着贫困的过去，而衣柜里的则是现在的生活。现在，所有东西都从衣橱进了口袋！

天已经黑了，母女将这个土豆口袋推到一扇特意打开的窗户前，把那物累推到了窗外的虚空中。上衣、连衣裙、外套、大衣都去了那里。还有雪白的床单、围巾、手套、帽子、贝雷帽、一顶带檐帽、一条腰带、三角围巾。挺好的冬天穿的厚连裤袜、裤子、三件毛衣、两条肥短裙——一条直筒的，一条信封式的——然后是床单被罩，干干净净的，散发着洗衣皂的清香。所有的毛巾。枕套和床单、被罩，其中一个是绣花的。天哪。好在没着火。

扔掉这个沉重的袋子之后，墙上挂着的一幅镶金框的画儿和三把椅子也接连从窗口扔了出去。

楼下传来吼叫声，一个男人粗哑的嗓音在骂娘。

她赶紧关上窗户。

现在没衣服可穿了，只有一件长袍，里面就是睡衣短裤。

她把旧电视节目时刻表铺在沙发上，躺下来。被子和枕头留在了小房间，好似地震的牺牲品，只好用新广告盖在身上。

早上，从酣睡中醒来的母女想道，她已经什么都不怕了，彻底什么都不怕了。现在甚至完全抛弃自己现在的生活方式、起居习惯，头上的房顶也不可怕了。

她开始慢慢地离家出走。母女向四周打量一番，迈出了门槛。她把包儿忘在家里，就放在桌子上，里面有钥匙。但她没忘记把猫放到楼梯上。

她本可以把猫锁在家里，可是它不算什么了不起的宝贝（似乎），不该把它抛给**他**的血盆大口。就是说似乎没有打算把个活物当作牺牲品。母女做了自虐的事，问题是，谁会更难过，是猫还是母女：当母女即将开始一无所有的生活时，却总是似乎听到被锁着的垂死的丽奥丽卡越来越微弱的叫声。母女开始合计，对于猫来说到底怎么样更算是牺牲品。也许有人想管它，会给它吃的。它不过是只偶然出现的动物，从树上捡来的。

母女尽量不多想，若无其事，决定把猫赶出去。这时发生了意外情况，说来可笑。母女准备去过自由的生活，猫却没有。当母女把猫抱起来搭在胳膊肘上准备出去的时候，猫轻微地颤抖起来，就像茶壶的水烧开时、电梯启动时、重病的孩子发热时一样。它哆嗦着，看起来在为自己的性命担忧。

"咱们怕什么呀？"母女从容不迫地说，"得了，得了。你总想往外跑嘛。你走吧，活着走吧。"

不错，猫总想去楼梯间，守在门口，嘶哑的呻吟声惹人心烦。夜里也叫。可是把它放出去是危险的，它可能会不回家。毕竟母女喜欢动物。不错，不是现在。

她高高兴兴、精神抖擞地在楼梯间把猫放下，把身后的门用力一关，齐了！

她穿着袍子和拖鞋站在自己命运的顶点，战胜了**他**，成了自己的主人。在这儿，在这个巨大的开放的空间，**他**可以随便怎么弄出响声，飘来荡去。

猫似乎很沮丧地蹲坐在尾巴上。它弓起腰，好像在发愣。女人已经往楼下走了，又在楼梯上回头往上看。猫木然地看着前方，它的眼睛只剩下眼白，瞳仁变成两个小白点，深深地嵌在淡绿色的眼珠里。它的脸好像被舔得溜光，颅骨忽然暴起，在黑毛下面显现出来。死亡裹着一层破皮囊蹲坐在楼梯间。

女人差点哭了出来。猫正准备赴死。等待它的是街道、流浪狗、饥饿。猫不会为生存而斗争，它不知道怎么保护自己。今天它就会被赶出楼梯间，只要撒一泡尿，就会被皮鞋踢在肋骨上。

母女停住了气昂昂向下行进的脚步。她想，猫会被撕成碎片，就像所有的东西——餐具、椅子、电视、被子——一样。

他可以庆祝大获全胜了。

“那样太过分了，”母女想，“那卑劣的家伙达到了一切目的。”

“会有办法的，”女人下决心说，“我干吗要那么快让他吓得投降！”

“不，”她说，“丽奥丽卡没有一点罪过。”

丽奥丽卡好像稻草猫一样蹲在那儿，瞪着像玻璃一样浑浊的眼睛。它的尾巴平时充满活力，总是准确地表达整个机体的想法，现在却像一根僵死的、蒙着一层土的绳子搁在那儿，全身的毛也变成浑浊的土色，病恹恹的。

女人当即把猫抱在手上，用胳膊肘夹住它已经发僵的身子，按了邻居的门铃。她从邻居家给管理员打了电话，便坐在人家请她坐的椅子上等着木工。

而后，门被打开了，女人走进自己的被毁的房子，把丽奥丽卡放在地上，接着开始用新的眼光环顾四周。似乎一切都很新鲜、陌生、有趣。

鞋还在门厅！餐具中所有的锅和一只带花边的碗都健在！还有勺子、叉子！“真阔气！”女人想，她本已经打算去翻楼下大街上的垃圾箱，好找个喝水的罐子，找一块发霉的面包吃。

“我在垃圾箱哪能找到这么阔气的东西？”女人咕哝着。她打开冰箱，看到两个碟子：一个挺小，另一个是那种深碟子，里面有煮好的（!）果子。还有土豆和甜菜。还有一小罐汤！还有一小碗给丽奥丽卡的鱼!

房子里什么都有。一套温暖的房子，厨房相当干净，水龙头正常，有水池，有水，有肥皂，还有电话！还有被子！被单和被套都有，太好了。唱片在架子上，唱机在墙角，它被遗忘了，当年这个家里有人喜欢听音乐——母亲或女儿。

母女很快收拾了摔碎的餐具（没什么了不起，在这个家里这种事又不是第一次），往垃圾车那里跑了好几趟，而且，当她第三次去扔装着碎片和垃圾的口袋时，有两个穿着肮脏油污的衣服、肩背破布袋的男人小心地凑过来，等母女一离开，就在垃圾堆上翻检起来。他们的举动好像人的影子，无形地向各个方向消散、弯曲，显得昏暗不明。

母女又朝窗户下看了一眼。当然，口袋早就被弄走了，有人会穿着她的毛衣、裤子，而她如今已经摆脱了身外之物的拖累，无牵无挂，逍遥自在。就是这样!

母女回到自己打扫得干干净净的家，她首先感到惊奇的是，为什么自己以前那么优柔寡断（没有扔掉食物，没有清理冰箱，把所有灯泡原封不动地留着）。

然后女人突然想起什么，她从冰箱里拿出那一小碗鱼放在丽奥丽卡的食盆里。

可丽奥丽卡还是呆若木鸡，僵立在门厅中间，眼睛还是像两颗去了皮的葡萄，里面隐隐约约有两粒葡萄籽。

看来，死亡的气息冻结了它胆怯的灵魂。

女人没有去抚慰猫，她唯一的任务是尽快将一切恢复原状，那时猫也会醒过来。

经常，当一个家庭成员优柔寡断、怯懦或歇斯底里发作的时候，另一个家庭成员就会精神亢奋，好像要展翅飞起来拯救危局似的。女人跑得更快了，把钢琴上的架子安好，把唱片码在上面，把床单之类的拿到浴室，很快洗净晾好。很幸运，在锅里找到了一块洗碗布，在卫生间的管子上找到了两条毛巾。

“没事！”女主人对丽奥丽卡说，“我们会闯过去的！”

这还不算，母女紧接着找到了一把螺丝刀，把螺母（好在没有扔掉）拧紧，很快把沙发床恢复了白天时的样子（靠背平放）。

好了！

毁坏是多么容易，修理、恢复、整理是多么难。弯腰弓背，钻进角落，收拾碎片，倒垃圾，拧螺丝，拖家具，这些是多么费劲儿！最难弄的是电视。只好等到天黑以后，再用尽全力把它从窗口扔出去，这样就比较容易把摔烂的电视分批弄到小车上，运到垃圾站。

母女平静的生活里就好像是发生了一场战争，没错，真好像一场战争。

没有椅子和电视的大房间显得空荡荡。

但是一个人只要活下来了，一无所有也能过下去。没有电视可看，可是小书柜的书现身了。母女放了一张当年喜欢的唱片，是早年间的探戈！

随后，在音乐声中，她开始整理放旧衣服的提包和箱子。一生的岁月像纪录片一样在她的眼前重现。亲爱的人们的影子复活了，它们围绕着她，虽然破衣服中差不多没有一件能穿得上，因为母女大概由于长期坐在电视机跟前发胖了很多。好吧。有几块布，柜子角上藏着一台老缝纫机，可以做条裙子，跟那件还能穿得下的旧针织上衣相配。

况且母女很久以来就只穿那些最旧的衣服，而把干净的和几乎全新的衣服留起来准备在特殊场合、在抛头露面的时候穿（这种情况从来不曾出现）。

这当儿，母女又顺手收拾出一口袋破衣烂鞋，同时回想着那些黑影子，他们从她这儿得到了礼物——一堆碎瓷片儿。

天哪，现在全新的生活展现在母女的面前，而猫还是呆呆地一动不动，好像一个饱经沧桑的人，它目光浑浊，视而不见地盯着一个地方。

突然，猫竖起了耳朵。地板的某个地方“嘎巴”响了一声。

女人嗤之以鼻。

这房子年深月久，显然是干裂的地板发出了裂开的声音，这是其一。再者，上下左右，每套房子里都住着活人，人会跑，东西会坏，要修理，要活动。过日子就是这样，女人大声说。和往常一样，这话是冲着猫说的。

而丽奥丽卡动了动耳朵，轻轻地站起身向厨房走去，它的前爪像健壮的小老虎一样划拉两下，这跟它虚弱的身子骨很不相称。然后它彬彬有礼地坐到自己的食盆前，用鼻子拱了拱，叼起一块鱼：它决定继续活下去。

新的灵魂

人们会根据某些迹象认出他们，认出他们的本来面目。这些迹象是成对并且反复出现的。它们很少被揭示。还有一点很奇怪，那就是当有人认出这些迹象的时候，他们一点都不明白其意义。他们自己也不明白，只是感到心里一阵发紧，仅此而已。泪水模糊了视线，一种非尘世的忧郁袭上心头，其实并没有回忆起什么。两个亲人的命运在辽远空间彼此错开了。

这还叫作一见钟情（也许一个人的目光永远不会与那个亲人的目光再次相遇）。

相认的瞬间——不管是认出亲爱的灵魂或到过的地方、听过的话、经历过的场景——是突然降临的，就好像坠入了记忆的幽暗禁区。

成对的迹象，光从需要的方向照过来，被这光线照亮的房子，这就足以让人认出那个地方。可是在这之前和在此之后的一切，为什么要有那地方、那光、那房子、那风——被放逐者将无从了解。他不会回到过去的时间，回到另一个生命中，他得应付眼前的人生，不管那是怎样的人生。但是总没有那过去的光亮和幸福。

因为对我们来说，只有过去的、已经发生过的才是好的。正是它们带着爱与哀愁，正是它们保存着所谓的“情感”。而现在一切都不是那么回事，生活庸庸碌碌，没有幸福，没有眼泪。

但以上都是开场白，故事主要讲的是：一个人出差结束后非常着急地往家赶。他紧赶慢赶，眼看要误机了，截了一辆车赶往机场，但车在公路上因为超速被警察拦下了，要罚款，司机跟警察纠缠，耽误了半天。当他跑到停机坪的时候，看到的是一片空场。完了。

他为什么那么着急呢？今天早上他儿子在另一座城市被征兵了，明早就要出发。他是出其不意地直接从学校被征的。这个误机的人刚刚才得到这个消息。傍晚，他用公用电话往家里挂了电话，得知了这个消息。他说别着急，我明天回家。“那就晚了！”他妻子声音嘶哑地说。于是这个人急忙赶回家去告别！心爱的独子要离开两年，对于艰苦严酷的生活，对于军队的法则，他都没有准备，不能适应。他是个性格温和的孩子，善良，有爱心，喜欢待在家里。小时候院子里的孩子常打他，在班上也遇到过一些问题，受过同学的性侵犯，现在他已经上了大学，这些都过去了，他有了和他同类的朋友，一些聪明、规矩的孩子——可是没想到，明天一早就要被送到军队去了！

这个做父亲的不年轻了，母亲也不算年轻了。他们走到一起的时候年龄都不小了，已是人到中年。他们非常幸福，有了个漂亮、善良、天使般的孩子，可是（照父母看来）同龄人却不喜欢他，就像野蛮部族不喜欢遇到的第一个先知。

父亲还有个大女儿，他自己叫她老女儿，她也已经不年轻了，是早婚的产物，而且这女儿的母亲比父亲要大十一岁。当父亲四十二岁、母亲五十三岁的时候，他们的关系破裂了。年龄！双方都处于绝望的年龄。就在这个时候，父亲遇到了他终身的爱情，这个女人也不年轻了，但一点都看不出来，她温柔，娇弱，一头蓬松如云的金发，一双蓝眼睛。她是新来的同事。于是一切无可挽回地发生了，他们生了一个宁馨儿，一个长着一头金色鬈发的瘦婴孩，一个天使。他们就这样共同生活了十八年多，相依为命，好像他们现在的生活是赚来的。同时他们又总是在为儿子担心。

现在残酷的报应来了，当初前妻又是哭闹又是威胁，她的诅咒应验了（你这样对我是要遭报应的!）。

父亲误了飞机。早上的航班也已经没有了。

于是新兵的父亲拿着退票的钱朝晚班的大巴奔去。他到了火车站，含着泪跟乘务员说了一番什么话，说得那么恳切，乘务员闪到一边，让这个逃脱者跳上已经开动的火车，进入车厢、包厢，上了上铺，在那闷热的车顶下忍到早晨。当他跑回家，家里已经没有人了，东西撒了一地，电话话筒没挂好，发出哔哔声，而儿子房间里的床没有收拾，被子大敞着，好像刚把人拖出去枪毙。

父亲赶快想办法，他从旁边公寓打听到集合地点，因为儿子的一个同班同学住在那里，他一直欺负儿子，但现在管不了这么多了。那家女人告诉了他该去的地方，她的家人也在通宵痛饮后去那里送孩子了。

父亲到的正是时候。孩子夹在一群醉醺醺的、难看的、或嬉皮笑脸或垂头丧气的小伙子中，正要出发。

父亲拽住孩子的衣袖，大叫一声，就到了美国，以一个潦倒的移民格里沙的面貌出现。且说这个格里沙，他那勤劳的妻子在来了之后半年把他抛弃了，她到一个很大的市场去当清洁工，后来在市场遇到了一个上学时的朋友——他现在是个教授——就嫁给了他。真是幸福的重逢！格里沙就这么像一块抹布一样被丢掉了。

此刻他刚从疯人院，也就是当地的精神病院放出来。在精神病院里，他总是坐在电视机前。他不懂得语言，也不介入关于看哪个频道的激烈争论。还有，格里沙是在第三次企图自杀之后被送进去的。

但起码，他开始用贫乏的电视语言和一个黑人病人说话了。那个人总是不停地叫喊，而第一个懂得他意思的就是格里沙。格里沙还以自己的方式，用播音员般纯正的音调反驳他。黑人朝他直扑过来。黑人进攻白人，他杀死过十个白人，这些臭鼬。他自己是这么说的，他乐意为此上电椅，他乐意为信仰而死，他的名字会成为斗争的象征。格里沙是这样反驳他的：好，把我杀死吧，来呀，请。把我掐死或随便怎么样。格里沙完全没想到自己会突然说起话来(他不知道，现在那位不幸的父亲的灵魂正附在他身上，他有很多学问，比方说，会五种语言)。杀死我吧，求求你——格里沙哭着说。他马上被带走了，注射了镇静剂。

黑人汤姆大叔的时间流突然中断了，他在自己臆想的正义的种族复仇的世界中对一个在现实中求死的白人掂量了一番。汤姆大叔开始思考，他到底能不能再次对这第十一个白人采取报复措施，不期然地，他突然弄明白了这个可怜的白臭鼬是怎么回事。说到底，他不过是个肮脏的俄国人，在种族位阶中属于黑色的世界，比任何一个原住民都低得多，更不用说他汤姆大叔，他可是一个高等种族的贵族，一个不折不扣的美国公民!

汤姆大叔于是开始保护肮脏的俄国人的权利，教他从电视上认出民主的主要敌人——议员们和总统，还有一个胖老太婆，她总穿着一条短裙，歪歪扭扭地提到膝盖以上。汤姆大叔跟格里沙讲了很多事，说话时一边摇着他聪明的脑袋，一边晃着他的瘦手指头，可格里沙总是哭。

他不知道，他是在哭他的妻子和儿子，那天他在距征兵站不远的街上撇下了这对孤儿寡母，他们跪在他的尸体旁哭泣。他不知道，孩子没有被带到军队，母亲把他藏起来了，就在她发出可怕的哭喊的时候。也就是说，她自己接着在尸体旁哭喊，而老早就悄悄地跟儿子说："快跑，去乌杰里街找瓦利亚姨妈。"儿子撒腿就跑，在救护车到达之前溜之大吉了。

格里沙一直呜咽，哭号，无法自控，忽然，他发现自己的脖子底下有个小洞，眼泪从那里流出来，就仿佛它是另一只眼睛。他做了个奇怪的梦，感到一种被阳光普照的幸福感，有种爱笼罩着他，悠荡着他，安慰着他。

在药力作用下他脑子发昏，变得麻木，不再哭泣，可是脖子下的那只眼仍在流泪。

不过，过了一段时间，刺激过去了，白人格里沙出了院，而汤姆大叔则被转到了另一座楼，他在那里以一只小猫的保护者自居，从此再也没跟它分开过（那是只黑白相间的小猫），这又是一个被压迫的种族。在美国不应该有流浪猫。但它不知从哪儿冒了出来，汤姆收养了它。他来跟格里沙告别，给他看抱在怀里的宝贝。

而格里沙回到了他自己的窝。他向女房东租了间房，位于地下室，带厕所，但没有淋浴间。

女房东是个俄国人，她的家里来了个表姐，是一个头发灰白、精神不振的女人。在往自己住的地下室走的时候，他瞥见了她，看到她坐在小花园的一张椅子上。她在喝茶。这头发花白的老妇人不断用勺子搅动茶杯，使得一个光斑在她的一只眼睛上跳来跳去。她面色凄然，了无生气。

这女人无意识地用勺子搅动着茶杯，一个光斑在她的红鼻子、蓝眼睛上闪烁。那只蓝眼睛一闪一闪地发出特别好看的光，好像有生命的宝石一样。

这是不折不扣的巧上加巧，两个灵魂相逢却没有认出来。

五分钟之后格里沙忽然上来，坐到老妇人对面。女房东已经走了，去她工作的大学了。老妇人一口茶都没喝，也没有抬起眼。格里沙那颗被抛弃的心彻底地爱上了她。他娶了她，到莫斯科来看她，认识了她那郁郁不乐、面色苍白、一头鬈发的儿子。

当格里沙与这个阿廖沙握手问候的时候，泪水涌上了他颈部那第三只无形的眼睛，那是一小滴属于死去的父亲的痛苦的泪水。正是因为父亲的死，阿廖沙最终到底没有被征入军队，格里沙的新妻子这样说。现在儿子成了她这退休人员的唯一供养者，而法律（对于老人终究网开一面）允许这样的稀有品种不去服役。尽管征兵委员会的人大喊大叫，坚持要他先去服役，说我们随后再让他复员（看来他们只是需要凑够数，而现在人数不够）。不得不四处奔走，到处开证明，阿廖沙藏了起来，到了晚上地段民警就上门来找人，而这一切都是在办丧事期间！格里沙不管多少次听到这些事，都会真的哭起来。

但是阿廖沙一直没有接受他的新父亲。母亲情绪的急剧转变，她不折不扣的背叛让他很震惊，很不痛快。还不到穿坏一双鞋的时间呢，就急着嫁人。阿廖沙断然拒绝去美国，而他的母亲——她沉浸在爱情中，看上去年轻了二十岁，金发蓬松，明眸如秋水——跟着新丈夫远走高飞，去了她前夫的灵魂如今所在的地方。没人跟他们解释过这一切的缘由。

信

我不记得罗贝尔塔是什么时候告诉我这件事的：一个女人要来做客，她的外孙女刚刚死了。实际上我们并不认识这个女人，她是来跟罗贝尔塔告别的，因为罗贝尔塔第二天要乘飞机离开。因此罗贝尔塔事先告诉我和克拉乌吉亚说，有个刚死了外孙女的女人要来。克拉乌吉亚跟季姆刚一进门，罗贝尔塔就立刻告诉了我们这件事。

克拉乌吉亚和季姆（我要说明，他们是罗贝尔塔的朋友）走了进来。我和罗贝尔塔坐在屋里，罗贝尔塔是季姆的情人。

让我们把环境交代清楚：这是间旅馆，专为外国人而开的便宜的旅馆，在大学的宿舍里。房间很小，里面有一张巨大的沙发床（好像国王的床），它是罗贝尔塔的。还有一张小写字桌和两张单人沙发。身体魁梧的罗贝尔塔坐一张，我坐一张。我跟罗贝尔塔是每年见一次的朋友，当夏天她被送来的时候。后来我发现，皮因塔莫尼卡大学以罗贝尔塔为骄傲。

罗贝尔塔的同事乔安娜也在，她身体强壮，头发花白，赤着脚。她蜷腿坐在沙发床上，想把她那双不加护理、脏兮兮、长着老皮的脚后跟昭示天下（这是最高级的品位，表明崇尚自然的生态主义，因为大自然中动物既不剪毛也不洗蹄子）。乔安娜是研究生，如影随形地跟着罗贝尔塔教授，帮她做一切事，有时候就充当普通的护理员。

在这个小房间里，我们彼此离得很近，紧挨着门口还立着一副罗贝尔塔的助行器，是那种有轮子的，还安着一个跟自行车座差不多的座位，是为了让残疾人走不动的时候坐的。

罗贝尔塔有严重的残疾。她的身体是逐渐垮下去的，最初的表现是腿坏了。现在她暂时还能走路，一年来我们这儿一趟。她也到住在下诺夫哥罗德的季姆那儿去，然后和他一起来莫斯科。我们给罗贝尔塔租一套房子，或是像现在，给她在宿舍找一个免费的房间，如果她带着学生的话。

罗贝尔塔离开了小城皮因塔莫尼卡（罗贝尔塔是研究俄国玄学的教授，此外还是语言学教授，搞符号学，研究预见能力，对预见的古老模式以及应用程序进行结构分析。我不懂这些，我恰好是研究的对象），离开了意大利那个设施完善的小地方，不得不面对莫斯科的条件，这里没有任何方便残疾人的设施，比方说，学生宿舍的台阶就上不去。

但是难怪皮因塔莫尼卡以罗贝尔塔为傲。她高贵而坚忍，什么都不怕。她总是精神奕奕。她周游世界。有一个信念支撑着她，那就是她会见到季姆。

请认识一下，这就是季莫菲·加福利洛维奇[①]，副教授，他来了，他的面孔出现在门口了，和他一起来的是克拉乌吉亚，一个非常优雅的女人。

很快，他们平静地得知了这个消息，一个刚死了外孙女的女人要来看罗贝尔塔。罗贝尔塔明天将乘飞机离开，没有其他时间和她见面。罗贝尔塔也可能根本再也不会有时间，我不能进入未来，我

---

① 季莫菲与季姆是同一个名字的两种形式。

有障碍。我也不想知道。

说起来，按照惯例季姆应该留在罗贝尔塔这里过夜。他们有一年一度的蜜月，至于在一起的时间长短，则取决于季姆。有时候他们在一起的时间是两周，有时候是一个月。可是明天罗贝尔塔就要走了，而季姆现在才来，已经是晚上了，还是跟克拉乌吉亚一起来的。此外还要等那个遭遇不幸的女人。

我们刚说起这件事，克拉乌吉亚就难过起来。我和乔安娜也已经提前为要来的那个不幸的女人感到难过了。罗贝尔塔从我们的脸色看出来了，但她聪慧绝顶，一点都没动声色。那女人已经向这里走来了，而罗贝尔塔在等待季姆——跟他问候和告别。她不愿想这是永别。

克拉乌吉亚小声说，她本该到一个地方去。克拉乌吉亚几乎不认识罗贝尔塔。她是季姆的朋友。不是那种意义上的朋友，而是直意的朋友：朋友和同事。季姆把她带入了一个由意大利提供资金的项目，对了，这项目是罗贝尔塔弄到的，与大学合作。季姆在他的学校做这个项目，而克拉乌吉亚在其中的角色跟我一样，是个研究对象。

实际上克拉乌吉亚叫别的什么名字，不过我不知道。我为她的成就而赞叹，这是她的化名，她的品牌。克拉乌吉亚。大家都知道她。我目前还没有品牌，我不喜欢跟萍水相逢的公众人物打交道，我希望保护自己封闭的私人领域——正好借助于季姆和罗贝尔塔的项目。

十年前，季姆因为罗贝尔塔所患的病遇到了这个题目。最初他们是在一个讲座上认识的，后来他想让她站起来，把她治好，当时她还可以走路，但已经不大自如了。他和她在一座古老的普鲁诺尼亚人的修道院里住了好几个月。她买下了这处残破的十七世纪的废墟，把它改造成一个家庭博物馆，她从城郊收集了很多希腊的双柄瓶和建筑花饰的碎片之类，所有那些在暴雨和翻耕以后从地下暴露出来的东西（就像在我们北方总是有新的石头和冰川时代的大圆石冒出地面一样。大地会把异己的东西分娩出来）。

而在属于罗贝尔塔的那座古老的修道院里，在一层铺着的石板下，是间地下室，它有六米深——从敞开的入口可以看到里面——里面收藏着普鲁诺尼亚人的圣骨，照直说，就是一大堆骷髅和骨架。没有什么异味。看来圣骨真的如人们所说，不会腐烂。

在罗贝尔塔的城堡的墓穴上面（我要解释一下）是一个大厅，因为这原来是教堂，所以空间很大，这里兼做餐厅和厨房。按照设计，大厅的上面应该是卧室，就在过去的唱诗席上方。可是罗贝尔塔已经不能上到那里了，只好住在铺着石板的一层。可能就在她自己未来的墓穴之上（我们不知道她的遗嘱是怎么写的）。她觉得有点冷，但是她精神很健旺。

我想，一开始季姆肯定因为这种修道院的浪漫生活而大喜过望。周围的小山丘上散布着几座城，它们的建筑结构好像塔特林钟楼，也就是呈螺旋上升的锥形，宫殿顶上飘着旗子，每座小城住着一千余居民，小城教堂中到处都是皮耶罗·德拉·弗朗西斯科的作品。就是人太少了。

我也去过罗贝尔塔那里，我们在那儿做了“治疗”。其实，正因如此，她才没有到下面那层，去跟她的那些普鲁诺尼亚人做伴。

罗贝尔塔是贵族，出身波奇亚家族。她是家里的最后一个人，在各个城市拥有几处半毁的宅邸。这个罗贝尔塔·波奇亚，这个举步维艰、身材魁梧的女人，长着一双浅褐色的小眼睛。一个漂亮的威尼斯金发女子，一个女公爵，就是被疾病折磨得有些变形了。不过反正贵族的美不在表面。

强壮的季姆是伏尔加河南岸地区的旧礼仪派教徒，是另一种类型的贵族。他的手大如铲子，可以论升地喝伏特加。那时他还只是副博士，希望能通过答辩，像犍牛一样拼命地工作。他有大约十五个合法的孩子，是和不同的女人生的，住在不同的城市。他那么热衷于与疾病斗争，是因为他的一个女儿也得了和罗贝尔塔·波奇亚一样令人讨厌的病。这女孩子只有十六岁，还没有开始真正的生活。这很神秘：她们是同时生病的，一个在平扎，一个在威尼斯。后来罗贝尔塔换了住处，因为威尼斯的气候太潮湿了。她搬到普鲁诺尼亚人的山区去了。

那时候季姆还不认识罗贝尔塔。她来莫斯科找一位专门治这种病的医生，那是一个规模很大的讲座，季姆已经带着女儿在大厅里了。我们大家就是这么认识的。

这位医生对两位病人的治疗效果似乎很好，当时正在举行他的两位已经完全康复的患者与其他患者的见面会。

见面是见面了，可是组织者整场都在努力证明那两位妇女确实患了那种好像叫什么“基耶格涅伊奥斯”的病。大伙儿——病人和他们的家属——耐心地坐在那儿，心里不明白为何要给他们展示这个，其实他们的意识已经开始被控制了。

组织者展示了那两个女人最初的照片，她们半躺着，意识不清地低着头。幻灯在屏幕上扫过她们病历的复印件。

这引起了真正的兴趣，很多人的情况都很相似。人们要求把病历放大。读病历是最有趣的部分，人们一会儿点头，一会儿摇头。

然后，治疗开始了。奇迹渐渐地呈现。这是引人入胜的情节。这是宗教裁判所时代的技术。手工焊接的铁杠子。拉拽病人。用一种带轮子的特别的刑具拉直后背——女人坐在椅子上，在椅子背上焊着 T 形的夹具，形状好像一副有关节的脊柱由于鞠躬时肩膀朝下而弯起来：在最上面的连接处有一个罩子。坐在椅子上的女患者的头不由自主地被（逐级）拉进罩子，在下巴底下一条特制的皮带环越拉越紧。女病人简直是被这套刑具拉直了。好几个月头向上挺着(头部刑具)。他们还拍下了特制的紧身衣，它们刚好相反，是捆在座位上的，是单独的设备。当放映到患者一点点地从刑具上站起来的过程时，观众被牢牢地吸引住了（他们又是叫喊，又是流泪)。这两个女人得到了解放，尽管仍然穿着紧身衣。似乎是为了证明其中没有掺假，两个女人穿着一样的紧身衣，毫不怯场地搔首弄姿。其中一个看上去性感得要命——年轻的胸脯无拘无束，一条细腰带将腰部扎得紧紧的，紧身衣仅到肚脐以上。我们前面的男女观众都骚动起来。展现在我们面前的是娇艳欲滴的女性！就是说，这不是残疾人，而是准备交欢的身体。

这一点对于病人的心理至关重要。

稍后放映的第二集幻灯所展示的是一个女人的全身，也引起了很大兴趣。这个女人已经不年轻了，她像足球运动员一样径直用一只手遮住私处。她的脸上是一副粗鲁冷酷的拒绝的神情。她的胸部也是半遮半掩，好像两个大瞳孔，她只是用两个胳膊肘和另一只手略加遮挡，没有全挡住。尽管这样子很奇怪，但看起来更加放荡，因为从指缝之间隐隐可见微微外翻的阴户。一切都是提前策划好的。这年纪比较大的女人。还有这强硬的抗拒，它总是比同意更有意思。

总之，这次见面会带有鲜明的，用现在的话说，带“有性暗示的神经程序设计”性质。

观摩者的热情不断高涨。因为他们得到了过上完满生活的许诺!

我是作为一个反对者观看这场秀的，因为当时我已经需要为我的观点搜集例证了。我对病程的发展持有完全不同的看法。对于这种病来说，问题不在于肌肉和骨骼。如果真的得了“П-О”，无论进行什么样的外在干预都无法根治。它可能变小，甚至可能变大。最重要的是，就像医生常说的那样，不要让病人下到最后一级台阶，要让他尽量久地待在上面一级台阶。

顺便说一句，那两个女人都没有得“П-О”(她们坐在台上的银幕两侧，表情好像受审的小偷，也就是说，微微笑着，同时背不自然地挺直，看来又被紧身衣箍住了)，身上没有丝毫表明得过“П-О”的迹象。我看过她们的片子，没有切除“П-О”之后留下的凹陷，什么都没有。而这是不可能的。这两个人是不折不扣的假货。

观众一个劲儿地把目光从银幕移到这两个活生生、好端端的女人身上。

当时我没有跟任何人说一句话。结束后我坐在原地没走。参加者在医生面前排起队，提问题，录音。我和季姆、罗贝尔塔一起工作过一阵子。我喜欢他们。他们俩都把目光投向了我，而后我向他们点点头，于是他们走了过来（季姆领着他女儿，而罗贝尔塔从另一个方向走来，那会儿还是一个人)。

我立刻对他们说，我不会在此地说什么，一定要晚些时候见面。我既没给他们地址，也没给电话。也没要他们的联系方式。我只是在内心答应他们。我们甚至没有介绍彼此。对于季姆的问题我没有作答。四面八方都有人监视我们，用监听器录音，然后检查。每个人的身份资料，也就是名字和地址都记录在案。

后来那位医生起了疑心，他抛下排队的人群，走下台来到罗贝尔塔（她是外国人）跟前，实际上他是冲我来的。颤抖的橙蓝光圈在移动。橙和蓝，光谱中对立的颜色。意识中的“П-О”，机体的上半部疼痛，太阳丛有个黑黑的大口子。下半部照例是痉挛的肠子，便秘，和所有吝啬的人一样。痔疮。胆囊上有一层长得过厚的膜，这是饮酒过度造成的不良症候。一个表面上令人信任的、仪表堂堂的躁狂者。

他跟罗贝尔塔交谈（她到我这儿以后没有回去排队，季姆也跟她一起留下来了）。医生没有看我，可是他的“П-О”感受到了威胁，紧绷起来。他对着我们所有的人说，请直接去他的办公室，把名片给了他们——也给我递过来一张，但还是没看我。我没拿。他带着他的“П-О”走了。季姆和罗贝尔塔两个都是有教养的人，他们有点被这一幕哑剧吓着了，有点受惊。女孩和罗贝尔塔的“П-О”稍微变浅了一点。这是很重要的开端。

而后我们共同的故事（我和这两个人）继续发展，在一个研讨会上，我和罗贝尔塔、季姆又见面了。他们看到我很高兴，立刻走了过来。季姆没带女儿。她母亲不相信非传统的治疗方法，再也没让他带着女儿离开平扎。可是季姆已经和罗贝尔塔·波奇亚同居了，在她从意大利来俄罗斯的时候。她每次来了都会叫他，他就从下诺夫哥罗德飞过来。这种情况持续了十年。季姆的女儿（关于她他什么都没说，但我关注着这件事）已经双腿麻木了。对于不信的人是爱莫能助的。罗贝尔塔不相信我。她尤其不相信克拉乌吉亚。也许是出于嫉妒。

痛苦，实在痛苦。但有什么办法呢，信——这是最罕见的机缘相凑的产物，是冲动。它无法点燃，只能通过奇迹，通过戏剧性的场面获得——而我回避这些东西。这类的表演不合我的胃口。

这就是前史。

现在我们坐在罗贝尔塔的房间——他们全坐在沙发床上，我和罗贝尔塔分别坐在单人沙发上，这时候女主人建议到这层楼的公用厨房去吃晚饭。那儿有张挺好的桌子。

罗贝尔塔在季姆和乔安娜的帮助下（我和克拉乌吉亚走在后面，好像礼兵一样）挪到了她的助行器上，拖着脚步走起来，我们跟在她后面。

季姆像平时一样，在旁边保护着。

克拉乌吉亚小声对我说，她已经全明白了，那个孩子，就是那个马上要来拜访罗贝尔塔的女人的外孙女，之所以死去，是出生后肺没有打开。

“当时大伙儿都哭了。”她说，“医生来到她的病房，有外科医生、助产士、麻醉师。他们不要钱，说这是他们的错，应该早点做剖腹。孩子在另一家医院的抢救室，可是这又有什么用。”

“是啊，”我回答说，“真可怕。”

我已经去过那里了。那个小东西躺在大罩子里，连着人工呼吸器，小脑袋在外边，小嗓子眼儿里插着管子。

季姆的女儿刚刚摔倒在电梯里。她母亲让她出去呼吸新鲜空气，培养她自立。电梯载着女孩来到楼下，门开了，又关了。已经很晚了。她在电梯里等待帮助，在遥远的平扎。

我们起身去厨房，那儿有一张长桌子，桌子上铺着一块黏糊糊的漆布桌布。赤脚的乔安娜点着了天然气炉烧水泡茶，我属于最贫穷的阶层，端来了一小块便宜的巧克力蛋糕，而季姆从包里拿出各种盛在透明盒子里的凉菜。还来了几个罗贝尔塔的意大利学生，他们带来了从楼下买的薯片和啤酒，跟我们说笑了一阵，互相认识了一下就走了。

乔安娜给大家发盘子、刀叉。

“来喝两杯！”季姆宣布道。

他用自己的折叠刀切香肠、奶酪，又切西红柿和黄瓜。

他抽出（以下严格地按照礼仪进行）第一瓶葡萄酒，这是他的捐赠品。把它打开，给大家斟酒。他说出酒的名字，夸赞这酒不错。

大家都满怀敬意地观摩着这个彬彬有礼的仪式。

大家干杯。

我们神聊起来，忘了一切——忘了罗贝尔塔明天要走，忘了她比上次来的时候情况差了很多，忘了我的事情目前也不如预期的顺利——信，信，到哪里去找信呢？

在克拉乌吉亚背后好像矗立着一座铁塔在支持她。先是她的美丽、柔弱、无助、波浪一样浓密的黑发使她自己受益，而后她的另一种天赋——同情心和善良开始起作用。对自己的爱——因为她是上天赋予的非凡才能的载体——也蔓延到周围的其他人那里，不由自主的，人们要不时碰碰她、摸摸她。

克拉乌吉亚坐立不安——可能，她已经看到那个不幸的女人强打精神从地铁站出来（她确实正在那儿走着）。

突然，季姆猛地站起来说：

“我去接她。”

“好啊。”罗贝尔塔回答说。

好像这个房间里的所有人都已经隔着墙看到、知道了一切。

我们呆坐着等待。罗贝尔塔没能跟季姆生孩子，现在她跟乔安娜小声地交谈着。可怜的罗贝尔塔！他们两方面都有遗传问题，季姆的女儿有病，罗贝尔塔自己是这病的牺牲品。没有办法——多亏没孩子。要是有了孩子，多半活不长。就像这个躺在远处的孩子，他的肺靠呼吸机带动工作。扁桃体切除。嗓子里插着管子。

传来了嘈杂的脚步声。

门口站着一个上了点年纪的美女，她精神焕发地向大家问好，吻罗贝尔塔，在桌旁坐下，马上就喝了一杯葡萄酒。她用叉子碰了碰沙拉，什么都没吃。她的举止很得体。

大家拉起话来——不知为何聊到戏剧。这个女人的左脸不时抽搐，每次抽搐时她都会轻轻颤抖一下。可是她若无其事，尽量不显得特别。

现在话题转到罗贝尔塔的房子，说到在她那底层的大厅可以排戏，演一出什么“奥托”，台词是中世纪的，带合唱的。

“你的音响效果肯定很棒！”客人浑身颤抖着叫道，“带混响！棒极了！”

原来她本来是学戏剧的。可是靠戏剧怎么养家呢——她要养妈妈和女儿。于是她就去电视台了，拍些有情节的节目，女导演一直没让她上镜。

她不停地说着。

不知怎的她说起了她女儿的一件趣事。

现在她女儿住在抢救室，已经完全从麻醉中醒过来了，正看着两只透明的手。她不时用手擦擦眼，然后继续看着它们，微微动着手指头。正是黄昏时分，黑夜将临。从婴儿室传来孩子们此起彼伏的哭声，快到喂奶时间了。这可怜的女人没有听到的在很远的一个抢救室里（离这里有好几公里）人工呼吸系统那有节奏地运行的声音，那铁做的肺已经完全无望地运行了二十四小时了。克拉斯诺戈尔斯克的新生儿很多，可能很快就会有另一个孩子需要这唯一的一套设备了。那时就算结束了。护士们已经很少来这间病房了。

“我问她：‘悠不悠？’她多喜欢坐秋千啊！我们的秋千用钉子

安在门框上。我丈夫不跟我们一起住，我自己钉的钉子，把秋千挂起来。我的小猴崽儿站在旁边，看着秋千，两手往前伸着……我就这么问她：‘悠不悠？’过了会儿她好像明白了，说：‘悠悠。’我马上把她抱到秋千上。这样子好几次。我像巴甫洛夫训练狗一样训练她。她学会的第一个词就是这个‘悠悠’。”

她又颤抖起来，笑着一口气把杯中的葡萄酒喝干了。

季姆慷慨地给她倒上。他愿意为她做点什么。

天哪！在一个挺远的地方，在儿童抢救室里正发生一件事。

是这样：

一个护士走进来，她没看仪器，就关掉了仪表盘上的几个开关。

这是死刑。

可是程序还不算完。

还得把小小的尸体从棺材中拿走。

***

“奥莉娅，”我权衡再三，说道，“您的女儿是叫维拉吗？”

“是啊，维尔布什卡，是的，”她应道，“您从哪儿……”

“她刚生了孩子？”

“是……可是……”

“你们给孩子起了什么名字？格拉沙？”

“是，是。可是……您怎么……”

她无助地、狐疑地看着季姆。

“现在您有什么事？”我毫无意义地继续问。

季姆凶狠地瞪了我一眼。克拉乌吉亚瞪大了眼睛，好像要把眼珠子瞪出来似的。罗贝尔塔看着桌子，若有所思地抚摸着自己的杯子。她机械地抚摸着杯子，好像它是个活物，而她在安慰它。看来，她根本不理解，我怎么能说出这样的话。

“哦，我现在……我现在找了两组孩子，要排出小戏。九月份就开始排练。钱不多，”奥莉娅嗫嚅着，声音越来越小，“可是……跟孩子在一起很开心……”

最后她终于哭了起来。

“您早就盼着这个外孙女了吧？”

“奥莉娅！”季姆对她说，“好了，别喝了。我这就送您走，我去叫车。”

“能不能给医生们些钱？”我继续着不近人情的盘问。

“唉！什么法子都想了！我把我爸爸留下的银烟盒也卖了！”这不幸的女人高兴地大声说，“我妈妈躺在病床上，可是她同意了。要知道维尔布什卡的丈夫死了……骑摩托车撞到了树上……他急着来看我们。下着雨。孩子是他唯一的念想。一个很好的年轻人。他想要个女儿，给她起名叫格拉沙。孕期一直很难。”

她尽量不哭出声。

她的眼泪像小河一样往下淌。她用手指去擦眼泪，就像她那在医院的女儿一样。

季姆站起身来。

“奥莉娅，”我尽量在语气里透着同情，“您想让孩子活着吗？想不想？”

“太不像话了……你。”季姆终于发作了。

罗贝尔塔一动不动地坐着。

可是克拉乌吉亚——克拉乌吉亚开始明白了。

“要非常想，非常信。”我开始念起别人的台词儿。

“那……什么意思？什么意思？”奥莉娅神情恍惚地说，“有一些……一些……”

“我在等您回答。想不想？”

我的天哪，纯粹是演戏。

“怎么不想……我想！”奥莉娅没把握地说，好像可怜地蜷缩成一团的影子，“我太想了！”她突然号啕大哭起来，“我的孩子！”

“罗贝尔塔，你想吗？”

罗贝尔塔抬起深棕色的眼睛望着我，回答说：

“想。我想。”

“你相信我吗？”

“嗯……”

“相信我吗？”

季姆没说话，也没看任何人。我觉得，他开始受到感染了。

帮助的意念像一股充满光明的热浪腾起，笼罩了我。

克拉乌吉亚。

“你信吗？”我像一个真正的演员那样，一字一顿地问道。

“信她吧。”季姆叨咕了一句。

“我信！”奥莉娅哽咽着说，“我信，我信！”

“信，”罗贝尔塔有点没把握地摇晃着头说，“我信。”

“你信吗？罗贝尔塔！”

“罗贝尔塔！”奥莉娅把头从一边转向另一边，声音嘶哑地说，“罗贝尔塔！”

好像她最后的希望全都寄托在这里了。

罗贝尔塔看了看我，说：

“信。”

然后，清清喉咙，低沉地重复了一遍：

“信！我信。”

好了。现在我完全控制了场子。

一部外人的手机抖动起来，响起愚蠢的音乐。

在那里，某个挺远的地方，在儿童抢救室，一个黑色的斑点开始消散。所谓的“П-О”。

“这……这是我的电话，在包儿里。”奥莉娅瞎忙乎起来，“包儿在哪儿……在那儿，在地上……对不起……”

音乐还在响着。响得真不是地方。

人们东找西找了半天，又看桌子底下。

时间一分一秒地过去。

电话不响了。出现了停顿。

大家不知所措地东张西望，转动眼珠，弯腰寻找。

奥莉娅忙得最欢。现在她想知道，女儿是不是活着。她的举动变得很激烈，不合逻辑。她抓住头发，恐惧像巨浪一样将她淹没了。

突然手机又响了，发出手摇风琴的声音。

季姆终于从自己身后把那个响着手机的包儿搜了出来，递给了奥莉娅。

“哦，马上……”

那蠢音乐一个劲儿地响着。

奥莉娅终于从包里把手机掏出来，音乐声冲到了外边。她听了一会儿，一声不吭。

大颗的泪珠涌了出来。

“喂？喂！维尔布什卡？是你吗？天哪！维尔布什卡……啊？什么？”

奥莉娅顿时情绪失控，连哭带说，边喊叫，边晃着脑袋：

“哦，哦，哦！天哪，天哪！是吗？……是吗？！！哎呀呀……天哪！要什么，你说？哦……是吗？哦，哦，哦！可以吗？我当然，我这就到！”

在某个儿童医院，在新生儿抢救室，刚刚，几分钟以前，人工呼吸机不出声了。停下来了。护士把小身子拉出来，毛手毛脚的，不想看他，用三个手指夹着两只小脚丫，把他头朝下悬了起来。立刻，那小人儿小声咳嗽起来，稍微咳嗽了一声。呛着了。护士抖了一下，赶紧把孩子抱好，抱到胸前。小人儿又嘶哑地咳嗽了两声。护士本想跑出去，可后来她拨了内部电话——用一只手，凑合着拨的。医生走进来。小婴儿张了张眼，朦朦胧胧地看了看，动了动嘴唇。然后又咳嗽了一声，声音嘶哑，喉咙里还插着管子。

医生不敢相信自己，他看了看仪器。

“怎么？关了？”他说，“是自主呼吸。活着。”他又小声补充道，“太好了。得把管子洗洗。来吧。让我们通知那边。”

“季姆，给平扎打个电话。”我说。

“出什么事了吗？”

“让她妈妈叫电梯。萨尼亚倒在电梯里。”

“什么电梯？……”

罗贝尔塔用最快的速度把手机递给他。她已经信了！奥莉娅从门口回来，也把她那被泪水打湿的手机放在他面前，然后又拿起来，用袖口把它擦干净。她站在那儿，没看我，可是她整个人正是朝着我的方向。季姆用罗贝尔塔的手机拨了电话。

季姆的手在发抖。

“喂，我是季莫菲。你好。能让萨尼亚听电话吗？散步去了……那么晚去散步？行了，那不重要。你现在就去叫电梯……去喊萨尼亚。我说你去叫一下电梯看看。待会儿我再打电话。”

他瞪大眼睛望着远方。

罗贝尔塔，她是我一生最主要的事业。仍然快乐地活着的罗贝尔塔，安静地等待着新的奇迹。

二〇〇四年十月十日

新鲁滨逊

我的爸爸和妈妈打定主意要做最聪明的人，他们做的第一件事就是带着我和一大堆挑选好的食物躲到一个偏僻的、人迹罕至的村庄，在莫腊河对岸的某个地方。我们的房子买得挺便宜，它常年空着，我们每年六月底去一次，说是为了我的健康去采草莓，然后在八月返回，那时候在各个荒芜的小院子里已经可以收苹果、乌荆李子和已经野化的又黑又小的茶藨子了，而林子里已经长出了马林果、蘑菇。这房子买的时候已经快倒塌了似的，我们只是住和使用它，一点也没有修理。直到有那么一天，在春天地表刚刚干了以后，父亲跟司机谈好价钱，我们像鲁滨逊一样，带着一大堆食物到乡下去了。我们还带着所有收拾园子所需的家什以及猎枪，还有一只猎犬“美女”，大家都认为秋天时它可以在野地里追兔子。

父亲甩开膀子干了起来，他给菜园翻地，还占了临近的一块地，为此他把我们的篱笆桩刨出来，挪动了从不露面的邻居的篱笆。我们给整个菜园松了土，种了三口袋土豆，又给苹果树松了土。父亲去林子里弄回很多泥炭。我们有了一辆两轮小推车。总之，父亲起劲地蚕食邻居那些门窗钉死的房子，能搞到什么就是什么：钉子、旧板子、油毡、马口铁皮、桶、长椅、门把手、窗户玻璃，还有各种有用的旧物，如吊桶、纺车、挂钟，以及各种没那么有用的破烂，像铁炉子、炉子的铁门、炉档、炉盖之类的东西。

整个村子里只有三个老太婆：阿尼西亚、完全成了野人的马尔芙特卡和红头发的丹尼亚。只有丹尼亚是有家的，孩子们开车来看她，带来些东西，又带走些东西，带来的是城里的罐头、奶酪、黄油、饼干，带走腌黄瓜、白菜、土豆。丹尼亚有个贮存很丰富的地窖，院子打理得很好，有个饱受折磨的孙子瓦列洛奇卡住在她这儿，一会儿闹耳朵，一会儿生疮。丹尼亚本人学的是护士，是在科雷马河边的劳改营学的，她十七岁的时候因为从集体农庄偷了一只小猪被送到那里。丹尼亚家总是宾客盈门，家里的炉子老是点着，来自临近一个叫塔卢金诺的居民村的牧羊女维拉奇卡经常来找她，我看见她从老远就开始喊：“丹尼亚，弄点茶！丹尼亚，弄点茶！”阿尼西亚大妈是村里唯一的人（马尔芙特卡不算数，而丹尼亚不算人，她是罪犯），她跟我们说，当初丹尼亚在莫腊河这一带曾经是医疗点的主任，差不多是最重要的人物，她做过大事，她把房子的一半出租作医疗点，也挣了不少钱。阿尼西亚也在丹尼亚那儿干了五年活儿，结果弄得她一点退休金也没有，因为没有在集体农庄工作够规定的二十五年，而在医疗点打扫卫生的五年不能算在发给一个工人退休金所需的年份里。妈妈想带她去找普利泽尔地区的社会保障部门，可是社会保障部门却永远地关闭了，不可能重开了，一切也就此不了了之，妈妈只好带着被吓坏的阿尼西亚急急忙忙地步行二十五公里回到莫腊河，于是阿尼西亚以新的热情开始耕地，在林子里砍柴，把树枝树杈拖到自己家里：她不想被饿死，而只要不做事就难免要饿死。马尔芙特卡就是活生生的例子。她已经八十五岁了，她的家里已经不生火，而她好不容易弄到家里的土豆经过一个冬天都冻坏了，现在成了腐烂的湿乎乎的一坨。马尔芙特卡冬天好歹吃了点什么，她不想丢掉自己唯一的财富，那腐烂的土豆，尽管有一次妈妈派我去拿铁锨把那些东西都挖出来。可是马尔芙特卡没给我开门，因为她从用破布堵着的窗户看到我拿着铁锨。不知道一颗牙也没有的马尔芙特卡到底是生吃那些土豆，还是在没人看到的时候会生火。她一点柴火都没有。春天的时候，马尔芙特卡裹着很多油光光的披巾、破布和被子来到阿尼西亚暖和的家里，像雕像一样坐在那里一言不发。阿尼西亚根本没给她东西吃，她就这么坐着。有一次我看了看她的脸，确切地说，是从裹着的破布中露出来的那部分脸，我发现，她的脸很小，很黑，而眼睛好像两个潮湿的窟窿。马尔芙特卡又熬过了一个冬天，可是已经不到菜园里来了，看来是准备饿死了。阿尼西亚大剌剌地说，马尔芙特卡去年还挺好的，可现在已经完全不行了，穿得不成样子。母亲领上我，我们替马尔芙特卡种了半桶土豆，而马尔芙特卡从她的房子后面窥视着我们，看来是担心我们占领她的菜园，可是又不敢到我们面前来。母亲自己朝她走过去，给了她半桶土豆。看来，马尔芙特卡以为我们想用半桶土豆买下她的菜园，她吓坏了，没有拿。晚上我和妈妈爸爸去阿尼西亚家取羊奶，遇见马尔芙特卡坐在她家。阿尼西亚对我们说，她看见我们到马尔芙特卡的菜园去了。妈妈回答，我们决定帮助马尔法大妈。阿尼西亚表示反对，说马尔芙特卡准备要去另一个世界了，不需要帮助，她会找到路的。得说明一下，我们付给阿尼西亚的不是钱，而是罐头和盒装的汤。这不能持续很久，因为羊每天都产奶，而我们是仅靠罐头为生的。应当订立更强硬的交换规则。所以妈妈在跟阿尼西亚谈话后马上说，罐头快没有了，我们自己也没吃的了，所以我们不再买奶了。阿尼西亚是个反应很快的人，她回答说，明天她会给我们送来一罐奶，我们可以谈谈，也许我们还有土豆，那样我们可以商量商量。看来阿尼西亚生气了，因为我们把土豆用在马尔芙特卡身上，而不是用来买奶。她不知道在这青黄不接的春天（五月是叹气月）我们在马尔芙特卡的菜园用了多少土豆，她的想象像马达一样运转着。看来，她盘算着马尔芙特卡很快就会死，指望能从她的菜园得些收成，所以已经提前生我们的气了，因为我们是种下的土豆的所有者。她的语气变得有点不善，说在我们赶上的年头活下来多不容易，一个没什么力气的老人在年轻力壮的一家人（我父母四十二岁，我十八岁）面前讨生活多不容易。

晚上，先是丹尼亚来到我们家。她穿着城里人的大衣、黄色的胶鞋，手里拿着一个新的食品袋。她给我们送来了用不正当手段搞到的小猪，用干净布包着。她打听我们是不是在莫腊地区登记过了。她说，很多房子都有主儿，如果给他们写信，他们就会回来。还说，这些房子和财产不是没人要的，每个钉子都是买来钉上去的。最后丹尼亚跟我们提起被挪过的篱笆，提醒我们马尔芙特卡还活着。她提出要我们用现金买她的小猪。那只死了的小猪包在布里很像个小孩儿，眼睛上还有睫毛等等。这天晚上爸爸把它剁开，腌上了。

后来，在她走了以后，阿尼西亚带着一罐羊奶来了。很快，几乎只一杯茶的工夫，我们就商定了羊奶的新价钱：一个罐头换三天的奶。阿尼西亚愤恨地问起丹尼亚来干什么，并说赞成我们决定帮助马尔芙特卡，虽然提到马尔芙特卡的时候她笑话她身上有味儿。

羊奶和那只小猪可以使我们免于坏血病，此外，阿尼西亚有一只小羊，我们决定花十个罐头把它买下来，不过要等晚些时候，等它长大些再要，因为阿尼西亚比我们会照顾小羊。不错，我们跟阿尼西亚没有多说什么，这个老大妈由于对过去的领导丹尼亚嫉妒得发疯，把那只小羊杀了，兴高采烈地用干净的布包着给我们送来。她因这个野蛮的行为得到了两个鱼罐头的回报。妈妈哭了。我们试着把新鲜的羊肉煮熟，可是不知为何却做不到，于是爸爸又把它腌起来了。

我跟妈妈到底买了一只羊，为此我们往返几十公里去了另一个叫达鲁金诺的村子。不过我们是以旅游者的身份去的，好像只是去玩儿，好像时间还停留在过去。我们背着包，唱着歌，在村里的井边打听在哪儿可以喝到羊奶。我们买了一块面包和一罐羊奶，夸小羊长得好。我假装跟妈妈咬耳朵，好像我在求她买一只羊。女主人一下子警醒起来，预感到生意来了，可是妈妈也是用耳语拒绝我。于是女主人一个劲儿地奉承我，还说她爱小羊就像爱亲生的孩子一样，所以愿意把两只小羊都给我。可是我说："哪里，我就要一只。"我们很快谈妥了，这位大婶显然不知道如今钱的价值，所以卖得很便宜，甚至在上路前还送给我们一块矿盐。看来，她相信做了一笔划算的买卖。的确，那只小羊在路上一折腾，到我们手上立刻变得很弱。还是阿尼西亚救了驾，她把小羊弄到自己家，预先把自己家院子的泥土涂在它身上，母羊把它当作自己的孩子，没有弄死它。阿尼西亚高兴极了。

现在我们有了最基本的东西，可是我那不安生的瘸腿的父亲开始不断地往林子里跑。他带着斧头、钉子、锯子，推着小车，早出晚归。我和妈妈在菜园里干活，好歹把父亲的活儿接着干下去，收集窗框、门框、玻璃。后来我们总算做了饭，收拾了房子，打来了洗衣服的水，缝了一些东西。我们用从各个房子找到的一些乱扔的旧皮袄缝制了类似过冬的毡靴东西，还缝了手套，做了皮褥子。夜里父亲看到皮褥子，用手往身下摸索了一阵，立刻把三床褥子卷起来，早上用小车推走了。父亲似乎还在准备另一处藏身之处，只是在林子里。后来的事说明这是非常非常有先见之明的。尽管后来的事还表明，任何劳动和预见性都无法拯救我们于大家共同的命运，除了幸运，什么都救不了我们。

我们就这样度过了最可怕的六月（完蛋月），因为通常这时乡下的储备都用光了。我们咽下蒲公英沙拉，用荨麻煮粥，但主要的工作是收集草，然后用背包和提包不断地往家里运。我们不会割草，而且草长得也还不高。最后阿尼西亚给了我们一把大镰刀（用十背包草换的，这价钱不低），之后我和妈妈开始轮流割草。我再说一遍，我们生活在远离尘世的地方，我非常想念我的男女朋友们，可是我们已经得不到任何外界的消息。不错，父亲听收音机，可是听得很少：要节省电池。收音机里总是广播一些弥天大谎和让人非常无法忍受的东西，于是我们一天到晚地割草。我们的山羊拉亚长大了，得给它找一只公羊。于是我们又去了那个村子，找那个拥有另一只羊的女人。她当时非让我们买那只羊，而我们却不知道它的真正价值！女主人对我们不友善，我们所有的事大家已经全都知道了，可是不知道我们有只母羊：因为我们的拉伊卡是由阿尼西亚养的。因此女主人对我们不友好。她已经卖了一只羊给我们，我们没保住它，那是我们的事。现在她不肯把另一只羊卖给我们了。我们已经没有面包了——没有面粉，也就没有面包——而且她的羊也长大了，在那个饥饿的年头，三公斤的鲜肉可是值很多钱的。我们出了一公斤盐和十条肥皂，才跟她商量妥了。但对我们来说这价钱是为未来的羊奶付出的。于是我们跑回家去张罗这些事，临走前跟女主人声明，我们要的是活羊。“莫非我会为了你们弄脏自己的手？”女主人回答。傍晚我们把羊带回了家，艰苦的夏季生活开始了：割干草，给菜园除草，给土豆培土，一切跟阿尼西亚保持步调一致……我们事先商量好，从阿尼西亚那儿得到一半的羊粪，好歹施了肥，可是我们的土豆出苗很小，长得不好。而阿尼西亚大妈因为不用割干草，只用一根绳子把羊拴好，把整个羊的幼儿园安置在我们的视野范围内，就到林子里采浆果和蘑菇去了，然后再来我们这儿领取我们的劳动果实。需要重新栽种茴香，我们种得太深了，而腌黄瓜需要茴香。土豆正在拔高。我和妈妈读了《园艺指南》，而父亲终于结束了林子里的工作，我们一起去看他造的新房子。这原来不知是谁的小屋子，父亲将它翻修了，为了万无一失把缝隙都塞住了，装上了门框、玻璃，在房顶铺了油毡。房子里空荡荡的。接下来的几晚我们一直往这里运桌子、长凳、木箱、吊桶、炉子和所有剩下的储备，把它们藏好。父亲在那儿挖了个地窖，几乎是地下的窑洞，还有炉子。这算是第三处房子了。父亲的菜园也快收获了。

这个夏天我和妈妈成了粗粗拉拉的农妇，手指粗大，指甲难看，指甲缝里藏着泥，最有意思的是在指甲根的地方出现了像是肉球的东西，可能是皮肤加厚或是长了瘊子。我发现阿尼西亚的手也是这样的，无所事事的马尔芙特卡也是，而达吉亚娜[①]，我们这儿首屈一指的女地主，医务工作者，也是同一副模样。顺便说一句，经常来看丹尼亚的牧羊女维尔卡在林子里上吊了。她已经不放羊了，整群羊都被吃掉了。阿尼西亚跟丹尼亚很不对头，所以向我们透露了她的秘密，说丹尼亚给维尔卡喝的不是茶，而是某种药，结果维尔卡离不开这种东西，所以上吊了，因为没钱买了。维尔卡留下了一个小女儿，而且那孩子没有父亲。阿尼西亚一直跟邻村达鲁金诺有联系，她说，这个小女孩跟姥姥住，后来我们也是从阿尼西亚兴高采烈的讲述中得知，这位姥姥跟我们的马尔芙特卡是同一路的漂亮人物，不过还加上酗酒，于是第二天那个已经完全变傻了的三岁孩子被我妈妈用一辆旧童车推了回来。

① 达吉亚娜就是丹尼亚。

妈妈总是对什么都很热心，父亲对此很恼火。小女孩尿床，什么话也不说，用舌头去舔鼻涕，什么话都不懂，夜里哭闹好几个小时。很快，这种夜里的哭闹弄得大家都活不下去了，父亲到林子里去住了。没办法，看来势必得把小女孩还给她那头脑不清醒的姥姥，这时法伊娜大妈忽然自己找上门来了，摇头晃脑，想借着小女孩和婴儿车敲我们的钱。母亲一言不发，把莲娜领出来交给她，孩子收拾得干净齐整，虽然没穿鞋，却穿着小裙子。莲娜忽然像大人一样倒在我妈的脚下，团成一个小球儿，抱住我妈的两只光着的脚板。大妈哭着走了，没要莲娜也没要车，看来是奔着死去的。她走路的时候摇摇晃晃，用拳头擦着眼泪。我事后猜测，她摇晃不是因为喝了酒，而是由于衰弱之极。她早就没有任何财产了，因为维尔卡最后一段时间一分钱也挣不到。我们自己也越来越多地喝用野菜煮的各种汤，主要是和蘑菇一起煮的汤。两只小羊早就跟父亲在一起了，好离罪恶远一些。到那里的车辙已经被杂草掩埋起来了，况且父亲为将来考虑，推车去那里时总是走不同的路径。莲娜留下来跟我们生活，我们把奶倒给她喝，喂她浆果和我们的蘑菇汤。当我们想到冬天的时候，一切就显得可怕多了。没有粮食，不管是面粉还是麦粒都没有，周围什么都没有种，因为早就没有汽油和机械零件了，而马更早的时候就被杀死了，没法耕地。父亲到遗弃的田里去捡拾偶然遗漏的麦穗，可是在他前面别人已经扫荡过了，而且不止一次，所以他的收获不多，只有一小口袋麦粒。他还想在林间小屋附近的空地上开一片秋播地，他去向阿尼西亚请教农时，她答应告诉他何时、如何下种，如何犁地。她拒绝用铁锨，而哪儿都没有犁。父亲请她画一张犁，然后，他会跟鲁滨逊一模一样，自己造出一个东西。阿尼西亚自己也记不清所有的细部构造，虽然她曾经不得不赶着牛犁地。而父亲兴致勃勃，坐下来设计这辆脚踏车。他为自己新的命运感到幸福，从不想念城市，在那里有他的很多敌人，包括他父母，我的爷爷奶奶。我只是在很小的时候见过他们，以后就陷入了一片纷争，原因是我妈妈以及他们住的爷爷的房子，我才不在乎那房子呢，就算它的天花板、厕所、厨房都很气派。我们没能住在里面，而现在，我的爷爷奶奶大概已经死了。准备离开城市的时候，我们没向任何人透露一点消息，虽然父亲准备出走准备了很长时间，所以我们才能积攒起一车的口袋和箱子。所有这些东西都不贵，不紧俏，我父亲是有远见的人，他用了几年时间积攒这些东西——那时它们确实不贵也不紧俏。我父亲过去是运动员、登山者和旅行家，还是位地质工作者，后来大腿受伤，早就渴望远离尘嚣，后来的情况恰恰与他日益增长的逃离的愿望相符，于是我们就逃离了，当时的天空还是万里无云。“整个西班牙的上空万里无云”——在每个晴朗的早晨父亲准会这样开玩笑。

夏天过得很好，所有植物都在成熟，汁液饱满。我们的莲娜开始说话了，她跟着我们往林子里跑。她不采蘑菇，总是如影随形地跟定妈妈，这是她生命中最主要的事。我教她认识蘑菇和浆果，可是不行，处在她这种状态下的孩子不能平静地生活，离不开大人。她要救自己的命，所以总是跟着妈妈，迈着两条小短腿，挺着小肚子跟在妈妈后面跑。莲娜管妈妈叫“嬷嬷”，不知她从哪儿学的这个词儿，我们没跟她说过。她也管我叫“嬷嬷”[①]，这倒是名副其实。

一天夜里，我们听到门外传来一阵尖细的声音，好像小猫在叫，原来是一个裹在油乎乎的棉背心里的婴儿。这时父亲已经习

---

① 原文中是“няня”，是“保姆”的意思。

惯了忍耐莲娜，甚至白天会回来干一些活儿，现在他不禁大吃一惊。母亲是个较真儿的人，她决定去问问阿尼西亚，这可能是谁干的。半夜三更，我们，连同沉默不语的莲娜，抱着孩子去找阿尼西亚。她没有睡，她也听到了孩子的哭叫声，感到很不安。她说，第一批难民已经到了达鲁金诺，很快也会到我们这儿，等着不速之客吧。孩子不停地哭，哭声尖利，他的肚子胀胀的，很硬。早上我们请丹尼亚给看看，她连碰都没碰那孩子，就说他活不长，说他有绞肠痧。孩子在受罪，不停地哭号，我们也没有奶嘴儿，怎么喂他呢。妈妈往他干干的小嘴里滴了几滴水，他就呛着了。看样子他大概四个月大。妈妈急忙跑到达鲁金诺，用一块宝贵的盐跟当地人换了个奶嘴儿，精神抖擞地跑回来。婴儿用奶嘴儿喝上了一点儿水。妈妈给他灌了肠，甚至加了洋甘菊水。我们大家，包括父亲在内，跑来跑去地忙活，烧水，给婴儿弄暖水袋。大家都明白，得抛下房子、菜园，以及井井有条的农活，否则我们就会被抓住。抛弃菜园就意味着饿死。在家庭会议上父亲说，我们要搬到林子里去，而他和“美女”住在菜园旁的窝棚里。

夜里我们带着第一批东西动身了。小男孩（他叫“纳伊金”①）被搁在小车上一堆包裹中间。大伙儿惊奇地看到，灌肠以后他的肚子空了些，竟喝了一点儿稀释的羊奶，现在正躺在一块拴在车上的羊皮里。莲娜则拉着缰绳步行。

天亮前我们到了新家，父亲马上又跑了一趟，然后是第三趟。他像猫用嘴叼一只只新生的猫崽一样，把辛苦劳动的一切成果一趟一趟地运了来，小房子里堆满了东西。白天，当我们全都筋疲力尽地睡着了的时候，父亲又去站岗。夜里他运来了从菜园刨出来的还

① 这个词的意思是“捡来的”。

不太熟的蔬菜，土豆、萝卜、甜菜、芜菁和小葱，我们把这些存进了地窖。当天夜里他又走了，这一次他几乎是跑着回来的，小车是空的。他微微有点瘸，神情沮丧，说道："完了！"他还给婴儿带来了一罐奶。原来，我们的房子已经被一个什么农业队占领，菜园放上了哨，阿尼西亚的羊被牵到了我们的老房子那边。阿尼西亚抱着这一罐昨晚的羊奶替父亲在他战斗的小路上站了一夜岗。父亲虽然很惋惜，但还是很高兴，因为他又一次逃脱了，而且带着全家大小。

现在所有的希望都寄托在父亲的菜园和蘑菇上了。莲娜跟小男孩留在家里，我们没有带她，把他们锁了起来，以免拖累工作的进度。奇怪的是，她乖乖地和小男孩两个留在家里，没有敲门。纳伊金全靠喝土豆汤，而我和母亲带着大包小包去林子里采摘。我们已经不腌蘑菇了，只是把它们晾干，因为几乎没有盐了。父亲挖了一口井，因为小溪有点远。

我们搬家的第五天，阿尼西亚大妈来了。她两手空空，什么也没有，只有趴在肩膀上的猫。阿尼西亚的目光怪怪的。阿尼西亚把吓坏了的猫放在衣襟上，在台阶上坐了一阵，然后忽然跳起来到林子里去了。猫钻到了台阶下面。阿尼西亚很快采回来很多蘑菇，铺满了进门的地方，其中包括蛤蟆菌。阿尼西亚留了下来，待在我们的台阶上，没有回家。我们用她那个盛奶的罐子端出我们的稀粥给她吃。晚上父亲带阿尼西亚到土窑去，那是我们防备不时之需的第三个家。阿尼西亚缓过来以后就开始起劲地在林子里采摘。我给她挑拣蘑菇，免得她中毒。我们把一部分晒干，一部分扔掉。有一天，当我们从林子里回来的时候，看到我们收养的三个人都在台阶上。阿尼西亚摇着纳伊金，表现得很像模像样。她好像一下子找到了倾诉的对象，对莲娜说："他们全收走了，全弄走了……他们没动马尔芙特卡，把我的东西全弄走了，羊也用绳子牵走了……”

阿尼西亚在很长一段时间里都挺有用，帮我们放羊，照看纳伊金和莲娜，直到天冷。后来阿尼西亚整天跟孩子们躺在灶台上，下地也只到院子里。冬天的雪封住了所有到我们这儿的路，我们有蘑菇、果干、果酱、父亲菜园里的土豆、整整一阁楼的干草、从林中废弃的庄园里捡回的被雨水浸泡了的苹果，甚至有一小罐腌黄瓜和腌西红柿。在开出的地块里，越冬的作物正在厚厚的积雪下生长。我们有两只羊，还有一个男孩和一个女孩，可以传宗接代，还有一只猫，它给我们弄回张狂的林鼠，有一条叫“美女”的狗，它不愿意吃这些老鼠，但父亲指望不久可以带它一起去打兔子。父亲不敢用猎枪打猎，他甚至不敢砍柴，担心外人会循声找到我们。父亲只在狂风大作的天气砍柴。我们有一个集民间智慧和知识之大成的奶奶。我们周围是绵延不尽的寒冷的世界。

有一次父亲打开收音机，调了半天。没有信号。不知是电池没电了，还是世界上真的只剩下我们几个人了。父亲两眼放光：他又一次逃脱了！

如果不是只剩下我们几个人，就会有人来找我们。谁都知道这一点。不过首先，父亲有枪，我们有雪橇和灵敏的狗。其次，他们来还早着呢！我们在这里活着，等着，而他们在那里，我们知道，也活着，等着，等着我们的种子发芽，庄稼和土豆成熟，山羊繁殖——那时候他们才会来。他们会把什么都弄走，包括我。目前有我们的菜园、阿尼西亚的菜园和丹尼亚的产业供养着他们。我想，丹尼亚早就没了，而马尔芙特卡还在老地方。当我们像马尔芙特卡一样的时候，就没人动我们了。

可是在此之前我们还能活很长时间。而且，我们也没有睡大觉。我们跟父亲正在建造新的避难所。

歌剧幽灵

结果谁都没搞出什么名堂，无论是当年在南部一隅的小旅馆那空荡荡的餐厅里唱歌的两个女人，还是当时走进这场子看见她们的那个人。这两个女人拿着自带的乐谱，唱的恰恰是阿依达和安奈瑞斯对峙的那段二重唱，威尔第的“FU LA SORTE”，这是女中音和女高音复杂的对唱，她们要露一手。

歌声激越地奔涌：“DELL ‘ARMI A’ TUOI FUNESTA.”

就是说世界从来没有认识他们。有人是因为没有可能，有人是因为不想。这个后面再说。

那第三个人大概是在街上侧耳谛听来着。至于他是怎么走进来的，就不知道了。得通过服务员和值班的。她们俩自己，女中音和女高音，好不容易才得到这儿的人同意，让她们在旅馆开音乐会。“谁要听你们的，我们对这个不感兴趣。”女值班员接过谢礼，直截了当地评论说。

可是说实话，在早饭后一个小时这个时间，旅馆的客人们都泡在海滨浴场，所以就让两个唱歌的女人进来了。她们付一点钱，就算把场子包下来了。

有什么办法呢，这是小镇上唯一有钢琴的地方，尽管这架钢琴还有点破烂。

而那第三个人却随随便便地走进场子，在不远处坐下，安静地听起来。

结束的时候他有节制地鼓了鼓掌。两个歌手笑起来，鞠了躬。

她们小声商量了一下，又唱了丽莎和波利娜的二重唱，这一次唱得特别高兴。她们有些自己的东西，步调一致，就像在表演花样游泳。她们唱的是歌剧结尾的《在这寂静的夜里》。

然后第三个人上了台，充当演奏者，给她们伴奏，有时挥动那只不弹琴的手，像合唱指挥一样，也就是把过分打开的音压下去，让渐弱音持续到作曲家所写的极限。

两个女歌手觉得唱得出奇地自如。这是那种一个人想为某人展示自己的才能时会出现的超常发挥的情况。

有个词儿是专门用来表示这种情况的："余音绕梁"，它指的是灵感。

而一个女歌手经常对另一个女歌手说，她很想在克拉芙卡指导下越唱越好，证明自己的价值，而跟施尼茨勒什么也学不到：两个老师不是一个层次的。

（克拉乌吉亚[①]在外地当老师，住在豪华的大都会饭店。而施尼茨勒在女高音学习的学院像水蛭一样地工作。她总是反复要求把几个独唱唱好，来应付考试。整整一学期只啃了四个唱段！）

可是克拉芙卡一节课要收很多钱，她有心理障碍：别人唱歌的时候她会有耳鸣。得为痛苦的勉为其难的教学成果付费。只有很少的时候，耳鸣会让位于平静的感觉，这是唱歌的人真正上道儿的时候。

女弟子们在克拉瓦奇卡面前总是有负罪感，可还是不断地往她那儿拥去，给她送钱。

---

① 克拉芙卡和克拉乌吉亚、克拉瓦奇卡是同一个人。

而施尼茨勒在学院里是正式的教员，是教研室主任，等等，可是跟她就是学不好。

也就是说问题在于老师，他如何把声音从嗓子里调出来。怎么做到呢?

这个现在坐在琴边的外来者几乎没有加入歌唱。有时候他用纤细的手轻飘飘地做个手势，好像扬起一捧羽毛。或是好像按下开关，于是她们，两个歌唱者，立刻收声，这在二重唱中是最重要的一点——要同时唱完一句话。

他差不多一直沉默着，可是水平一望可知。他不是看着谱子弹奏，而是**全部**凭记忆。

不过马上就产生了距离感。他是个高级的专业人士，虽然装得土里土气。

连赞扬他的话都不好意思说。

女高音在特别高和难唱的地方不再声嘶力竭，虽然她的音域不宽，只能喊着唱。嗓子不行。

(有一次克拉瓦奇卡对她说，可以喊，反正她的嗓音高不到哪儿去。)

同时克拉芙卡经常痛苦地皱眉。显然她在耳鸣。

克拉瓦奇卡毫不隐瞒她早就想摆脱这个女高音了，可是女高音缠着要上课，把它当作最后的希望。她把什么都送给老师，所有的钱。

她教授乐理和唱谱，辅导学生考她所在的音乐学校和音乐学院，收很高的学费，挣钱很多。她把什么都送给克拉乌吉亚。

这好像是着魔一样。女高音相信克拉瓦奇卡能把她带出来。也许问题不在这里。

女中音的情况比较简单——她早就不再想当歌唱家了，她也在那所学校教手风琴班，虽然她是学钢琴的。

同时她和女高音搭伴，唱第二音部。这让她们在生活中可以透一口气。

她用好听、可靠的低音给女高音伴唱。

这个女中音可以在酒馆里随意地唱，同时拉手风琴，而女高音有时为朋友设计未来可能的计划。

酒吧不会要女高音。她自己这么说，还不是时候！

可是计划没实现。这位手风琴手没时间，也没有多余的力量。她对生活没什么劲头儿。

愿望也没有。

拉手风琴的女中音静悄悄地跟女儿、妈妈一起过日子，相貌一般，不太收拾自己。

可以让她穿上高跟鞋，戴上油光可鉴的假发，把衣服往她身上一披，就像披到衣服架子上一样，也就是用皮带吊着漂亮的凌乱的布头，裙子长度不超过膝盖——那样她就会有一副经典的模样了。可是痛苦的离婚留下的后遗症，不自信，花在上班路上的一小时二十分钟和花在回家路上的更多的时间（这是离婚和分家的结果，她住的地方差不多是乡下），这一切造成的结果是：暗淡的头发和气色，总是逃避的无精打采的眼神。

“你简直跟刚守寡一样！”性格开朗的女高音喊道，“够了！”

女高音自己甚至在海滨浴场也不会脱掉高跟鞋，随时乐意做爱，戴着一副假面舞会上的半截面具那么大的墨镜，好让任何人都无法看清她的脸，因为她对自己的相貌有着完全清醒的认识。可是这并不影响她在每一面镜子前自我欣赏，总是浓妆艳抹。

但同时她也是个有条有理、精神饱满、勤奋能干的女人。她也离了婚，也带着一个女儿和妈妈一起生活。

现在她们的二重唱唱得出奇的好，少数被晒伤而不能去浴场的客人慢慢地聚拢到餐厅里，甚至开始鼓掌。

作为调剂，她们还演唱了艾迪特·皮雅芙的慢探戈《玫瑰人生》。伴奏者对这个小品也一丝不苟。连女中音都活跃起来，即兴演唱了很不错的第二声部。

他们三人受到观众的热烈欢迎。

可是这时候经理发话了，说你们还有完没完。

就是说该出去了。

于是他们去了当地人常去的饭馆，在这儿就餐的多是附近开小店、桑拿房、兑换点的人。女高音休息的时候总是乱花钱。她点了一桌子菜。

新来的陌生人不吃、不喝，他说："谢谢，我不饿。"他只抿一点矿泉水。他叫奥西安。

"什么？"女高音瞪大了眼睛，"奥辛？"

他没有回答。后来，过了一阵子，她们又讨论了好长时间他到底叫什么的问题。

女高音是个头脑简单的人，她终于忽略所有的麻烦，像对一个普通人、一个偶然遇到的同桌吃饭的人那样称呼他："喂，您，说您呢。"

这是电视上一个说笑话的人的段子。喜欢开玩笑的女高音就用这样的方式开始跟这个陌生人谈话。

显然，他不会做出回应。

女高音于是打住，不继续开她同桌人的玩笑了。

女中音不紧不慢地吃着东西，喝着啤酒。大概正在放松精神。

就这样慢慢地，一点一点地，出现了一种两个歌唱演员很少遭遇的怯生生的气氛。

可是需要哪怕是随便说点什么呢。于是女高音说起自己的歌唱老师。她言过其实地夸赞她说：

“我每天上课，我简直是展开翅膀飞到她跟前，不管从什么地方！”

此前一直沉默的女中音忽然激烈地反驳道：

“你一辈子都要给你的克拉乌吉亚套住了。这是众所周知的法子。这就跟去赌场一样，甚至跟毒品一样。让一个人上课成瘾——明摆着的圈套！而且你那克拉娃会的东西还不到她老师的十分之一。”

“你是打哪儿知道的，大叔的情人，”女高音对女中音反唇相讥，“你一辈子都没体验过我的那种幸福！”

女中音回答说：

“我知道没体验过。那个，在叶尼科耶夫卡还是什么地方，就有那么一位大仙。他九十多了。我听人说起过他。他住的地方从这儿沿河走大概二百公里。连莫斯科人都来找他。他给人训练呼吸，根据音节辨别事情。每个音节都有单独的作用。我听说过他。一个月的培训，每天七小时，付的费用在这儿差不多能买一辆旧的外国车。你想想，有几个莫斯科人把自己的房子租出去，搬到他那儿去住。还有更阔的人，周末坐飞机来他这儿。”

“克拉乌吉亚把他叫作骗子，”女高音回答，“是不是叫克拉瓦伊丘克？你说，你自己去过吗？”

“我不知道他怎么说她，”女中音反驳说，“说不定还要坏。”

“你自己也跟我一样！”为了缓和局势，女高音挑衅地喊道，“你也有目的！只不过你舍不得钱！而克拉乌吉亚是一个人住的。”

客人一直默不作声。

“我想带你去见克拉乌吉亚，”女高音大大咧咧地说，“可是老太太要钱很多……她住在大都会饭店一套隐秘的房子里。她的厨房窗户就在餐厅圆顶上面，离得很近。”

“那还用说！挣那么多钱。”

“你知道她多大岁数吗？她答应我也会活那么大岁数，”女高音沮丧地说，“可是我不想。让我看着我女儿变成老太婆吗？让她给我端屎端尿？上帝保佑可不要这样。”

“那么你想活多少岁？”女中音语气沉重地问。

“我还没打算呢，放心。现在是一种想法，二十年后又是一回事。老人都爱活着！”女高音郑重地总结道，然后替大家付了账。

午餐结束了。

他们来到炎热的街上。

他们漫无目的地走呀走。

最后女高音忍不住了，她叹了一口气，到底说了那句意味深长的、一路说了不止一次的独白：“我把您送哪儿去呢？”

然后透过墨镜含情脉脉地看了看奥西安。

她那意思是在暗示，她准备去他那里过夜。

可是，暂时没地方可去。也就是说，他是刚来的，还没有住处。

他出乎意料地同意住在两个歌手的住处。

“我们那儿有四张床！”女高音满面春风地多次强调这一点，希望说服他，“房子在花园里！甚至有两个带卫生间的房间！”

他没有反对。他那么真诚憨厚地点了几下头。总之，他那样子就像一个善良的天使。

他带着一个不大的背包。

至于他穿的是什么，她们后来怎么也想不起来了。注意不到那儿。好像是浅色的、朴素的衣服。寒酸的衣服。

而且在餐馆他还憨憨地让一个女人替自己付账。

况且，正如后来女高音所讲述的，他一点儿东西都没吃！酒也没喝。

可是她们俩都明白，他属于那种时刻需要关照的男人，这种男人瞬间就会成为关怀的对象。给他吃给他穿，这还只是一半。要当心不能伤了他！一句错话都不能说！要创造一种环境，来抚慰和温暖这颗脆弱无助的心灵！

回家后，她们让他坐在花园的长椅上，自己进屋后把身后的门关上。

她们俩一眨眼就清理出一个房间，把所有的杂物都搬出去，把房间打扫干净。自然，她们把好的那间房给了他。

她们把一切都放好、归置好，还用一枝花把房间装饰起来（女高音往花园跑了一趟，折了一枝玫瑰）。

女主人——她是个病恹恹的大婶，总是头昏脑涨的——本想过问，为什么要破坏花木。她需要知道，一动不动地坐着花园里的那个人是谁。

她站了一会儿，看了一阵儿，然后消失了，回来时手里拿着一块大毛巾。

她又站住了，好像被钉在原地，只顾张望这个一直像个自由市场、此时却干净整洁的房间。

女主人提出涨房费，可是那个训练有素的女高音不理会她那如泣如诉的威胁，把她请了出去：

“加丽亚，你本来就向我们收了四个床位的钱，够了！”

此时奥西安已经不在房子外边了，神不知鬼不觉地出去溜达了。可是他的背包留在了长椅上，就是说，会回来取的。

然后他们去了海边。

此时的情况很可笑，因为这位客人不肯脱衣服，他躺在给他拉来的躺椅上，连鞋都没脱。

可是他穿着轻薄的白衬衫和麻布裤子，与环境显得非常协调。

女高音出场了，她穿着紧绷绷的泳装，好像晚礼服一样。只要有可能，她总是用长筒袜遮掩两条又短又粗的腿——可她还是特意穿了一双有十厘米高跟的凉鞋，每走一步就陷下去。她给自己拿来了啤酒，给客人拿来了矿泉水。

她吃力地扭动着两个相当暴露的屁股蛋。

女中音不引人注意，身材平常，偏瘦，表情落寞黯然，头发也是可怜巴巴的样子，剪得短短的，稀稀拉拉有几绺灰色的鬈发。这个人一点也没心情打扮自己。“你可以的，你肯定可以的！”女高音经常这样嚷嚷，“交际晚会上你是最棒的！大伙儿都很注意你！能费你什么事呢，这是口红，拿着，拿着，涂一下！”

女中音只是笑笑。显然，她没有需要为之用心的人。她也曾用过心，这就是结果，非常感谢。有一天她发现了，接着是离婚，以及由此产生的分住问题。

他们从海边浴场回来时更加沉醉了，坐在胡桃树下的桌旁。

主人大叔送来盛在半升的罐子里的自酿新酒，然后礼貌地离开了。

温暖的夜来临了，月亮升起来了。蝉开始了它们的歌剧。黑暗中远远近近地传来三重唱和二重唱、合唱和独唱。

女中音忽然不见了。

“她去跟房主睡了。女主人一个人住在脱粒房。她身体不好。每天晚上都这样。”女高音忽然向奥西安透露，“想不想吃桃子？跟我来。”

可是她没敢拉他的手。

院子里伸手不见五指，果子在一片黑暗中泛出微光。

“这是苹果，这是桃子。我们把果子收到小盆里，称出重量，付钱给她。有时候也直接从树上摘。”

熟过头的果子发出蜜饯一样的气味，伊甸园大概就是这样的味道。

他们回到核桃树下。放桌子的地面是水泥的，不远处有条狗，看不清它的样子，但可以听见它在走来走去，链子拖在水泥地面上。

“小黑，”女高音叫它，“它是黑色的。小黑！”

狗停下来，然后又开始拖着链子走来走去。

园子里的水管开始“哧哧”地冒水。看来是男主人出来给园子浇晚间的水了。

“她马上就要回来了。”女高音说。

的确，女中音出现了，她坐下来用杯子喝啤酒。

“怎么样？”女高音狡黠地、带点醉意地问道，“结束了？”

她没得到回答。看来这是个很一般的问题。

女高音忽然发窘了。

“我们再去弄些酒吧。”她建议说。她跳起身来，大声呼唤在园子另一头的主人。

他们去了地窖，挨着墙根有一个大瓮，几乎像个小水池。

主人把软管摘下来，放到嘴里做了几次吸吮的动作，然后迅速把管子放进酒罐里。那浑浊的液体好像是从他体内流出来似的。每次都有这样的感觉。一种生理上的感觉。

“灌醉了！”女高音说出了她常说的玩笑。

他兴致勃勃地把自己的作品抱起来送到桌上，马上就离开了。

他们在星光下吸烟，这些自由自在的人。

过了一会儿主人再次出现在桌旁，沉默地站了一会儿，又转身离开了。女中音也跟着他走了。

“这已经有点儿‘淫’了。”女高音忧伤地说。

她随即开始抱怨起来。

“我！”她的声音在蝉声四起的黑夜中响着，“我可不能那个样子。他来我家找我。”

一点回应也没有。

“可她是不幸的人。这是那个，为了健康。那么您呢，讲讲您吧！”

“没什么可说的，谢谢。”沉默了很长一段时间后，他总算开了金口，“还是说说您吧。”

“我业余在学院学习！但这只是为了文凭，为了毕业证。我跟施尼茨勒学习只是为了走程序。但我是康达乌洛娃·克拉乌吉亚·米哈伊洛夫娜的学生！听到了吗？此外再不是任何人的学生。我不会背叛她。我是她的广告。我根本没有嗓子！”

接着她唱了一小段。

她没有看奥西安。

他沉默着。

小黑甚至不再拖着链子来回走了，呆住了。

然后又无望地响起了空洞的白铁盆子的声音。

“我！”女高音继续说，“我挣得多，花得多。可是克拉乌吉亚也要得很多！很多！我愿意把一切给她，只要她能把我的嗓子训练出来。只要这一条！我完全没嗓子，你听到了。”

他甚至没有点头。

她继续用这种激烈的语气说下去：

“你听见了。我的嗓子绝——对是小型演唱的那种。而我要做歌剧演员！克拉乌吉亚有两个有名的学生，一个在大剧院，一个唱电影的主题曲。柳波芙·奥尔洛娃，听说过这个名字吗？可是她们两个本来都没有嗓子。克拉乌吉亚有一百七十岁或更大了。我也没有唱歌剧的天赋。克拉乌吉亚自有一套培养声音（永远不会坏）的方法。她可以把声音培养出来。现在我的音域是两个八度。大概十年以后会达到四个八度。”

“唱唱。”奥西安请求道。

女高音转转头，喝了一大口酒：

“不成，还不成。”

他不说话。

她忽然站起来，咳嗽了几下，用她那惯于干活的手指撑着桌子，唱起了马斯内的《哀歌》。

她的嗓音不高，但还不仅如此：它还没有特点，也就是没有魅力。音色平平，很一般的嗓子，最适合伴着吉他唱歌。

“我就是戒不了烟。”她抱怨。

她咳嗽了几声，坐下了。

他们默不作声地坐了一会儿。夜凉了。

“他们第二次总是时间比较长。”女高音说，“我们去海里游泳吧？现在很黑，可以裸泳。我不会看的！走吧！”

再次出现了沉默。客人一动没动。

“我喜欢夜里游泳。谁都看不到我，游得很自由。特别自由……真妙。天哪，多缺少自由啊！”

“唱。”

女高音又站了起来，就像服从口令一样，再次清清嗓子。

奥西安把张开的手掌伸到她的太阳丛，在胸部稍微下面一点的地方。这只手掌好像在把什么向上托。

歌声响起。流淌的歌声变得有点怪，是半打开的状态。很紧。着实地发自肺腑。可是出来以后就变得完全不同了，很轻盈。流淌着像玻璃一样纯净的女高音。它达到了不可思议的高度，然后开始下降。

手掌放在了桌上。

黑暗中，女中音出其不意地出现了：

“这是谁？这是谁唱的？”

“我。这是他。我唱的。”女高音小声地回答。

“不可能。”女中音摇了摇头。

女高音喝了一大口酒，小声笑着说：

“不知怎么搞的。”

她又丧气地说，带着某种说不清的苦闷：

“唉，生活啊！我那么苦学苦练，东奔西走，可是没有嗓子。”

“哪里！哪里！我可是听到了。”

奥西安沉默着。

他们又坐了一阵，把主人叫来，他送来了酒。

“你，”女高音忽然说，“你让我知道……你让我知道，我跟克拉娃什么都学不出来。你……你收我当学生吧？”

他没回答，好像在半明半暗中笑了笑。

她们在自己的房间睡得像死人一样，女高音和女中音。

第二天醒来时天已经大亮了。

奥西安不见了。

他的背包也没有了。

床上没有褶儿，好像没人睡过。

“他什么时候走的？去哪儿了？”女高音问女主人。

女主人却坐在高床的一角抱怨起头疼来，甚至看上去像在哭泣。

“他没付我钱，是吧？”她伤心地说，“他走了？主人不停地干活……可是这些女人走了就完事了，不付钱。”

显然她脑子里把什么东西搞乱了。

“我们付的是四个床位的钱！你有什么说的？”女高音问她，可是忽然不作声了。因为她看到女主人正从头巾下面看着她，眼眸很亮，露出讥笑，一滴眼泪也没有。

“你们不付钱。”她重复说。

看来她知道她说的是什么。他们家一切服务都包括在内。全包。

女高音回头去找女中音。女中音正躺着抽烟。

她忽然说：

“你知道，这是歌剧幽灵。记得吗，克拉乌吉亚说起过她的老师？是马塞蒂[①]把他领到她面前的。如果有歌剧幽灵给上三次课，就够用一辈子的。”

“克拉乌吉亚？她根本没跟我提起这事，”女高音慌张地反问，“你怎么知道？你去过她那儿？没跟我一起？”

“不是，好像是别人这么说她，”女中音漫不经心地说，“不记得是谁说的了。还是很久以前，在音乐学院的时候。有这么个传说。他送给了她永生。所以她很难过。”

---

① 马塞蒂是十九世纪意大利著名男高音，也是声乐教育家。

黑大衣

冬天，一个姑娘忽然发现自己置身于一个陌生的地方：不仅如此，她还穿着一件别人的黑大衣，不知是谁的。

她看看自己，大衣里面是一身运动衣。

脚上穿着运动鞋。

姑娘完全不记得自己是谁，叫什么名字。

她在冬天的薄暮里站在莫名其妙的公路边冻得发僵。

周围是树林，天黑下来了。

姑娘想了想，觉得得去个地方，因为天很冷，而黑大衣一点都不保暖。

她沿着路往前走。

这时从拐弯处出现了一辆卡车。姑娘抬起手，卡车停了下来。司机打开门。驾驶室里已经坐着一个乘客了。

“你去哪儿？”

姑娘脱口而出她想到的第一句话。

“您去哪儿呢？”

“去车站。”司机笑了笑，说。

“我也去车站。”(她想起来，她确实是在林子里迷路了，必须找到个车站。)

“走吧。”司机说。他仍然在笑。“去车站就去车站。”

“没我的地方。”姑娘说。

“有你的地方，”司机笑着说，“我的同伴只是个骨头架子。”

姑娘爬上驾驶室，卡车开动了。

驾驶室里的第二个人阴郁地朝里挤了挤，给她腾出地方。

他戴着风帽，脸一点都看不见。

天越来越黑，他们沿着被白雪覆盖的道路飞驰。司机一言不发，只是微笑，姑娘也不说话。她什么都不想问，唯恐别人发现她把什么都忘了。

最后他们开到了一个亮着灯光的站台，姑娘下了车，车门在她身后砰地关上了，卡车震了一下，开走了。

姑娘上到月台，上了一辆开来的电气火车。火车朝某个地方开去。

她记得应当买票，可掏了掏兜，发现没有钱：只有火柴、一张什么纸和一把钥匙。

她甚至不好意思问，火车是往哪儿开的，而且也没人可问，车厢完全是空的，光线昏暗。

但火车终于停下来了，再也不走了，她只好下车。

看样子这是个大站，可是此刻却空无一人，灯也关掉了。

周围全都被刨开了，一些新挖的坑大敞着口，还没有被雪盖住。

出口只有一个，要下地道，于是姑娘沿着台阶往下走。

地道也是黑的，地面不平，向下倾斜，只有白色的瓷砖墙发出一点光。

姑娘轻快地沿着地道向下跑，几乎脚不沾地，好像做梦一样从一个个坑、一把把铁锹、一辆辆小推车旁边掠过。看来这里也在施工。

然后地道走完了，前面是街道，姑娘气喘吁吁地走到了外边。

街道也是空荡荡的，半毁的状态。

房子里没有灯光，有几座房子甚至没有房顶和窗户，只有一些洞，在路中间立着一些临时路障：那里也全都被刨开了。

姑娘站在人行道的边上，穿着黑大衣，冻得发僵。

忽然一辆小卡车朝她驶来，司机打开车门说：

“上来，我送你去。”

还是那辆车，司机旁坐着刚才见过的那个人，穿着带风帽的黑大衣。

可是在没有看到的这段时间里，这个穿着带风帽的大衣的乘客好像发胖了，驾驶室里几乎没地方了。

“没地方。”姑娘一边上车一边说。她内心还是很高兴的，因为她奇迹般地遇到了老熟人。

在她眼下遭遇的新的、未知的生活中，这两位是她仅有的熟人。

“有你的地方。”那快活的司机把脸转向她，笑着说。

的确，她不可思议地轻松就坐下了，在她和那位阴郁的邻座之间甚至还空出一块地方。原来他非常瘦，只是他的大衣很肥。

姑娘想：要不我索性就告诉他们我什么都不知道吧。

司机也很瘦，否则他们坐在这辆小卡车的狭窄的驾驶室里就不会那么轻松了。

司机简直瘦得很，鼻子上翘到极点，也就是说很丑，脑袋全秃了，不过他很快活：他总是笑，笑的时候露出所有的牙。

甚至可以说，他不停地咧着嘴不出声地大笑。

第二个同路人仍然把脸藏在风帽里，一言不发。

姑娘也不说话：她能说些什么呢？

他们沿着挖开的、夜间空无一人的街道行驶，看来人们早就在各自的家里睡觉了。

“你去哪儿?”这快活的人咧着大嘴笑着问。

“我要回家。”姑娘回答。

“家在哪儿?”司机无声地大笑着，问道。

“那个……到这条街的尽头向右拐。”姑娘没把握地说。

“然后呢?”司机问，仍然龇牙笑着。

“然后一直往前。”

姑娘这样回答，她暗自担心被问到地址。

卡车疾驰着，一点声音都没有，尽管路面很糟，净是坑。

“往哪儿走?”那快活的人问道。

“就这儿，谢谢。”姑娘说着打开车门。

“钱呢?”司机把嘴咧到最大，笑着喊。

姑娘在兜里找了一番，找到的还是一张纸、火柴和一把钥匙。

“我没钱。”她承认道。

“要是没钱就不该坐车。”司机哈哈大笑地说，“第一次的时候我们没收钱，看来你挺喜欢这样。这样吧，要么你回家给我们拿钱，要么我们把你吃了。我们又瘦又饿，是不是？空架子?”他好像哥们开玩笑似的说，“我们吃你这样的人。当然，这是开玩笑。”

在一块荒地，他们三个一起从卡车出来，荒地上零零散散地有一些看来还没入住的房子，像是新的。

反正，房子里没有灯光。

只有街灯亮着，照着黑魆魆的、没有生气的窗户。

姑娘还抱着一丝希望，走到最里面的一所房子前，停下来。

她的同行者也停了下来。

“是这儿吗?”哈哈笑的司机问道。

“可能吧。”姑娘开玩笑地回答，她觉得窘极了：很快就会暴露出她把什么都忘了。

他们进了门，沿着黑乎乎的楼梯向上走。

好在路灯透过窗户照进来，可以看到台阶。

楼梯上鸦雀无声。

上到某一层后，姑娘在遇到的第一扇门前从口袋里掏出了钥匙，让她吃惊的是，钥匙在锁眼中转动自如。

前厅是空的，他们继续往里走，第一个房间也是空的，而在第二个房间远远的角落有一堆不知什么东西。

“你们看，我们没有钱，把东西拿去吧。”姑娘转向她的客人，说道。

此时她注意到，司机还是那样咧着嘴讪笑，而戴风帽的人仍然把脸扭向一边，不让人看见。

“这是什么？”司机问。

“这是我的东西，我不需要它们了。”姑娘回答。

“你这么想吗？”司机问。

“当然。”姑娘说。

“那么好。”司机朝那堆东西弯下身，发话说。

他跟乘客两人开始翻检东西，把什么东西送进嘴里。

而姑娘悄悄地后退，来到了过道。

“我这就来。”她看到他们抬起头往她这边看，急忙喊道。

在过道她踮着脚尖大踏步地奔到门口，来到楼梯上。

她的心狂跳着，快要跳出发干的嗓子眼儿了。

完全喘不过气来。

“总算太幸运了，遇到的第一套房子我的钥匙就可以打开。”她想，“谁都没发现我什么都不记得。”

她下了一层，听到上面的楼梯上响起了急促的脚步声。

她急中生智，想到再次利用钥匙。

结果，真奇怪，门又一下子打开了。姑娘溜进房里，在身后把门猛地关起来。

很黑，很静。

没人追她，没人敲门，也许那两个不认识的人已经拖着找到的东西下了楼，不再滋扰可怜的姑娘了。

现在可以静下心来考虑一下自己的处境了。

房子里不太冷，这已经很不错了。

终于找到了一个安身之处，尽管是临时的。也可以找个角落躺下了。

因为疲倦，她的脖子和后背很疼。

姑娘静悄悄地巡视这套房子，街灯打在窗户上，房间里一无所有。

可是当她走进最里面那个房间，她的心怦怦地乱跳起来：墙角有一堆什么东西。

这个房间的位置和上层那间房子一模一样。

姑娘站了片刻，等着看还会不会有别的事，可是什么也没发生，于是她走到那堆东西跟前，坐在那堆破烂上。

“你怎么回事，疯了？”一个快被闷死的声音喊道。接着她感到身下的破烂像活物那样动起来，好像蛇一样。

接着两个头和四只胳膊逐一从边上探出来，这两个都是她的熟人，他们在破烂中使劲扭动挣扎，终于爬了出来。

姑娘顺着楼梯往下跑。

她的脚好像踩着棉花一样。

她身后有人在沿着过道拼命爬。

这时她看到最近的一扇门下面有一道光亮。

姑娘再次意外地用自己的钥匙轻而易举地打开了对面那套房子的门，冲了进去，很快关上门。

一个女人拿着一根点燃的火柴站在她的跟前。

“看在上帝的分上，救救我。”姑娘小声说。

她身后的楼梯上已经传来轻微的响动声，好像有人在爬。

“进来。”那女人说，把颤动的火柴举得高些。

姑娘又走了一步，把门打开一点。

楼梯上安静了，好像什么人停了下来想事情。

“你怎么半夜三更到处乱闯？”拿着火柴的女人有点生硬地问道。

“我们到里面去，”姑娘小声说，“到里面随便找个地方，我全告诉您。”

“我不能去里面，”那女人嘶哑地说，“一走火柴就灭了。只给我们十根火柴。”

“我有火柴，”姑娘高兴起来，“拿着。”她从大衣口袋里掏出火柴盒，递给女人。

“你自己点一根。”那女人要求说。

姑娘点了根火柴，她们在它颤动的光中沿着过道往前走。

“你有几根？”女人看着火柴盒问。

姑娘扒拉了一下。

“很少，”女人说，“你大概只有九根了。”

“怎么逃跑呢？”姑娘小声说。

“可以醒过来，”女人回答，“可是不是总能醒的。比方说，我就不会再醒了。我的火柴用完了。哧！哧！”

她咧嘴笑了，露出大大的牙齿。她笑得很轻，没有声音，好像只是想把嘴尽量张大，又好像打哈欠。

“我想醒，”姑娘说，“让我们结束这个可怕的梦。”

“火柴点着的时候，你还有救。”女人说，“为了帮你，我刚把我最后一根火柴用完。现在我全都无所谓了。我甚至想让你留在那儿。你知道——简单得很，只要别喘气。你可以很快飞到你想去的地方。不需要光，不需要吃东西。黑大衣可以让你免遭所有坏事。我马上要飞去看看我的孩子怎么样了。他们是捣蛋鬼，不听我的话。有一次小儿子朝我吐口水，当我说再没有爸爸时。他哭了，朝我吐了口水。现在我已经不能爱他们了。我还想飞去看看我丈夫和他的女朋友。现在我对他们也无所谓了。我那时多傻呀！”

她又笑了。

“这最后一根火柴燃烧的时候，记忆就回来了。现在我回想起自己的一生，我认为我是错了。我嘲笑我自己。”

她的确在大张着嘴笑，但是没有声音。

“我们在哪儿？”姑娘问。

“这个问题没有答案。你自己很快就会看到。会有气味。”

“我是谁？”姑娘问。

“你会认出来的。”

“什么时候？”

“当第十根火柴烧完的时候。”

姑娘的那根火柴已经要烧完了。

“它还点着的时候，你可以醒。可我不知道怎么做。我没能醒。”

“你叫什么？”姑娘问。

“我的名字很快会用油漆写在铁牌上，然后插到地上一个小土包上。那时候我就可以读，就会知道了。已经准备好了一罐油漆和这个空牌子。可是只有我自己知道这个，别人还蒙在鼓里。我丈夫、他的女友、我的孩子都不知道。真没劲！”女人说，“我很快就会飞走，从上面看到我自己。”

“别飞走，求求你。”姑娘说，“你想要我的火柴吗？”

女人想了想说：

“好吧，我拿一根。我还是觉得我的孩子们爱我，他们会哭。我觉得世界上没人需要他们，他们的父亲和他的新老婆都不会要他们。”

姑娘把没拿火柴的那只手伸进兜里，她触到的不是火柴盒，而是纸条。

“你看，上面写着什么！‘请不要怪任何人。妈妈，请原谅。’可原来上面什么都没有。”

“哦，这是你写的！我写的是：‘我不想再这样活下去了，孩子们，我爱你们。’这些字是不久前才出现的。”

于是女人从黑大衣口袋里掏出自己的纸条。

她拿出来看，接着嚷起来：

“你看，字母在融化！可能已经有人看到这张字条了！它已经落到了什么人的手里……字母‘Б’和字母‘О’不见了，字母‘Л’也在融化！”

这时姑娘问：

“你知道我们为什么在这儿吗？”

“我知道，但是我不告诉你。你自己会弄清楚的。你还有火柴。”

于是姑娘从口袋里拿出火柴盒递给女人：

“你全拿去吧！可是你得告诉我！”

女人倒出一半给自己，说：

“这张字条是写给谁的？你记得吗？”

“不记得。”

“你再点一根火柴，这根已经快烧完了。每烧完一根火柴我就又想起一些事。”

于是姑娘拿出自己仅剩的四根火柴，一下子全点着了。刹那间一切都在眼前清晰起来了：她如何站在管子下的凳子上，桌子上有一张小字条“请不要怪任何人”，窗外是城市的夜，在什么地方有一套房子，里面住着她爱的人，她的未婚夫，他自从知道她有了孩子就不想再接电话了，而是由他的母亲接，总是问“是谁，有什么事”，虽然她很清楚是谁打的，以及有什么事……

最后一根火柴快烧完了，可是姑娘很想知道是谁睡在她自己家，就在隔壁的房间，当她站在凳子上把自己的细围巾系在天花板下的管子上时，是谁在隔壁的房间打呼和呻吟……

在那隔壁的房间睡着的是谁，而那个不睡觉、只是躺在床上瞪着双眼望着虚空哭泣的人又是谁……

是谁？

火柴几乎要燃尽了。

还有一点儿——这时姑娘全明白了。

于是身处空洞黑暗而陌生的房子的她，抓起自己的小纸条，把它点燃了！

她看到，在那里，在彼生，她生病的外祖父在隔壁打鼾，而妈妈躺在他旁边的行军床上，因为他病得很重，总是要喝水。

可是那里还有个什么人，她清楚地感觉到他在那里，他爱她——可是纸条在她手中眼看就要熄灭了。

这个人安静地站在她的面前，怜惜她，想给她支撑，可是她看不到他，听不到他的声音，也不想跟他说话，她的心疼得太厉害。

她爱自己的未婚夫，只爱他，她不再爱妈妈、外祖父，还有那天夜里站在她面前、试图安慰她的人。

就在她的纸条最后的火焰燃尽的一刹那，她想跟那个站在她面前的人说说话。他站在下面的地上，可是不知怎么搞的，他的目光却跟她在同一水平线上。

可是可怜的小纸条就要燃尽了，就像在那点着一盏小灯的房间里她快要结束的生命。

姑娘猛地从身上脱下黑色的大衣，于是最后的火舌灼痛了手指，然后烧到了黑色的衣料。

什么东西在噼啪作响，发出烧焦的味道，而门外有两个声音发出嗥叫。

“快点脱下大衣！”她对女人喊道。可是女人平静地微笑着，嘴巴张得大大的，她手中最后一根火柴也快燃尽了……

于是姑娘——她既在黑暗的过道，在冒烟的黑大衣跟前，又在自己家的小灯下面，看到面前有一双温柔善良的眼睛——姑娘用自己冒烟的袖子碰到了那个站着的女人的黑袖子，楼梯上立刻再次传来两声嗥叫。从女人的大衣上升起一股恶臭的烟，女人吓得赶紧把身上的大衣脱下来，随即消失了。

周围的一切也消失了。

此刻，姑娘脖子上套着拉紧的围巾，已经站在小凳子上了，她的喉咙里噎着唾液，眼前直冒金星。她看见下面的桌子上有张发白的纸条。

隔壁有人在呻吟，咳嗽，传来了妈妈睡意蒙眬的声音：“父亲，喝点水吗？”

姑娘用最快的速度松开脖子上的围巾，缓了一口气，又用不听话的手指解开拴在天花板下面的管子上的结，从小凳子上跳了下来，把自己写的纸条揉成一团，往床上一倒，蒙上了被子。

她做得正是时候。妈妈来到房间，她被灯光刺得眯起眼睛，诉说道：

“天啊，我刚才做了一个多可怕的梦啊……墙角有一大堆土，从里面冒出一些树根……和你的一只胳膊……它伸向我，好像在说，救救我……你怎么戴着围巾睡觉，嗓子疼吗？让我来给你盖好被，我的小女儿……我在梦里哭了……”

“哎呀，妈妈，”她女儿用惯常的语气回答说，“你总说做这些梦！你能不能让我安静点，哪怕在夜里！再说都三点了！”

而她暗自想，要是妈妈提前十分钟醒来的话，她会怎么样……

而在城市另一端的某个地方，一个女人吐出一把药片，然后小心地漱着嗓子。

然后她走进孩子们的房间。她的两个孩子正酣睡着，他们挺大了，一个十岁，一个十二岁。她给他们整了整歪了的被子。

然后她跪下，请求原谅。

海神波塞冬

我在海边偶然看到了我的女友妮娜，一个不是特别年轻的女人，还有她十几岁的儿子。妮娜把我带到了她家，我看到了一些不寻常的事。就拿大门洞来说吧，有回声，很高，大理石的楼梯。再说住房本身，灰色的栽绒包墙，主要色调是乌木和大红呢子的颜色。这些都很悦目，就像杂志《装饰艺术》上的图片。浴室也一样，地上铺着灰色的地毯，淡蓝色的洗脸盆隐隐泛出紫色，很多镜子——真是太棒了！我简直不相信自己的眼睛。而妮娜像从前一样，还是一副疲倦躲闪的样子，她领着我走向一个房间，房间有三扇大敞着的门，有点暗，但也很精致。房间里居然有好几张没收拾的床。“你怎么——嫁人了？”我问妮娜。而她只是从其中的一扇门走了进去，带着操心的表情，就像一个正在整理打扫的家庭主妇，虽然她什么东西也没碰。我记得那像酒店一样豪华的卧室、每面长达四米的壁柜、挂在衣架上的衣服。这样的富有殷实怎么会降临到寒酸的妮娜身上呢？以前她可是连体面的衣服都没有的，一冬天总是穿着同一件大衣，只有三条连衣裙，一条比一条旧。她是出嫁了，可是嫁到了什么地方呢？嫁到这个荒凉的海滨，这儿的人不是在过日子，而是在等待夏天，因为他们能做的就只是在夏天出租房子。可是看看这气派的楼梯，这些过道、走廊。还有，我从另一扇门走出这套房子，却来到了旁边那个白色大理石的入口，那里甚至有一个女教师正带着孩子们进来参观。

得，她嫁了人，不过，原来妮娜是把她跟儿子住的莫斯科的那套一居室换成了这些设施，再加上所有的家具，乃至床上用品和讲究的衣服！就是说，主人们什么都没动，只是把东西整理了一番，可是其实并没有整理好，我想难怪妮娜看上去心事重重。卧室那两张多余的床——是女主人和主人儿子的，他是一个两腮肥胖、沉默寡言的年轻渔夫。看起来管家的还是女主人，我们在她的招呼下坐下来吃饭，看上去她完全就是一个安静的好婆婆，而妮娜是她所尊敬的儿媳，婆婆为了儿媳而忙里忙外，但其实她完全掌握着母亲和一家之主的权力，一点都不让儿媳染指。

看来结果是女主人和妮娜换了位置。妮娜嫁到这里，放弃了在首都一家报纸的工作，准备去写当地的事情，写大海。她一向很喜欢大海，崇拜跟海有关的一切——不过目前她带着操心的表情在自己的新家跑前跑后，而房子原来的主人完全没有让位。一切手续都齐备，妮娜有房产证，她和儿子是住在自己的房子里，可是还有一个上了岁数的女主人和她的儿子在房子里住了整整一个冬天，而对于搬家的事情他们并未提及。妮娜是个不精明且散漫的人，习惯放任自流，所以她才会离开报社去做所谓自由职业，并且可想而知地造成了整个生活的毁坏和沉沦——她总是随遇而安。她吃喝如常，总是去海边坐着，她的儿子上了当地一所相当好的学校，她不缺钱，这整个合二为一的家庭全靠大海的馈赠生活——那是年轻的渔夫划着小船出海捞回来的。

“他是谁?”我问道。而妮娜不假思索地回答，他是海神波塞冬的儿子，可以在水下生活、呼吸，从海底带回一切，在海底周游列国。他带回来的不仅是鱼，与其说他在打鱼，不如说是采集海底的奇珍异宝，以及家庭所需的一切。

说话间海神波塞冬年迈的妻子——不知为何她将遭难的妮娜收容在自己的羽翼之下——坐在上首，不断地给我们东西吃。而我的脑子里还浮现着那间像酒店的高档客房一样的卧室，雪白的被单好像大海的浪花，床位多达四张——我觉得这一切都是理所当然、水到渠成的。不挣扎，手放下，你就能在水下呼吸，海神波塞冬就会收容你，会让你住得很不错。因为，我回到莫斯科以后得知，妮娜根本没有搬到什么地方去，她不过是一年前跟小儿子一起溺水身亡了，就在我散步的那个海岸，他们坐的游艇发生了轰动一时的船难，而我一点都没有往那儿想。

卫生隔离

有一次，P 家的门铃响了，他家的小姑娘跑去开门。门口站着一个年轻人，在过道灯光下他的样子显得有点病态，脸上的皮肤薄而发亮，泛着粉红色。他说他来通知有危险要来了，好像是城里有了什么病毒性传染病，染上这种病的人三天就会死，而且他们的身体会胀起来，等等。它的主要症状是起一些水泡或普通的疙瘩。如果严格保持个人卫生，不出屋并且没有老鼠——和以往一样，老鼠是主要的传染源——就有活下来的希望。

外婆、外公、小姑娘和她父亲听到了年轻人的话。她妈妈在浴室。

"我得过这种病，"年轻人说着摘下帽子，露出全秃的粉红色的脑壳，颅骨上只有一层薄薄的皮肤，好像沸腾的牛奶上面那一层奶皮，"我好了，我不怕再次染病，所以我挨家挨户地送面包和储备品，如果谁家没有的话。你们有储备吗？给我钱，还有一个大一些的包儿，要是有的话，最好是带轮子的。商店里已经排起了长队。可是我不怕传染。"

"谢谢，"外公说，"我们不需要。"

"要是全家都病了，请把门敞开。我承包了力所能及的四栋十六层的楼房。你们中像我一样熬过来的人，可以帮助别人，把尸体往下抬什么的。"

"把尸体往下抬是什么意思？"外公问。

“我制定了一套疏散的方案，那就是把他们扔到大街上。这需要大号的聚乙烯袋子，可我不知道从哪儿能弄到。工厂生产一种上下两幅的聚乙烯膜，倒是合适，可是钱从哪儿来呢，一切都靠钱。这种膜可以用很热的刀来裁，通过熔化自动形成任何长度的口袋。热刀和上下层的膜。”

“不，谢谢，我们不需要。”外公说。

年轻人继续去一家一家地敲门，要钱；一家的门刚在他的身后重重地关上，他已经在按旁边一家的门铃了。人家开门时挂着锁链儿，只打开一条缝，所以他只好对着那一条缝摘帽子，说他那一套话。可以听见人家简短地回答了他一句什么就砰地关上了门，可是他还不走。听不到脚步声。然后又有一扇门挂着锁链儿打开了，又有人愿意听他的故事。他又讲了一遍。传来邻居的声音：

“如果你有钱，去买十瓶半公升的酒来，我付给你钱。”

响起一阵脚步声，而后就没声音了。

“等他来了，”外婆说，“让他给我们带些面包和炼乳——还有鸡蛋。还需要圆白菜和土豆。”

“他是骗子，”外公说，“虽然不像是老手。这人有点不一样。”

最后父亲打个激灵，把小女孩从门口拉进屋——这不是他的父母，是老婆的父母，所以他对他们的话都有点不以为然。他觉得真的出了什么事，不可能没事，他早就有感觉了。他感到有些惊恐。他拉起小女孩的手领着她离开门厅，好让她不要在神秘的客人敲下一家的门的时候站在那儿：他们两个男人应该好好谈谈，问问他是怎么治好病的，具体情况是怎么回事。

可是外婆和外公还站在门口，因为他们没听到有人叫电梯。也就是说，那个人顺着楼梯继续走，看起来他是要把钱和包儿一下子收齐，免得没完没了地往商店跑。或是到目前为止既没人给他钱，也没人给他包儿，否则他早就坐电梯走了，因为在到达六层的时候应该得到不少订货了。或者他真的是个骗子，收钱只是为了他自己。有一次外婆就遇到过这样一个女人。女人透过门缝对她说，她是二单元的，她们单元的纽拉大婶，一个六十九岁的女人死了，她给她敛送葬的钱，会记下谁出了多少钱，还给外婆出示了一张有数目和签名的单子——有三十戈比、一卢布、两卢布。外婆拿了一个卢布，虽然她怎么也想不起来这个纽拉。她干了傻事，因为五分钟后一个好心的邻居就来敲门，说那个谁也不认识的女人是个骗子，有两个男人和她在一块儿，他们在二楼等着她；刚才他们带着钱离开了，把单子扔在了地上。

外婆和外公站在门口等着，后来小女孩的父亲尼古拉也走了过来，侧耳倾听。最后他老婆叶琳娜从浴室出来了，大声询问是怎么回事，可是他们制止了她。

可是楼梯间再也没有响起门铃声。就是说电梯上上下下，甚至有人从电梯里走出来，可是接着就响起钥匙的声音和关门的声音。但这都不是那个戴帽子的人。要是他的话，就会按门铃，而不是用自己的钥匙开门。

尼古拉打开电视。全家吃了晚饭，而且尼古拉吃得特别多，包括很多面包。外公忍不住给他提意见说，晚餐应该送给敌人，叶琳娜替丈夫说话，而小姑娘说道："你们瞎嚷嚷什么呀——"于是生活继续按部就班地进行。

夜里，根据声音判断，楼下有一块很大的玻璃被打碎了。

"是面包店的橱窗。"爷爷走到阳台上，说道，"快去，科里亚[①]，弄点存货。"

---

① 科里亚就是尼古拉。

他们开始给尼古拉准备。正准备着，警车来了，抓了什么人，留下一个警察站在面包店前，就开走了。尼古拉带着背包和刀子下去。楼下已经聚集了一大群人，他们把警察团团围住，压在身子底下，人们一个一个地从橱窗跳进去、跳出来，有个人跟一个女人打架，从她手里抢下一提箱面包，有人把她的嘴捂住，往面包店里拖。聚集的人越来越多。最后尼古拉满载而归——带回了三十公斤面包圈和十个大面包。尼古拉把身上所有的衣服脱下来顺着垃圾道扔下去，在前厅从头到脚洒了一通花露水，把棉衣装在袋子里从窗口扔出去。外公对发生的一切感到满意，只是指出，应当爱惜花露水和一切药品。大家都睡着了。早上吃早饭的时候，尼古拉一个人就着茶吃了半公斤面包干。他对此开玩笑说："早餐一个人吃。"① 外公的牙是假牙，所以很发愁，只好把面包圈在茶里泡软来吃。外婆闷声不响，而叶琳娜一个劲儿地劝小女孩多吃点面包圈。最后外婆忍不住了，说得规定定量，又不能每天晚上抢商店，这不，面包店已经被封了门窗，把东西都拉走了。他们清点了存货，分配了份额。午饭的时候叶琳娜把自己的一份给了小姑娘，尼古拉脸色铁青，饭后又一个人吃了个大黑面包。粮食应该够一个星期的，而后就没了。尼古拉和叶琳娜给工作单位打电话，可是都没有人接。他们又给熟人打电话，发现大家都待在家里。大家都在等待。电视停止了播出，只有一片沙沙响的光点儿。第二天电话也不通了。下面的街上走过几个背着大包小包的人，有人还把锯断的小树从院子里拖进屋里。出现了一个问题：该拿猫怎么办，因为它已经两天没有得到一点吃的了，在阳台上拼命叫唤。

"应该让它进来，喂它，"外公说，"猫肉含维生素，是很好

---

① 俄国谚语。

的肉。”

尼古拉放猫进来。他们给它喂汤，不是很多，免得它在挨饿以后又撑坏了。小女孩一直不离开猫，猫在阳台上号叫的那两天，小姑娘总想去看它，现在则非常乐于喂它，母亲甚至发火了：“我省给你的东西，你都给它了。”

就这样，他们喂了几天猫，可是只剩下五天的粮食了。大家都在等待着，将要发生什么事情，比如，会有人宣布进入动员状态。可是第三天的夜里街上传来了马达的轰鸣声，军队离开了这座城市。

“他们要开到城外，实行隔离，”外公说，“不准进城，也不准出城。最可怕的是，一切都是真的。得进城搞食品。”

“您给我花露水我就去，”尼古拉说，“我的差不多用光了。”

“什么都会是你们的。”外公意味深长又含糊其辞地说。他瘦了很多。“好在自来水和下水道还正常。”

“呸，可不能说。”外婆说。

夜里，尼古拉去食品店，带着背包和手提包，以及刀子和手电。回来的时候天还黑着。他在楼梯间脱掉衣服，顺着垃圾道扔了下去，赤身裸体地洒上花露水。他把一只脚底擦干净后迈进家，又擦另一只脚底，然后用纸把擦脚的棉花包起来扔到楼下。他把背包放到大桶里煮，提包也是。他搞到的东西不多，有肥皂、火柴、盐、大麦粥的半成品、果冻，以及咖啡豆。外公很高兴，简直可以说兴高采烈。尼古拉把刀子拿到煤气的火上烧。

“血液传染最厉害。”凌晨躺下睡觉时，外公说。

清点过后，他们合计着要是吃稀的，每次少吃些，那么现在的食物该够十天了。

此后尼古拉每天夜里都出去打食儿，衣服开始不够了。尼古拉便在楼梯间就把衣服放到聚乙烯袋子里，刀则总是要用火烧。可是他照旧吃得很多，当然，现在外公已经不会提意见了。

猫一天比一天瘦，变得皮包骨了，每天的早饭、中饭和晚饭都吃得很难，因为小姑娘总是设法把什么东西扔到地上喂猫。叶琳娜急得直拍掌，大家一起嚷嚷。猫被赶了出去，它一个劲儿地往门上扑。

有一次这导致了可怕的一幕。小女孩抱着猫走进厨房，外公外婆正好在那儿。猫和小姑娘的嘴上都粘着什么东西。

"真棒。"小姑娘说着亲了一下猫的脏脸，这可能不是第一次了。

"怎么回事？"外婆嚷道。

"它逮了一只老鼠，"小女孩回答，"它吃了它。"小女孩说着又亲了一下猫的嘴。

"什么老鼠？"外公问。他跟外婆都呆住了。

"那样的灰老鼠。"

"鼓胀的吗？胖的？"

"对，胖的，大老鼠。"猫开始挣扎着要从小女孩的手上跳下来。

"把它抱住了！"外公说，"回自己的房间去，孩子，去吧。带着猫。好啊，你这臭丫头，好啊，你这脏猪。你跟猫玩够了吗？啊？你这死丫头。玩够了没有？"

"甭叫喊。"小姑娘说着很快跑回自己的房间。

外公跟着她，在她所有的脚印上都喷了花露水，然后用椅子把儿童房的门顶住，把尼古拉叫来。尼古拉一夜没睡，此时正在睡觉，叶琳娜也跟他一起睡着了。他们醒了。大伙儿把一切都说开了。叶琳娜开始揪自己的头发。从小女孩的房间里传来打门的声音。

“让我出去，开门，我要上厕所！”她带着哭腔喊道。

“你好好听我说，”尼古拉喊道，“别吼！”

“放我出去，放我出去！你才别吼呢！放我出去！”

尼古拉和别人到餐厅去了。不得不把叶琳娜关在浴室。她也打门。

傍晚的时候小女孩安静下来。尼古拉问她是不是小便了。小姑娘费力地回答说是的，她尿在了身上。她又要喝水。

小女孩的房间里有一张儿童床、一张折叠床、一个放着全家衣服的上了锁的衣柜、地毯、书架。这是一间舒适的儿童房，现在却迫于形势变成了隔离室。尼古拉在门上凿了一个类似窗口的洞，把掺着面包渣的粥一股脑地倒在一个瓶子里，拴在绳子上送进去。他们让小女孩喝完粥后，把小便尿在这个瓶子里，然后倒出窗外。可是这个主意不太好，因为窗户上面的插销插着，小女孩够不着。大便倒很容易解决——从书上撕下一两页纸，在上面解手，然后抛出窗外。尼古拉用铁丝做了个弹弓，经过三次射击，在窗户上打出了一个很大的洞。

小女孩，没错，展现了她受的教养的全部成果，解手弄得很脏，不是解在纸上，总是来不及控制自己的愿望。叶琳娜一天要问她二十次，是不是想拉臭臭了，她总是说不想，结果脏得一塌糊涂。此外，吃饭也很困难。瓶子和绳子的数量有限，绳子每次都剪断，当小姑娘不再走到门前、起床和答话的时候，房间里共有九个瓶子。看来猫一直趴在小女孩的身上，确实，它很久没出现在视野中了，自从尼古拉开始用弹弓射它（因为小女孩把她从瓶子里得到的差不多一半食物喂它，什么都给它倒在地上）以后就看不见它了。小女孩不回话，她的小床在墙边，看不到。

这之前的三天三夜，这套房子里的几个人一直在为安排小女孩的生活而奋斗，实行一系列的新措施，尝试教会小女孩擦屁股（此前一直是叶琳娜替她做这事），送水给她让她洗洗，劝说小女孩走到门上的洞跟前取瓶子（有一次尼古拉想给小女孩洗洗，在她来拿吃的时候用一桶热水浇在她身上，从此她就不敢走到门前来了），所有这些让他们筋疲力尽，以至于当小女孩不再应声以后，他们全都躺倒睡了很长时间。

可是后来一切都急转直下。外公外婆一觉醒来，在自己的床上看到脸上仍然染着血迹的猫——看来猫吃了小女孩，可是它从洞里出来了，可能是想喝水。外公外婆大呼小叫，呼天唤地。尼古拉闻声出现在门口，他听了他们的哭诉，当即用力关上门，手忙脚乱地用椅子把门从外面顶住。这门不但再也没开过，而且尼古拉也没有凿洞。这件事耽搁了。叶琳娜喊着想把椅子拿开，可是尼古拉把她（再次）锁进了浴室。

而尼古拉在床上躺了一会儿，开始发胀，发胀，发胀。昨晚，他打死了一个背背包的女人，看来她已经染病了，所以用煤气炉给刀消毒也没用。此外，尼古拉当时就在街上，在抢背包的现场，吃了浓缩的大麦粥。他本想尝尝，可是没想到，全吃光了。

尼古拉恍然大悟，可是已经晚了，他的身体已经发胀。整套房子里砸门声、猫叫声此起彼伏，楼上也砸起门来，而尼古拉一直撑着，直到眼睛里流出血，死了。他什么都没想，只是一直撑着，希望能脱身。

谁都没有打开通向楼梯间的门，不该这样，因为那个年轻人一家一家地送面包，而在 P 家，所有的砸门声都沉寂了，只有叶琳娜还在无力地挠着门。她的眼睛流着血，什么都看不见，再说躺在伸手不见五指的浴室的地上，也没什么可看的。

为什么年轻人来得那么晚？因为他的管区有很多套房子，一共四座大楼。年轻人第二次来到这个单元，已经是第六天的晚上了，距离小姑娘不出声已经三天，尼古拉死整整一天，叶琳娜父母死二十小时，叶琳娜死五个小时。

可是猫还在叫，正像那个有名的故事中讲到的，丈夫杀死了妻子，把她砌在砖墙里，侦查员来了以后，根据墙里传来的猫叫声把事情弄清楚了，因为女主人心爱的猫同尸体一起被砌在了墙里，它在里面靠吃尸体的肉活了下来。

猫叫呀叫，年轻人听到整套房子里唯一的活物的声音，对了，这个楼门里所有的敲打声和喊叫声都停下来了。他决定为救出哪怕一条命而搏一把。他在院子里找到一根铁钎，上面沾满了血，砸开了门。他看到了什么？浴室里一具熟悉的黑色的山，过厅里一具黑色的山，用椅子堵住的门后也有两具黑色的山，猫就是从那儿窜出来的。猫灵巧地跳进另一扇门上一个胡乱打的洞里，那里传来人的说话声。年轻人把椅子移开，走进了房间。屋子里满是玻璃、污秽、粪便、从书上撕下的书页、没头的老鼠、瓶子和绳子。床上躺着一个小女孩，光头，头顶鲜红，就像年轻人一样，只是更红些。小女孩看着年轻人，而猫蹲在她的枕头上，也全神贯注地看着他。

两　界

起初，他们在绝对的天堂飞翔，就像理所应当似的。身边是耀眼的蓝色风景，飘浮着大团大团的白云。空中小姐已经不是本国的了，而是他们那国的，身着没有扣子的麻制服，送来的主要是非凡间味道的饮料。所有的乘客都一模一样疲倦地半睡着，当丽娜走过整个机舱到机尾部分时，她感到很吃惊，所有飞行者脸色都是黄的，头发都是黑的，发式都是一样的。她甚至害怕起来：这好像一团士兵被从一个地方运到另一个地方。这些士兵一律在睡觉，疲倦地向后靠着，半张着黑洞洞、冒着热气的嘴。或许这是某个遥远的南方国家的大使馆的全体人员。

然后夜降临了。丽娜还从没有飞行过这么久、这么远。她在厕所里望着突出的舷窗，度过了夜晚的一部分时间。从那儿可以看到星星：上面、身边和远远的下面（在那里，这些星星简直可是跟居民点朦胧闪烁的灯光相混淆）。在暗夜的群星中孤独地飞速前行，人的灵魂兴奋地观察着处于宇宙中心、处于绝对黑暗中的无数星球中间的自己，这些星球巨大而多毛，不停地抖动。一个人在群星之中！丽娜甚至哭了起来。现在她对跟家人、跟故乡告别的情形记不大清楚了，这一切在她意识里混在一起，成为令人疲惫的一团，她怎么也理不出头绪，弄不清什么在先，什么在后。瓦夏拿着票神奇地出现，应允婚事，某些复杂的手续，护士们给丽娜穿上白色的衣服，她躺在车上乘电梯下楼时妈妈的眼泪，瓦夏在楼下拉起丽娜的手把她抱进车里……丽娜不知是失去了知觉，还是在车里被摇得睡着了——不管怎么说，她回想起发生的一切就好像是一场梦：愚蠢的音乐，两旁吃惊、害怕的人们，镜子里的留大胡子的瓦夏和穿着白色蕾丝连衣裙、脸色灰白、极度衰弱的她。瓦夏把丽娜用飞机接走去治病。看来出发前还是做了计划中的手术，而手术后的事丽娜已经不记得了。母亲好像用枕头闷住的号啕，还有儿子的哭声，他显然被那些音乐、花以及丽娜的脸色吓坏了；像看到母亲被打或被生生从自己身边拽走而受到惊吓的孩子那样，他发出尖利的哭号。他太小了，应该让他留下跟着外婆，因为丽娜还要在别的城市、别的国家做手术，跟新的丈夫在一起，这个不知从哪儿冒出来的大胡子的瓦夏。

这个瓦夏神得很。他一年出现一次，在人群中忽隐忽现一阵子，用他的发凉的大手握住丽娜的手吻吻，应许丽娜会给她几座金山，应许她的儿子前途无忧——但不是现在，而是以后，很快。现在，也就是在会面的时刻，还不行。而以后——他答应把她和小儿子，还有妈妈，带到人间天堂。它在远方某个温暖的海边，有差不多是精灵的生物在大理石柱之间飞来飞去，简而言之，等待她的是拇指姑娘般的未来。后来，当丽娜在三十七岁时患了重病，这个瓦西里[①]开始更经常地出现，带来安慰，第一次手术以后来看望——他直奔观察室，很感人。当时丽娜正把心交给上帝，躺着输液，看着自己悬空的羸弱透明的胳膊……他穿着好像医生白大褂一样的白衣走过（他总是喜欢穿白衣），唯一与众不同的是他赤着脚，但是谁都没发现他。他看到她的情况，看到人们给她缝针的情形，好像

① 瓦西里和瓦夏是同一个名字的两种叫法。

当时就要把丽娜从那儿带走。可是一个护士慌慌张张地跑来，把瓦夏赶走了，又打了一针，叫来了医生，于是瓦夏消失了很长时间。他下一次来又是直接去了医院，他跟大家解释说，她妈妈同意了，以后再接她跟孩子，她会给他们留下一切必需的东西，而丽娜应该现在就马上接走，因为不能拖延。在瓦夏现在生活的国度可以治丽娜的病，找到了疫苗等等。丽娜，简而言之，无所谓，在第二次的时候她已经既不抵抗疾病，也不抗拒死亡了。她被强力麻醉引领，她感到好像在雾中飘浮。甚至想到儿子谢辽什卡时也不觉得太难过了。“要是我死了的话，”丽娜对自己说，“说不定更好些？那样我可以先过上一阵子，然后再接他们。”

就这样，瓦夏把什么都办妥了，虽然医生们坚持要做手术，说是不做手术病人一天也挺不过。瓦夏等着手术结束，办好了所有手续，又一次直接从抢救室接丽娜走。人们小心地搬动她，给她换衣服，她因此失去了知觉，看不到也听不到了，后来她就感到自己在蓝天上飞行了，飞机下是无边的、荒凉的、蓬松的云海。丽娜看到自己跟瓦夏并排而坐，而且用高脚杯喝着一种很爽口的冒泡的酒，感到很吃惊。后来她甚至站起身来——瓦夏忙累了，睡着了——迈着令人吃惊的轻快脚步在飞机上走了起来。她哪里都不疼——大概，已经给她打了什么当地的止痛药。

飞机飞得很低，下面是很漂亮的，像巨大的模型一样铺展开来的城市，有一条闪亮的河，很多桥，一座巨大的玩具一样的教堂，这很像巴黎！这时飞机开始发出制动的轰隆声，像一辆大车一样轰响着，震颤着，在像饭店窗户一样宽大的圆机头引领下径直驶入了一个安静的花园。房子的窗户上有个门，通向一个阳台，远处河流的转弯处熠熠发光，河上有一些桥，还有一个什么凯旋门。

“皮嘉尔广场，”丽娜不知为何这么说道，她指给瓦夏看，

“你瞧！”

瓦夏走过去打开通往阳台的门，于是童话般的生活开始了。

不过丽娜暂时还不能到河对岸去，尽管治疗已经开始，进行得很顺利。瓦夏经常离开，整天整天地不露面。他什么都不禁止丽娜，可是显然，河、教堂和那座美妙的城还离她很远。目前她开始悄悄地走出房子，沿着唯一的一条小路溜达，因为她还没有太多力气。

她发现，这里所有人都穿得和瓦夏一样，像她在外国电影中看过的最美好的、花一样的孩子：长发白衣，格外纤细的手，甚至戴着花冠。不错，商店里所有能想到的东西应有尽有，但是第一，瓦夏没有给丽娜留钱，大概所有的钱都花在治病上了，治疗可能很贵；第二，从这儿不能寄邮包，不知怎的，甚至不能寄信。这里是不写字的！任何地方都找不到一张纸，任何地方都没有一支笔。绝对没有任何通信手段——可能，丽娜到了一个隔离防疫站，某个过渡地带。

她看到在那边、在河对岸的那个富有的外国城市中真正热火朝天的生活。这里也是什么都有——饭馆，商店，可是没有通信设施。目前丽娜用两手扶着墙慢慢往前挪，像个新生儿，一个刚学会走路的孩子。丽娜跟瓦夏抱怨说，她想去商店，他马上给她拿来一大堆衣服，什么衣服都有，其中也有别人穿过的，有男人的、女人的、孩子的，而且尺码不同；还拿来了一提箱鞋，就好像来自国外的朋友帮所有熟人往俄国带东西的样子。衣服中还有一条灰色的男衬裤，丽娜看到它有点不好意思。天知道这是些什么东西，又是谁的！丽娜不知道把它们搁到哪儿去，因为她自己很快就开始总是穿瓦夏那样的衣服了——一种像白衬衫的东西，外罩用细麻布缝的白色连衣裙。她跟瓦夏个头一样。瓦夏这个健康人的身材跟衰弱的丽娜一样。丽娜对着这衣服哭了一阵子，晚上她指着两小堆衣服对瓦夏说，很想给谢辽什卡和妈妈寄包裹。瓦夏皱起眉头，没有吭声。早上，所有的衣服都不见了。

后来弄清楚了，瓦夏正是在那儿，在河对岸，那个有特殊规矩的村里工作，他不觉得有任何必要过桥到那些教堂和拱门那儿去，而丽娜不得不去适应他安静、从容的脾气。不错，她知道——根据自己过去的生活经验——一切都可能发生，包括这个长得年轻、比她小的瓦夏爱上什么人而离开。他不爱丽娜，这个大胡子的瓦夏，虽然他为她化解所有的难处。食物会自动出现，衣服干干净净。他怎么有工夫做所有这些事？丽娜隐隐约约地觉得，他们的房间还保留着飞行器的一些特征，门窗开向有白色柱子的阳台，可是她没有感到任何的幸福。丽娜坚毅地忍受着与谢辽什卡、母亲、女友们、大学的朋友廖瓦的分离，现在她懂了，她的病是治不好的，只能努力保持现状——不疼，可是也没有力气，吵闹的谢辽什卡，他那哗哗的眼泪和哭红的眼睛！特别是妈妈，脾气苛刻而彬彬有礼的、也是哭哭啼啼的妈妈！这里没有悲伤和哭泣，这里是另一个国度。丽娜尽可能地观察这些飘飘欲仙的白衣人，观察他们在河上、在竖琴单调的音乐伴奏下的环舞（顺便说，这是最蠢的一种活动！），观察他们手持盛着当地的妙不可言的美酒的高脚杯，默默无语地坐在饭馆里大家共用的长桌旁。丽娜很想把自己的感觉跟女友、跟妈妈说说，哪怕给她们写封信，告诉她们一切都很好，治疗顺利进行，商店里什么都有，可是买不到新东西——首先，贵得要命；其次，这里的人不穿新衣服，吃的东西也不习惯，虽然暂时还不能多吃，等等。还有，她想给谢辽什卡和大家寄东西，可是两国之间没有邮政联系。丽娜常去街上溜达，捕捉所有遇到的东西，在心里构思着家信。

可是，随着时间的推移，丽娜开始明白，通信是不可能的。瓦夏肯定地许诺妈妈和谢辽什卡会来的，特别是妈妈。可是妈妈怎么能不带谢辽什卡？或是他怎么能离开外婆？“慢慢来，”大胡子的瓦夏说，“慢慢地。”

丽娜想慢慢买些东西迎接妈妈的到来，可是瓦夏让她明白，到时一切都会就位的。

这里的人们不知怎的似乎不大为明天操心，在这儿大家看来都很忙，可是生活组织得很理想，一尘不染，很舒服。

瓦夏在自己的书店工作，这是他从姑妈那儿继承的，可是他不给丽娜带书回来，反正她也不懂外国话，而他们这儿没有任何用俄语写的东西。瓦夏自己的俄语讲得也不标准。

终于，丽娜掌握了当地人飞翔的本事。这原来很简单。只要站到一个高一点的台阶上，向空中迈出很大的一步，另一只脚就已经被推着迈出下一步了。接下来的每次跳跃变得越来越自由，越来越轻盈，好像在梦中一样。大胡子的瓦夏什么话都没说，不过在适当的时候他永远消失了，看来是到对岸那富裕的城市去了，丽娜这样想。她孤独地留下来了，发现自己什么都不缺。开始她想——她没有哭，也不害怕——现在她马上会被从他们的飞行器中赶走了，冰箱里也不会永远放着食物了！可是冰箱总是按时充满，好像厨房的升降台一样，而丽娜什么都不吃，只是喝果汁，就很健康。

最后终于有一个时刻，她想了一阵，怀念了一阵之后，甩开大步从自己房子的台阶上奔向河岸加入了环舞，她与别人拉起手，汇入了大队，开始绕着圈飞翔。

她明白了这里有什么东西完全不同，她在这儿已经既不想看到妈妈，也不想看到儿子了。她甚至不想在这儿遇到那一团的士兵，希望谁都不要遇到，如果遇到的话，最好不要知道那是谁，不要在这由许多年轻的、苍白的、平静下来的、像她一样自由飞翔着的面庞组成的队列中认出对方，她希望在这儿，在这死者的国度，不再遇到任何人，并且永远都不要知道在那里，在那活人的国度里他们是如何想念她。

生命的阴影

现在她是年纪不小、个子很高、已婚的女人，而她曾经是个跟着外婆的孤儿。当妈妈消失了，外婆就把她接到自己那儿。人是可以消失的。父亲消失得更早，当时小女孩才五岁。人们没带她参加葬礼，所以她觉得他丢了。她很怕母亲也丢了，要是母亲晚上出门，她总是会紧紧地把她抓住；她不哭——不许哭，母亲不宠她；她很安静，很不起眼，到最后，母亲真的消失了。那天，九岁的小女孩一个人过夜，夜里盖着妈妈的睡衣，第二天早上洗洗脸，像往常一样，穿着同样的连衣裙上学去了。两天后邻居们发现有点不对劲，小女孩不再上学，房间里传来奇怪的声音，好像有人在笑，而在厨房她们家没人做饭，没人走出房间，包括这个小热尼娅的妈妈。一个女邻居左盘问右盘问，小女孩才承认她已经两天没吃东西了，妈妈不见了。大伙儿全忙乱起来，给外婆打了电话，于是冬天的时候外婆把外孙女从奥卡河边的小城接到了她住的小城——一个海滨的疗养地。

路是认识的。以前每次放假热尼娅都会去外婆那儿，可是这一次没有什么盼望的假期，只有漫长的等待。母亲踪迹全无。外婆说，母亲一辈子为真相而斗争，从不说谎，而周围的人全都在说谎，她在一所幼儿园工作。外婆认为，母亲去莫斯科的某处寻求真理去了（失踪前她被开除了），她也许被关进了精神病院。有时会发生这种情况，外婆说。

热尼娅长成了一个安静、可爱的姑娘，甚至上了另一个城市的师范学院，努力学习。她出名地大方，每次外婆寄来蔬菜、腌肉和干果，她都会放到桌子上让大家吃，随后的日子就要挨饿了，但多半是大伙儿一起挨饿。热尼娅跟着母亲和外婆的时候品行一直很好，现在住在宿舍同样如此。

她的生活中出现了一个年轻人，是个建筑工人，还是工程队的队长，春天带着她坐电气火车到树林里，给她读自己写的诗，但是很可惜，后来得知，他已经结婚了。

有一次他妻子发现了热尼娅，到宿舍找到她，把她叫到外面，跟她说萨沙已经结婚了，有两个孩子，而她自己暂时跟他分开住，因为他有性病，他必须治好病，她也从他那儿传上了病，也得治疗，至于他是从哪儿传上的就不清楚了。这位妻子这样说时仇恨地看了一眼热尼娅。她们坐在街心公园。“你这样的人，”萨沙的老婆说，“应该打死不偿命。因为你传染人。”

穷学生没人可商量，她不敢去医院（这样大家马上就会全知道了），但是，幸好，她在市场区徘徊的时候看到了一个招牌：“专治性病”。一个年迈的女医生接待了她，得交钱，没有钱女医生甚至不肯听她说。热尼娅从耳朵上摘下妈妈的耳环，这是妈妈唯一的纪念物。医生接了耳环，带着姑娘去检查，说要等化验结果。化验结果很好。热尼娅，幸好，没传染上，因为萨沙的老婆说了谎。可是萨沙再也没有露过面，于是热尼娅懂了，人不是都那么单纯，生活有隐秘的、难以遏制的、动物性的一面，正是在那里集中着丑恶的东西。妈妈会不会根本就是被弄死了，成年（她十八岁）的热尼娅想，因为那时妈妈还年轻，有可能落入了这个生命的阴影，很多人就是在那里毁灭的。

而且那个夏天热尼娅遇到了不幸，这事恰好是发生在外婆家。那个夏天在城外的垃圾场发现了两具女尸，尸体已经被切割零散，折断的胳膊好像拧干的抹布，没有头。小城里议论纷纷。看来被害的是两个休养的人或者旅行者，因为当地人都安然无恙。

热尼娅从女朋友家回来时，天还不太晚，在离家不远的地方她被人一左一右地抓住。这是三个十六七岁的少年，皮肤黝黑，用当地话来说，也就是黑毛儿。她没认出他们，他们也没认出她。在她离开的三年里他们正好长大了。他们把她的嘴塞住，把胳膊拧到背后，就像那两个被杀的女人那样，拖起就走。热尼娅弯着身子，被推搡着跌跌撞撞地往前走，一把刀顶在她的肩胛骨旁。他们用自己的语言交谈，热尼娅听懂了一些——他们自称是城里的希腊人，可他们不是希腊人。热尼娅听懂了，他们边走边在争论谁第一个来，因为其中一个指责另一个说他有不好的病。在黑夜中他们一边拖着跌跌撞撞的热尼娅，一边互相吵嚷（时而夹杂着俄语）。突然，周围的一切亮若白昼，好像打开了聚光灯一样。三个人停下脚步，放开了热尼娅。刹那间，她看到一个被照亮的工地，一堆堆石头中间有一个老头和一个女人，便拼尽全力地向他们奔去，她把塞住嘴的东西拽出来，喊道："把我打死！把我打死！"她站在老头身边，向他伸出肿胀的胳膊，喊道，"把我打死，别让我落在他们手里！"

那三个人恼羞成怒地吼叫，说这是个妓女，她拿了他们的钱，他们付过钱了！他们用俄语喊着。

老头只用手做了一个动作，就把这几个小子打发走了。他用他们的话说"走开"，这三个人听到自己的语言，马上像士兵一样向后转，撒腿奔进黑暗的夜色中。

老头对热尼娅说要送她回家，那个女人留在工地。热尼娅只匆匆瞟了一眼女人低着的头，觉得她很像妈妈。热尼娅不敢离开，可是老头已经开步走了，她也只好走。老头把她领到了一个什么房子跟前。在黑暗的夜里热尼娅什么都看不清楚，她走进一个似乎是小储藏室的房间，听到老头在她身后把门锁上，离开了。热尼娅坐到地上，然后摸索到凹凸不平的墙壁，便靠着它睡着了。

早上她在一个什么地方醒来，发现自己背靠着一棵杨树粗糙的树干，周围是荒草丛生的野地。

热尼娅跑起来，她一点都不认得这个地方，最后总算找到了回家的路。一回到家，她就躺在院里的小棚子里睡着了。那时天还很早。她对外婆说在女朋友家过夜了，因为不敢回来。热尼娅还说，她要尽量在今天离开。外婆大概全都明白了，热尼娅的胳膊肿得很厉害，青一块紫一块，脸也肿着，嘴角上挂着痛苦。

外婆说，她昨夜一宿没睡，翻腾旧东西，在一个小箱子里找到了她女儿的一副耳环和一个小圣像，这还是她祖母给的。外婆想把这两样东西给热尼娅。

热尼娅戴上母亲的耳环（它们跟她不久前摘下的那一对一模一样），收了圣像，把自己那点可怜的东西收拾好，就去了车站。她执意绕到工地那儿，好看到老头和那个像妈妈的女人，但根本没看到他们的踪影。既没有工地，也没有荒野，青天白日，周围是一大片的房屋和花园。

外婆送她，一句话也没问，为什么热尼娅不往车站走，而是往另一个方向，往垃圾场那边走？忽然，热尼娅说，她觉得在这儿的某个地方应该有妈妈的坟，应该在野地的杨树下找找。

外婆表示异议，说她女儿根本是在另一个城市失踪的。可是热尼娅不听，一个劲儿地找杨树，而在找到第一棵杨树后她就坐到地上，抱住树干，号啕大哭起来。

她们坐在那儿哭了一阵，然后热尼娅穿着长袖的冬衣永远离开了那个城市，从此再也不盼望见到自己的母亲，也不再到各个精神病院和监狱去找母亲了。不错，她再也不曾摘下那副耳环。

月　亮

我在我们海边公寓的四层住下，在这个阴雨的季节，这所公寓发出“轰轰”的声响，好像旁边永远有火车在奔驰一样。潮起潮落，而我们吃完早饭吃午饭，所有空闲时间都用来说些取代现实生活的废话。我们大家都在休假，服务员送饭，洗涮，无声地把垃圾运走，一切都很好，还发展了私人关系，正像在这种情况下总是会发生的那样，留在城里的几个家庭面临解体的危险，而我们这些老人，退休人员，只是因为在寒冷的季节里这个地方空着才能来——我们做着治疗，早上轮流去熏蒸汽，晚上则坐着看电视，时间就这样过去了。我们也少不了强烈的欲望、诅咒、爱和嫉妒，我们也拉帮结派，可是我们同时也为一对年轻人和他们的一个朋友的生活操心。我们总是在猜，艾娜会选谁。一些老太婆喜欢白净的伊曼特，他有一双蓝眼睛，两颊凹陷，这使得伊曼特的脸会在中年之后变得像雕像一样；而另一些人则更倾向于小个子、黑皮肤的艾特卡尔，他长得很像查理·卓别林，他是个怪人，五官细小，一口因为抽烟而发黄的牙齿。他们俩，伊曼特和艾特卡尔，是老朋友，而艾娜才刚刚出现在他们面前，只是休假期间一个少不了的节目罢了。她个子挺高，时常发出痉挛的笑声，个人生活经历很丰富。艾娜和艾特卡尔一起进出，和伊曼特一起睡，而他俩想要的东西却恰好相反。我们大家就这样过日子，直到有一天晚上，喝完必需的酸奶以后我因为心脏不舒服没有上四楼回房间。我点上灯，去窗口拉窗帘，于是怪事开始了。一张脸在窗口闪了一下。那脸有点像冰球队员戴的面具、骷髅、用刀挖出五官的南瓜，忽远忽近。我从房间冲到走廊，我们这伙人全集中在过道，在他们中我又看到了几个像月亮的东西。所有的人站着那儿，鸦雀无声，呆若木鸡，一步也不挪。艾娜、伊曼特和艾特卡尔三个人好像粘在了一起，可是在他们的空隙之间挤进了一个像月亮的东西。伊曼特和艾特卡尔紧紧抓住艾娜，大概是因为那东西一个劲儿地想要从艾娜的背后挤到他们的下巴底下，就像竭力突破山隘的月亮一样。我一个人站在旁边，因此，那些东西不大碰我，大概因为在我和别人之间没有迷人的空隙，虽然过一段时间后我觉得腋下一阵骚动，而且不只是腋下，看来空隙还是有的。于是我把两臂张得大大的，把腿叉得跟肩一样宽，而后不得不把手指张开。嘴的情况最糟，可是很快，当我把嘴张大以后，它们发现在嘴里、鼻孔里和耳朵里它们没有出路，尽管线条挺光滑。它们最感兴趣的是在可见的前方有返回的路。所以它们心事重重地在我们那三个谈恋爱的人之间挤呀挤的。

人可以很快就习惯一切。对人来说，最重要的只是研究具体情况下每种行为的规则。所以很快我们大家就对艾娜、伊曼特和艾特卡尔喊起来，让他们赶紧分开，于是我们那如胶似漆的情人组合打乱了自己的队列。艾娜的情况最糟，她想留下两个男的，拼命把他们俩拉到自己身边，直到她自己的麻烦转移了她的注意力，她穿着她的长裙子在原地痉挛地跳起来，后来她还是不得不甩掉这条长裙，大大地叉开两腿，让那些东西一个个泰然自若从她的两个膝盖中间挤过去。大家都不敢回自己的房间，大家都尽力迁就，已经顾不上姿势是不是舒服、是不是体面了。艾娜是最不镇定的一个人，她晕了过去，她一躺倒在地，身体就开始鼓起来，飘荡在空中，因为我们刚认识的不速之客，我们的这些搞怪的月亮、南瓜或者鬼才知道的什么东西看到有机会从另一面出去，就拼命往她的身子下面钻。共同的命运清晰地展现在我们面前，现在我们得躺在活物上睡觉，时不时会有东西在我们身子下面蠕动、出没，任何的床铺和椅子都不能保证我们能歇息好，那又有什么办法呢，人对什么都能适应，很快生活就回到了自己的轨道。出现了支撑手的托架，特别的姿势（两臂侧平举），嘴总是张着，以免见缝就钻的家伙为寻找出路塞满我们的嘴，得让它们确信在可视的范围内没有出路。伊曼特和艾特卡尔离开了艾娜，他们自己也分开了，艾娜的姿势活像受难的耶稣，是痛苦的化身，是对“孤独”的鲜明诠释。长着一副浅胡子的伊曼特从远处非常紧张地张望着，一脸担心的表情，在我们看来，他在为自己的生命以及他打算做的事情担心，虽然考虑到最近发生的事件，他不能指望可以一切照旧，包括他的计划。艾特卡尔走路好像扇动着翅膀，他发明的走路姿势很快为大家所采用：脚尖朝里，小腿肚绷紧向外。这样既让钻空子者有足以通过的宽阔地带，同时又不失人的尊严，因为确有脚内翻的人，他们歪歪斜斜地走路，若无其事，他们又没有错。

只有艾娜一个人关在自己的房间里不出来，而我们的天外来客偏偏要通过一切缝隙去找她（其他所有人的房门都大开着），可以看到天外来客的流向是单向的——通过窗户缝儿流向大开的门。可以确定，它们从开阔处往狭窄处钻时比较费力，也比较不热衷，这有点像某些法律。也找到了一些关于这些东西来源的假设，说这或是细菌，或是其他什么东西的突变，是有着幽灵的构造和类似尾巴的特点的庞然大物。（尾巴在通过躺着的身体下面的时候扭得特别厉害，让人难受——因为我们不管那一套，照常睡觉，只是感觉到尾巴在扭动。）只有艾娜一个人把自己锁起来，于是有无数的天外来客从外边和我们这儿向她那儿钻。我们突然发现，艾娜反锁自己的时间越长，那些东西向她那儿钻得越起劲，我们这儿的就越少。看来它们不是无限增殖的，它们的数量是有限的，因为最终的状况是完全平衡的，每个人房间里只剩下两三个在床上，可是在艾娜的房间里，看来，多得不得了。不知道她是怎么过的。它们在她房里像蟑螂一样滋生，当她从中摆脱，来到食堂的时候，一副被折磨得无以复加的样子，抱怨说她不能睡觉，没法活了。她还是像以前一样直着两腿走路，有时穿裤子，那样就好像有虫子从底下爬过，在空隙中天外来客的尾巴前后扭动，所有人都背过脸去。

有一次她忽然想明白了，把自己房间的门大敞开了。有人经过的时候随手拔下了她门上的钥匙，从外边把门反锁上了，以免天外来客再次袭击我们。艾娜不停地敲打门，然后打破了因为冷而锁上的窗户，然后一切都凝固了，我们睡着了，天外来客钻进被子里，让我们在梦中不停地发抖。

而艾娜活了下来，虽然没人给她开锁。她当着众人的面从四楼跳了下来，那时候大伙儿正在海滩上叉着两腿散步。她在被她打破的窗户前站了片刻，然后跳了下来，而她那难看的团队全都行动起来，齐心协力地把她带走了——它们可是飞的呀，我们怎么能忘了呢。艾娜在我们头上飞着，好像一枚鱼雷，而那些白脸的家伙好像仪仗队一样拱卫着她，在飞行中扶持着她，这首先看上去很美，其次，这是个解决问题的办法：可以在半空睡觉，它们会托着的，因为它们没有别的办法。只要从床上掉下来，就肯定会被接住：这是浅头发的伊曼特发现的。有一次有人透过敞开的门看到他这样躺着，很快我们就都悬空而睡了。而我们的好艾娜飞走了，我们羡慕她，因为我们谁都没有足够的扈从可以飞离此地，她把自己所有的扈从都带走了，而地面上已经没有交通工具在运行。有时我们看见迁徙的候鸟，它们像艾娜一样从我们头顶上飞过，而我们在菜园种土豆，因为得在这儿活下去。没什么，这是很好的命运。不错，有人已经开始为控制因死人而多出来的怪物（只要还有人活着，它们就不会离开）而争斗了，而伊曼特和艾特卡尔抢到的越来越多，因此他们不久也可以飞了。唯一的问题是，他们无法像艾娜飞那么高、那么快，他们的月亮少，而代价过高——要用人命来换，我们可不会轻易跟生命告别……

灯 光

有一次，一个年轻的姑娘在冬夜下了电气火车，往自己住的村子里走。

路不远，可是要经过一座小桥，接着登上高处，穿过田野。

当姑娘爬上山丘以后，她看到了一点光亮，好像是过路人手上的手电，而且光线直接打在她的眼睛上。

她害怕了，已经很晚了，天很黑，周围一个人也没有，只有这一束沿着小路越来越近的光。

怎么办?

转身回去太危险，好像是逃跑，会被追上、打死，而迎着灯光走上去也很可怕，但是在这种情况下最好假装什么事都没有。

姑娘很快把自己那一点钱从书包掏出来揣到怀里，若无其事地迎着光走去。

她吓得心怦怦直跳，可是她没放慢脚步，也没停下来，免得露出害怕的样子。

可是这灯光还是一直照呀照，却一点也没接近，而姑娘则像飞蛾扑火一样急急地追逐着它。

她就这样走了相当长时间，突然发现，她是沿着田间一直走。

小路消失在什么地方，前面只有那束光在亮着。

沿着农田走不困难，雪早就压瓷实了，虽然田间的地凹凸不平。

雪若有若无，可总能把地面照亮，姑娘开始选择更平的路，虽然她不清楚这样会走到哪里去。

这时旁边有什么东西猛地爆炸了，好像一道闪电，照亮了四周，只是时间比闪电长。

姑娘甚至往爆炸的方向看了看，可是什么都看不到。

然后她看了看两边，意识到自己完全不知身在何处。

天很黑，雪地静静地泛着白光，远处的那个看不清的人一动不动地举着他的灯。

于是姑娘顺从地朝这光亮走去：至少可以问个路。

她虽然是在这一带长大的，可是人身上什么事都会发生。

她清楚，她迷路了。

她走啊走，那光亮引着她到什么地方去，而她已经完全不知道自己为何在雪野上行走，她的家在哪儿，过去了多长时间。

有时候她跌倒了，吓得赶紧爬起来，她记得波利亚奶奶讲过，疲倦的人想在雪地上休息，结果冻死了。

波利亚奶奶去世的时间不很长，自从孙女出生后她就一直带着她，总是跟她说话，总是这样，甚至在孙女还不会说话的时候也是如此。

姑娘勉强地往前走，因为她已经很累了，她在商业学校读书，这一天她在商店实习，已经站了一天了。

一般她不会这么晚回来，尽量留在莫斯科的女朋友家过夜，可是今天没法住，女朋友有亲戚来了。

姑娘想，也许父亲和母亲去接她了，可是没有接到，因为她离开小路走到野外，迷路了，而现在父母已经回家，正给她莫斯科的女友拨电话，而他们听到这个消息——他们的女儿早就乘电气火车走了——该有何反应呢?

姑娘哭了一会儿，可是后来就木然地向前走了：她明白，她没救了，这个灯光在引诱她到什么地方去。

她的心怦怦跳，嘴发干，嗓子发痒。

有时她闭着眼走，有时把头转向旁边——可是她知道，那灯光总在前面亮着。

最后她撞上了一个硬东西，叫了一声。

这是墓地的围栏，不太高的栅栏。

她的面前好像是原野上的一丛树林，老树，在白雪覆盖的栅栏后是一个个黑暗中依稀可辨的十字架和墓碑。

现在灯光（或烛光）隐蔽在浓密的树丛中，远远地亮着。

现在姑娘明白了她在什么地方，她知道，现在那光在波利亚奶奶的墓前。

姑娘脑子一片空白，不知不觉地向栅栏门走去，要进墓地。

可是她惊恐地听到背后有一个人在大声喘气，并发出轻微的窸窸窣窣的声音。

她没有回头，只是加快了脚步，缩起脖子，以防挨打。

这时有谁轻轻地碰了碰她的手套，然后拉住往旁边一拽。

姑娘睁开眼睛，看到一条不大的长毛狗，它笑眯眯地看着她。

她的心一下子轻松了。

姑娘看看栅栏里面——灯光在墓地里熄灭了。

狗再次把姑娘往一边拉。

姑娘站在一条被踩出来的相当宽的小径上，这里堆着一大堆柏树枝——大概是最近一次葬礼留下来的。

于是姑娘顺着这条被踩出的小径拼命往前跑，而狗很快就落在了后面。

看来这是一条在墓地找食残留的供品为生的狗，一个墓地乞丐，它是不会离开自己的地盘的。

半小时后姑娘回到了自己的村里。

后来得知，她父母确实去接女儿了，可是他们在半路看到、听到了前面的爆炸。是煤气管道发生了爆炸，这条管道正好穿过小路。

爆炸引燃了周围的树，它们全都烧成了焦炭，火苗带着哨声蹿出老高。

姑娘的父母奔向爆炸地点，把周边搜寻了个遍，什么也没找到，没找到一点残骸。

然后他们去车站给莫斯科打电话，从女儿的朋友那儿得知，她赶上了最后一班电气火车，两小时前走了。他们没接到人，又赶紧从另一条路往家返，抱着最后的希望——跟女儿走岔了。

回到家，他们给警察打了电话，可是得到的答复是，现在所有的人都在事故现场，顾不上找。

当姑娘迈进家门的时候，母亲正跪在圣像前，父亲则脸朝墙躺在长沙发上。

父亲从沙发上坐起来，手捂住心脏，母亲则扑过来抱住她，说道：

“你到哪儿去了？我们以为上帝把你收去了，”她说着哭了起来，“我们以为波利亚奶奶叫你去了。你知道吗，在你回来的路上发生了爆炸。就在你那趟车刚到的时候。我们以为你会碰上爆炸，我们在那儿找你来着。”

“是的，”姑娘回答，“我看见了爆炸，可是我已经离那儿很远了。当时我在她的身边。波利亚奶奶叫我来着。”

新大佬

看来我的生命正受到威胁。我独自躺着，被流感绑在床上，而我妻子把我说的话都当成胡话。已经在考虑让我住院了。一个小护士每天来两次，这个不折不扣的性虐待狂在我身上练手，也就是把巨大的针往肉里扎，还做出忙着去下一处的样子，而我不敢对她说不要把针管和棉球留下，因为这些东西可能被“他们”利用。“他们”什么都利用，包括没吃净没喝净的东西。我为了做实验没有把安乃近药片吃下去，而是放在了椅子上，我看到“他们”一整夜都在大吃大喝，醉醺醺地唱着歌，这些猪猡。

我是在刚开始生病的时候认识他们的，我夜里睡不着，起来换汗湿的背心，因为我在打摆子什么的。我一晃，看到墙围子上有只不大的虫子，它正拼命地逃跑。我想拍死这只虫子，就去踩它，可是只踩到了它的一条腿，我用发抖的手把拖鞋拿起来，借着远处台灯的光看见鞋底上有一个蟑螂大小的人绝望地挂在上面，他的一条腿膝盖以下被压扁了。看来这个人非常惊恐。我把他摘下来，被子从我身上滑落了。我不知该怎么办，唯一的安慰是，这是我的幻觉。我从杯子里倒出一些水浇在这个人身上，他在我手上抽搐了几下，就开始爬。该把他——我的这个幻觉——怎么办呢？我把他放到一个碟子上，仔细地打量。这个人身上有层土灰色的东西，近前可以看到那是一片相当破的棉絮。莫非是我那性虐狂留下的？可这是幻觉呀！我安慰自己。我的幻觉拖着那条压扁了的腿，用另外三足向碟子的边缘爬去，这生命力很强的东西耷拉着乱蓬蓬的头，终于翻到了椅子上。站住，你跑不了，我心里喊道，我用手拦住这个人的去路。他抬起头，思量了一番，便像个傻瓜一样在我手指间爬了起来，弄得我很痒。他爬得一点不比在圆木的墙上差。虽然我心里对他的可怜的企图嘲笑不已，可是当我把这个幽灵从手上甩开的时候，我的小拇指血淋淋的样子让我大吃一惊……瞧，梦魇会弄成这个样子，我这样想着，在背心上把血擦掉，然后钻进冰冷的被窝，浑身一直打战，直到天亮了，妻子来到我的鼠疫隔离间给我送流食。

“你瞧，夜里你流鼻血了。”妻子指着背心说。

妻子准备去上班，而我喝了点水，吃了点盘子里的破玩意儿，然后一整天都在观察我的那些幻影如何从杯子和盘子中弄吃喝。他们一群人用普鲁卡因的药瓶运水，用绷带把它弄下去。他们把盘子斜起来，直接把粥倒在深不可测的地上。他们在下面，在地上把一摊粥分到自己各式各样的餐具中：有的是一戈比的硬币，有的是药瓶口被打破的玻璃碴，有的是小纸壳（他们在地上把它们拖来拖去）。我昨天早上掉在地上的茶勺也派上了用场，被他们占得满满的，成群结伙地拖拉着。

那个伤残者消失得无影无踪了，妻子给我换了件背心，幻觉的证据没有了，可是那些在护墙板边转悠的小人儿并没消失。我看到其中两个就在眼前，他们沿着挂毯向上爬，就像两个在灌木丛中攀缘的登山者。我发现，他们行军的目的地是书架，可是在挂毯和书架之间有一个所谓“负角”，结果他们在挂毯的毛茬中间嗅了一阵，摇摇头，就一下子掉下去了。他们很会摔的，这些人！他们知道，他们会掉到床上。掉到被子上以后，他们沿着浆洗过的被单接缝处吃力地走了半天，去到他们的护墙板那边。

我想象他们夜间在我的床上乱刨，收集碎屑。就是想到蟑螂做这些事也令人恶心，更别说是有头脑的敌人了！

“这是幻觉，”我大声对自己说，又招呼妻子，让她用茶壶顺着护墙板浇一遍开水。可是妻子已经走了，于是我的这些帅哥更加肆无忌惮了。当我扶着墙走出去的时候，他们竟然能利用很短的时间从枕头的十五个地方把羽毛掏出来。(我看见他们正在干这个活，只好自己把这些羽毛拽出来，以便能够安心地躺在枕头上。我把羽毛扔下去，往地板上扔，而后才想起来不妥，可是羽毛已经一片一片地消失在缝隙里了)。看来他们是为自己把整个房子的地板铺上羽毛。

现在这成了他们主要的消遣，他们把羽毛拉出了一半，而我能做的只有呻吟着把他们的活儿干完。我也曾想过把枕头翻过来用，可是当我又一次站起来去给我那位性虐狂开门以后，回来躺下时脸却直接扑在支棱的羽毛硬茬上——他们趁机把这一侧的羽毛也拉出来了。

我不敢消灭他们，我记得流血的事。此外，我看到一个在被套里游荡的小人儿是母亲抱着孩子（包在小棉絮里），我心里一颤。她像圣母一样面朝我走来，而婴儿的小脸也恍恍惚惚地朝我转过来。我闭上了眼，而这个自我牺牲的母亲摘了点什么粘在我下巴上的东西（大概是蛋黄屑），然后抱着这块东西和自己的孩子，消失在被套的波浪中。

然后他们越演越烈，好像是开始给自己钉家具。他们有了一块刮胡刀片儿（不知是从哪儿弄的)。他们用它从椅子腿上锯下一块塑料，然后像伐木工一样把板子运回家。咔嚓，咔嚓——传来轻微的声响，不知他们是在那里钉钉子（什么样的钉子呢?)，还是在用剃须刀刨木头……

两天以后椅子被我的女同事玛丽娜坐坏了。她是个大嗓门的胖女人，心眼很好，给我送来了工资，为此付出的代价是受了惊吓，伤了屁股蛋，因为她想在我旁边坐下，说说新来的上司，他在见面会上说，我们会在工作中认识彼此的。说到这儿，玛丽娜甚至完全出其不意地扑通一声跌坐在了地上的一堆破木头中。玛丽娜呻吟着走了，椅子就那么摊在地板上。晚上妻子来了，我看着她只拿走了椅子背儿和椅子座儿，椅子腿儿不见了。我无力地闭上眼睛，而妻子认定，椅子腿是我早些时候扔掉的（扔到哪儿了?！什么时候扔的?！）。

看起来，他们开始大兴土木。他们肆无忌惮地又是挠又是敲，过了一段时间他们又推着轱辘鞋去弄我的土豆肉丸（我根本没吃）。

他们的一切都按部就班地进行着，这些贼已经在拖一些小酒杯这样的小餐具，在茶杯里存水，从垃圾桶里拖苹果核。渐渐地，他们开始拆地板块儿来拓宽通道，从窗框中掏出整块儿整块儿的泡沫塑料，开始把我的被单撕扯成一条一条的线（做绳索）……

我用自己的方式进行斗争，就是说现在我把什么都吃了，而剩下的东西就倒进马桶。我也不用被罩（对他们来说破坏被里比较困难），可是他们开始像用镰刀收割一样地割挂毯，看来是打算编席子。

他们还想解决照明问题。有一天夜里我闻到一股轻微的烟味儿。我躺在地上，眼睁睁地看见报纸边缓缓燃烧着，而这帮猪猡齐刷刷地坐在他们的篝火前看着那火。我像踩着棉花一样跑到厨房，朝他们中间泼了一茶杯水。他们把这暴雨当作自然现象，把他们的棉絮——棉絮啦，线头啦，绒毛儿啦，还有赤身裸体的孩子——拖出来晾干！这情形让我看不下去，于是我把自己的台灯给他们放在那儿，好让他们取暖并得到光亮。他们大概把这种现象当作彗星出现，尖叫着藏了起来，不过东西倒是烤干了。

最重要的是不要让妻子猜出我的抗争，否则我就免不了进医院。而在此期间我的小矮人们会彻底拆毁镶木地板，编织好自己的垫子，学会驾驭野性的蟑螂，占领垃圾桶和面包篮，最终燃起报纸举行狂欢盛宴，那时我们就完蛋了。

因此我守护着他们，尽量不惊扰他们——他们千万可别像蟑螂一样在我们家的内部潜伏起来，况且他们是有理性的生物！那样我们就无法逃脱因为他们第二三层之间的战争而引起的煤气爆炸、火灾，或因为他们的地质小组在管子里钻洞而引起的水灾……

那样他们就会死掉，可是我不想死人。我为他们放哨，我已经明白，对于他们来说我是什么。我用一只洞悉一切的眼睛观察他们的蝇营狗苟，生老病死，战争狂欢……我把洪水和饥荒、炙热的彗星和严寒（当我通风的时候）降临到他们头上。有时他们甚至诅咒我，比如当一个母亲把她的孩子向我抛过来时（不知是私生子，还是病孩子，还是她的第十六个孩子）。

可是最可怕的是，我也是这儿的新居民，我们的文明是一万年前才出现的，有时我们也会被灌水，或是出现大旱，或是地震……我的妻子想要孩子，可左盼右盼盼不来，又是祈祷，又是下跪。而我在生病。我守护着自己人，我站岗，可是谁庇佑我们呢，为什么不久前在商店里出现了很多毛（我的地毯被扫荡了一半）……

为什么？……

奇　迹

一个女人的儿子上吊了。

就是说，当她值完夜班回家的时候，男孩躺在地上，身边有一张翻倒的凳子，而吊灯上垂着一根合成纤维的细线。

男孩满嘴是血，脖子上有红色的勒痕。

他没有知觉，可是还能勉强听到微弱的心跳声，因此赶来急救的医生说，这只是自杀未遂。

而且桌子上有一张字条："好妈妈，请原谅，我爱你。"

当儿子被沿着医院的走廊推走以后（母亲陪着他乘救护车到了医院的急诊室，一直抓着他的手，直到急救室的门口才跟他分开），她回到家才发现，她藏在箱子底的毛袜子里的东西已经荡然无存了。

那儿本来有两枚订婚戒指、她所有的钱，还有一点美元和一副镶红宝石的金耳坠。

随后这可怜的女人又发现录音机不见了，这是家里唯一值钱的东西，是她不得不买给儿子的东西，以换取他答应回到学校。

然后她看到床底下和厨房里有很多空酒瓶，洗碗池里有一大堆脏盘子，卫生间有呕吐的痕迹和秽物。

说实话，她值完夜班大清早回家时，在家门口就想到，夜里肯定有一帮人在家喝酒来着（儿子要到军队去了，他说要请客，可是母亲一直反对)。

可是当她早上走进家门，走进他们母子唯一的房间时，她看到的是歪斜的吊灯、踢到一边的桌子、躺着的凳子以及——更可怕的——绳子和躺在地上的身体，于是她所有的愤怒瞬间被打消了。

只有现在，从医院回来之后，她恢复了一切记忆，立刻扶起凳子，从床底下把箱子拉了出来。

箱子锁得马马虎虎，只有一把锁，另一把锁脱落了。

袜子在老地方，在衣服底下的角落里，但里面空空如也。

她所有得救的希望都珍藏在这只袜子里，她制定了各种各样的计划，又是买电视，又是花钱让儿子可以作为校外考生参加中学课程的考试，他在年中的时候辍学了。

她时而想着贴钱换房。再加把劲儿，存些钱，把一居室的房子换成两居室的，哪怕地段差些，那样儿子就可以有自己的房间了：尽管她跟他关系紧张，可是他是她唯一的亲人，她再没有其他人了，全家人都死了，整个家族：父母、叔叔婶婶，后来丈夫也年纪轻轻就死于意外。他们似乎受到厄运的追杀。

而现在儿子也想离她而去。

其实，他早就在叨咕这一类东西，征兵的日子不可避免地越来越近，而他从小就是个柔弱善良的孩子，不爱打架，说他不能碰别人，因此在学校里经常挨揍，邻班的三个孩子总是纠缠他，嘲笑他不敢还手，软弱可欺，把他的兜儿翻个底朝天，连手绢都翻出来，而他默默地忍受着。

可这不妨碍他现在，在醉酒的状态下，对母亲扬起胳膊：自从跟院子里那群比他大的孩子来往以后，他身上发生了可怕的变化。

他跟母亲承认，他们成了他的保护人。他回家来说，好了，现在没人敢动他了，他变得很快活，甚至快活得过分。

那时他十四岁，开始找母亲要录音机，他们给他录音带让他转录，他不能跟他们说，他什么都没有，只能坐在那儿看着这些磁带。

看来他是跟他们吹牛了，说他有录音机，把愿望当成了现实。

他知道母亲有钱，她很节俭，一直攒钱，到处打工，能干的活儿她都干，但同时她总是坚决地对儿子说，零钱会让他学坏，说不定，他会去抽烟、喝酒。

他真的很快就开始喝酒、抽烟，大概有人请客；此外，他到底找到了母亲藏的钱，开始小偷小摸。她很粗心，总搞不清楚自己有什么，有多少。

有一次他为录音机的事吵嚷了特别长的时间，又哭又闹，甚至生病了，发起了烧，他说他不去看病，他想走。

他开始说胡话，怎么也不肯吃东西，结果母亲心软了。她去给他买了录音机，是最便宜的那种，但还是贵得可怕。

儿子一下子醒过来，眼睛睁得大大的，把录音机看了又看。她看到儿子这么兴奋，也幸福得直流泪。可是他忽然又躺下了，转过身去说，这根本不是他要的那种。

第二天他们一起到那家卖便宜货的小铺去换录音机，又交了很大的一笔钱，而且他们显然挨宰了，因为人家看出了母亲的处境以及她不惜一切的心理。

此后他像疯了一样日夜不停地听这台录音机，转录磁带（买磁带也要花钱），很快儿子又提出要皮衣、牛仔裤和旅游鞋。

这次母亲坚决地拒绝了，这样下去会没完没了的。

她对他说：既然不念书，那你就像我一样去工作。为了你，我什么工作都肯做。而他说，他一辈子也不会像母亲那样为了一点钱而累弯了腰。

而且他不敢做所有男孩子在这种情况下通常会做的一切事情：卖报纸，在红绿灯跟前给汽车擦玻璃。母亲想，也许他只是胆小，怕被赶走，怕挨揍等等。母亲自己也是胆小怕事的人，什么都怕，好哭，看来没有父亲陪伴长大的他也形成了这种性格。

可是闹过这些事以后，他很快变本加厉起来，发展到不想穿他的旧裤子、旧衬衣，日渐消沉，不做功课，因而没必要再到学校闲逛，站在全班面前丢脸，根本没意思。他不是去挨骂的，他不喜欢挨训，简直憎恨训诫。

他跟自己的保护人——院子里的团伙——在一起的时间越来越多，而他们，母亲想，一定常常坐在破烂的箱子旁边喝酒，抽烟，吃东西，而他就跟着他们蹭吃蹭喝。

而现在多半是，她想，他们终于提醒他说，他一直在用他们的钱吃吃喝喝，现在总归到了他回请的时候了。

所以他总是说，得举办一个参军的送行会，而她打哈哈说，还早呢，还有两个月呢。

当然了，所有的男孩子都知道家里母亲藏钱的隐秘地方。

甚至母亲都可能忘了，而孩子却记得。有一次，这个娜嘉（母亲）找不到藏起来给儿子沃瓦买小靴子的钱了，而沃瓦指给她：钱放在衣柜下面了。那时他八岁，而现在已经满十七岁了。

简而言之，母亲坐在一片狼藉之中，坐在被糟害得不成样子的家里（卫生间的墙上写着污言秽语，所有罐子里的食品都被撒得到处都是，好像被翻过一样）——她坐在那儿想着，下一步该怎么办。

还在急诊室时医生就说，他在呼吸，活着，把他送到急救室只是为了防止意外，只是照章办事，而后会把他转到精神科。

要是在那儿，在医院，认定他是精神病，那将是他最怕的事，因为他暗自希望有一天得到一辆车，而精神病人是得不到驾照的。

在这种情况下他就不会去军队，而会永远留下来像过去一样靠着她生活，会堕落得更厉害。

要是不认定他是精神病——这也是可能的，因为现在他显然会否认自杀，竭尽全力地争辩，说他想吓唬妈妈——那么他就要去军队，而在那儿他一定会自杀，等着他的是锌制的棺材。他已经跟母亲表示过了：我不会受辱，你很快就会见到我从军队出来，把我跟父亲葬在一起。

一筹莫展。娜嘉熬过夜晚和早晨，然后摇摇晃晃地去了医院。医院精神科的医生礼貌地跟她见了面，说这是同伙帮着做的假自杀，小伙子自己承认了。“可是脖子上有勒痕！”娜嘉喊道。

“绳子很细，他是故意这么做的。”医生回答，“他说，要是真想上吊，可以用家里的另一条绳子，一段电线。后来他把什么都跟我们讲了，您跟救护车的助理医生说了什么，她是怎么回答的，那姑娘长什么样，穿什么衣服。他一直在您面前装模作样。”

“那血沫子呢？”娜嘉好像反驳似的说，可是医生没理会她，对她说，小伙子很难过，在开了这样的玩笑以后，他不想见母亲，也不想回家。

“他把我偷得精光。”娜嘉想喊出来，可只是哀哀痛哭。“您自己也需要看看病。”医生建议道。

娜嘉就这么无精打采地回了家，然后给所有的熟人打电话问主意。

然后她下楼来到院子里，院子里坐着一些老太太，她又跟她们商量。

她的举动像一个真正的疯子，就是说好像有什么人拉着她的舌头，让她不停地说话。

她甚至在巷子里拦住那些不大认识的人，对他们推心置腹，把一切和盘托出。

人们已经用异样的目光看她了，开始支吾其词，或是提问题逗她。

可是一个人帮了她，是在街上遇到的一个奶奶，过去她们是邻居，现在她住得很远，在妹妹家住。现在她病了，用她的话来说，得了致命的病，只能活两个星期了，所以很久没见到娜嘉了(过去娜嘉曾经帮她从商店送东西，而老奶奶对她无话不谈：如何把自己的房子转给了心爱的孙子，为的是看到孙子安顿妥当后她可以踏踏实实地安度晚年，而这个孙子得到房子后立刻决定彻底装修，把地板撬了，地面改了，把奶奶送到她妹妹家暂住，以免打扰她，然后他就不见了。现在不相干的人住在那套房子里，他们是以完全合法的手续买下的这套房子，等等——全楼的人都知道这件事)。

这个被骗、被赶出家门的老太婆过去总是去找邻居们哭诉，而现在看来早就平静下来了，所以不再诉苦，说她过得挺好（“跟妹妹一起住吗?”娜嘉问道。老太婆回答说，现在不跟妹妹在一起了，于是娜嘉不敢再往下问了，不知那个衰老的妹妹是不是已经死了)，现在过得挺不错，养了很多花儿（“在阳台上吗?”娜嘉又问。而老太婆回答说，不是，是在头顶。她的回答怪怪的，所以娜嘉不再追问她在哪儿养花儿了)，可是娜嘉自己也很需要诉说，于是她马上把事情原原本本地说了一遍。

老太婆对她这么说：“去找格尔尼尔大叔。”

就说了这么一句话。

接着她忽然着了忙，一眨眼的工夫就忽然消失在她原来住的那栋房子的拐角处。

娜嘉惊呆了，她朝拐角处看去，又拐过去找，可是院子里已经没有那个认识的老太婆了。

没办法，娜嘉又开始给所有人打电话，见谁跟谁打听，最后在邮局一个排队的女人告诉她，科尔尼尔大叔住在地铁旁那家医院的修理部。

还说他自己也快死了，不能喝酒。

可是不给这钳工带瓶酒就进不去修理部。

而且，不带酒他什么都不会说。

要如此这般，铺上一块新餐巾，把酒放在上面等等。

这个女人详详细细地讲了一遍，并告诉她医院在什么地方。

她的模样不好看，很苍白，好像她自己也是个住院的人，而且她穿着一身黑衣服，头发又密又黑，眼睛很美，看起来很善良。

娜嘉不顾一切地赶快去买酒，把东西都准备好，放到包里。

终于，在医院旁有人指点她修理部的所在，那是一个普通的地下室，确切地说，一个平常的贼窝。

看来全区的酒鬼都集中在这儿了。

娜嘉在门口看到了两三个，他们在门边游逛，不知是等什么人，还是随便溜达。

娜嘉怕他们把酒抢走，她像坦克一样冲到门口，简直就是把他们甩开了（她用力敲门，门才稍微开了一条缝，可是娜嘉从包里拿出酒晃了一下就挤进了地下室，而在她身后那几个流浪汉好像也开始往里挤，身后传来嘈杂的声音，有人在喊着什么）。

酒马上就被接受了。

并且那个从她手里把酒拿走的人摇了摇头说，格尔尼尔大叔要离开了，他不能喝酒。

尽管如此，他们还是马上指给她一个角落，那儿有一个好像刚从垃圾堆里出来的男人摊手摊脚地直接躺在柜子旁边的地上。

娜嘉按照邮局旁边的那个女人的话行事——铺开餐巾，把干净的酒瓶和一个酒杯放在上面，切了几片面包，又送上用纸垫着的腌黄瓜和买解醉酒的钱。

格尔尼尔大叔躺在那儿，已经像死人一样，大张着嘴，额头上有很多抓伤，血已经凝结，中间一处很大，像个伤口似的。

他的手上有很多好像过敏似的溃疡。

娜嘉坐着等了一会儿，然后打开酒瓶，把酒倒进杯子。

格尔尼尔大叔醒了，睁开了眼，画了个十字（娜嘉也画了个十字），含糊不清地说：

“娜嘉，（她哆嗦了一下）你有他的照片吗？”

娜嘉没带儿子的照片。她急得发昏。

“有没有他身上的什么东西？”

娜嘉在包儿里翻起来，掏出钱包、一盒奶、一条脏手绢放在地上。

再没有别的东西了。

当她第一次把儿子送到医院离开时，曾用这条手绢擦眼泪来着。

娜嘉把满满一杯酒端给这个躺着的人。

于是格尔尼尔大叔用胳膊肘支撑着稍微欠起身，把酒喝干，吃了一块黄瓜，又倒下了，同时说：

“把手绢给我。”

然后他拿着她的手绢（而他的手上有一个肮脏化脓的伤口），说道：

“再喝一杯，我就完了。”

娜嘉很害怕，点了一下头。

她在他前面跪下，准备聆听他说的每一个字。在那手绢上有她痛苦的痕迹，她已经干了的眼泪，也许这也算是儿子的痕迹——她抱着这样的希望。

“那么你希望怎样，”格尔尼尔大叔咕哝道，“跟我说说，你这有罪的人。”

娜嘉立刻哭着说：

“我怎么是罪人？我没有罪。”

在她背后，桌子旁边传来一阵很响的、嘶哑的哈哈大笑，大概是一个酒鬼说了什么可笑的话。

“你爷爷杀死过一百零七个人，”格尔尼尔大叔声音嘶哑地说，“而你现在正在杀死我。”

娜嘉又点了一下头，同时拭去热泪。

格尔尼尔大叔不说话了。

他默不作声地躺着，时间一点一点地过去了。

大概他得再喝点，才能再次开口说话。

对于爷爷娜嘉几乎一无所知，他好像是失踪了——而且多少次在战争中人们都是并非自愿地、无冤无仇地互相杀戮啊！

命令下来了，你或是杀人，或是因为不能杀人而被杀。

“那是爷爷，太爷爷，他是个士兵。而这是个孩子。他有什么罪过。”娜嘉不平地嘟囔说，“就让我受苦好了，而他为什么要有这样的命运呢！你杀我我杀你的事难道还少吗！”

格尔尼尔大叔不说话，像死人一样躺着。

他的额头流出了一滴鲜血。

“哎呀！”娜嘉害怕地看着这股血，叫了一声。

得把它擦掉，可是没有东西，又不能用裙子去擦，否则就得穿着血污的裙子在街上走。而手绢在格尔尼尔大叔的手上。

没有手绢他什么都不会说的。

这条手绢上有她和儿子痛苦的痕迹。

这时又传来“呵呵”的笑声。

娜嘉回过头，看到桌旁那几张正笑着的嘴脸。没人注意到她。

“我没有别的指望，”娜嘉忽然脱口而出，“你自己知道，格尔尼尔大叔。”

时间一点点地过去。

血流在躺着的男人额头上凝住了。

他很可怕，很脏，很瘦，发出难闻的气味，多半已经很多天没起来了。

没有门的柜子里倒着一些空瓶子。

看来今天这个格尔尼尔已经给很多人做过占卜了。

他还等着有人再给他送酒来。

那个女人说过，没有酒他不会说话的。

娜嘉又倒了一杯酒。

她端着酒说：

“你问我想要什么，我想让我儿子幸福。没有别的。”

说到这儿她沉默了。她想，这个难看的格尔尼尔大叔马上就会给她儿子掐算幸福，而对沃瓦来说，幸福就是吃喝玩乐，骑摩托车。

“但我想让他念书，回到学校念书。”

说到这儿她又停住了，她想到，现在他还得上两年学，而在此期间她又得累死累活地打三份工来养活他，而她已经力不从心了。

“让他帮助我，”娜嘉说，“让他也打工挣钱，学着干活。”

可是她后来又想到，他很快就要被征兵了，而他说过，他会躺在锌制的棺材里离开军队。

“让他以后上大学，而不用进军队。”娜嘉决然地说。

可是那样就要再受七年罪，每次考试前都要熬夜，这种前景让她很担心：她知道上学是怎么回事，从前每当沃瓦不按时回家，她就急得要命，每次请家长，得两分，忘记带课本，打架，在成绩册上被批评，她都会又哭又喊。

“这样，”最后她对格尔尼尔大叔说，“让他好好学习，好好工作，听我的话，按时回家，还有……不吃喝玩乐，让那些同伙……特别是女朋友们……进监狱就行了！早上早早起床，该走走，该回回，什么都做，帮我干活……”

这时可怜的娜嘉突然想到，最好能让儿子活着，健康，学习，挣钱，可是从不在家待着。

他在家就会放很吵的音乐，乱扔东西，电视一直开到半夜，像马一样站着吃东西，喊叫，指责母亲贪心，哭闹着要钱……

她想起这唯一的亲生儿子让她受了多少罪，痛心地说：

“刚才你说我是罪人，可我哪有工夫犯罪？我不是为自己活着，是为他活着……一切都给了他……我每天想着给他买什么，穿什么，什么比较便宜。我省来省去，现在他整个把钱全偷走了……对了，格尔尼尔大叔，让他永远不要再偷了……我们家从来没有人偷过东西……还有，让他不要再喝酒了。他身体不好，过敏，有慢性气管炎。让他能上大学，能毕业——然后娶个好女孩，跟她搬出去住，上帝保佑他们。原来他是一个人，结了婚就变成两个人靠我养了……还加上孩子……而我已经没力气了。精神医生建议我自己也要看病。我会帮助他们。我，我哪有工夫过自己的生活……我整日整夜地为他，完全是为他流泪……我算什么罪人……”

她手捧酒杯蹲在那儿，泪如雨下，都看不清旁边有什么东西了。

“造一个奇迹吧，格尔尼尔大叔。”她说，“我不是什么罪人，我没有罪。救救我。做点什么吧，我也不知道做什么好。我糊涂了。”

格尔尼尔大叔一动不动地躺着，几乎不喘气。娜嘉小心地把满满的酒杯端到他半张的嘴前，她试探着——动作尽量灵巧——把伏特加一滴不洒地倒进他嘴里。

应当把他的头抬起来，那样就大功告成了。

一切都像希望的那样——她用一只手扶住格尔尼尔大叔的后脑勺，另一只手小心地把杯沿凑近他很薄很干的嘴唇。

同时她为实现自己也说不清的那些请求拼命地哭。

“咱们这就喝了它……”她殷勤地小声咕哝着，“喝了就好啦。”

这时他的双眼睁开了，看上去像个死人。娜嘉清楚地记得这投向天花板一角的呆滞的目光，似乎那里有什么非常重要的东西。

娜嘉明白了，她的希望无法实现，格尔尼尔大叔马上就要死了，他什么都不会做。

伏特加是她最后的希望了。

要是来得及让他喝进这杯伏特加，他说不定能活过来一会儿——以后就随便他，要死就死好了，他自己说的，再喝一杯就完蛋了。

可是这杯酒，它还没被喝进去！

怎么能这样，格尔尼尔大叔是答应了的！

他为别人做了一切，却什么都没给她做：瞧，柜子里有那么多前面的人留下的空酒瓶。

这时那些男人七嘴八舌地说开了：

“噢，瞧安德列耶夫娜来了，那不是……给安德列耶夫娜开门，开门。格尔尼尔大叔，你母亲来了。嘿，一有酒她就能闻到味儿……”

一个女人的影子从窗外过去了。

娜嘉端着酒杯，不知所措地僵住了。

趁格尔尼尔大叔的妈还没撞见她，得赶紧把这事干完。

“总是这样，”娜嘉想道，“别人什么都能成，只有我不成。”

那垂死的人的脑袋沉甸甸地压在她的手上，他还是一动不动地盯着天花板。

“格尔尼尔大叔，”娜嘉唤着他，“格尔尼尔叔叔，快喝吧！”

他的嘴大张着，下巴无力地耷拉着。

而外边已经在敲门了，有人走去开门。

“千万别洒了，”娜嘉紧张得要命，“要不然就全完了。”

不知为何，她觉得要是一滴不洒，她的一切愿望就能实现，这一辈子的苦役就会结束。

她把格尔尼尔大叔的头再抬高些。

“好，就这样，现在喝吧。”娜嘉咕哝着，把盛满酒的酒杯边沿举到他的唇边，“来一口！”

儿子小时候她就是这么喂他牛奶的。

那时候沃瓦还很小，他们母子住在乡下，而丈夫休息的时候会回来……

沃瓦奇卡总是那么笨笨地张开长了两颗牙的小嘴儿，牛奶总是洒出来。

这会儿“哐”的一声门响，传来一个女人醉醺醺的大嗓门：

“有啥喝的，酒鬼们？”

“这是他母亲，”娜嘉恐惧地想道，“来不及了。”

她手里的杯子抖了一下。

这位母亲马上就会过来把事情搞定。

“安德列耶夫娜，备好棺材和哀乐吧，”那帮人开心地嚷嚷道，“有人劝你的格尔尼尔喝最后一杯酒呢。”

“去他的棺材吧，我们把他卖给医学院！”女人兴冲冲地回答，“我们喝了他！”

回答她的是一阵赞同的笑声。

“得，娜奇卡[1]，”那女人说，她并没走到近前来，“给他灌下去，给这孩子灌下去。没错，今天就是他的最后一杯。”

“她怎么知道我的名字？”娜嘉害怕地想。

“见鬼，还磨蹭什么，”那女人接着说，“给他送终，他等的就是你。他已经在这儿待腻了，大伙儿都爱他，都给他敬酒。他不能拒绝，会惹人不乐意的。他谁都不想惹，他就是这么个人。”

那伙人满意地笑起来。娜嘉不敢回头。听声音，那女人坐在桌旁，“咕咚”喝了一口酒。

“他等的就是她。他说，这是茶杯里的最后一滴水。”

娜嘉已经什么都听不懂了，她的两手颤抖不止。

“他会满足你的一切要求，别怕。”格尔尼尔的母亲喊道，“他总是实现所有人的所有愿望，他会创造奇迹，让瞎子睁眼，让没腿的人站起来。他让一个死了的犹太人复活了。他叫拉扎里·莫伊塞耶维奇。这个拉扎里的孩子已经为了遗产上法庭了！他复活了，他们来找格尔尼尔算账：‘谁求您这么干了？’是他的第二任老婆来求的。他第一个老婆死了以后，她跟他一块儿生活，把他的孩子带大。等他一死，孩子们马上把她告上了法庭，要把她扫地出门，或是付钱给他们。他们一共两人。这个老婆就找到格尔尼尔，给了他

---

① 娜奇卡就是娜嘉。

两瓶酒。拉扎里复活了，一点不知道怎么回事。还有一个瞎子拿根棍在车站讨饭，格尔尼尔看他挺苦，就说：‘睁开眼向前走。’他当时就摘下眼镜走起来，可是他反倒骂起来，说现在再也没人施舍他了。还有，格尔尼尔让一个没腿的人站起来了，是他母亲来找他的，说她翻不动他，可怜这个人就这么躺在那儿，一点点烂下去。格尔尼尔让他站了起来，结果他又喝起酒来，像以前一样，拿着刀子用两条腿追着母亲满屋子跑。她又带着伏特加来找我们，想让他再躺回去。”

传来男人们可怕的笑声。

母亲喝完酒，清清嗓子，继续说：

“你想怎样都能实现，娜嘉，相信我！你也给他敬酒，把你该做的事做了。他选择了你。你记得在邮局的那个女人吗？那就是我。他派我去找你。记得那个老太婆吗？他说，娜嘉什么都敢干，不会害怕，她跟沃瓦得做个最后了断。你别紧张。你儿子让你难受，我儿子也难受。他不该来这一趟，不该来。他正等着谁送他走。他自己走不了，那不行。得有人帮他。”

娜嘉不再听，她看看头枕在她手上的格尔尼尔大叔，然后点点头，小心地把杯子放下，说：

“行了，谢谢。我们自己承担我们的不幸吧，您儿子病得太重了，您怎么还给这样的人喝酒，您这女人怎么这样。我简直不懂。应当送他去医院，您怎么这么做。我知道他要死了，我自己的丈夫就是我抱着他死的，我看得出。”

她甚至用手指轻轻地戳了一下酒杯，酒杯摇晃了一下，然后倒了，酒洒了出来，腾起一股烟，笼罩了一切。

娜嘉发现自己在街上，正往家走去，头脑一片空白，甚至轻微地摇晃着。

可不知为何，走路的时候她感到轻松、幸福，不再哭泣，不想将来，不为任何事情难受。

好像她生活中最可怕的事情已经过去了。

东斯拉夫人之歌

发生在萨科里尼基的一件事

战争初期有一个女人住在莫斯科。她丈夫是个飞行员，她不是很爱他，但他们过得还不错。战争开始后她丈夫被调到莫斯科郊外的空军机场，而这个丽达每隔一段时间就到机场去探望他一次。有一次她来到机场以后，得知前一天她丈夫的飞机在机场附近被击落了，明天举行葬礼。

丽达参加了葬礼，看见了三口盖着盖儿的棺材，随后她回到了莫斯科的家，一回家就看到一份通知，通知她去挖反坦克壕沟。她再次回到家已经是初秋时分。她发现，有时候会有个样子奇怪的年轻人在尾随她。他很瘦，面色苍白，看上去很疲倦很虚弱。在街上，在商店凭票买东西的时候，在上班的路上，都遇见过他。有一天晚上门铃响起来，丽达开了门，那个人就站在门外，说道："丽达，难道你认不出我？我是你丈夫呀。"原来被埋葬的根本不是他，只是一些泥土，他被气流抛到了树梢，于是决定再也不回前线去了。丽达没有问他这两个半月是怎么过的，他告诉她，他把身上的衣服全丢在了林子里，在一栋没人的房子里找了套便装。

他们就这么过了下去。丽达很怕邻居们认出他来，但是在那几个月差不多所有的邻居都疏散了，所以他们也就蒙混了下来。有一天丽达的丈夫说，冬天快到了，得去把他留在灌木丛中的军服埋起来，否则可能会被人看到。

丽达找扫院子的女人借了把短锹，就和他一起走了。要坐有轨电车到萨科里尼基区，然后穿过林子，沿一条小河步行很长一段路。他们一路没遇到阻拦，黄昏的时候来到一片开阔的林间空地，空地的边上有一个很大的弹坑。天已经擦黑了。丈夫对丽达说，他没有力气，可是需要把这个坑填上，因为他想起来了，他把军装扔在了坑里。丽达往里面张望了一下，的确看见下面有个好像飞行服的东西。她开始填土，丈夫一个劲儿地催她，因为天马上要黑透了。她填了三个小时，填好后回头一看，丈夫不见了。她吓坏了，跑着到处找他，差点跌到坑里，往下一看，那飞行服好像动了一下。丽达拔腿就跑。树林里已经全黑了，但是到天亮的时候丽达总算出了林子，坐上有轨电车回到了家。一到家她就躺下睡了。

她梦见丈夫对她说："谢谢你把我安葬了。"

胳 膊

战争期间一位上校接到了妻子的一封信，信上说她很想念他，求他回家，因为她怕临死前不能跟他见上一面。上校赶忙请假，正好他刚刚获得一枚奖章，于是得到了三天假期。他是坐飞机回去的，可是就在他回来的前一个小时，妻子去世了。他流了些眼泪，安葬了妻子，就坐火车往回返，这时他突然发现把党证弄丢了。他翻遍了所有东西，回到他返回时经过的车站，费了很大劲，但都没能找到，最后回到了家里。他在家里睡着了，夜里梦见妻子对他说，党证在她的棺材里，在她的左侧，是上校跟妻子吻别的时候掉出来的。妻子还对上校说，不要揭开她脸上的盖布。

上校按妻子说的做了：把棺材挖出来，打开，在妻子左肩旁边找到了他的党证，但忍不住揭开了盖在妻子脸上的头巾。妻子躺在那儿，面容和活着的时候一样，只是左边脸颊上有一只小虫子。上校用手把小虫子拨开，用盖布把妻子的脸盖上，棺材被重新掩埋起来。

现在他剩下的时间已经很少了，于是他去了机场。他要坐的飞机没有了，可是忽然，一个穿着烧焦的飞行服的飞行员把他叫到一边，对他说他正好要飞往上校要去的地方，可以捎他去。上校很吃惊，他怎么会知道他要去什么地方？但他忽然发现，他回家时就是坐的这个飞行员开的飞机。

“您这是怎么了？”上校问。

“我受了伤，”飞行员回答，“就在返航的时候。但是没关系。我把您捎去。我知道您要去哪儿，我顺路。”

他们是夜间飞行。上校坐在顺机舱一字排开的铁长凳上，对于这架飞机的飞行方式感到很惊奇。飞机内部变形很厉害，到处耷拉着碎片，有个好像一段烧焦的木头的东西在脚下滚来滚去，有股很浓的烧煳了的肉的味道。飞机飞得很快。上校又问了一遍，他们飞行的方向对不对。飞行员说，没错。“您的飞机怎么这个样子？”上校提意见说。飞行员回答，每次都是领航员打扫飞机，而他刚被烧了。接着他便把那烧焦的木头往飞机外面拉，还说：“这就是我的领航员。”

飞机降落在一片林间空地上，周围有一些伤员在走来走去，远处有一团篝火，在破烂的汽车和机关枪之间有些人或卧或坐，有的人站着，有的人则在人们中间来回走动。

“你把我弄到什么地方了，混蛋？”上校喊起来，“难道这是我要到的机场吗？”

“这就是您现在的部队。”飞行员回答道，“我把您从什么地方带来的，就把您送回什么地方。”

上校明白了，他的团现在被包围了，被击溃了。他开始咒骂世界上的一切，包括飞行员。而飞行员还在折腾那个被他称为领航员的烧煳了的东西，请求它站起来走路。

“好吧，我们开始疏散。”上校说，“先装司令部的文件、团旗和重伤员。”

“飞机再不会起飞了。”飞行员说。

上校掏出手枪说，他要把飞行员就地枪毙，因为他不执行命令。但飞行员吹着口哨，不断地把那烧焦了的东西翻来倒去，不断地说："来吧来吧，我们走。"

上校开了枪，但似乎没有打中，因为飞行员仍旧在叨咕着"走啊，走啊"。这时传来了汽车的轰鸣声，一队德国运兵车开了过来。

上校藏在一座小土丘后的草丛中，汽车一直向前开，但既没有开枪，也没有下达命令，马达声也没有停下来。十分钟以后汽车开走了，上校抬起头，看到飞行员还在弄那个烧煳了的东西，在远处的篝火旁人们或卧或坐，或者走来走去。上校起身来到篝火旁。周围的人他一个也不认识，这根本不是他的团，这里有步兵，有炮兵，还有上帝知道的什么人，所有人都穿着破烂的军服，受伤的胳膊、腿、肚子都没有包扎，不过所有人的脸都是干净的。这些人轻声交谈着。在离篝火最近的地方，背朝上校坐着一个穿便装、戴头巾的女人。

"这里谁的军衔最高，报告一下情况。"上校说。

没人动弹，也没人注意到上校开了枪。不过当飞行员把烧焦的木头往篝火这边推时，大家都来帮飞行员把这个他所谓的"领航员"弄到火上面去，结果把火压灭了，于是四周一片漆黑。

上校冷得打哆嗦，生气地嚷嚷，说现在完全没法取暖了，这样的木头桩子是不能生火的。

这时那个女人说话了，但没有回头：

"你干吗要看我，干吗要揭开盖布。现在你的胳膊会废掉的。"

这是他妻子的声音。

上校失去了知觉。当他苏醒过来时，发现自己在战地医院里。人们告诉他，他是在墓地，在妻子的墓边被发现的。他们说他当时压着的那只胳膊受到严重损伤，看来可能会废掉。

母亲的问候

有一个叫奥列格的年轻人，他母亲去世以后，他就没有父母了。他只有一个姐姐。他父亲虽然在世，但正如后来所知，他并不是奥列格的生父。他真正的父亲是母亲在婚后遇到的一个人，这是在母亲去世后，奥列格为了更多地了解母亲而翻看她留下的书信时得知的。他找到了一件东西，是一封陌生人的来信。信上说他有家庭，他没有权利为了一个还没出生的、不知道是谁的孩子而抛弃自己的两个孩子。信上有日期。也就是说，母亲在生他之前不久曾想离开自己的丈夫嫁给另一个人。看来，一切正如奥列格的姐姐有一次用报复和恶意的语气所暗示的那样。看完这封信，年轻人机械地翻看其他遗物，又发现了一个黑色的纸袋，里面是母亲不同程度的脱衣照片，包括裸体的。所有这些照片都好像是剧照，甚至在裸体的照片中母亲也拿着一条长围巾，高高地抬起手臂。这一切对年轻人是一个很大的打击。他听亲戚们说，母亲年轻的时候是出名的美女，而这些照片上已经是个三十五岁上下的女人，身材苗条，但不是很漂亮，只是保养得挺好。

在受到这个打击以后，这个年轻人——他才十六岁——辍学了，他抛弃了一切，在服兵役之前的两年里什么都不做，谁的话也不听，冰箱里有什么就吃什么，父亲和姐姐回家的时候他就走开，等他们睡下后才回来。他彻底垮了，父亲利用权力，准备让医疗—

劳动鉴定委员会给他做出鉴定，让他以精神分裂症为由获得抚恤金，可就在委员会即将做鉴定的时候，父亲却在夜里猝死在床上，这件事也就不了了之了。姐姐马上换了房子，留下奥列格一个人住在他自己的房间，而他很快就去服役了。

在部队发生了这样一件事：一个犯人越狱逃跑了，上级派他和其他几个士兵把守逃犯必经的位于山口的那条小路。这个逃犯逍遥法外已经快一个月了，其间打死了五个人，包括一个女孩子。他正在接近唯一的山口，这里是通往开阔地带，也就是欧洲部分的咽喉要道。一切情报表明，这个逃犯不会很快到达这里，但还是提前设了埋伏，以防他利用交通工具提前到达。执行任务的有奥列格、一个中士和其他三个士兵。他们埋伏在大石头后面，把冲锋枪架在石头上。几个人轮流值班，而恰巧在奥列格值班的时候，小路上出现了他们在照片上看到过的那个人。奥列格忍不住开了枪，将他打死了。事后发现，这是另一个刑满释放的流放者，不错，他也是不合法地企图偷偷回到俄罗斯的老家。真正的逃犯在旁边的一个山口被抓到了。对奥列格的惩罚还算客气，认定他为暂时无行为能力者，让他住了一阵子医院，然后以不适合服兵役为由将他从部队开除了。他还得认便宜，因为据说那个劳改犯的老婆正到处找那个把她丈夫打死的不正常的士兵——她丈夫才离开流放地几步，因为那个山口正好位于两州的行政边界上。

奥列格回到了家。他几乎完全谢顶了，牙一颗接一颗地掉，没吃没喝，除了作为一个没有任何文凭的人去工作，没有其他事可做。可是他的姐姐忽然出现在他的生活中，把什么事都包了下来，安排奥列格上技术学校，收拾房间，送来食物和钱，虽然她并不能完全算他的亲姐姐，过去也从来不喜欢他。有一天晚上，她在临走的时候好像无意中说了一句：

“我当初说妈妈的话你不要信以为真，那不过是我们的父亲怀疑她。他这个人性格很怪，可以让任何人发疯。”

说完她就走了。

姐姐走了以后，奥列格打开箱子，翻找那封信，但他只找到了装在信封里的母亲葬礼的照片。而在奥列格以为会看到母亲脱衣照片的黑纸袋里，只有一张很旧很破的黑色的纸，当奥列格把它往外抽的时候，它马上就变成了灰。

奥列格又去翻其他的信，他看到的全是母亲写给父亲的信，信里面倾诉着爱与忠诚，讲着奥列格的事，说他多像父亲。奥列格哭了一个晚上，泪水不由自主地夺眶而出。第二天早上他等着姐姐来，想告诉她，他十六岁的时候得过精神病，有过幻觉，甚至因此打死了一个人，其实他长得一点都不像照片上的那个人。

但他再也没等到姐姐，看起来她把他忘了。他自己也很快忘了她，沉浸在自己的生活里。他从技校毕业，后来又大学毕业，娶妻生子。

且说他的眼睛是黑色的，妻子也是黑眼睛黑头发，可是两个儿子都是金发碧眼——和他死去的母亲，他们的奶奶一模一样。

有一次妻子忽然提议去给他母亲扫墓。他们费了好大的劲才找到母亲的墓，在这片旧墓地，一块块墓碑上笼罩着可怕的暝色。在母亲的墓旁突然出现了第二块、小一点的墓碑。

“这可能是父亲的。”奥列格说，他没有参加父亲的葬礼。

“不是，你看，这是你的亲姐姐。”妻子说。

奥列格心里一惊：他怎么把姐姐忘得一干二净了。他俯下身去读墓碑上的铭文。这真是他姐姐的墓碑。

“只是死亡时间搞错了。”他说，“我姐姐来看过我，是在这个死亡日期以后很久，我从军队回来以后。我跟你说过，她治好了我的病，简直是给了我第二次生命。那时我很年轻，因为一点小事想不开生了病。”

“不会的，他们不会弄错日期，”妻子说，“是你弄错了。你是哪一年从部队回来的？”

他们在荒草蔓生的墓旁争论起来。在他们开始除草之前，那些在夏天里疯长起来的野草就摩挲着他们的膝盖。

新　区

这件事发生在莫斯科，发生在一个新区。一个在部机关工作的工程师和妻子的关系很不好。他们有一套两居室的房子，设施齐全，有地毯、成套的餐具、彩色电视，当他们离婚的时候，妻子要求这些都归她。丈夫不是莫斯科人，他来自图拉省的某个地方，他来到妻子家的时候是一个不折不扣的——就像常言说的——穷光蛋，一个大学生。他们是同学，后来走到了一起，怀了孩子，于是被迫结婚，否则就要被开除。他曾有一个女朋友，比他高一年级，他们想结了婚远离这里，可是如果他不和这个怀孕的同班女生结婚，他的女朋友就拿不到毕业证，因为这个怀孕女生的父亲在上上下下地找人活动。就这样，他被迫结婚了，而且不是做做样子，而是假戏真做，不是光去登个记，在父母面前晃一晃就离婚，而是真的结婚。也就是说，为了他喜欢的姑娘得到毕业证（她也没有反对，虽然流下了痛苦的眼泪，而且当他跟她告别，坐着那个怀孕女生的父亲开来的自家的伏尔加牌汽车离开宿舍去登记的时候，曾经想要跳楼），他不得不住到那套他痛恨的房子里去，而且在毕业之前，也就是在两年的时间里，他好像一直被监视着。在此期间，他所爱的姑娘离开了，她被分配到高加索地区，嫁给了一个达吉斯坦人，一个地位显赫的人物，生了一个女儿。这个小女孩有种近似癫痫的病状，动不动就脸色发青，呼吸困难。所以医生建议母亲不要给孩子断奶，结果她给孩子哺乳直到差不多六岁——只要一给小女孩喂粥，她就会给你点颜色看看，马上犯病。这些情况瓦西里是在毕业以后得知的。他在啤酒吧里遇到一个同学，这同学正好在化工部门工作，他去达吉斯坦的一个关系单位，顺便跟这个过去的同班女生见了面，了解到原来她女儿犯病是因为隐性的阑尾炎，最后把阑尾割了，所有的折磨也终于停止了。这个时候瓦西里已经忘记了过去的爱情，对孩子的事更是听也不想听，因为他们结婚后，妻子生下一个六个月的早产儿，在医院住了一段时间，而孩子在暖箱里活了一个月后死了。你想想，他身上哪里有肉，才二百五十克，就像一包奶渣那么重。他没有名字，甚至没有被埋，而是被留在医学院了。这样的折磨持续了整整一个月，妻子的奶下来了，她每天去医学院挤奶四次，但她的奶不一定是喂了他们的孩子，那里还有其他的一些家里有门路的孩子，他们活了下来，其中有一个甚至活了五个半月。妻子无法控制所有的事情，他们根本不让她到暖箱跟前去，甚至不让她看一眼孩子，就连他死了以后也不让看，这以后她白天黑夜不停地哀泣。他岳父也想尽一切办法想看孩子，他们给护士送了礼，可医院还是没有把孩子的尸体给他们。岳父当时只是不知道该贿赂谁，其实应该贿赂的是锅炉工，给她半升酒她就很满足了，而且她自己也不用干那脏活儿，她干这个活儿连补助都没有，她还为此在喝醉的时候大闹了一场，在学院办公室大喊大叫。总之，瓦西里在这个家里是个外人，过得很孤独，妻子的眼泪让他很受刺激，但他也可怜自己。要是有孩子，对他来说是个很大的安慰，至少在这个世界上有一个亲人。但他是那种在某个时刻到来之前会一直隐忍的性格。他的妻子简直是挖空心思地想再怀一个孩子，但瓦西里非常小心，像爱护眼珠一样爱惜自己的精液，想尽一切办法不让妻子怀孕。

刚结婚，妻子的父母就开始替女儿办了集资建房，房子在女儿的名下，万一离婚，瓦西里一分钱也得不到。这是妻子向她的父母借贷，由公证人做过正式公正的，所以住房不能算作夫妻共同财产。妻子的父母把所有的漏洞都堵死了，只有一点没想到：他们不能把弹簧永远压住，有一天它会更厉害地反弹。

妻子到底怀上了孩子。她是很想要个孩子的，好抚平对于那一包奶渣的记忆，在这种情况下不管你防不防护，她可以把你灌醉，可以给你喝安眠药，可以跟别的男人上床，反正要达到自己的目的。再说丈夫也不是总能管住自己。简而言之，他们有了一个女儿(第一个孩子是个儿子)，他们叫她阿辽奴什卡。做父亲的眼看着这小太阳阿辽奴什卡一天天长大了。她一头黑发，长得很像他，因为她妈妈塔玛拉很白，像蛾子那么白。瓦西里很爱女儿，甚至在新年杀妻的那天夜晚，当他差不多已经把妻子杀死的时候，就在那个时候，女儿哭了起来，他还走过去把她哄睡着了，才又回到浴室把妻子彻底捶死，把她脸上的骨骼全毁了，把手指割下来，为了使她无法被辨认。对了，他已经事先准备好了一个两米的装裘皮大衣的大塑料口袋。但是没人知道他是怎么处理血迹的。也许他是用淋浴的冷水把塔玛拉冲干净了，反正他把血迹消灭得一干二净。照他后来所说的，他先是把她用防水布包起来，然后放到塑料袋里，从阳台把塑料袋丢到雪地上（夜里刮着暴风雪)，他把塑料袋抛到远离自家窗口的地方。他家的阳台对着工地，因为过节，那天夜里工地上没有人。瓦西里把塔玛拉的手指放到大衣口袋里，他不知是用什么办法把她的手指头砍下来而没有发出敲打声，可能就是用刀子割下来的。他又拿起女儿的小雪橇，小心翼翼地下了楼，把尸体放在雪橇上，拉到了工地上，把它放在一块预制板底下，把手指扔在管道里，然后开始等待，看到春天的时候是不是会破案。

他到警察局报案，说妻子失踪了。人家当然不相信他，岳父岳母一一数说他平时的恶劣表现，而单位的人们说，他和一个很坏的女人在一起，那女人缠住他，找他要钱，但是不想让他离了婚和她结婚，因为如果他离开老婆，就会在三十二岁的年纪重新成为一个穷光蛋。就连岳父给他的车，根据协议也是算作他妻子向父母借的。他们从方方面面把他防范得严严实实，这个世界上没有属于他的东西。

但是现在，在妻子死后，至少到四月化雪之前，他可以安安稳稳地过四个月。也说不定，尸体早已在工地上被浇筑了混凝土。在杀害妻子后不久，他又去工地看过一次，但是没找到他放在那儿的东西，它完全被掩埋在材料堆下面了，所有的痕迹都被雪覆盖了。

岳父岳母把女儿接走了，而一个女预审员不断地找他谈话。他总是说，他们生活不和谐，除夕那天他跟妻子吵了架，她就穿上衣服回娘家了，他没让她把孩子叫醒。

终于雪化了，但是什么也没有发生，因为的确没有发现他妻子的尸体。但有一次，在五月初的一天，瓦西里主动找女预审员投案自首，说是他自己把妻子杀了。女预审员要求他证明自己的罪行，于是他带着她和一行人来到建筑工地，那里已经矗立起一栋差不多已经建好的新房子。尸首没找到，没有证据，在那个人来人往的夜晚根本没人看到什么尸体、雪橇以及任何可疑的东西。瓦西里被放回来了。不错，人们开始议论说，他到底是良心不安，睡不安稳，因为他忍不住招认了，而且把单位的那个坏女人彻底扔了，也就是说，改过自新了。

但是他，瓦西里，把岳父岳母叫来，说有一根涂着指甲油的手指从水管里伸了出来。岳父反驳说，如果真像他说的那样把手指放到了管子里，但那是水管子，在新楼通水的一个月里，手指会腐烂膨胀，况且根本过不了水泵。再说，旁边楼的输水管跟这栋早已建成的房子有什么关系呢？他这样安慰他。而瓦西里则彻底失去了理智。当然，岳父岳母在他家什么都没发现。瓦西里说他害怕进浴室，说手指说不定是流到下水道了。

他给他们看他在地上发现的一小片红色的指甲油结成的硬壳。但这片指甲油还是没人理会，某个涂指甲油的女人来过这里也没什么稀奇的。就这样，一直没有人理睬瓦西里，而他总是把在这里或那里看到的一些散落的头发之类的，不断地收集起来作为物证。

妻　子

有一个人的妻子刚去世不久，家里剩下他、他的女儿和老母亲。他妻子病了很长时间，他一直在医院陪床，伺候大小便、饮食、洗漱。妻子去世以后，他很长时间失魂落魄的，但后来他开始到一个住在旁边那条街上的女人家里去走动，她正想买辆车。有一天晚上他因为一件借书或是还书之类的事情去了她家，路上看到一只猫蹲在街道的正中央。当时风雪交加，猫身上盖着一层雪。这个人从猫的旁边跑过去，他到那个女人家里坐了一阵，喝了茶，然后告辞回家。在回家的路上，他看到那只猫已经变成了一个小雪堆。于是他把雪刨开，把猫抱在手上。他本想把它裹在大衣里，可是因为那猫全身是雪，他的衣服肯定会湿得一塌糊涂，况且不知道这只猫是不是有病，他担心搞不好被传上点什么。

他的老母亲不喜欢动物，但也没说什么。他们一起给猫在一只水桶里洗了澡，用一条干净的粗毯子把它裹了起来。这只猫对新主人感恩戴德，一声都没叫，一次都没抓他，虽然猫是不喜欢洗澡的。甚至还在回家的路上，它就已经偎着他发出呼噜呼噜的声音了。

可是第二天早上他们看出，这只猫有病。夜里它起来在柜子下面和儿童床下面拉屎，气味很难闻。老母亲把猫拉到每一摊屎跟前，狠狠地拍打了它一顿。它到底是只成年猫，应当懂得不能随地大小便。他们专门给它在厕所放了一个垫着报纸的盆子，可是猫还是每天七八次地到处拉屎。它整天窝在前厅的一件小姑娘的旧大衣里，几乎一动不动，只是在要拉屎的时候才离开。老母亲睡不着、吃不下，总是盯着猫，看到它要拉屎，就把它弄到厕所的盆子上，教它在这里拉屎。可是这只猫好像新生儿一样，什么都不懂，在厕所它藏在水管子底下，连碰也不碰那盆子。最后它干脆藏在厕所的水管子底下不肯出来了，它在那儿住下来，而在门前的地上拉屎，却从不拉在盆子上。

小姑娘很喜欢这只猫，她也总待在厕所，爱抚它，亲它，给它喂吃的。而老母亲和她的儿子简直不知道该拿这只猫怎么办。它不像一只野猫，因为它很老实，很温顺。可是家猫早就该知道该在什么地方拉屎了。

他们就这样熬了一段日子，终于有一天，被搞得失眠又心力交瘁的老太太决定带猫去诊所看看，它到底有什么问题。老太太把猫放在一只很深的提包里提着，猫吓坏了，拼命想往外跳，而老太太的眼圈也红了，因为她觉得，在诊所这只猫可能会被诊断有传染病，给它安乐死。可是医生看了猫以后说，这不是只老猫，应该算一只年轻的猫，有两岁半，猫的胃有毛病，是胃炎，得吃药，只能吃煮熟的东西，喝牛奶，很快就会好的。

他们照着医生的话做了。猫不想吃药，它的嗓子眼儿很窄，它抓人，变得很怕老太太和主人，当他们从它旁边走过的时候，它简直要趴到地上了。但它不怕小女孩，有时它会找到小女孩丢在地上的拖鞋，在上面蹭着，“喵喵”叫着。小女孩说，这是她的猫，她要求管它，她说她会做所有的事情，会把猫弄脏的地方全收拾好，擦干净，可是大人不允许，一个小孩子，哪能那么难为她呢。

与此同时老太太夜里一点也睡不着了——时刻盯着猫什么时候

拉屎，然后清理，擦地，累得受不了了。一天夜里，老太太决定把猫放到楼道里去——让猫在外边过夜也是常见的做法。

猫很不愿意去楼道，可是女主人把它抱了出去。从此以后，猫每天在楼道里过夜，看来，它在楼道的垃圾桶里找到了一些自己需要的东西，不知道是什么，也许不过是土豆皮，竟然痊愈了，而药片却一直没能治好它的病。

老太太很高兴想出了这么一个好办法，她早上总要去楼梯上把猫找到，叫它回家，有时候是男主人去找猫——不知为何，它总是待在三层，看来那儿有些好心人，已经在楼梯上放了盛猫食的小碗和放在纸上的食物。现在猫已经不再排气味难闻的稀便了，粪便很好，很成形，当老太太在楼梯上见到猫的粪便，总是给它收拾。

就这么形成了惯例。夜里猫自己就会出去，一切都很好。可是有一次男主人晚上回来很晚，这时穆尔卡已经待在它的新地方——住着好心人、放着猫食碗的三楼。当主人从它身边走过的时候，穆尔卡看到了主人，它这辈子第一次也是最后一次跟着他往家跑。主人听到它在边跑边叫，但他加快了脚步，简直是跑着上了楼，穆尔卡没有追上。

第二天一大清早主人就去找穆尔卡，他跑遍了所有楼层、整个院子以及邻近的其他院子，但再也没见到穆尔卡。也许有人把它从垃圾道扔了下去，有些坏心肠的人就是这么干的，也许只是把它从楼道里赶了出去，穆尔卡在院子的什么地方冻死了。但找不到它的一点踪迹。穆尔卡失踪以后，小姑娘哭了整整一个月，老母亲，还有主人自己，也一直六神无主。因为现在他已经可以肯定，这只猫就是他的妻子，是他的妻子回家来了。

在小楼里

这事发生在一九四七年新年。在叶洛霍夫教堂后面的两层的小房子里住着一个二十五岁的姑娘维拉。她没有什么特别的地方，只是不断地告诉在战争期间频繁变动的邻居们，她的未婚夫维嘉牺牲了。但是她的新邻居从别的住户那里得知，那并不是她的未婚夫，只不过是曾经和她住在同一套房子里的邻居。维嘉不是她的未婚夫，他是战前刚搬来的，不久上了前线，很快就牺牲了，那是一九四一年，在保卫莫斯科的战役中。维嘉牺牲以后，人们才发现维拉为维嘉流泪，说他是她的未婚夫，总是想从他住过的、现在住着锅炉工斯乔莎的那个房间里借一些东西来用，一会儿是扬声器，一会儿是留声机。但斯乔莎不同意借，说这些不是她的东西，说不定它们的主人会回来。如今每到星期天，当乡下来集体农庄市场的男人们来找斯乔莎的时候，维嘉的留声机就会唱起来，而扬声器总是开着，只有在夜间播放国歌以后到早上报时，也就是从十二点到早上这段时间才会关上。可是维拉抱怨说，扬声器夜里也开着，要么就是斯乔莎那儿有个男人总在半夜叨叨咕咕，让人睡不着觉。“见你的鬼！”斯乔莎这么回答。这女人骂街骂得很凶。

除夕那天斯乔莎要去值班，她来来回回地经过维拉敞开的房门，而此时，在新年到来的时候，既听不到音乐又一无所有的维拉，正含情脉脉地把一把椅子搂在怀里，伴着从维嘉的扬声器传来的苏联国歌跳舞。

斯乔莎骂一声“见你的鬼!”就走了。

第二天，当斯乔莎中午一点下班回家的时候，她看到她住的房子跟前聚着一大群人，还有骑警。斯乔莎好不容易上到二楼，走进自己住的那套房子，看到维拉的房门大敞着。维拉抱着椅子站在房间中央，民警和一个手里拿着一把锯子的男人在她身边团团转。原来，还在昨天夜里邻居们就发现，维拉抱着椅子变成了石柱，就这么伸着双臂抱着椅子在灯光下站了一整夜，而且人们想尽办法也不能把椅子拿下来，也不能把她从原地挪开。斯乔莎跪下去哭起来，不断画十字，人们把她赶走，那个男人开始用斧子凿地。可是，敲打声马上就停了，那男人手提斧头从房间里冲出来，斧子上滴着血。“地板出血。”他对斯乔莎说。马上，挤在过道、楼梯和院子里的人们开始吵嚷、哭叫，很多人边哭边喊：“别动她!”

简而言之，民警从房间里走出来，把门一关，锁上了门锁。人们开始等，不知等什么，首先是等救护车。人越聚越多，骑警把房子围了起来。救护车来了，一个年轻的女医生和两个抬着折叠担架的卫生员来到维拉的门前，可警察却打不开门了。只要把钥匙插进钥匙孔，钥匙孔中就会流出热血。女医生拿着急救箱在关着的门前站了一阵，没敢采取任何措施就离开了。后来又叫来了消防队。消防员从窗户进了房间，可房门是从外边锁上的，从里面打不开，因此也没能把维拉弄出来。天黑以后人更多了，所有的窗户都灯火通明，消防员站在梯子下面，斯乔莎待在自己的房间里。扬声器里响过了十二点的报时，播放完国歌，没声音了。斯乔莎开始铺床，这时忽然听到很清晰的呻吟声。她跑到过道，但是过道上只有一个在门口站岗的警察，什么声音也没有。她回到房间，又听到呻吟声和低声的咕哝。声音来自扬声器。“站住，别用脚踹墙。”扬声器悄声地说，并且发出呻吟声。

斯乔莎抓起短皮袄，蹬上靴子，跑到了外边。她看到几个小男孩正在玩耍，用脚踹房子的墙——他们一踹墙就会听到回声。“不许踹，瘟神!”斯乔莎边吼边冲过去，可是既害怕又得意的孩子们边围着房子跑边用手拍打墙。最后，斯乔莎回到房子里，让值班的警察把负责人叫来，跟他说了很长时间。第二天早晨救护车来了，把裹着床单的维拉从正门抬出来放进救护车。很快斯乔莎也出来了，她抱着一个用破布裹着的好像大盘子的东西。她来到墓地，请守墓人找个地方把她抱着的东西埋起来。“你胡说什么?”守墓人说。但斯乔莎说，这是一个士兵的死去的声音。她给了守墓人三百卢布。守墓人收了钱，让斯乔莎回去，从破布里把扬声器取出来，可是并没有埋。疯疯癫癫的女人多得很。他只是把扬声器往废品堆里一扔，于是扬声器被雪掩埋了。

维拉没有死，斯乔莎把留声机送给了她。至于扬声器，斯乔莎说已经坏了。它真的坏了，就在消防员拿着它走到一动不动的维拉跟前，椅子从她手里掉下来的时候。

复　仇

一个女人恨她的邻居，一个带孩子的单身母亲。当孩子长大一些，开始喜欢到处爬的时候，她好像是无意似的，时而把开水桶、时而把烧碱罐子放在门外，或是把针线盒掉落在过道里。可怜的母亲一点也没有疑心，因为小女孩走路还很不稳，又是冬天，母亲不让她爬到过道上去。可是孩子总有一天要走出房间到过道上来。母亲跟邻居提意见，说水桶放在了挡路的地方，或："拉亚奇卡，您又把针掉在地上了。"于是这个邻居好像恍然大悟似的，抱怨自己年纪大了，记性不好。她们曾经是朋友。还用说吗，两个单身女人住在一套两居室的房子里，她们有许多共同之处，甚至有共同的客人，过生日的时候她们会互相祝贺，送礼物。但是当齐娜肚子大起来以后，拉亚就恨死她了。她简直恨得生了病。她很晚回家，夜里失眠，总觉得隔壁齐娜的房间里有男人的声音。当齐娜一个人的时候，她也觉得隔壁有说话声和撞击声。齐娜则相反，跟拉亚更加要好了，有一次甚至对她说，她很幸运有这样一个邻居，就像姐姐一样，不会在她困难的时候抛弃她。拉亚的确帮她缝了小被子，并且在临产的时候把她送到了产院，只是没能去产院接她和孩子，弄得齐娜因为没有包孩子的襁褓在产院多住了一天，最后只好从产院借了公家的破被子把孩子抱回来。拉亚说她生病了，并一直借口生病，肩膀上敷着药待在家里，一次也没有帮齐娜去商店买过东西。

而对孩子她连看也不要看，虽然齐娜时而把她抱到浴室，时而抱到厨房，时而抱着她溜达，而且她的房门总是开着的，随时可以进去看看。

齐娜提前换了一份手工加工的工作，学会了使用编织机。因为没有亲人，而所谓好邻居只是说说而已，实际上她没有人可以依靠，只能自己做事自己担。当孩子还小的时候，齐娜把活儿拿到家里做，趁孩子睡觉的时候一个人去取活儿。可是当小女孩长大一些，睡觉少了，就麻烦起来。齐娜只好带着她。而拉亚还是一个劲儿地闹肩膀疼，甚至歇了病假，可是齐娜不敢求她看孩子。拉亚开始谋划杀死这个孩子。当齐娜扶着小女孩的两手在过道学走路的时候，越来越经常地看到厨房的地上有一个好像盛着水的杯子，或是凳子上有一个把手悬空的热茶壶，但是齐娜一点都没有疑心。至少她还是开心地和她的小女儿叨咕着“叫妈妈”。但是当她去商店或者去取活儿的时候，却开始把孩子锁在屋里。拉亚对此耿耿于怀，气得要死。有一次齐娜出去了，小女孩睡醒以后可能是从床上掉到地下了，爬到门口哇哇哭。拉亚知道小女孩还不会走路，知道她从床上掉下来了，可能摔得很重，因为她在拼命哭喊，而且就趴在门口。拉亚再也受不了这哭喊声，她戴上橡胶手套，取出存在浴室的一包烧碱，倒在桶里，就开始刷过道的地板，并且让碱水流到小女孩所在的门里。哭喊声变成了号叫。拉亚擦完过道的地板，把水桶、刷子、手套全都洗干净，就穿上衣服去医院了。

看完病后她去看了场电影，又去逛商店，晚上才回家。齐娜的房间黑着灯，静悄悄的。拉亚看了会儿电视就躺下睡觉了，可是她睡不着。齐娜一夜没回来，第二天也没回来。拉亚拿把斧子把门锁劈开，她看见屋里蒙着一层土，在小床边上有个凝固的血点，从床边到门口有道很宽的血迹。而烧碱液没有留下一点痕迹。拉亚替邻居擦了地，收拾了房间，然后开始在紧张不安的等待中过日子。一个星期以后，齐娜终于回来了，说已经把孩子埋了，找了一份昼夜连班的工作，再没有说别的。深陷的眼窝和发黄而松弛的皮肤说明了一切。拉亚没有去安慰齐娜。现在这套房子里的生活变得死气沉沉，拉亚一个人看电视，齐娜有时候上连班，有时候睡觉。她好像发神经了，到处贴满女儿的照片。拉亚的疼痛更剧烈了，她抬不起胳膊，走不了路，连关节注射都不管用。医生诊断为盐类沉积。后来拉亚自己连饭都做不了了，甚至无法把水壶放到炉子上。齐娜在家的时候，她会给拉亚喂饭，但齐娜回家的次数越来越少，说她会难受。拉亚因肩膀疼得睡不着觉。她听说齐娜在一个似乎是医院的地方做卫生员，就求她给她弄些吗啡之类的强力止痛剂。齐娜说不成："我不干这种事。"

"那么这种药要多吃一些。你给我三十片。"

"不，我不给你，"齐娜说，"我不会让你死在我的手里。"

"可是我的胳膊抬不起来。"拉亚说。

"不能这么便宜了你。"齐娜说。

于是这个病人以超人的毅力用嘴够到药瓶，用牙齿把瓶塞拔出来，把所有的药片都倒进了嘴里。这时齐娜就盖着被子坐在床上。拉亚死得很慢。天快亮的时候，齐娜说：

"现在你听着。我骗了你。我的莲诺奇卡还活着，活蹦乱跳的。她住在孤儿院，我就在那儿做卫生员。你从门缝弄进去的不是烧碱，而是普通的食用苏打，是我悄悄换的。地上有血是因为莲诺奇卡从床上掉下来时把鼻子磕破了。所以你没犯罪，一点也没有，没人能证明你犯罪。可我也没犯罪。我们两清了。"

于是她看到，那张垂死的脸上慢慢浮现出幸福的微笑。

黑卷毛狗

一个人和他的妻子住在一套小房子里，他们有一条黑色的卷毛狗。他们俩循规蹈矩地侍弄它，给它剪毛、洗澡，谁先下班回来就马上去遛狗。

可是做丈夫的发现，他的妻子近来总是想法子先回家，拉长遛狗的时间。于是遛狗这件事变得令人紧张，丈夫不安起来，怕妻子会出什么事，担心妻子不只是和狗，还和什么人一起溜达。

有一次他决心弄个水落石出。他提前下班回家，带上狗出去遛弯儿了。他们走的是狗所熟悉的路线，沿着他们住的那栋楼，穿过院子来到街心公园，从街心公园的一头走到另一头的一排电话亭那里。

黑卷毛狗走到一间电话亭前，在门口站住了。它瞅着主人，好像是请他打电话。

“看来，她总是和什么人打电话。”主人想，“家里有电话还不够。那还用说，晚上我总是坐在电话旁，当着我的面说话不方便。她想背着我和什么人说私房话呢？肯定不是女朋友。”

第二天他又提前下班了。他把厨房收拾干净，把刀都磨利了，这是他妻子早就让他做的事。然后他拿起一把磨得很锋利的刀，在妻子回来之前去了街心公园，一边在远处的小径溜达，一边朝电话亭张望。

忽然他看到，黑卷毛狗已经卧在电话亭的门外了，它被拴在门把手上，而他的妻子正站在电话亭里打电话，毫无防备地背对着街心花园。

“为什么是在这里？”丈夫边走近电话亭边想，“我不在家，她为什么不在家里打电话？因为我随时可能回家，她在家的时候我也总是在家。而跟这个人她要多聊一会儿，还不能有人碍事。”

他这样想着走近了电话亭，然后进了旁边的一间电话亭，一边假装拨号，一边听他妻子在说什么。她正好在诉说她的爱情和思念，说着朝思暮想之类的话。

这个可怜的人觉得五雷轰顶，刹那间，他的整个生活被摧毁了，而摧毁他生活的是那个从来没有引起任何人怀疑的女人，她生活中唯一偏离常轨的地方就是长时间地、不节制地遛狗，这显示出他们的生活中存在某种裂痕，由此露出马脚，使丈夫发现了实情。

丈夫听着，听着，血往上冲，然后走进妻子的那间电话亭。妻子背对着他站着，他掏出刀，把妻子的头猛地往后一揪，随即用手捏住她的嘴，用刀朝她张开的嗓子眼儿划了下去。

随后他放开妻子，在她的背上把刀擦干净，又用刀把拴在门把手上的绳子割断，牵着狗回家了。

回到家，他大吃一惊：他的妻子和黑卷毛狗就在家里！两条狗开始狂吠不止，于是夫妻俩把外来的狗锁进了浴室。

丈夫问妻子为何不去遛狗，妻子回答说遛过了，刚回来。丈夫告诉她，他在街上看到一条拖着断了的拴狗绳的黑卷毛狗，以为是自家的，就把它抓住了。

丈夫在厨房把刀洗了，然后出去倒垃圾，把刀顺着垃圾道扔了下去。

第二天妻子带着两条狗出去，又遛了很长时间，回来后她说：

“我觉得有点不舒服，我的嗓子好像疼起来了。你看看，是不是红了?”

她随即朝他转过身来，大张开嘴，丈夫眼睁睁地看着一条被割掉的舌头从嘴里掉了出来。

“哎呀，现在会怎么样呢?”妻子说着笑了起来。

一个星期后邻居们带着警察撬门进来，因为他家的狗不停地吠叫。他们看到这个人坐在地上，头发全白了。他妻子不在家。

另外，他们在锁着的浴室里发现了一条已经死了的卷毛狗。

这个可怜的疯子被送进了精神病院。

他在那里表现很好，很顺从。只有一点有些奇怪，每次有人当着他的面大张开嘴的时候，他就会叫喊。

他妻子从没来探视过他，她好像是人间蒸发了。

二〇〇四年十月十日

幸存者（童话）

白菜妈

从前一个女人有个小女孩，很小的小女孩，她叫水珠儿，小水珠儿。小女孩个子很小，怎么也长不大。母亲带她看遍了医生，可是他们一看到小女孩，就不肯治了：不看——没商量！他们甚至连问诊都不肯。

于是妈妈决定先不让医生看到小水珠儿，她在一个医生的诊室坐下来，问道：

"要是孩子不长个儿怎么办呢？"

而医生的回答中规中矩：

"孩子怎么了？有什么病史？这孩子出生的情况怎么样？吃东西好不好？"

如此这般。

"这孩子不是出生的，"不幸的母亲回答说，"我在一棵白菜里发现了她，是早白菜。我摘下外边的叶子，看见里面躺着一个白菜小女孩，一滴水珠儿，小水珠儿。我把她带回家养着，可她一点儿都不长，已经两年了。"

"让我看看孩子。"医生说。

小水珠的妈妈从鼓鼓囊囊的衣袋里拿出一个小盒子，又从小盒子里拿出一片（被挖空的）小豆荚，可以看到这片豆荚里坐着一个小小的小女孩，用小拳头擦着眼睛。

妈妈还从提包里拿出一面放大镜，医生就用这面放大镜端详小水珠儿。

“很棒的小姑娘，”医生叨咕道，“养得胖乎乎的，好样的，妈妈……站起来，小姑娘，对了，好样的。”

小水珠儿从豆荚里爬出来，走来走去。

“行了，”医生说，“我跟您说，小姑娘很棒，可是她不该生活在这里。我不知道应该在哪儿。在这儿没有跟她一样的人。她不是这儿的人。”

母亲回答：

“她自己也说梦见自己好像以前生活在遥远的星星上。她说，那儿的人都长着翅膀，在草地上飞来飞去，她也是。她喝露水，吃花粉。他们那儿有个什么头儿，训练他们，说有的人得离开，他们全都担惊受怕地等着翅膀开始化掉的时候——到那时候头儿就会带着他们步行走上高山，在那儿有山洞的入口和向下的台阶，大家给那个翅膀化掉的人送行，他就向下走，越来越小，直到差不多变成一滴水珠儿……”

小女孩在桌子上点点头。

“我的小美人儿有一天也应该往下走了，但她下台阶的时候哭了，这时她的梦做完了，她醒了，就在我的厨房，包在白菜叶里。”

“是这样。”医生说，“那您呢？您的生活里发生过什么事？您有什么病史？”

“我？”女人说道，“我有什么！我爱她胜过自己的生命，想到她可能又离开我到什么地方去我就害怕……我的情况是这样的，丈夫离开了我，本来应该有个孩子，可是我没生下他……那时我很难受……我去找大夫，他让我去医院，在医院我的孩子被杀死在肚子里了。现在我总是想他……也许，他就在那儿，在梦的国度？”

“好，”医生说，“我全明白了。给您张纸条，把她带到一个人那儿……他是个修士，住在森林里，他是个很奇怪的人，不是什么时候都能找到他。说不定他能帮忙，谁知道呢。”

女人把她的小水珠儿重新放回豆荚摇篮里，然后把摇篮放进盒子里，把盒子放进衣袋里，收起放大镜，走了——她马上直接去森林里找那个修士。

她找到他时，他正坐在大路旁的石头上。她把纸条给了他，然后一声不响地指给他看鼓鼓囊囊的衣袋。

“得把她送回去，从哪儿捡来的送回哪儿去，”修士说，“不要再看。”

“送回去，送到哪儿？商店吗？”

“傻女人！她是从哪儿捡的？”

“在白菜地里。我不知道它在哪儿。”

“傻女人！”修士说，“能做就得能担。”

“它在哪儿？”

“行了，”修士说，“不要看。”

女人哭起来，鞠了躬，画了十字，吻了吻修士肮脏发臭破破烂烂的背心的边儿，就走了。过了一会儿当她回过头来的时候，她既没看到修士，也没看到他坐过的石头——只有一团雾。

女人害怕了，跑了起来。天黑了，她还在田野上跑，忽然她看到了白菜地——地里栽着一行行还很小的白菜花……

天下着小雨，越来越黑，女人捂着鼓鼓囊囊的衣袋站在那儿，她想，不能把自己的小女孩一个人放在这寒冷的雾里。因为小女孩会害怕，会哭的！

于是女人用双手刨了一大块带着白菜花的泥土，用衬衣把它包起来，拖着这坨很重的东西进城，回家去了。

她累得摇摇晃晃，好不容易到了家，把带回来的那团泥土放进一口最大的锅里，把这口栽着白菜秧的锅放在窗口。为了不看见白菜花，她拉起了一道帘子，可是后来她想，必须给白菜秧浇水！而要浇水，就不得不看见白菜！

于是女人把白菜挪到阳台上，放到正常的田野环境：任凭雨打，风吹，鸟啄……要是孩子是在她体内生长的，就像所有的孩子一样，她就不会挨冻，也不会受到其他伤害，可是不，小水珠儿不可能藏在她的体内，她只有白菜叶子来保护。

母亲把白菜花又嫩又结实的花瓣拨开，把她的小姑娘放到那儿。小水珠儿甚至没有醒，她平时很喜欢睡觉，而且是个格外听话、快活、好养活的孩子。白菜叶子又硬又冷，光溜溜的，一下子就在小水珠儿头上合起来了……

母亲悄悄地从阳台退出去，关上了阳台门，开始像从前一样，过着孤独的生活：上班、下班，给自己做饭。她一次也没有去看窗外的白菜怎么样了。

夏天一天天过去，这女人经常哭、祈祷。为了能听到阳台上哪怕一点儿的情况，她就睡在紧挨着阳台门的地板上。要是不下雨，她就担心白菜会枯萎，要是下雨，她又怕白菜烂掉，可是母亲一直不许自己去想小水珠儿在那儿怎么样：吃什么，怎么吃，怎么坐在绿色的洼地中间哭泣，一句妈妈的话都听不到，没有一点温暖……

有时候，特别是夜里下着倾盆大雨，电闪雷鸣的时候，女人简直忍不住想到阳台上去把白菜切下来，抱起自己的小水珠儿，给她喝一滴热牛奶，把她放到温暖的床上……可是妈妈没这么做，而是疯子似的跑到雨里站着，为的是告诉小水珠儿，下雨打雷一点都不可怕。她总是想，她能遇到那个脏兮兮的修士，他让把小水珠儿放回捡来的地方，都不是无缘无故的……

就这样，夏天过去，秋天到了。商店里已经出现了长得很好很结实的白菜，而女人还是不敢去阳台。她害怕阳台上什么都没有。或是看到一棵枯萎的白菜花，里面只有一小块儿红色的绸子——不幸的小水珠儿的衣服，她亲手弄死了她，就像当初弄死了没出生的孩子……

有一天早上，下了第一场雪。对于秋天来说这场雪来得非常早。可怜的女人看着窗外，害怕了，就去开阳台的门。

当门开始发出沉重的“吱吱扭扭”的声音时，女人听到阳台上传来受到惊吓的猫叫声，那声音很刺耳，很难听。

“猫！阳台上有猫！”可怜的女人急得团团转，她想，猫准是从哪个邻居家爬到阳台上的。谁都知道猫对一切会跑的小东西是多么穷追不舍。

阳台门终于被制服了，女人穿着拖鞋就径直冲到雪中。

锅里长着一棵硕大无比的白菜，叶子像玫瑰那样卷着，在白菜顶端很多叶子上躺着一个不好看的、瘦瘦的婴儿，皮肤红红的，爆裂了开来。婴儿眯着两条缝儿一样的眼睛，像小猫似的嚎叫，嚎得憋住了气，挥舞着两个攥得紧紧的小拳头，上面有一些鲜红色的像茶蔗子大小的斑点在猛烈地抖动……而且，在孩子的秃脑袋上还沾着一块红色的绸子头儿。

“小水珠儿在哪儿？”女人想。她把婴儿连同白菜抱进房间。“我的小姑娘在哪儿？”

她把哭闹的孩子放到窗台上，就去翻白菜心，一片叶一片叶地找，可是哪儿都没有小水珠儿。“是谁把这个婴儿给我放到这儿的呢？”她想，“他们想取笑我……这个孩子是哪儿来的？我把她搁到哪儿去呢？她个子够大的……扔给了我……把小水珠儿弄走了，把这个扔给了我……”

显然孩子很冷，她的皮肤发青，哭声越来越尖。

女人想，这大个子女婴什么错也没有，就把她抱起来，举得远远的，送到浴室，用温水帮她冲洗，擦干，用干毛巾裹起来。

她把新来的小姑娘放到自己的床上，用被子把她包得暖和些，而她自己想起她的消失了的小水珠儿，便从旧盒子里拿出豆荚，哭着吻它。

已经很清楚，小水珠儿没有了，代之而来的是这大个头儿的、不好看的、奇形怪状的、头大胳膊细的家伙，一个真正的婴儿，完全是另外一个……

女人哭着哭着，忽然停了下来：她觉得婴儿好像没在喘气。莫非这个小女孩也死了？天哪，莫非她在白菜里翻找的时候，她在窗台上冻着了？

可是婴儿眯缝着眼睡得很香，这个没人要的、的确不好看的、可怜无助的婴儿。女人想连喂她的人都没有，便把孩子抱在了手上。

忽然，她的胸口里好像有什么东西撞了一下。

于是，和世界上所有的母亲所做的一样，她撩开衣服，把孩子搂在胸前。

母亲喂过自己的小女孩以后，把她放下，让她睡觉，而她自己往罐子里灌上水，浇了白菜，把它放在窗前，让它接着长。

渐渐地，白菜长得茂盛起来，长出长长的芽，开出白色的小花，而小姑娘，当有一天她用两条颤巍巍的小腿站起来开始走路的时候，做的第一件事就是摇摇晃晃地走到窗前，用手指指着白菜的长长的枝芽，笑了起来。

父 亲

从前有个父亲怎么也找不到他的孩子们。他走遍各地，打探他的孩子们是不是跑来过。可是当人们问他一些简单的问题，比如“他们长什么样，您的孩子叫什么，男孩还是女孩”等时，他却一点都答不上来。他知道他们肯定在什么地方，所以只管继续寻找。有一次，在天色很晚的时候，他可怜一个老太婆，帮她把一个很重的包儿送到了家门口。老太婆没请他进门，甚至没对他说“谢谢”，可是忽然建议他坐电气火车到“四十公里”站去。

“干什么?”他问。

“什么干什么?”老太婆回答。她小心地把自己的门关起来，上锁，转钥匙，挂上小链子。

他还是在第一个休息日——当时正值隆冬——去了“四十公里”。不知为何，火车停了很多站，走了整整一天，终于，当天已经快黑的时候，总算到了“四十公里”的站台。这个倒霉的旅客来到了森林边上，不知为何又爬过一个个雪堆往树林里走。很快他来到一条踏出的小路上，暮色中，这条小路把他带到一座农舍跟前。他敲了敲门，没人应。他走进里面又敲了敲门，还是没人。于是他小心翼翼地走进暖和的小屋，脱下靴子、棉衣、帽子，四处打量起来。小房子里很干净，暖和，燃着一盏煤油灯。好像什么人刚刚出去，桌子上还放着茶杯、茶壶、面包、黄油和汤。炉子是暖的。我们的旅行者又冷又饿，所以高声地道了句“打扰”，就给自己倒了一杯热水喝了。他想了想，又吃了一块面包，把钱留在了桌子上。

此时窗外天已经完全黑了，这个旅行的父亲开始考虑下一步怎么办。他不知道火车时刻表，而且要冒陷入雪堆的危险，再说下了雪，脚印也全被盖住了。

于是他在长凳上躺下，打起盹来。

敲门声把他惊醒了。他在长凳上欠起身，说道：

“请进！”

一个小不点儿走进来，他身上破破烂烂的，进门以后，他迟疑地站在桌边一动不动。

“这又是怎么回事？”没有完全清醒的准爸爸在长凳上问道，“你从哪儿来的？你怎么跑到这儿来了？你住在这儿吗？”

孩子耸耸肩，说：“不是。”

“谁领你来的？”

孩子摇了摇裹着破头巾的脑袋。

“就你自己吗？”

“就我自己。”孩子回答。

“妈妈、爸爸呢？”

孩子呼哧了两下，耸耸肩。

“你几岁？”

“我不知道。”

“得，那么你叫什么？”

孩子又耸了耸肩。他的鼻子上忽然化水了，直往下流。他用袖子去擦鼻子。

“等等，”准爸爸说，“手绢就是做这个用的。”

他给孩子擦了鼻子，接着开始小心翼翼地给他脱衣服。给他解开头巾，脱下像是老太婆穿的皮袄，摘下帽子，脱下很暖和可是很破烂的小大衣。

“我是男孩。”孩子忽然说道。

“好，这个弄清楚了。”这个人边说边给孩子洗手，他的手很小，指甲也很小。这孩子长得蛮像个小老头，有时候像个中国人，有时候甚至像个宇航员，因为眼睛和鼻子都发肿。

这个人给孩子喝了甜茶，又给他吃面包。原来这孩子自己不会喝，得用勺子喂他。这个人甚至累得出了汗。

“好了，现在让我打发你睡觉吧。”他说道。他已经累坏了。“炉台上很暖和，可是你会从那儿掉下来的。睡吧，睡吧，别躺在边上。我把你放到大箱子上，用椅子把你挡住。给你铺什么呢……”

这个人满世界地找暖和的被子，结果没有找到。他决定铺上自己暖和的上衣。他脱下毛衣来给孩子盖上。可是这时他看了箱子一眼，心想，万一里面有点什么破衣服之类的呢?

这个人打开箱子，从里面拿出来一床天蓝色的绗过的小被子、一个镶有花边的枕头、一个小床垫儿和一叠小床单，下面还有一捆薄衬衣，也镶着花边，然后是暖和的灯芯绒小衣服和用天蓝色带子捆着的一打小裤子。

“哎呀，这简直是全套的嫁妆啊！”这个人喊道，“不错，这是属于别的孩子的……可是所有的孩子都怕冻，都想吃啊！……应该互相分享！”这个准爸爸大声地说，“不能让一个孩子一无所有，穿着破衣烂衫，而另一个孩子的东西多得用不了。是不是?”他问。

可是孩子已经在长凳上睡着了。

于是这个人笨手笨脚地铺下一套阔气的铺盖，小心翼翼地给孩子从头到脚换上干净的衣服，把他放进去。他自己把衣服扔到用椅子拦住的大箱子旁边的地上，盖着毛衣躺下了。这时准爸爸已经累坏了，一下子就睡着了，一辈子从没睡得这么香。

敲门声把他弄醒了。

一个浑身是雪却光着脚的女人走了进来。这个人睡意蒙眬地一下子坐起来，用身子护住大箱子，说：

“对不起，我们在您家有点自行其是了。可是我会付钱给您的。”

“对不起，我在林子里迷路了，”那女人不听他的，自顾自地说，“我想来您这儿暖和暖和。我怕会冻僵，外边暴风雪很大。可以吗？”

这个人明白了，这个女人根本不是房子的主人。

“我马上给您烧茶，”他说，“请坐。”

得给炉子加柴，得到过道去找水罐子。他还顺便找到了一口铁锅，里面有还热着的土豆，还有一口铁锅里盛着牛奶黄米粥。

“好吧，我们把这个吃了，粥得留给孩子。”这个人说。

“什么孩子？”女人问。

“就是他。”这个人指着大箱子说，那个小孩子把小手塞在脑袋下面，睡得很甜。

女人在大箱子前跪下，忽然哭起来。

“天哪，这就是他，我的孩子，”她说，“这真的是他吗？”

她吻着小蓝被子的边儿。

“是您的？”这个人惊奇地问，“他叫什么？”

“我不知道。我还没叫过他。这一夜我累坏了，受了一夜苦。谁都帮不了我。世界上一个人都帮不了我。”

“那么这是男孩还是女孩？”这个人不相信地问。

“这没关系：不管男孩女孩，我们都爱。”

她又去亲吻被子边儿。

这个人认真地打量了一番这个女人。他看到，她的脸上的确有痛苦的痕迹，嘴唇干裂，眼窝深陷，头发蓬乱。她的腿很瘦。可是过了一会儿，这女人好像暖和过来了，很奇怪的，模样也变漂亮了。她的眼睛变亮了，凹陷的双颊上有了红晕。她若有所思地看着睡在大箱子上的那个不漂亮的、有点秃的男孩，颤抖的两手紧紧抓着箱子边。

孩子也变了。他变小了，现在像一个小老头儿，长着浮肿的鼻子、细细的眼睛。

这一切都让这个人觉得奇怪——他眼看着这女人和孩子瞬间变了样。这个人甚至害怕了。

“好吧，如果这是您的孩子，我就不打扰了，”这个没当成父亲的人转过身去说，“我走了，我的车快到了。”

天已经亮了，奇怪得很，小路很好走，踩上去很结实，好像夜里没有下过暴风雪一样。我们这位旅客迅速离开了房子，在路上走了几个小时以后，来到一座和先前那座一模一样的房子跟前，他已经不惊奇了，门也不敲就走了进去。

过道和房间都跟那座房子一样，桌子上也一样放着热茶壶和面包。这个行路人又累又冷，所以忍不住很快地喝了茶，吃了一块面包，在长凳上躺下等着。可是没人来。于是这个人猛地坐起来，冲到大箱子跟前。大箱子里也放着孩子的东西，但这一次已经是些保暖的东西了——外衣、帽子、很小的靴子、暖和的绗过的裤子，甚至有一套精致的连裤套装，箱子底还有一个带风帽的毛皮袋子。

这个人马上想到，那个小男孩没有一件到外边时穿的衣服，他有衬衣和各种小零碎，可是再没有别的了！他大声道了声“打扰”，就把最需要的东西收起来——毛皮袋子、连裤套装、小靴子和帽子，又把墙角的儿童雪橇拉过来，因为他看到另一个墙角还有一辆。他再次请求原谅，然后从大箱子后的一大堆毡靴里拿了一双看起来那女人能穿的成人棉靴——她光着脚呢！他带着这一大堆东西，冒着严寒，用最快的速度赶回去，回到第一座房子。

房子里已经没有人了。热茶壶、面包还在。大箱子空了。

“看来她用那些破烂给小男孩穿上了。”没当成父亲的人想道，“真傻，我有所有必需的东西呢！”

他马上冲出去，拉着雪橇沿着小路继续跑，很快就追上了那女人，因为她走得很吃力。她甚至摇晃着，一双赤脚在雪地上冻得通红。她手上抱着用破布裹着的孩子。

“等一下！”我们这位父亲喊道，“等等！难道能这么走吗！得给这小子穿好！这儿有所有需要的东西。”

他从她手里接过孩子，她闭上眼，顺从地把抱着的孩子交给他，他们一起回到了他们的小房子。

现在这位父亲才想起那个他帮着把沉重的包儿送到家的老掉牙的老太婆，他问女人：

“请问，给您地址的也是一个老太婆吗？”

“不，她只告诉我车站的名字——‘四十公里’。”那个女人回答说，她已经差不多要睡着了。

可是这时候孩子哭了起来，他们俩一起赶忙给他换衣服，他忽然变得很小，以至于任何的小靴子都穿不了了，只好把他裹起来，用被子包着，这样那个带风帽的皮毛口袋正好用上了。他们把其他所有的东西打成一个包裹，女人穿上了新棉靴，三个人一起往回走。新科父亲抱着孩子，而女人拉着东西。在路上他们忘记了他们是在什么地方相遇的，忘记了车站的名字。他们只记得，曾经有一个非常艰难的夜晚，有一条漫长的道路，有一段孤独难过的时光，但现在他们生了个孩子，他们找到了寻找的东西。

安娜和玛利亚

从前有个人，他总是乐于助人——所有的人，除了他的妻子。他妻子出奇地善良和温顺，他知道，她自己能很好地应付所有的事，他很安心。

有一次他帮了一个女巫，帮她追上了被风吹跑的帽子。

女巫笑着说："因为你帮了我，我要把你变成一个魔法师。可是有一个条件。你可以帮助所有的人，只是对你爱的人，你一点忙也帮不上。"

她又安慰他说："经常是这样子的。医生不能给自己的孩子看病。老师教不了自己的孩子。这些事他们做不好。"

然后她就撇下这个不知所措的人走了。

很快这个新科魔法师就遇到了不幸：他心爱的妻子，温柔、善良、美丽的安娜快要死了。

有时候人会发生这样的情况，好像体内的发条到头了，好像表的滴答声越来越轻，越来越稀疏。

魔法师日夜守在妻子身边，事情发生在医院——因为要给安娜做手术，不得不把她送到医院。

魔法师跪在床边，而他妻子几乎已经停止了呼吸。

于是他冲到过道里找护士，可是护士对他说："不要打扰她，她现在够难受的了。"说完就走了。

魔法师不过是想请求再打一针来延长妻子的生命，可是没能做到，就像女巫预言的那样。

这时，一个医士推着一张床沿着过道走来——这是一张装有轱辘的很高的床，而他推的那个女人，整个头都被包扎得严严实实的。

不过那女人还有呼吸，虽然也已经很微弱了。

魔法师知道，她的生命快要结束了，于是请医士抽一支烟。

医士欣然接受了。他抽着烟，边走边讲这个病人的情况，说她遭遇了车祸，虽然还活着，但几乎没有头了，他不指望能把她送到二楼的手术室，可怜这个女人的一家人还在楼下等着，包括两个很小的孩子。

魔法师立刻知道该怎么做了，他有足够的法力来做这件事。他要用妻子的身体换这个垂死的女人的躯体，全心全意地祝福这个与他毫不相干的可怜的女人康复：在这方面他刚好可以帮忙！

可是看来帮助来得太晚了，结果医士把垂死的身体和垂死的脑袋的混合物推进了电梯——这时病人几乎已经停止了呼吸。

与此同时安娜的床上出现了一个活人，只是被药物弄得难看多了——这是安娜健康的头和另一个女人健康的身体。

魔法师在他妻子的床头跪下，看到她呼吸的频率变高了一些，可是安娜同时又开始呻吟，抱怨浑身疼——胳膊、腿都疼。

随后安娜睁开了满含泪水的眼睛，问她还要受多长时间的罪。

丈夫知道，马虎的医士不可能完全了解那个垂死的女人的状况，可能她的胳膊和腿也折了——可是此时，在这家医院，该怎么治疗呢？

要是医生们看到一个躺在他们医院的病床上快要死去的病人手脚断了，他们会怎么想？

医生们会聚拢过来，会以为有人在这儿作案，也许是有人把病人从二楼扔了出去，或是她自己跳楼了之类的。或是她丈夫用棒子打她了，什么事都有可能。

他们会不给这个病人看病，而是马上叫来刑侦人员——可怜的魔法师这样想。

于是他立刻跑到医生那儿请求医院让病人回家，说她在这儿太受罪，让她在自己的家里度过最后几天吧。

“不是以天计算，而是以分钟计算。”很快出现了一个护士，她纠正他说，“只有几十分钟了。她最多也就能再活四十分钟。”

她又一次说：“别打扰她了，您妻子正在做正经事。”

“对，对，”魔法师说，“可是我要把她接走。”

在医生们不赞成的目光下，他抱起他大声呻吟的妻子，抱到楼下的车里，然后飞快地把安娜送到另一家医院，说他妻子从花园的楼梯上摔下来了，脑子坏了，总是说胡话，求人把她打死，给她“安乐”药，让她死，说她病得不可救药，就差直接做出诊断了。

医生们当即断定，病人有多处外伤，可是其他一切正常，两个星期就可以康复。而安娜一边咒骂世界上的一切，一边忍耐着病痛，只跟她丈夫一个人叫苦，虽然还是叫得很大声，而且哭哭啼啼。

她不再要求把自己这个患绝症的病人枪毙，因为当她第一次请求的时候，一个亲切、体贴的医生被叫到床前，他详细地询问了她的童年、她的梦境，她的爸爸妈妈是不是发疯了，她的曾祖母是怎么死的，是不是死在精神病院，等等。

病人立刻停止了让她一了百了的要求，不再请求向她的额头射一颗子弹，而魔法师则琢磨开了：这一点都不像他亲爱的安娜，他强有力而善良的妻子，她总是关心着他，心疼他超过心疼自己。

很快出现了其他一些意外的现象——回家后安娜开始长时间地

消失，散步回来后闷闷不乐，总想回忆起什么。

问她的时候她总是回答，她总是做一些奇怪的梦，而且有很多不明白的事——阑尾炎手术后的伤疤哪儿去了？为什么手指是这样的？为什么肩上有颗痣？等等。

安娜说话时把眼睛藏起来，不正眼看人，过去的安娜从来不会这样，她总是用她忧伤温柔的眼光直视丈夫的双眸，与他心心相印。

魔法师陷入忧伤，他去医院打听那个遭遇车祸的女人是什么时候死的。他吃惊地了解到，那个车祸的受害者根本没死，她手术成功了，感到好些了，可以说，医生们简直是创造了奇迹。

而且病人的家属也不分昼夜地守护着玛利亚——这是那个女人的名字。

她的家属包括妈妈、爸爸和两个小孩子，他们几乎是住在医院，孩子去幼儿园前和回来以后被领去跟妈妈亲吻，而玛利亚已经可以跟他们讲话了。

不错，她变了很多，可是手术后有时会有这样的情况。而家还是原来的家，没有变。

爱说话的医士跟魔法师说了这些话以后就推着空病床下楼去了。

魔法师往病房里看了一下，他看到一个头上缠满绷带的年轻女人（只有嘴没有包扎），一个戴眼镜的男人正目不转睛、全神贯注地看着她，就像一些当父母的看着他们熟睡的小孩子一样。

魔法师在瞬间穿上了白大褂儿，戴上了帽子，耳朵上挂上了听诊器，完全一副医生的样子。

“嗯，病人，”魔法师说，“睡得怎么样，是不是害怕，是不是有什么预感？”

他在床的另一边坐下，而玛利亚忽然不安地动了一下，向他伸出了手。

魔法师看到了这只他每个细枝末节都很熟悉的亲爱的手，差点哭了出来。他知道，他再也不能吻这些手指了。

“是的，”包着头的玛利亚说，“我受着梦境的折磨，我梦见不远的地方有我的家、我心爱的丈夫、我的书和我的花园，我梦见我再也不会到那儿去了。我每天夜里都哭。”

“绷带都被眼泪浸湿了。”她丈夫接口说。他是个衣着讲究、身体结实的人，戴着一副眼镜。“因为这个她的伤口很疼。”

“是啊，看起来她大概是车祸以后变了脾气，有这种情况。有时候人们甚至会把自己当成别的人。这是记忆错乱的现象，我跟您说。”魔法师说。

“没关系，只要她回到我们身边，不管她什么样，我们都需要她。”

魔法师目不转睛地看着绷带，他觉得，在那层层纱布下，就像茧里面的蝴蝶一样，藏着他心爱的安娜的脸，那个爱他的安娜的脸。

而家里的那个安娜，那个他骗过命运救下来的安娜——她不是真的。

于是这个扮成医生的魔法师开始在那位丈夫痛苦不安的目光的注视下解开一层层的绷带，出乎意外地，一张满是鲜红伤疤和粗缝线的完全陌生的脸慢慢地露了出来。

魔法师没有把这个他一点都不认识的女人的绷带解完，他说：

“还没有完全长好，一个星期后得再做一次手术。”

他已经知道，这不是安娜，所以他可以帮助她。

“医生，有没有那样的情况，连手都变了？”不幸的丈夫低声问。

“是的，有的，完全变了。一个星期后会给她做手术，一切就会恢复原状，别担心。”魔法师说完就走了。

在楼下的大厅他从玛利亚的惊恐的家属身边经过——他们是两个老人和两个小孩子。他停下来，跟他们说了几句鼓励的话，他当时就感到，他的妻子安娜就在这里的某处。

她在这儿，她藏在医院的花园里。

魔法师退到一边，变成隐身人，全神贯注地观察安娜是如何慢慢地、没把握地、像由绳子牵引着的盲人一样向着孩子们的方向移动，走进了大厅，走近他们坐的长椅……

孩子们精神抖擞起来，两个老人也活跃起来，而安娜在他们身边坐下了。

几分钟以后孩子们已经依偎在她的膝前，嘴巴不停地叽叽喳喳欢闹着，跟她玩起了珠子。

两个老人也活跃起来，凑近安娜，老太太还不时地碰一碰她的手。

显然，安娜已经不是第一次坐在这儿了。

魔法师回到家，开始读他的书——那些在他跟女巫相遇后买的书——可是只在一本书里，在全书的末尾，他看到了一行发亮的字：命运的欺骗者。

魔法师一页一页地回顾了自己最近的生活，他承认，自己确实要了花招，试图将自己的命运置于股掌之中，做了他做不了的事：他是不能帮助他爱的人的，而他帮助了安娜！

而现在两个不幸的女人都在受苦，她们不知道自己是谁，他自己也很痛苦，感到非常不幸。

而安娜——很显然——已经不再爱他了。

魔法师想了很久：他该怎么办？最后他去找他的女巫。

他在她的接待室排了两个小时的队，身边是残疾的孩子、哭泣的老太太、表情冷漠的男人和神情阴郁的青年。

幸福的人是不来这儿的！

队伍缓慢推进，可是没有见人回来——看来还有另一个出口。

终于魔术师走进去见到了女巫。

她看到他，笑了起来，说道：

“你是骗不过命运的！”

他答道：

“现在怎么办呢？”

可是女巫叫了下一位进来，只是对魔法师指了指对面墙上的一扇门。

他出去了，可是到了一个不对劲的地方。他来到一片空旷的田野中，只能看到地平线上的山。

魔法师把脑袋转来转去，可是他什么都没看到，连女巫的房子也没看到。

最后他只好向着山走去（因为从高处可以更清楚地观看周围的情况），他走了又走，夜以继日地走，没有知觉，不吃不喝，甚至很高兴不用在家跟不幸的安娜面面相觑，看来，她的心依然爱着自己的孩子和自己的家……

他不记得走了多少天，他不想使用法术，他时而看着白云，时而看着星空，有时拔些草来嚼。

想到因为他试图蒙骗命运而毁了很多人的生活，他感到越来越不安。

他保存了两个人的生命，可是如果没有所爱的人，我们要生命做什么？……

不过万事都有尽头，魔法师终于爬上了高山，他在那儿看到了一扇门——跟女巫家一模一样的门。他走进这扇门，一分钟以后就来到了自己城市的一条街上，于是他便回家去了。

他一个人都没看到，只有多日的积尘和枯萎的花儿。此外，挂在墙上的安娜的画像、抽屉里她的所有照片也都消失了。

魔法师的心跳得很厉害，似乎很害怕。

他奔到医院，找到那个医士，请他抽高级烟，从他那儿得到很多新信息：原来，那个遭遇车祸的年轻女人的家属告了状，说医院塞给他们的完全是另一个人，她的绷带一拆下来，他们就不再陪床了。

不仅如此，她丈夫随即另找了一个人，带着她走了。

他们的诉状指出，这个病人跟他们的病人没有一点相像之处——不管是脸还是身材。

这些人离开得非常快，他们甚至不知道，那个女病人差不多瞎了，正因为如此她认不出自己的孩子和丈夫，也没有人希望她认出来。

"她在哪儿?"魔法师问道。

"谁知道她，"医士回答，"两个月前她就出院了……听说她自己也不知道去什么地方，总是反反复复地说什么梦，说是得找到花园和书房……可能是脑子受刺激了……第二天她回来了，站在厨房边，我给她端出了粥和面包……可是我们不能供养外人。后来她再没来过。"

魔法师往自己的书房奔，去拿他的书。他反复叨念着：我不认识她，我不爱她，不爱!

他跑到自己的书房，打开需要的书，读了起来。他读到附近公园里的长椅，读到一个穿着皱巴巴的脏衣服的女人正慢慢地用一根小棍翻检垃圾箱，读到她把一块面包拿到眼睛近前打量，又同样缓慢而机械地把它放进衣袋……

“我不爱她，”魔法师大声地说，“我可以把她治好！”

他拿起水晶球，把一束光投到它的最中心处。水晶球的中心冒起一股烟，显示出一棵树，树下有一张长椅，长椅上有一个悲伤、僵硬的背影，手里拿着一根小棍……

可是一切都熄灭了。

他又一次把一束光投到自己的水晶球中。

“不可能，应当全都能成！”魔法师喊道，“我不认识她！我只是可怜她，再没有别的了！”

水晶球的中心又升起一股烟——然后又熄灭了。

于是魔法师从椅子上抓起安娜的披肩，她的黄色的披肩，这是她当初自己亲手织的，她没有把它带到另一个生命里，因为她不再是安娜。

魔法师奔到公园，找到了那张长椅。

他把黄色披肩扔到那完全陌生的女人肩上。她回过头，她纤瘦、惨白的手以熟悉的动作抓住披肩。她扬起眉毛，带着那样怜惜和善良的表情看着魔法师，使他忍不住哭了。

可是她没有仔细打量他，而是向他伸出一只手，摸了摸他的脸颊。

“我不知道你叫什么，可是这不重要。”魔法师说。

“玛利亚。”安娜用她轻柔的声音回答他。

“我们回家吧，”魔法师说，“这儿很潮，你会冻坏的。”

于是他们就回家了。

妮娜·卡马罗娃

有一次妈妈让她的孩子们到外边玩儿，一个男孩和一个女孩，并叫男孩照顾小女孩。可他玩得特别带劲儿，于是小女孩去找妈妈。她去找妈妈，可是在路上拐进了树林，迷了路。她坐在一棵树下哭起来。天黑了，小姑娘很冷，很怕，蚊子在她身上叮满了包。

她的小哥哥一个人回到家。妈妈问，你为什么一个人回来了？小哥哥说，他以为妹妹回家了，所以没担心。妈妈和爸爸打着灯在村子里找起来，然后又进了林子，一直喊，一直唤，但没找到小女孩。他们去了警察局，而那儿只有一个值班警察，他说，反正黑暗中什么都看不到，到早上他们会派一辆摩托车去找。女孩全家都在林子里过的夜，只有妈妈跑回了一趟家，把门打开，万一小女儿回家了，可以进得去。

清晨小姑娘很早就醒了，继续在树林里哭。这时候一对采蘑菇的夫妻发现了她。他们问她叫什么，可是小女孩还不能说话，只一个劲儿地抽泣。他们把她带上汽车，急忙进城去了，他们以为这个小女孩也是采蘑菇的人从城里带来的。而这座城离小姑娘住的村子很远。进城以后人们发现，小女孩是个哑巴。她就从警察局被送到了孤儿院。

而她的亲妈妈病了，住进了医院，住了很长时间。当她出院的时候，已经是秋天了。这个可怜的女人开始经常在林子里出没，寻找自己的女儿，特别是下了雪，一切都能看清楚的时候。可是随着时间慢慢流逝，几年之后，这个家庭渐渐平静了下来。而男孩子变得很严肃，心思很重，他总是记得妹妹是因为他丢的，虽然谁也没有对他说过一句凶话。父母没有责怪他，不当着他的面前提起小女孩，只有在他去上学的时候，妈妈才会拿出女儿的小靴子、小裙子，把它们抱在胸前坐着哭一阵。父亲也变得沉默寡言，工作时间也变长了，他调到林子里工作，做了护林员，几乎总是在寻找女儿的踪迹。他计划走遍方圆十公里的地方——一个三岁的小女孩不可能走得更远了。

而这时小女孩在孤儿院学会了说话，她和大家一起上学，同时她总是在想自己是怎么到孤儿院的。她们的保育员很好，很善良，她费了很大的劲儿，找到了那两个在林子里捡到小女孩的人的地址。

当女孩子长大了，念八年级的时候，有一次去找了那两个人，他们正好在家。她的到来让他们很高兴，他们说早就想去看他们找到的孩子，可是没能找到线索。实际上他们只是怕这个哑女孩依恋上他们，不得不收养她。女孩详细询问了他们是如何发现她的，请他们帮个忙——再用车把她带回他们发现她的地方。于是他们准备了一下就出发前往一百五十公里外的相邻城市了。他们把她带到十一年前他们停车的大致位置，就在树林口。女孩从车里下来，问他们后来是朝哪个方向走的。老两口指给她看。她谢过救她的人，跟他们告了别，就走进树林。她走了很长时间，被荨麻刺得很痛，不时失足踏进泥沼，一切都跟当初一样，但现在她不哭不喊，而是寻找道路。忽然她走到一片田野上，而且可以看到远处有一座村庄。女孩跑了起来，她跑到井边，开始等待。终于出现了一个提着水桶的女人，女孩向她讨水喝。女人仔细打量了她一下，请她到家里用杯子喝。到了家，女人给女孩喝了水，吃了饭，然后问长问短，问她是从哪儿来的。女孩回答：

“你们村里没有丢过一个两三岁的小女孩吗？”

“我住在这儿的时间不长，我可以陪你去找邻居家的奶奶，她什么都知道。”

她们去了老婆婆家。老婆婆似乎马上就认出了女孩，点点头说，村子的另一头住着两口子，维拉和萨沙，十年前他们在林子里丢了孩子。

老婆婆和女人把女孩送到那座房子前。女孩走进去，看到一个头发灰白的女人在削土豆皮。

“您好，”女孩说，“请问，您家是不是丢过一个小女孩？”

“对。”女人说着站了起来，手捂住胸口。

“那说不定是我。”女孩哭着说道。

“你叫什么名字？”

“我不知道我叫什么，”女孩回答，“在孤儿院人们叫我妮娜·卡马罗娃，因为我被送到那儿的时候全身被蚊子叮满了包。一个女人和一个男人在林子里发现了我，他们有辆车。”

“你几岁？”女人问。

“不知道。我念完八年级了，大概十四岁。我马上要上技术学校了，我会住在宿舍。”

这时候老婆婆和给妮娜·卡马罗娃饭吃的女人走了进来。老婆婆说：

“我认出她了。她长得像丽达，你的母亲。”

她们来找的那个女人一下子昏倒在地。

老婆婆很快给她浇了一杯水，妮娜·卡马罗娃把女人从地上扶起来，扶着她上了床。女人躺在床上的时候，邻居们都闻讯赶来了。后来响起了摩托车的声音，一个小伙子搀着一个男人好不容易走进屋。男人看到妮娜·卡马罗娃，走过来把她抱在了胸前。

“安妮雅，安纽塔奇卡。”他喃喃地说。

母亲恢复了知觉，邻居们把屋子挤得满满的，大儿子瓦列里克也从工作的地方跑回来了。他一看到妹妹马上就安心了，开起了玩笑，像拉小孩子一样拉着她的手，说：

“我就知道她会回来的，可你们不信。”

父亲说：

“我知道能找到她，因为方圆十五公里的每个灌木丛我都找过。”

母亲不断地说，现在得把安妮雅从技术学校领回来，给她办证件，让她继续念书，她还小呢。要赶紧买课本、校服……

她一样一样数叨着要买的东西。

大家仔细地看以前的照片，都说想不到安妮雅长这么大了，这么漂亮。而妮娜·卡马罗娃也在那儿为发生在自己身上的事情吃惊，她想，自己是不是在做梦。

上帝的小猫

一个乡下老奶奶生病了，她觉得寂寞，准备去另一个世界了。

她儿子没来看她，也没给她回信，老奶奶准备好后事，让猪去了猪群，在床头放了一小桶清水，在枕头下放了一块面包，把垃圾桶拉近些，便躺下读祷告词，于是守护天使来到了她的床头。

这时一个小男孩和他妈妈来到了这个村子。

他们家事事如意，他们家的奶奶身体硬朗，照料着花园菜园，养羊养鸡，可是当孙子跑到菜园里摘浆果和黄瓜的时候，这个奶奶发火了：这些东西是为储备过冬而栽培的，准备给这个孙子做果酱、腌黄瓜，如果需要的话，她自己会拿给他的。

被赶出来的小孙子在村子里游荡时发现了一只灰色的小猫，大头，大肚子，毛茸茸的。

小猫向孩子凑过来，蹭他的凉鞋，使孩子产生了甜蜜的梦想：他可以如何喂这只小猫，跟它一起睡觉，一起玩儿。

而站在他右肩的男孩守护天使很高兴，因为大家都知道，是上帝亲自把小猫送到世界上来的，正如他把我们所有人——他的孩子——送来一样。

如果能不断接受上帝送来的生命，这个世界就可以继续存活下去。

而每一个活物对于已经住在世界上的生物来说都是个考验，看他们是不是接受新的生命。

这会儿男孩把小猫抱了起来，抚摸它，小心地揽在自己胸前。

而男孩的左肘边站着魔鬼，他对这只小猫，还有跟小猫有关的许许多多种可能性，也很感兴趣。

守护天使不安起来，他画出很多神奇的画面：小猫睡在男孩的枕头上，小猫在玩纸团，小猫像小狗一样跟在男孩脚边散步……

而魔鬼推推男孩的左肘，出主意说：最好在小猫的尾巴上拴个罐头盒！最好把小猫扔到池塘里，看它拼命地往外游，笑得要死！眼睛瞪得溜圆！

当被赶出来的男孩抱着小猫往家走的时候，魔鬼往他发热的脑子里灌入了很多这一类的主意。

而回到家后奶奶也训他，说你干吗把这带跳蚤的东西抱到厨房，自己家有猫。男孩说，他要把它带回城里，于是妈妈加入了谈话，这样一来就全完了，她们让男孩把猫送回捡到它的地方，到那儿把它扔进栅栏里面。

于是孩子走到那个只存了一点水、准备死去的老奶奶的栅栏墙边，小猫又一次被抛弃了，它一下子就消失了。

魔鬼又推男孩的胳膊肘，给他看别人家的收拾得很好的园子，里面有成串的马林果、茶藨子、金灿灿的醋栗。

魔鬼提醒男孩，这儿的老奶奶病了，全村都知道这件事，老奶奶已经快不行了，魔鬼对他说，没人会妨碍他把马林果和黄瓜吃个饱。

守护天使则劝男孩不要这么做，可是夕阳下马林果是多么红啊！

守护天使哭了，他说偷窃是不会有好结果的，说全世界都蔑视小偷，把他们像猪一样关在笼子里，说拿别人的东西是可耻的——

可是这些全都没用！

最后守护天使只好让恐惧追上男孩，说老奶奶会从窗户看到的。

可是魔鬼已经打开了园子的小门，说她是能看见，可是不能出来，并嘲笑守护天使。

而老奶奶躺在床上，忽然发现一只小猫钻进了气窗，跳到床上，呼噜呼噜地喘了一阵，就在她发僵的脚边安卧了下来。

老奶奶很喜欢它，她自己的猫被毒死了，大概是吃了邻居垃圾桶里的老鼠药。

小猫发出一阵呼噜声，在老奶奶的脚边蹭了一阵，把从她那儿得到的一小块黑面包吃了，马上就睡着了。

我们已经说过，这不是一只寻常的小猫，它是上帝的小猫，这时立刻发生了神奇的事：马上有人敲窗户，老太太的儿子和他妻子、孩子背着大包小包走了进来。原来他很迟才接到母亲的信，于是没有回信，他对邮局不抱希望，而是请了假，带着全家上了路，他们先坐汽车到了火车站，然后坐火车，又坐了两趟汽车，步行了一小时，穿过小河、树林和田野，终于赶到了。

他妻子卷起袖子开始整理装着给养的包儿，准备做晚饭，他则拿起锤子去修栅栏门。他们的儿子亲了亲奶奶的鼻子，抱起小猫去园子里摘马林果。在园子里他碰到了一个别人家的男孩，于是这小偷的守护天使抱住了头，而魔鬼一边瞎扯，一边厚着脸皮嬉笑着，一边往后退。那不幸的小小偷也是这样做的。

主人家的男孩把小猫轻轻地放在一个翻过来放的桶上，然后打了小小偷一个耳光。小小偷飞快地往门口跑去，可是老奶奶的儿子正在修门，后背挡住了他的去路。

魔鬼溜到了栅栏外，天使用袖子蒙住脸哭起来，而那只小猫却激烈地替孩子辩护。于是天使也帮着编瞎话，说男孩进来不是要偷马林果，而是找自己跑掉的小猫。也许这是站在栅栏外的魔鬼胡编的，男孩搞不清楚。

简而言之，大人放男孩走了，可没有把小猫给他，要等他父母陪他来后才给。

至于老奶奶，命中注定她还能活：晚上她已经起床去把猪接了回来，第二天早上她就开始熬果酱，唯恐浆果被吃光后，没有东西给儿子带回城，中午的时候她剪了羊毛，好赶着给全家织手套和袜子。

既然活着还有用，我们就活下去。

而那个男孩丢了猫，又没吃到马林果，郁闷地回了家。可是当天晚上不知为什么他奶奶给了他一碗牛奶草莓，临睡前妈妈给他讲了故事，而他的守护天使高兴得不得了，他守护在睡着了的小男孩的床头——所有六岁的孩子睡着的时候都是这样。

隔　壁

有一个人住在医院里。他已经好了，但还觉得有点没好利落，特别是夜里的时候。

而且有一件事困扰着他，那就是隔壁有人整夜整夜地说话，一个女人和一个男人。

说话的多半是那个女人，她的嗓音温柔甜美，而男人说话不多，有时咳嗽。

这些谈话很影响我们这位病人睡觉，有时候他索性在黎明时分走出病房，坐在楼道里读报纸。

隔壁这种奇怪的交谈日夜不停，我们这个逐渐康复的人已经怀疑自己是不是疯了，况且根据他的观察，没有任何人从那间病房出来过。

至少，那间病房的门总是关着的。

这个病人不好意思说隔壁吵了他，只是说自己睡眠不好，而主治医师回答说，没关系，您很快就会好的，回家后就都好了。

应当说明，没人在等他回家。父母早就去世了，他跟妻子离了婚，家里唯一的活物是一只猫，现在由邻居照顾着。

病人复原得很慢，他把耳朵塞住，可隔着堵耳朵的东西他还是总听到那谈话声，一个女人在小声地说话，一个男人有时咳嗽两声，说两三个词来回答她。

对了，病人说服自己：只要他想睡，他可以在任何条件下睡着，这一切不过是精神作用。

一天夜里我们的病人忽然精神一振：隔壁的谈话声停止了。

可是安静的时间不长。

然后传来熟悉的护士的高跟鞋声，高跟鞋在原地踏步，然后有什么东西闷声倒了，然后人们跑起来，开始嘀咕，挪椅子还是干什么——总之，根本没法睡！

病人再也躺不下去了，他走到楼道。

他马上看到，隔壁病房的门一反常态地大敞着，病房里有几个医生：一个将身子俯向病床，可以看到枕头上有一个睡着的男人的苍白侧影，另外几个医生则坐在一个躺在地上的女人旁边，一个护士拿着注射器沿着过道跑来。

我们这位病人（他叫亚历山大）在隔壁病房敞开的门前不安地转悠起来，不知为何他很想去看看这两个人，他们好像同样安静地睡着了，不同的只是男人睡在床上，而女人睡在地上。

因为不方便在门前逗留，这位病人就站在远处的窗口，看着混乱的场面。

一张空床被推进了病房，又被慢慢地推回到楼道，上面躺着人，就是那个女人。那个睡着的女人的脸又一闪而过，很安详，很美。

应该说，亚历山大很能欣赏女人的美，曾不止一次地站在镜子旁观察他的前妻（比如说，在出门做客之前）。

每当他看见了妖女（钻石般闪亮的眼睛，鼻子下那朵半开的玫瑰花），他就想象镜子里的这张脸是一张白白的谢肉节圆饼，上面有一个洞，那就是玫瑰的所在，还有两道黑色的缝，那里要嵌入两颗钻石。

可是此时，在医院的走廊里，当躺在平平的枕头上的别的女人的这张脸闪过时，亚历山大的心脏好像被什么击中了。

这张脸那么忧伤，苍白，朴素，无望地平静，卫生员的背很快挡住了它，而后电梯的门开了，一切都结束了。

后来亚历山大想起来，这个被推着从他身边过去的女人身上盖着床单，她的身体显得庞大得不像话，而且看上去高低不平，好像肿胀了一样，她的两只脚毫无生气地叉开着，于是他想，自然界中没有完美的人造之物，他从心底怜悯这个长着美丽面庞的胖女人。

然后又有一张病床推过去了，不过这次躺在床上的是一具从头到脚都盖住的身体。

于是亚历山大明白了，这是隔壁病房已经死去的人。

我们这位病人天性沉默寡言，早上护士来给他量体温的时候，他什么都没向她打听。

亚历山大躺在床上想，现在隔壁完全安静了，可他还是睡不着，过去几个星期他似乎习惯了隔壁两个相爱的人长时间的、平静的谈话，看起来他们是夫妻俩——原来，听到轻柔温和的女人声音是很舒服的，那声音很像他小时候哭泣时，母亲抚摸着他的头安慰他的声音。

哪怕他们两人一直这样说下去呢，不幸的亚历山大想，而现在隔壁是坟墓一样的寂静，弄得耳朵很不舒服。

早晨护士走了以后，他听到隔壁传来两个尖利的、喊叫的声音，有什么东西在咣当咣当响，随即传来敲击的声音，还有推东西的声音。

“哼，你浪荡得可够美的！”一个女人一字一顿地说。

“我什么都不知道，”另一个女人喊道，“我补休来着，到乡下我哥哥家去了！他们连一根草都没给我吃！这也叫哥哥！就给了我一点土豆就完了！”

“哼，”第一个女人一边把什么抬起来立在原地，一边粗声粗气地说，“那个卖草药的骗了她。就是那个从西藏来的人。”

“我什么都不知道。”第二个女人反驳道。

“那个卖草药的，好像跟她许了一大堆愿，要是她把所有家产都给他的话。”第一个女人从底下的什么地方喊道，大概是钻到床底下了。

她们的谈话听得非常清楚。

“所有家产？”

“对。”

“所有家产是什么意思？”

“好像她把房子和所有东西都变卖了。”第一个女人从床底下爬出来，清清楚楚地说。

“傻瓜！”第二个女人喊道。

“我怎么知道呢，因为护士都从她那儿买东西，冰箱、大衣，还有很多，价钱很便宜。她连价都不谈，她说：‘你们给多少我就收多少。’”

“那你买了什么？”

“那天我值夜班，她已经把所有东西卖光了。”

“那天我在哪儿呢？”第二个女人喊道。

“你补休了，你倒是浪荡啊！”第一个女人低沉地说，听起来像把一团破布塞进了嘴里，不过她大概是又爬到床底下去了，“而他，那个大夫，那个骗子，可能是应许了她会好起来的。也就是他跟她说：‘会有好结果。’这不，这就是结果。”

“明摆着的，”第二个女人嚷嚷起来，“我们的医生上来就说他只能活两个星期了，可能她就因为这个才找到那个骗子，把什么都给他了。结果她男人还是一样死了。”

甚至隔着墙都听得出她在为什么事难过。

“现在怎么办呢，”她大叫，“她的东西都给护士拿去了，她用什么包孩子呢？”

“……”第一个女人费劲地回答着什么，她大概还在床底下，“她自己也快死了，没有知觉。不知生得下来生不下来，活得下来活不下来。把她送到三楼抢救室了。”

“你在那儿找到什么了？”

“不知谁掉了些零钱。”第一个女人一边从床底下爬出来，一边嘟囔道。

“有多少？”第二个女人打听。

第一个女人没回答，把所有钱都搁兜里了。

第二个女人继续用带着痛苦的口吻说：

“连走进他的病房都难受。我一直在想，她有什么可高兴的，自己怀着孕，丈夫要死了，可她那会儿就好像参加生日会那么高兴。”

第一个女人用教训的口吻说：

“她把什么都拿出来了，以为这样就有救了。什么都没给自个儿留。也许她想，要是丈夫死了，她也不再需要什么了。”

“唉，傻瓜。”第二个女人嚷道，“那个……卖草药的怎么样了？就是那个骗子。”

“他把所有钱都敛走了，说是要去西藏祈祷。”

一切都听得这么清楚，真令人吃惊。

亚历山大想，过去他两位邻居交谈的声音一定很小，因为他一个字也听不清。

然后这两个清洁工开始议论食堂一个卖饭的女人的无耻行径

(给的少，不想卖饭给卫生员，那么大岁数还戴假发)，开了阵玩笑，就消失了。

而亚历山大一直怎么都好不了，他的心脏出了毛病。

只好继续住院。

一个星期后两个女卫生员拿着一沓钱和一张纸来找他：她们在为一个女人募捐，她需要为新生儿买婴儿用品。

两个女卫生员很客气，甚至有些难为情。

她们暗示，“她”就是以前住在他隔壁病房的邻居。

亚历山大倾其所有，在单子上签了字，心里高兴一点了：首先，他捐了很多钱；其次，既然那个女人生孩子了，就意味着有了好结果。

他照例什么都没打听，可是他的病情明显好转了。

亚历山大很幸运，他不是个穷人，只是疾病迫使他在发财的路上停了下来；他爱钱，不会把钱随便乱花，现在他的生意也运转良好。他甚至在医院里都有办法指挥他的同事们。

而他的病是突如其来的，那是在一天夜里。

当时他跟朋友们在饭店吃了饭，略带醉意，走在路上。在离家不远的地方忽然看见一个十来岁的男孩，他脏兮兮的，脸上带着泪痕，从一辆车底下冒出来，问他到地铁怎么走。

“地铁在那儿，可是已经关了。”

外边有些冷，男孩有点发抖。

亚历山大知道这路人——他们装作挨饿受冻，幼小无助，然后，只要你把他带回家，给他洗干净，让他吃饱、睡下，他肯定第二天早上就会消失，把能卷走的东西都卷走。或是住下来，但这更糟。有一天会有可疑的父母找上门来，你就得把这些不速之客赶走，可是流浪汉是不知羞耻的，他们什么都不在乎，不管赶走多少次，一旦认了门儿，就会不断地回来，拍打门，哭着喊着，求让他们进去取暖。这很令人难堪——因为谁都不想显得吝啬、残忍。简而言之，亚历山大已经遇到过一次这样的事了，所以他对小男孩开玩笑，要是他迷路了，找不到家，就把他送到警察局去。

这小子断然拒绝了，甚至往旁边一躲：

“嘿，那样的话他们会把我送回家去。”

简而言之，一看就知道这小子是怎么回事。于是亚历山大建议他找一个暖和的楼洞，免得冻坏——这是一个衣食无忧、有一把年纪的人对一个小瘪三的免费奉劝。

他们就此分手了。小男孩颤抖着消失在城市的夜色中，亚历山大则回到家，洗了淋浴，从冰箱里找了点凉肉和水果，就着高档葡萄酒吃下去，然后舒舒服服地睡觉了。后来半夜他因为剧烈的心痛醒来，不得不叫救护车。

在医院，他试图告诉医生，他遇到了基督耶稣，却又一次出卖了他。可是医生又叫来了另一个医生，这位好像还在云里雾里的病人听见他们说，他显然得了幻想病。

他想反驳，可是被打了一针，从此开始了漫长的住院生活。

现在，当他捐出自己的钱之后，他显然开心多了。

最近几周他一直不停地想着那个被盖着被单送走的人，他死得那么坚强，没有叫一声苦。

亚历山大想起他平静的、有点低沉的嗓音。

这样的声音表示：一切正常，没事，什么都不用想，不用担心。

也许他们从来没有谈到疾病，而是谈其他事，谈未来。

而她也没有不安。她很高兴，很幸福地跟丈夫说话，可能谈的是他们回家以后，他们在一起会有多好，以及该给孩子买什么样的床，虽然明知道一点钱都没有了，她已经倾家荡产了。

大概她相信仙草的效用，而且除了丈夫的生命，她什么都不担心，该怎样就怎样。

也许她想过要是丈夫死了，她也会以某种神奇的方式死去。

可现在她还是得一个人活下去——却不知该怎么活下去，没有钱，没有房子，还抱着个孩子。

而亚历山大正好可以用他的钱参与其中。

他盘算着，要让这可怜的女人有足够的钱度过第一年——可以租房子，能撑到找到份工作。

住院的最后几天，亚历山大涌起一种幸福而平静的感觉，好像他确切地知道，一切都会好起来的。

夜里他能睡觉了，白天甚至出去散步了。

温暖美好的春天来了，天空飘着片片轻柔的云彩，暖风拂面，医院草坪上的蒲公英开花了。

亚历山大出院的时候，有辆车来接他。他深深地吸了一口气，在朋友的陪伴下开步走。

在医院门口，他赶上了一个小小的仪式：他们科的一个卫生员正领着一个抱孩子的消瘦的女人往前走。

她们走得特别慢，以至于亚历山大惊讶地回过头去。

他看见女卫生员认出他以后，脸一下子红了，赶紧低下头，嘟囔了一句“我走了，我们不能再走远了”之类的话，就很快地往回走了。

抱着孩子的女人停下来，抬起头，睁开眼。

除了孩子，她手上什么都没有，连个提包都没有。

亚历山大也停了下来。

他看到的是一张依然美丽、平静、年轻的脸庞，稍显迷离的双眸，还有裹在医院的襁褓中的新生儿。

亚历山大的心痛起来，就像他刚生病的时候，就像他目送着发抖的小男孩消失在夜色中的时候。

可是他没理会疼痛，此刻他主要想的是，原来女卫生员们那么狡猾地抢劫了这个可怜的女人。

他还明白了，从此刻开始，他会把自己的一切，把自己的一生献给这个苍白瘦弱的女子，还有她的小孩子，此刻他正裹在快被洗破了的、带着一个紫色的医院图章的公家的被子里，冻得够呛。

亚历山大大概是这么说的：

“卫生部派车来接您了。送您去什么地方？认识一下，这是司机。”

他的朋友惊得甚至呛着了。

她有点漫不经心地回答：

“我的女朋友应该来接我，可她突然病了。或是她孩子病了，我不知道。”

可是这时候，活该亚历山大倒霉，一大群捧着花的人忽然扑向那抱着孩子的女子，他们嚷着什么车抛锚了，什么给孩子买的小床和澡盆，在一阵“哎呀，多漂亮呀，跟爸爸一模一样”以及“走啦，走啦”的嚷嚷声中，全都不见了。很快，医院的园子里就只剩呆若木鸡的亚历山大和他的摸不着头脑的朋友。

“你明白吗，”亚历山大说，“有人跟她说，她得献出一切，她就献出了一切。这太少见了。我们什么时候也不会献出一切呀！我们会给自己留点什么，你同意吗？她什么都没给自己留下。可是这应该有个好的结果。你懂吗？”

朋友只好点头——不能跟一个正在康复的病人争论。

至于后来亚历山大采取了什么措施，他如何寻找，又是怎么找到的，怎么尽量不吓着他爱的女人，不把她推开，怎样迂回地在取得未来的妻子的信任之前结交她所有的女友——这些学问只有那些深爱者才懂得。

过了几年之后他才得以把妻子和孩子领进自己家。而新女主人刚一进门，他的老猫就立刻去蹭她的脚，而那个四岁的男孩一见那猫也高兴地笑起来，毫不客气地拦腰把它抱起来。上了年纪的猫并没发出尖叫声，就那么耐心地被吊在半空，甚至眯起眼睛发出了呼噜呼噜声，好像以它这把年纪被这么一分为二地空吊着是理所应当的——不过猫是聪明的动物，它们明白自己在跟谁打交道。

老修士的遗嘱

有一次，一个老修士带着募捐箱——里面有募集来的一点儿钱往家走，回到山里的修道院去。

在远离所有道路的修道院，日子很艰难。打水要去深谷中的小溪，饭食只有些从附近那些吝啬的、不信神的小村庄募来的剩面包、干饼子，所以修士们在林子里储藏了些野果、核桃、浆果和野菜，还采集蜂蜜和蘑菇。

如果修士们想在这个地方种菜，那会是徒劳的，一定会有什么人夜里带着铁锹和小车来偷成熟的果实——民风就是这么坏。

因此农民们对外乡人和来乞讨的人很凶（对邻居也一样），扛着枪守护自己的田地，全家轮流值夜，然后尽量把菜藏进地窖。

这个在老林中孤立无援的贫穷的修道院还不时遭抢，附近的小伙子们需要钱去喝酒。最后修士们只能满足于非常贫寒的生活——用马口铁的罐头盒烧开水，在一堆草上面睡觉，盖着草席，而蜂蜜、浆果和其他在林子里采集的东西，他们学着松鼠的样子，就地藏在林子的树洞里。

他们烧的是干树枝，因为连他们的斧子和锯子都被抢走了。

其实，修士得到的指令就是这样的——只在上帝的田地里劳作，只为他劳作，并满足于小型食草动物维持生命的条件。

因此他们不吃鱼，不吃肉，并每天赞美这样的生活。

但他们也需要一点小钱来买蜡烛，给自制的马口铁长明灯添油；又比如修房顶；或是有时需要帮助那些已经彻底陷入不幸的赤贫的人，比方说，买药。

为了圣像不被偷走，修士们把湿泥抹在教堂的墙上，将圣像画在上面。他们画得非常好，以至于有人企图把这些画挖下来，可是这种野蛮的行径没有得逞——做这事要有超人的技艺，要喜欢干活，要十分小心谨慎，而土匪哪有爱干活的？

冬天，严寒降临，干树枝不够了，而修道院的修士们又不想折断有生命的枝条。可是对他们来说，饥饿寒冷不是坏事，反而是好事；再说，冬天这几个月，这个小小的修道院可以免受盗贼的骚扰。

谁会爬冰卧雪地到这个滴水成冰的修道院来呢？虽然修士们每天敲——不是敲钟，而是敲挂钟的铁架子，因为钟已经被偷走，被当作有色金属废料卖掉了。

这个架子已经有很多年头了，过去钟就吊在它上面，不管当地那些勤快的盗贼怎么用镐刨，到底也没能把它弄走。

修士们是用一根秘藏的铁棍敲架子的，他们非常小心地珍藏着它，这是他们唯一的工具，他们用它来——比方说，防野兽，在冰冻的小溪上凿冰，在山崖上凿路。

而且当地人也没特别为这根铁棍费神，没人愿意拖着它走山路，而且卖了也不值几个钱。

因此每天早上都会有铁棍敲铁架的凄凉声从修道院传遍四近，可是当地没有去做祈祷的傻瓜。

谁会为健康的人请医生，谁会修理没坏的东西呢？既然一切都是当场清算，干吗要在上帝跟前瞎忙乎呢？

举行安魂祈祷——这可以，受洗、过节的时候进一支蜡烛——

这是做圣事，至于没事时每天磕头，画十字，没人准备这么做，除了十来个昏聩的老太婆和两三个虔诚的大婶，她们大概是闲着没事。来找修士的还有一些心里难受的人，可是难受这东西终究会过去，过一阵子人就缓过来了。

不过修士们自己在教堂祈祷，他们为所有居民祈祷，替别人赎罪。

修道院的生活很平静，大家不言不语，关系友善，而这些日子以来令修道院院长特里丰长老最难过的是，他的日子不多了，死后没人能继续领导修士们——修道院的其他修士都不想当头儿，认为自己不配，甚至一有想要领导别人的念头就要反省。

老特里丰总是不停地跟上帝说话，谁都不曾使他停下这门功课，除了过节的时候。

当地人喜欢过节，大伙儿聚在一块，甚至带来葡萄酒和下酒菜，在树林里安营扎寨，过后修士们得清理很长时间。

此外，修士们还要主持葬礼、婚礼，还有洗礼。

虽然人们不乐意跑那么远——他们早就在起劲地谈论要在中心村建修道院的分院，在那儿办葬礼、洗礼和婚礼——那就再也用不着什么教堂了。

弄个小钟楼就得了。

很不幸，为此需要花钱，而当地居民不喜欢出钱，而且还是集体出钱。这一类筹钱的事总会带来大量的盗窃。

因此人们有时候甚至让特里丰去他们那儿，于是他就去做安魂祈祷，主持葬礼，然后到各家各户去为修道院讨些施舍。

人们不情愿给长老施舍，疑心他跟自己一样在竭力靠别人发财。

住在平原的人们不能算穷，他们的买卖做得挺顺利，很久没有发生战争、火灾、洪水、干旱、大瘟疫等等，家畜在繁殖，菜园的收成很好，酒罐子也满满的。

可以说，这片土地上的人丰衣足食。

不过说到风俗和秩序，就不算好了，比如，这个地方的人不喜欢病人，简直受不了他们，认为他们是寄生虫。

特别是病人如果是旁人，不是自家人，比方说，邻居或远亲。

自家人还能勉强忍耐，虽然耐性也不太好。谁一生病，别人就开始责备他，是你自己不好。药又贵，请大夫又花钱，所以就用土方子治，放血，然后送到浴室使劲蒸，有时就直接送到林子里往那儿一放。人们认为，谁要是死在林子里，就会直接上天堂。

修士们会去看望那些被留在林子里的人，可能的话就送到修道院，可是他们又能给垂死的人什么呢——不过是用开水冲泡干果子，或一勺蜂蜜……

下面村里的人对此并不欣赏，身体好、头脑简单的人似乎预见不到，有一天他也会躺在林中的苔藓上等死。

老修士不知疲倦地在路上奔波，走村串镇。他瘦小干枯，在严寒酷暑中喃喃念经，总算也有几个小钱吝啬地丢进他的募捐箱。

还有，在当地，人们简直受不了穷人。看到穷人，他们不仅不布施，反而对其加以盘问和教训。

可是特里丰对所有的问题（他是不是真的修士，他的胡子粘得结不结实，他是不是乔装的茨冈人，他会不会马上把别人的血汗钱送进酒馆换酒喝）总是不直接回答，而是转弯抹角，用念祈祷文、开玩笑的方式搪塞过去。

当地的闲汉甚至专门去听他说话。听到祈祷词后他们心满意足地哈哈大笑，好像这就是回避问题和辩解的好办法，心想或许他们也得这么做。

修士就睡在他请求施舍的地方，像狗一样睡在箱子里，几天几夜不离开——第一天晚上已经有一些心软的女人（总有些人与众不同）用围裙遮掩着——为了不让别人看见——给他送来几块面包、菜园里种的东西，有时还会送来一碗热粥。

有的还留心在夜里给睡着的老修士盖上麻袋，特别是在下雨的时候。

有的会在他身边坐一会儿，诉诉生活的苦，祈祷一阵儿。

有一次特里丰下山进城的结果很惨——他几乎没募到什么钱，而且一天夜里两个路过的人把他的募捐箱抢走，按到地上，把胳膊伸进去一阵胡乱摸索，当他说“上帝保佑你们”之后，他们在他的头上揍了几下子，把钱匣子拽出来拿走了。

特里丰很心疼那募捐箱，它是很多年前，修道院的上一任院长安纳多利长老在临死前做的。

他被揍倒在地上，他听到两个贼在墙角为该由谁去打开钱匣子打起来了，他们把钱匣子摔了，零钱撒了一地，他们就用打火机照着找，他们发现钱很少，气急败坏地回来，要从老头身上把钱搜出来。他们扒掉他身上的长袍，搜他的身，仍然一无所获，于是开始狠狠地用脚踹这老人。

他们没打死他，可是当特里丰早上苏醒过来的时候，他看到他的长袍已经撕成了碎片，钱匣子也被踩烂了。

老人爬起来，心痛地捡起那两个匪徒不屑一顾的硬币，用袍子的一块碎片包起来，再用一块比较大的布当作腰带系上，就这样浑身又是土又是血一瘸一拐地去河边清洗伤口。

在河边，两个早起的洗衣女人认出了他，她们吓坏了，把他带到一个好心的老太婆家，她给他处理了一下伤，用口袋布给他缝了件新袍子，让他离开这个小城——在这儿没人能保护他。

全城人都知道夜里的那两个强盗，他们早就随心所欲地招摇过市，行凶抢劫了，没人敢动他们，因为其中一个人的爸爸是法官。

这法官因为儿子偷家里的钱把他赶出家，于是这个浪子决定毁坏父亲的名声，去坐牢，这样一来法官也会被从他那受人尊敬的位置上解职。

可是爸爸不想离开他那有油水的位子，所以下了指示，要求警察不理会他儿子的淘气行为。他们决定不上他的挑衅行为的当，不逮捕这个滑头。

没有法官的地方就有死亡，于是死神在这座小城住了下来。被打的人白白死去，没有审判也没有侦查，人们可能死在街上，死在有名的“天堂树林”里。大家都害怕寻找真相，没人因为殴打和抢劫报案，因为谁报案谁就准会被捕，遣送到什么地方去。

修士躺在好心老太婆家的草垫子上听到很多事。他甚至听说，隔壁就住着一个悲惨的女人，一天深夜她丈夫抱着孩子去另一座城镇看病，被打死了。当时这个母亲也发烧躺在家里。很显然，他在路上遇到了那可怕的一对儿，人们叫他们白毛和红毛。

生病的孩子在父亲的尸体旁哭喊到天亮，母亲在家等不到丈夫和孩子，就勉强爬起来，沿着通往另一座城镇医院的道路寻找，后来把他们找到了。

现在这女人埋葬了丈夫，无依无靠。孩子到底也没好起来。如今这女人专门坐在城里的法院前，在众目睽睽下乞讨，可是人们不敢给她钱。

修士刚能动弹，就立即爬起来，走到法院大楼前把他那只有几个硬币的小布包给了那女人，并对她说：

“明天早上你们俩就动身，沿着河边的那条路往山里的修道院方向走。我们会在一块大石头旁边相遇。我会脸朝天躺在一棵小云杉树下。开始时会有两个年轻后生跟我在一起，白毛和红毛。你来的时候我会拿把刀躺在那儿。你要在我身边守三十天。一个月后你的孩子就好了。”

年轻的女乞丐把包着硬币的小包紧抱在胸前，吻了修士的袍子边儿。

修士开始满城转悠，终于找到了他要找的——郊外一家酒馆。

两个年轻的坏蛋正在那儿，一个浅头发一个红头发，都穿着花里胡哨的牛仔装，全身挂满了金链子，他们周围有很多被害人的影子——不过除了修士没人能看到。

被害人的影子伤心而无声地飘来飘去——有孩子的小影子，有穿着下葬衣服、头上点着小蜡烛的姑娘的影子，还有老人们——他们特别多——佝偻的影子。

两个浑身是血的男人的影子在飞来飞去，一刻也不安生，大概是还没下葬。

两个盗贼很不满，他们的脸上满是懊恼和愤怒：已经好久没人在太阳下山以后出门了，即使出门也会有人护送，几乎是成群结伙，还拿着武器。老百姓倒是不傻。

最后一次只打死了两个人——一个年轻人请了大夫赶着去给妻子接生。后来这一片儿的人们都窃窃私语地议论这件事——那个早上出生的孩子，来到这个世界的时候已经没有父亲了。

可倒霉的是，不管是医生，还是请医生的人身上都没带钱，所以今天这两个劫道儿的身上一个钱也没有。

他们坐在酒馆里喝着酒，眼下店家还是给他们送来了满满一瓶酒。

可是他们知道，光天化日之下人们是不会让他们不付钱就离开酒馆的，他们会叫喊起来，可能会跑来一大帮人，把他们揍一顿，从他们脖子上和手指头上把所有金货撸下来。

等到警察赶来，他们早吃亏了。

气氛越来越紧张。

在老板旁已经聚集了一堆人——大块头的厨师，手里不知为何拿着一把小斧子的粗鲁的跑堂，一个本地的傻子，胡子拉碴、小眼睛、大拳头、总咧着大嘴笑的彪形大汉。

这儿的人不喜欢法官的儿子。

修士走近两个面色阴沉的客人，直接坐到他们眼皮底下，就在旁边的一张桌子旁边。

他要了一杯葡萄酒，大声对跑堂的说：

“金币你找得开吗？我正要去修道院报喜信儿，一个罪人死后留给我们一小罐金子！”

跑堂的不是傻瓜，他知道修士全都是骗子，表面上是穷人、乞丐，可是他们也没饿死呀！他们靠什么生活呢，请问？

跑堂的皮笑肉不笑地说：

“还找不开，客人没付钱。”

“我等会儿，上帝保佑你。”老人心平气和地回答。

这番对话坐在邻桌的两个人听得一清二楚，四只耳朵全都立了起来，十根手指攥了起来。

等到没碰过酒杯的修士站起来瘸着腿往外走的时候，跑堂的没有去追他，因为那两个刚刚喝了一瓶酒但没付钱的人去追了。

他们边走边扔给跑堂的一句话：

“明天我们会付双份。”

跑堂的耸耸肩：

“我还没疯呢。先押点东西再走。”

在天还亮着的时候，路上还有行人、大车、汽车，而修士在这些地方是一个非常有名的人物，人们跟他问好，他只能冲着走过去的人的后背祝福，谁也没工夫跟特里丰谈上帝那些事儿。

全城的人都看到修士离开。全城的人都知道修士带着金子，而且不是挣的，而是别人的。大伙儿还知道修士喝酒了，不付钱喝了整整一瓶。

看到那两个人肆无忌惮地公然跟在修士身后的十步开外，没有一个人替他担心。

那两个人气急败坏地走着，这不难理解，刚才在酒馆的时候，跑堂的一边耍着剃肉的斧子，一边把他们的金链子、金表撸了下来。

全城的人还知道，这两个人很快就会回到酒馆，在天刚黑的时候。

而修士则会像乞丐一样回到修道院，还带着被暴打一顿的耻辱，他活该。

可是事情完全是另一种样子。

一大早，那个女人就背着她那不会动的孩子出了城。

她步伐坚定，当两个从林子里出来的、穿着牛仔装、浑身是血的人迎面走来时，她也没躲。

可是不知为何，这女人和孩子活着，法官的儿子到治安点投案自首，说他杀死了修士，这跟他的朋友没关系。

和每次一样，没人听他说话，大家觉得无聊，转身各自回办公室去了。

可是谁也不知道，在那条路上，那个女人和两个杀人犯之间有过一番对话。

他们拦住她的去路，一个问：

“这么年轻的小女子这是去哪儿啊？”

“特里丰修士在等我。”女人的脸色变白，回答道。

“修士?”两个人又问了一遍，交换了一下眼色。

“那个请求布施的特里丰修士。”

“他没等你。”其中一人用手碰碰女子的胸脯——他的手指甲下面有凝固的血迹——讪笑道。

“他在等我，”她边躲边说，同时把背着的孩子放下，“他在河岸高处那条路上，在一棵小云杉树下等我，他面朝天躺着，手里拿一把刀——那儿有块大石头。”

“你从哪儿知道的?”第一个人闷声问。

“他说，你们俩，白毛和红毛，会在那儿跟他相遇……在大石头旁。他会拿着刀躺在那儿。”她突然猜出发生了什么事，于是坚定地把话说完，“特里丰说，你们会在那儿打死他，把刀插在胸口上!”

“他真那么说的?”红毛紧张地笑着，追问道。

“对!他让我待在他身边，三十天。做祷告。然后我的孩子就可以走路了。”

她把小儿子放到路上，但他两腿发软。他站不住。

“我走了。”女人说。她把孩子背起来，继续往前走。

那两个人谁也不看谁，往城里走去。

他们去投案自首，他们的忏悔是如此顽固、坚定，以至于两天后安全人员到河岸那条通往山里的路上搜集证据去了。可是他们来到现场，却什么都没找到。

在大石头旁，小云杉树下只有一堆干土，上面点着一支小蜡烛。

有三个修士坐在那儿念经，一个脸色煞白的女人抱着个孩子坐在那儿，而旁边有一堆火，用小铁罐煮着蘑菇。

尽管如此，两个年轻人还是不服，要求给他们判死刑。他们指证了行凶的时间和地点，伸出他们沾着血染成棕色的指甲作为证据。

不仅如此，他们还交代了另外一百二十三起犯罪，甚至带着警察去找收购赃物的人，可是这个人声称不认识他们，但很乐意从新建的房子的地下室拿出一瓶自家的葡萄酒款待大伙儿。

两个强盗被赶走了，他们从城里消失了。

杀人抢劫的事也绝迹了。

一个月后，两个人进了城——一个年轻的寡妇牵着一个孩子在众目睽睽之下走来。那孩子走得很慢，但毕竟是自己走的！

母子俩走遍全城，所有遇到他们的女人都像向日葵一样转向他们的背影，呆立半晌。

“那孩子会走了。”人们窃窃私语。

很快，病人（城里这种人不少）的母亲、妻子、女儿们得知了发生的奇迹，纷纷去敲寡妇的门。她跟她们说了同样的话，说她带着孩子在圣修士特里丰的墓旁守了一个月，说她偶然把儿子的小衣服挂在了云杉树上，他马上就站起来了。

而一个月前，她沿着上坡路走到大石头旁，看到修士面朝天躺在那儿，胸口有一把刀（他的手握着刀），奄奄一息。他祝福了她和她的儿子，然后请她去把修道院的同伴们叫来，跟所有人告了别，吩咐把他就地安葬在大石头旁。

而对这个女人，他什么都没说，但她记得他的嘱咐，要在他墓旁守一个月。她很怕两个强盗会来，所以整夜点着篝火，就这么过了整整一个月。后来夏天到了，天很热，于是她把孩子的小衣服挂在了云杉树上——结果孩子就站起来了。

全城人好像疯了似的，把孩子从一家抱到另一家，简直不让他走路。人们络绎不绝地前往河岸高处的那条路，把病人送去，向圣特里丰求各种东西，有的求找到未婚夫，有的求财，有的求从监狱释放，有的求给缺德的邻居神圣的惩罚。

修道院的修士们在圣墓旁建了个小礼拜堂，人们从四面八方拥来。很快，这个市的市长建了一家旅店接待外地来的人，从山涧引来了水，把那棵云杉树围了起来，走近圣墓要收钱。可是这一切与修道院无关。修士们仍然过着从前那种生活，吃不上喝不上，还是一如既往地为穷人们做善事。

人们很快发现，老修士并不是什么人都帮的，他只帮助那些诚实、纯洁、非常穷的人，主要是孤儿寡母。可是所有有所求的人都去朝拜，难道你能让水停住不流吗？再说，如今谁不是诚实、纯洁、穷困潦倒的呢？哪个老态龙钟的老太婆不是带孩子的寡妇，请问？

对了，修士的数量增加了——过去是十五个，现在是十七个。新加入的这两个修士从不在人前露脸，他们日夜在山上的教堂祈祷，不敢下山到岩石旁的墓前，那里长眠着被他们杀死而用自己的生命拯救了他们的老修士。

小人儿和小小人儿

小人儿在城外转悠，想着他活着没意思。大家都欺负他，大家都认为他很丑。他没有朋友！谁都不喜欢他（妈妈不算）！

他想，等天黑了，他就要悄悄地跳进池塘里自杀，结束这种折磨。他已经找到了一处合适的水面，就待在不远的地方，等着天黑。

忽然小人儿看见了拇指姑娘。

只有这么小的人儿才能发现这个小东西。幸亏他是脸朝下趴着，正在为他短暂的一生中最坏的事做准备，也就是目不斜视。

就这样他也好不容易才把她看清，她两手捂着脸坐在一根草上，就像坐在一根大圆木上一样。她可能在哭。可是小人儿看不清楚她到底是不是在哭。

小人儿跪起来，小心翼翼地从口袋里拉出手绢，铺在面前，请她到这个巨大的白色旷野上来。

他的声音好像雷声一样轰鸣。

拇指姑娘摇着小小的手拒绝了，然后又把脸捂住。

于是小人儿想用浆果款待拇指姑娘，他给她摘了一颗草莓——拇指姑娘够不着。这颗果子长在一根草梗上，对拇指姑娘来说这就是一棵大树！

这果子对她来说也太大了，就像西瓜对于小人儿来说太大一样。

而小人儿的手，或者说每根手指吧，她都会觉得有一棵树那么粗。

小人儿小心翼翼地把巨大的果子放在白手帕上。

它显得很好看，好像桌布上的西瓜一样。

拇指姑娘没碰草莓，她在捂着脸哭，现在已经可以肯定了。

“我能为您做什么呢?”小人儿好像打雷一样地问道。

拇指姑娘很长时间没回答。小人儿也谨慎地不吭声，他不想打扰她想事情。

终于，她尖声尖气地喊道：

“我要到暖和的地方去！”

小人儿轰隆隆地问：

“怎么回事?”

拇指姑娘尽量大声地回答：

“我迷路了！燕子在等我，可是我找不到它！它在那儿，在上面飞！”

小人儿抬起头，看见天上有很多燕子，它们在很高很远的地方飞来飞去，都快要看不清了。

傍晚的天空是玫瑰色的，而那些黑色的小燕子飞得特别快，把那高得要命的一大片天都撑破了。

拇指姑娘想怎么骑到燕子上呢?

这是不可能的！它们根本看不见她！

而且，燕子从来不会落在地上。它们又不是鸡和乌鸦，甚至不是麻雀！它们是天上的鸟儿！

可是小人儿很想帮助拇指姑娘这个不幸的小不点儿。

小人儿想说“让我把你举到天上”，可是后来又改变了主意：把她放在手上举起来，万一忽然来了一只乌鸦把她啄去了呢！

燕子飞得很高，拇指姑娘要找的那只燕子得过一阵子才能发现她，可是乌鸦就在旁边，它们走来走去或干脆落在近旁。得加小心。

不行，那样不行。

“我需要一双翅膀！”拇指姑娘用勉强听得到的声音号啕大哭起来，“您懂吗？翅膀！”

小人儿四下张望，看见一只白色的蝴蝶正好有一双合适的翅膀。它正在花间飞来飞去。

可现在该怎么办，用自己巨大的手指抓蝴蝶吗？扯下它的翅膀？把可怜的蝴蝶弄死？再说这两只从肉上扯下来的翅膀对拇指姑娘也不适用！她永远也飞不起来，就算她把翅膀拿在手里扇动也没用。这太蠢了！

“到我家去吧，”小人儿像打雷一样地说，“我给你盖间小屋，弄张小床。我妈妈可好了。”

他想起自己刚才想永远地离开她，差点哭了。他没想过，他死了妈妈该多难受。“蠢货，你简直是个蠢货。”小人儿对自己说。

“那我的燕子怎么办呢？燕子怎么找到我呢？它在找我！”拇指姑娘喊道，很可能又哭了。反正她用手捂住了脸。

怎么办呢？

“还有，”拇指姑娘忽然号啕大哭起来，“我的王子在那儿等着我！我得飞！得赶快！”

真的。小人儿想起了那个童话。拇指姑娘得飞到精灵国！

太阳西斜了，小人儿不想把这个小东西留在这个危险的地方过夜。根本不可以！

“到我家去吧，明天我再把你送到这儿来。”小人儿小声地，尽量小声地说，可是他的声音还是像打雷一样响。

“不要！不要！”拇指姑娘哭道，“那样燕子就找不到我了！我今天就得起飞！”

“得，那怎么样才能帮你呢?”小人儿尽量小声地叨咕道。

“你喊：‘燕子！燕子！找到拇指姑娘的燕子！拇指姑娘正在找它，她在这个巨人旁边！’你就这么喊，求求你!”

小人儿用尽全力喊道：

“燕子!”

燕子们在傍晚的天空高高盘旋，发出尖锐的叫声。

“再叫一声!”拇指姑娘在下面喊。

小人儿攒足力气，再次吼叫：

“燕子！把拇指姑娘的燕子找到!”

在水塘边追球的孩子们听到喊声，产生了兴趣。

小人儿怕他们。他们戏弄他，有时朝他扔石头。小人儿觉得，有些孩子不懂别人的痛苦，不懂那些瘸腿的、没胳膊的、看不见的、不会走的人的痛苦，看到别人的病他们觉得可笑，看见体弱贫苦的人，他们就觉得自己强大得多，就想看看自己有多大本事。就是说，他们有时候想消灭所有跟自己不一样的、无助的东西，最起码逗弄逗弄，取笑取笑。

小人儿对此有亲身感受。他个子很小，跟别人不一样，个头像个幼儿一样，有的孩子——还有些成年人——在没人的时候总想把他抓住，戏耍一番，想办法折腾他，就像他是别人扔掉的玩具一样。他们不懂得，他也是个人。

可是现在他不是为自己害怕。

孩子们的喊声已经近了。他们抱起球，一大帮人全都在空地上跑着。

他们这就要到了。

小人儿在拇指姑娘身边坐下，悄声说：

“燕子听不懂我的话。你的燕子不下来。”

拇指姑娘喊道：

“那你吹哨。”

她的小嘴里吹了首什么曲儿。

“你再吹一遍。”小人儿说，他躺下，好把耳朵凑近她。

她吹出了一首像“宝宝睡觉”那样的歌儿。

孩子们互相喊着些不好的话，已经提早笑起来，跑得更快了。他们越来越近。

“再来一遍。我听不见你吹的。”小人儿小声说。

这时他听见了“咔嚓”一声！

立刻有谁紧紧抓住他的耳朵，但不是孩子们那样的抓法，而是像小虫子用尖尖的小爪在那儿爬。

小人儿害怕了，想抓住耳朵把虫子抖掉，可是拇指姑娘喊道：“我的燕子！喂！我来了，我来了！”

她跳着小脚儿，伸出胳膊，先是顺着小人儿粗粗的手指，又顺着他那巨大的手往上爬，她竭尽全力地快跑，跑到袖子上，又顺着小人儿的袖子往上爬，爬向落在那袖口的燕子。

燕子一只爪子抓住他的耳朵，另一只爪子拽着她的头发。它扑棱着，准备一有危险就赶紧飞走。

因为已经听到了孩子们的脚步声，还有他们兴奋的喊声和骂声。

小人儿想跳起来带着袖子上的拇指姑娘逃跑（她已经快爬到领子了），可是他不能——第一，他们会很快追上他，把他推倒；第二，燕子会飞走。现在它还落在那儿耐心地等着，扇动着翅膀，一只爪子抓住小人儿的头发，另一只爪子抓住他的耳朵。

“就是他！小矮子！”男孩子在很近的地方喊，“怎么，他从马戏团跑出来了？他干吗逃跑，得抓住他！咱这就抓住他！打他耳光！让他跑！”

他们的声音听得很清楚。

“他在那儿，我看见了，抓住他！”

拇指姑娘还没爬到燕子那儿，为了不把燕子吓跑，小人儿一动不能动。

“看！他头上有只麻雀！看！”旁边有人吼道。

他们兴奋地大声笑起来。

这时小人儿吹起了拇指姑娘吹给他的小曲儿。他记住了这短短的旋律，这个拇指姑娘的小调儿。簌——簌——簌簌！

就是“燕子燕子，快过来！”

燕子抖动羽毛，飞快地把小爪子落在小人儿的脖子上，尽量接近拇指姑娘。可是男孩子们跑来了——他们伸出手，差一点就抓住了它，它飞走了。

小人儿脸朝下摔倒了，他缩成一团，静静地躺在他的手绢上。他用两手护住头，当别人攻击他的时候，他总是这样做。被踏烂的草莓在他的眼前变深，好像手绢上的一大滴血。

燕子飞走了，在上面叫着。

可是拇指姑娘应该还在衣服上爬着。她没能爬到燕子身上。

“他躺着。”一个跑到跟前的男孩儿跟别的孩子说，“你躺着干吗？”

“我腿折了。”小人儿像打雷一样说。

“啥？他说啥？他怎么吱吱叫……”

“我腿折了。”小人儿喊道。

“他逮住什么了？”①

“腿！他逮住腿了！”另一个男孩笑道。

① “折”和“逮住”两个词发音相近。

"给我找大夫来！"小人儿很大声地说。

"啥？给他找谁？抽他个嘴巴子，嘿！"

"看见了吗，我腿折了。帮帮我。给我水，给我水，我需要大夫！快帮帮我！"

小人儿知道，孩子们不会帮他，更不会满世界给他找大夫。他们觉得这没意思，不好玩。

男孩们站了一会儿，其中一个拽了一下小人儿的腿。

"这条腿？"

然后又踩住他的另一条腿：

"还是这条？"

大伙儿开始起哄。

有人踹他的肋骨。小人儿一动不动。他捂住脸，像死人一样躺着。

这时池塘那边有人喊：

"这是你们的球吗？有人拿走了！"

孩子们闻声吹起口哨，又喊又骂地跑了。可还是有人留下来了。

小人儿藏了起来，一动不动。

拇指姑娘大概也藏起来了。男孩们没看到她，不然准把她踩死。

拇指姑娘可能藏在他的领子后面。

池塘那边传来喊声和争执声。

留下来站在小人儿旁边的两个孩子大吼一声，赶紧各自再踹了躺在地上的小人儿一脚，跑走了。

等了几分钟后，小人儿小心翼翼地问：

"拇指姑娘，你在哪儿？"

"我在这儿。"她在他的耳边回答。

“用脚踹我一下!”小人儿吩咐她。

他马上感到领子里有个什么东西动了一下。

“在那儿坐好。我要起来了。”

他小心翼翼地用手扶着领子坐了起来。

“坐得住吗?”他尽量小声地朝着领子说。

“别吹那么大气儿，会把我吹走的。”拇指姑娘回答。

“坐到我手上。”

“在哪儿?”

“你看。我把手抬到你那儿，抬到领子旁，我动动手指。”

“小心点!”拇指姑娘尖声尖气地叫起来，“你这根大木头马上要压住我了。”

终于他感觉到，拇指姑娘爬到了他的手心上。

他没看她，没把自己巨大的眼睛转向她，以免吓着她。

他把手往前伸。

拇指姑娘穿着粉红色的小裙子、粉红色的小靴子，她自己也是粉红色的，头上有一圈闪闪发光的光环，坐到了他巨大的手上。她头上的光环熠熠发光，好像有小小的粉红色钻石。

或许这是红色的夕阳在照耀。

拇指姑娘不知怎么攒足了力气，把小小的手指放在嘴里，声音很小地吹起哨儿来。

燕子马上落在拇指姑娘的旁边，她就攀着它巨大的羽毛向上爬。

而男孩们已经尖叫着，非常不安地朝小人儿跑来。他们边跑边踢着刚刚夺取的球。

看来，他们从远处监视着自己的牺牲品。

“你想干吗？你想干吗？他怎么了？为什么麻雀落下来了？去

瞧瞧！”他们吼着，伸开胳膊往这边跑。

小人儿一点儿也不能动。

拇指姑娘慢得要命，在燕子发光的羽毛间非常吃力地爬着。

“抓住它！”一个跑到跟前的孩子吼道。可是小人儿喊：

“卧倒！炮弹！”

小人儿回头看，就在这一瞬间燕子飞起来了。笨手笨脚的拇指姑娘又没能上去，掉到了小人儿的手掌上。他赶快把她塞进自己衣服的鼓鼓囊囊的口袋里。

“哪有炮弹？”那孩子威胁地问，“你啥意思？”

“什么炮弹？”小人儿故作吃惊地问。

“我这就给你！”那小子吼道，“你还敢瞎说？还炮弹呢。”

“我是马戏团的，你知道马戏团吗？”小人儿大声说（这是他的梦想，在马戏团表演），“晚上来看演出吧。你，就是你。你姓什么？”

孩子们看着他，慢慢地捉摸，这是怎么回事。

“我是训练燕子的，”小人儿继续骗他们说，“晚上来看马戏吧，我把你们的姓告诉看门的，你们可以不买票到上层看。”

“啥？”这帮孩子中最可怕的一个问道，“他瞎掰些什么？你怎么，想挨耳光吗？想封眼吗？”

“你姓什么？”小人儿不肯作罢。

“那个，啪啪金，砰砰金！”

那帮孩子狂笑起来。

“好，啪啪金。你呢？”

“吱吱金！”

他们把小人儿围住，哈哈大笑。

“怎么，你们晚上不想看马戏吗？有大象、小丑……还有老虎。

啪啪金，你想看吗？想看大象吗？”

“那又怎么样？什么大象？你算老几？”

“想要马戏票吗？”

“那又怎么样？”

“这样，”小人儿说，“要是你们想去看马戏，就走开点坐下，安安静静地看。要不我的燕子，虽然它们受过训练，可是它们怕人。现在排练。”

“啥？”新来的孩子问道，“谁？他唠叨什么？”

小人儿正色说：

“坐下！”

他们的头儿，啪啪金或砰砰金，看看大伙儿，嬉笑着跟那帮小子说了句什么。这些孩子都是庞然大物，大约十二到十四岁。他们听他的，一个接一个地坐下了。他们悄悄地笑着，交换着眼色。

小人儿把手伸进鼓鼓囊囊的口袋，小声跟她说，让她爬到他手里。他感到手上轻微的瘙痒，就把半握的拳头和她从口袋里拿出来。然后他抬起手，微微张开。

“吹哨！”他小声发出口令。

这个节目足以致命。那帮孩子像狩猎中的猎狗一样紧张。他们一秒钟就可以把拇指姑娘碾死。

可是他们看不见拇指姑娘。她穿着粉红色的衣服，她自己也是粉红色的，跟小人儿的手掌一个颜色。

掌心又一阵发痒。拇指姑娘大概像刚才一样，把两根手指放进嘴里用尽全力吹起哨儿来。

“看！”一个孩子喊道，“一只鸟飞来了！”

“安静！”小人儿对他说，“坐着看，别动。马上就要变魔术了。”

燕子马上落在小人儿的手上。它一动不动地立着，像老师一样严肃地目不转睛地盯着那帮孩子。他们不出声地坐着，瞪大两眼，只有一个小子在翻裤兜。小人儿猜，他在找弹弓。

“这些都收起来，”小人儿用铁一样坚定的语气说，“弹弓收起来。”

孩子们骚动了，他们斜眼看看自己的同伴，他两手握着弹弓，现在正在口袋里掏东西，大概是石子儿。

孩子们在身边搜寻，有一个找到了一块相当大的石头蛋。

拇指姑娘这个笨蛋又是怎么都爬不到燕子身上。她那么小，那么弱，腿只有那么一点儿。

“要是他不收起弹弓，我就不给你们留票。今天晚上有最大的大力士阿里·汗表演。他要举起两辆车。”

可是那个小子已经把弹弓拉开。

谁也不听小人儿的话。在这个林间空地，他们自己才是大力士和世界上最有劲儿的人。他们自己可以把小人儿和他的鸟儿踩烂。他们才不要看举起两辆车的阿里！这更有意思。

大家一会儿看看拿弹弓的小子，一会儿看看小人儿，尽力忍着哈哈大笑。他们觉得好玩极了，就像被胳肢了一样。他们简直憋得要喘不上气了。可是他们知道不能笑！而且他们心里暗暗喜欢这个感觉。他们低下头，向旁边张望，看有没有大人看到了他们的犯罪企图。

可是谁都没有。

那小子给弹弓装上石子儿，把弹弓拉紧。

拇指姑娘还在挠小人儿的手掌，还在往燕子身上爬。燕子耐心地等着，像坐骑那样曲着腿。

那小子发射了弹弓，正中小人儿的额头。过了片刻，小人儿感到，有血流了下来。

那帮孩子一阵叫闹。

很多人在自己周围找新的石子儿。

可是小人儿连吭都没吭一声，唯恐惊着燕子。

这时孩子们已经纷纷去掏兜，拿弹弓。既然可以，不射白不射。

他们低了头，把眼泪都笑出来了。其中一个干脆倒在地上，用手指着小人儿流下来的血，两腿乱踢。

一片鬼哭狼嚎。

“瞄他，瞄他。”他们互相说道，“瞄那麻雀。射眼睛，射眼睛！射那侏儒！”

下一颗石子儿射中了小人儿的脖子。

“听我的命令！”小人儿说道，尽管又遭到一击，他仍然纹丝不动。石子儿划破了他的皮肤，但不是特别疼。“得大伙儿一起射，一口气射。像这样……准备……不行。你，说你呢！”小人儿喊道，“你怎么没准备好！把你的弹弓拉开！你呢，吱吱金！”

大伙儿又都倒在草地上，两腿乱蹬。他们叫道：

“你是吱吱金，布比斯金！”

然后他们陆续站起来，围成一个圆圈。

小人儿大声地、非常清楚地说：

“他从后面瞄你，看！他马上就要打碎你的脑袋！他马上要冲你开枪，你后面的那个，看！”

啪啪金回过头，看到站在身后的吱吱金，就给了他当头一拳。吱吱金还他一脚。有两个人帮啪啪金，其他人开始揍他们平时比较恨的人（看来是这样的）。

一片气喘吁吁，拳打脚踢，伴着连喊带骂的声音。

当他们用拳头证明谁有理的时候，笨拙的拇指姑娘终于爬到了燕子身上。

她大概觉得大功告成了，就把两个小腿儿蹬直，站起身来（小人儿什么都没看见，他举着胳膊站着，而且现在血已经流到了他的眼睛里），然后燕子使劲蹬了一下小人儿的手掌，爪子抓了他一下，一跃而起，飞走了。

小人儿费力地站起来，从地上捡起手绢，把脸上和脖子上的血擦擦，抖抖土，看看那伙打架的人，赶忙离开了。

太阳差不多完全落山了，拇指姑娘坐在燕子身上飞到了高高的地方，那帮小子正打得热闹，但这已经不关小人儿的事了。

小人儿决定第二天去马戏团求职。

他早就想给大象当清洁工，可是因为个子小，人家没要他，还笑话了他。马戏团的人头脑简单，说话直。他们跟他说，滚回家去，他们可不是矮子马戏团！

可是现在小人儿记住了拇指姑娘呼唤燕子的口哨，他可以表演这个节目——让燕子落在他的手上。

不错，为此需要抓几只燕子，把它们关在笼子里——可是，不用说，小人儿绝对不会同意这么做的。他太喜欢那只信任他、落在他头上的燕子了。虽然他到底也没看清楚它。

现在他准备向马戏团献上一个高空表演的节目——他这个小人儿在人群的簇拥下独自站在这座城市广场中心一个俯瞰全城的高台上，用很小的声音吹出一首小曲儿，就有一只燕子落在他的手上，它从来不会落在任何其他人手上！

可是弹弓！人们可能有弹弓！

那么得请求观众走出马戏场去那个广场的时候手拉着手，那样就没人能把手伸进口袋掏弹弓了。

等等，要是下雨呢？下雨的时候燕子不会飞，人们也不会傻乎乎地手拉手站在外边！

小人儿在夕阳斜斜照耀下的巨大林间空地上转悠着，他已经想马上吹出那个从拇指姑娘那儿学的特别的口哨，看看会怎么样——但后来改变了主意，他想，万一那只飞走的燕子听见了（燕子的耳朵很灵）从半路回来，又带着那个笨手笨脚的拇指姑娘落到他的头上怎么办！

他决定等到明天。

明天燕子已经带着拇指姑娘飞了很远，已经在去温暖的地方的路上。

她得救了，这真好，小人儿想。

我真棒，小人儿生平第一次这么想。

妈妈经常对他说，他很棒，可是他不信。因为他是妈妈一辈子的最爱，所以认为他又善良，又聪明，又漂亮，很棒。

妈妈都是这样的。

所以小人儿不相信妈妈的话。

他个子很小，可是世界上有很多小东西！猫，狗，婴儿，鸟，这些都比他小。还有蝴蝶呢。而他们都活着，都想过得好。他可以帮助他们，保护他们。

而帮助别人的人会变大，变强壮。这是已经证明了的。

应该做个给鸟看病的医生，小人儿决定。等我从学校毕业了，小人儿想，我就做个医生。我要给老鹰、猫头鹰治病，甚至给乌鸦治病，更不用说鹦鹉和夜莺了，特别是燕子！还有小小的蜂鸟，蜂鸟！

于是他把头抬得高高的，回家找妈妈去了。

而她给他开门以后，惊讶地喊起来：

“天哪！你长这么高了！这是怎么回事？”

她哭了。

镜子的故事

商店的橱窗里有很多镜子——其中一面特别大，橡木的镜框雕刻得精美绝伦，还有十面椭圆形的，每面镜子都可以当作过路人的很好肖像画（一般来说，有什么样的脸就有什么样的像，所以镜子们想，说不定会出事情的。可是所有的居民毫无例外地在镜子前驻足，顾影自怜，没有人把脸转过去，也没有人在看见自己的样子后啐口唾沫）。

最后，橱窗里另外还有十九面大小不等的镜子，包括一面最小的方形镜子，它藏在深处，其实，没有过路人可以看见它。不知道为什么要把它塞在那儿。就是说怎么会想到把这么个东西摆在橱窗里，这本身就是个问题！

因为它是一面普通的、有点发暗的镜子，甚至听说，它的背面是锡制的。

其他的镜子简直是在行人面前各显神气——平平的，边缘稍微凹陷的，凹凸不平的，好像哈哈镜一样的，还有奢华的威尼斯式的，有着花型玻璃镜框的。

最重要的那面大镜子就叫作“布西歇”[①]！

这些镜子是不卖的。

---

① 这个词可能来自法语。

很难说为什么，也许店主特别喜欢这些反光的镜面，也许只是出于广告目的，想吸引人们对于商店的注意——反正它们摆在橱窗里只是为了展示。

也许另有原因。

传说老店主就是国王的哥哥，他穷困了，卖了自己的城堡，离开之前把城堡里的所有东西都收起来，在这儿，在城里开了个小铺，说不定会有人买点什么的！

而他把镜子摆出去，是为了不看到它们。可能他不想看见自己。

反正，所有的镜子恰恰全是面朝外摆的。

有人问店主为什么要把镜子摆在那儿，他的回答很严谨，又客气之极：

“为了布置橱窗。”

好像他保守着什么秘密。

店主唯一的员工是他的一个远房婶婶，她是个衣着体面的太太，叫作库夫申尼娅，她每周来到镜子当中一次。库夫申尼娅婶婶干活儿的工具有刷子、抹布和一个盛着特殊液体的小瓶子（商店的人们私下议论说，这是清洗钻石用的药水！）。

就这样，行色匆匆的人们总是停下来端详自己。最大的镜子可以照到人们的全身，中等的镜子可以照一部分，就是说从胸部到头顶或躯干的中部，而小镜子则各不相同，捕捉到每个人身上的某样东西——扣子，口袋，大拇指。猫的一只耳朵。乌鸦落地时一掠而过的伸张的一只爪子。简而言之，都是些无足轻重的东西。

总的来说，这有点像先锋画家的画，毕加索肯定会嫉妒这种水晶般纯净、纤毫毕现、灿烂晶莹而切割成片段的作品。这简直是钻石，而不是橱窗！

橱窗里的每一面镜子都有准确的位置——从最末一面，就是那不知为何隐身暗处的小方镜，到立在稍微偏左地方的那面最显赫的大镜子，它卷曲的镜框好像假发套，雕刻着爱神、花环。

店主严格地监督每周的清洗，动不动就警告，小心不要让镜子离开原位！

可是橱窗里有自己的秩序、自己的标准和规则。

就跟一个家庭一样。

通常，当我们的亲朋好友、同学邻居对我们进行评价的时候，身边的这些人谁都没想到，他们是在和一个杰出的人物打交道！否则他们就不会用胳膊肘去推搡他，或是给他起可笑的外号！

只是间或从遥远的地方传来消息，说你的舅爷是举世闻名的关于煮汤的书籍的作者或裤子理论的创始人！而在家里大家却瞧不起他，让他睡旧沙发，责备他白天打呼噜！

在我们的故事中也是这样——不知为何，主人格外关心那面浑浊的小镜子，而橱窗的同伴们一致认为这个玻璃方块无足轻重，渺小而固执。

你只要稍微动一动，左边第二面镜子照起来就不会斜，而是直射了！

可是小镜子固执地站在自己的位置上。

得，站着吧。别理它。

对了，橱窗里流行的态度是：什么都别往心里去，一切都只是走马观花，时刻准备辞旧迎新，但永不停留！对于我们的做反映之用的镜面来说，停滞不前是有害的。落到那儿的信息太多了！

你看：它们映照过过往的自行车、狗、汽车、猫和鸽子，还有遥远的云朵、急骤的雨、打着旋的雪花、弥漫的大雾。学生们急匆匆地走过，穿制服的人不慌不忙地走过，清洁车缓慢地咆哮着开过。老太婆们胆怯地望望橱窗，蹒跚地走过。年轻人在橱窗前收住脚步，把此刻他们头上的东西拍得蓬松些或拉得结实些。妇人们在窗前驻足流连，好像对展出的古董颇感兴趣。

夜色深沉，每个夜晚都有路灯光、广告灯光和依稀可辨的星光。美好的黎明降临，特别是在仲夏时节，那是真正的戏剧性场景：从天鹅绒般的黑色渐渐过渡到蓝色、幽暗的紫色、明媚的玫瑰色。

没话说，镜中反映的世界是美好的！

可是这些空洞的玻璃，它们什么都不记得，这不是新闻。

角落里的那面小镜子也接收着自己的那一份光与影，生活下部的一些碎片细节在其中掠过：闪亮的自行车瓦圈，摇晃鼓胀的书包底部，手里飞舞的报纸，急匆匆的高跟鞋，沉重地点着地的橡胶拐杖头……

这也不错。

看来，它所求不多。

可是主人很爱惜这个微不足道的东西，这其中有某个秘密。他每次都嘱咐库夫申尼娅，对这个东西要特别小心。无论如何不要让角落里的那面小镜子出任何事！

有几次他甚至亲自擦拭它，就像给孩子擦眼睛一样，因为担心而把嘴唇抿得紧紧的，手上的动作非常轻柔小心。而库夫申尼娅直摇头：别干这活儿，哎呀不要干。这不是王子干的事（她自己的爵位比较低，只是个普通的伯爵夫人，她的外号就是从这儿来的）。

显然，胖胖的库夫申尼娅不太喜欢这个小东西。她往它上面喷点清洁液，好歹擦一擦，小镜子有时就那么黏糊糊地待一星期，特别是主人有事不在的时候。

可是他回来以后第一件事就是站在橱窗前检查他的展品是不

是被擦过，亮不亮，特别是那面在后面被遮住的小镜子。于是库夫申尼娅就会受到责备，爬进去擦这新冒出来的宝贝，同时嘟囔着什么，喘着粗气。可以理解，这对她来说不是那么好受的，她是个贵族和有教养的人，却要做清洁！（她好像是过去几个国王隔着八代的堂姐妹。）

当然，橱窗的居民中间流传着各种揣测。

它们传说，这面小镜子显然是某面非常贵重的大镜子的残片。也许是皇帝的镜子？主人显然想把它卖个好价钱。就是说它照过很多人和事。女王！公主！刺杀，阴谋，尸体，私生子！

要不然干吗要爱惜这种小玩意儿。

它们问小镜子，它到底是谁。它不回答，对于侮辱性的问题它不反驳，但也没有说任何具体的东西。只是打马虎眼。它太骄傲了！

还有很多镜子产生了怀疑，认为它未必有什么特别之处。有的镜子不同意，说什么它好像很古老，照直说，是一面魔镜。它神秘吗？这都是瞎说。

不止一次地，橱窗的所有居民一起盘问它，要它回答是或不是的问题。有一次得到了“是”的回答。

“是?!?”

有什么魔力？它们开始小心地问下去。有什么魔力？

没有答复。

这个骄傲的小东西得到了一个外号——天才，这是开玩笑，当然。

“喂，你，天才！又什么都看不见了？是不是要给你洗洗脸？”

“嗨，别惹它，它是天才！它照橡胶鞋照得好着呢！”

“它专照细节。嘿，嘿，快给狗尾巴增光！看！垃圾袋来了！

这是你的，很重要的题材！哈！”

凡此种种。

可是有一次从橱窗的角落传来了一个声音。

“喂，我们听不见！再说一遍，天才！”

它说了句“我可以让它停下”之类的话。

“你可以停下——什么？”接下来自然会问这个问题。

“正在过来的东西。”小镜子在角落里小声说。

“那又怎么样？”

“那时我会死去。”这个天才小声说。

它们全都怕死，而且都知道镜子是会死的。出现一个又一个斑点，黑色的一条——就完了。

同时它们都可以预感到别人的死（并热切地关注着这种征候），可是完全不相信自己会死。

于是它们高兴起来，异口同声地说出通常对这种话的回答：

“你会比我们大家都活得长的！”

“小个儿比大个儿长命。”一面中号镜子感叹道，它觉得自己要成为老大了，因为它还没有一个瑕疵，而且它认为，镜框没有任何意义。

“是啊，天才，别怕。会给你点上汞膏，就不碍事了！”另一面中号镜子说，它已经有斑点了，可是它满怀期待地相信手术可以治好它。

大镜子悲恸地沉默着。它已经有黑条儿了。可是它寄希望于结实的镜框以及咱们属于该当优先保护和修复的想法。

“是啊，咱们都毫无例外地需要重新点汞膏！”它终于说道，“最重要的是成分！不能舍不得用水银！”

“是的，那样就会有人买我们了！”有斑点的中号镜子冲口而出。

（橱窗怀疑，任何时候都不会有人关心镜子的价钱，因为这些镜子都是旧的。没人需要旧东西！现在时髦的是新东西！）

“可是有的用新填充物也不管用。”一面外号“哨子大叔”、有点偏的镜子说。

大伙儿全满意地笑了，因为这话说的正是哨子大叔自己。而后它们沉默下来，静静地照着夜间潮湿的人行道、闪光的水洼、小小的雪片和黑魆魆的房子。

镜子们肯定感到，如果不是因为主人，没人会关注它们。只有他喜欢老东西，喜欢自己收藏的古董。而他所看重的恰恰是时间的痕迹、杂质、斑点、划痕。

那还用说，要知道这可是他那些国王祖先生命的痕迹啊！

可只有他一个人是这样的，这个半瞎的怪人。

他也没钱做修复。大概正因为如此，他不止一次地说，老东西应该完全保持原样。

因为有些买主会把买来的东西拿去修复——色彩暗淡的画，脸上颜色不知为何被蹭掉、鼻子有点碰坏的瓷人儿，破旧的家具，等等。

这是时尚，对老东西加以改造，修旧如新。而城市的主人们对老房子更是毫不客气，只管清理整顿。

出自装修者之手的一切都簇新得令人气愤，比如带有塑料雕塑的老房子啦，像刷了胶水一样闪闪发亮的画啦，脸蛋红扑扑、容光焕发、跟橱窗模特一模一样的假人啦。

这是一个悲剧，只有用未来三百年的时间才能纠正的悲剧。或者马上来场地震（或是五个孙子和他们的小朋友来到别墅度暑假）。

可是我们还没说到镜子们的最爱。

红头发的克罗申卡是店主的孙女。她还叫小公主。她的父母是医生，在非洲的丛林中工作，而小女孩跟祖父一起生活。她每天跑去上学，勤奋地带着小提琴和大乐谱夹去上音乐学校——每次都要从镜子前经过。镜子们爱怜地反射出罩在她头上的金光、摇摇摆摆的粉红色扇形小裙子、亮晶晶的蓝眼睛。

“我还在我的老主人国王家的时候，我们有个大花园，”哨子大叔说，同时满心爱怜地用自己的表面把名叫“红头发”的克罗申卡的旋风送走，“从窗口可以看到那个花园。那儿的马林果已经熟了。”

“你想说明什么问题？逻辑何在？”一面好挑错的斜镜子提出了质疑。

“她的嘴好像浆果，你们注意了吗？好像三颗马林果。”

“你可真是个诗人，哨子！”斜镜子嘿嘿地笑了，“爱上她了？”

“我没有心，”哨子大叔正色道，“不然的话会的。”

总的来说，镜子们都喜欢“红头发”克罗申卡。可是在某个时刻这种感情达到了白热化。当时她央求爷爷把一面老的威尼斯镜子给她。把这面镜子从钩子上摘下来费了好大劲，惊动了整个橱窗，那老镜子幸福得哭起来，镜面蒙上了一层水汽。大伙儿一块儿用嫉妒的喊声给它送行，它们纷纷嚷着：“得，老头儿，祝贺你！”或：“没的说。”甚至恶毒地戳着脊梁叽叽喳喳：“我们会一直等着你回来的，小心点！”最后的告别语是：“等你摔破了，反正会回来的。我们会把你粘起来！”

威尼斯镜子被拿到楼上，进入美好的家庭生活，照着公主，红头发的克罗申卡，以及她十六岁的日日夜夜。

镜子们产生了怯生生的向往，希望有一天女孩子也会要它们。

有时它们会梦见二楼，梦见有钢琴的小卧房。

“嗨，我梦见二楼了。”和往常一样，哨子大叔刚一开口，就马上被打断了：

“他们把它挂在哪儿了，你看清了吗？”

它们好像对那面镜子很关切似的，其实它们的话里充满嫉妒：

“也许挂在走道了？那儿很黑！”

红头发的克罗申卡一辈子——从婴儿车时代开始，当时它们只能看到她的高额头和头顶的金色鬈发，而且只有下面的那些小镜子才有这个荣幸——都是这三十位玻璃画家最爱照的对象和它们共同的宝贝，即使当她长大了，认为那个混混沌沌的威尼斯贵族比它们大伙儿都好的时候。

话说一天晚上，这群镜子沉默地送走了最后一辆出租车。

六十个尾灯被不厌其烦地照出，然后消失了。

忽然，橱窗震了一下。

橱窗里什么都没照到，只是有种黑乎乎的凝结物蒙上了闪亮的镜面，使它们失去了夜色中发亮的东西：湿漉漉的人行道、路灯的光……

这仅仅是一瞬间——然后一切恢复了原状。

这是怎么回事？

外号“布西歇”的大镜子感到旧的黑斑在痛，而新出现了一块黑斑的地方又在发痒。它说：

“谁都没发现什么。”

“我发现了。”天才在角落里回答，虽然谁也没问它。

“它什么都看得见，”哨子大叔搭腔道，“可只能看到一部分。”

“你也什么都没看见，”布西歇重复道，“懂了吗？”

大伙儿都不说话了。

“可是，发生了什么事？怎么回事？”那面有点斜的镜子插了一嘴。

中型镜子们打包票说，什么事也没有。

天才说：

“这是孤独走过去了。我认识它三百年了。”

“是啊，”哨子大叔附和道，“死亡走过去了。”

天才继续小声说：

“它出来找猎物。”

“我害怕。”有斑点的中号镜子说。

“它要找的是活物，别怕，”哨子大叔回答，“我们不是活物。”

“我们也不是死的，”布西歇接口说，“可是这跟我们一点关系都没有。我们对什么都不在意。”

哨子大叔沉默片刻，忽然激动起来。他以前从没这样过。

“一百年前它挑了个孩子。一个小女孩失踪了，这件事很出名。一个无辜的过路人受到审判，被绞死了。我的主人们把报纸放在了桌子上。我读到了这条新闻。那时我是挂在窗户对面的，什么都照得到。我本可以做失踪事件的见证者，可我们不能保存印记……”

“不要说，不要说这个。”镜子们喃喃地说。

哨子大叔继续说：

“小女孩跟保姆走在街上，孤独飞过……那孩子就永远消失了。保姆也受到了审判，被送去服苦役。女仆后来说，保姆死在了那里。”

“它要什么？”带斑点的中号镜子问。

“它要最好的。它把什么收去，就再也不会放走了。”

“它有很多名字。”天才说。

“对生者的嫉妒。”哨子大叔解释道。

“死亡？”有斑点的斜镜子有气无力地问。

“跟你说了，它有很多名字。”哨子大叔重复道。

“我们什么都不该记住，”布西歇大声说，“什么都跟我们没关系。”它又恶毒地补充道，“哨子大叔，你有一个斑点还不够吗？”

可是哨子大叔已经停不住了：

“你，天才，我听说过你的什么事。”

“是啊。”从角落里传来回答。

“我听说你大概就是在那段时间。说是只有你可以……就在那个时刻……”

“是啊。”它又应了一声。

“当时你在哪儿？”

“我被送去修，面朝下放着。”

“明白了。”哨子大叔若有所思地说，“等等。你是在泰坦尼克号上吗？当孤独朝那艘船飞去的时候？”

“不在，我离得很远。”

“虽然说，是啊，要是你在那儿……你到底做成了什么事吗？”

“我不觉得。我没把握。”

“你不想说，是吗？”

回答它的是一阵沉默。

“当然，要是你把谁救下了，被救的根本不会知道他们曾有难。等等，如果那样，你也得死，是吧？”

“大致如此。”天才的声音很微弱。

“可是你在这儿。就是说，你谁也没救过。”

角落里含含糊糊地叨咕了一阵。

“你说什么？变小？”哨子大叔追问，“你变小了？”

天才没回答。

“我们是镜子，”布西歇像念咒语似的说，“我们只管反映，我们不让任何东西进入自己内部。我们对什么都不做反应。”

一个无家可归的老头儿背着几个大包走过去。他艰难地拖着两条羸弱的腿。镜子们把他仔仔细细地送到附近的垃圾堆，然后就释放了他。

“胆小的小家伙。”哨子大叔这话不知是对谁说的。

忽然，被叫作“日出”的一幕开启了，橱窗后这支容光焕发的队伍全体隆重地庆贺这一事件，而接下来就要上演“城市街道的早晨”一幕。

“嗨，要是我们可以把我们看到的记录下来，”有点斜的镜子憧憬道，“然后再复制……那该多有益处啊！”

“当然了！”哨子大叔插话说，“你照的所有塔都是比萨斜塔！所有人都是斜眼的残废！你是照歪眉斜眼的能手！”

“这是开玩笑，还是你真这么想？”斜镜子反驳说，“这是我对生活的独特看法。我看什么都有点特别。比方说大镜子——它给现实抹黑。它有很多黑点！而天才根本就啥都不是，它连自己的观点都没有。”

于是这些现实的反映者又一如既往地开始讨论、辩护，试图给双方打圆场……可是表面上看一切都很体面——镜子亮晶晶，街上的一切活动都被映照成三十份，不拒绝任何人，每个人都有权利看到自己，为了加强色彩效果，还有一辆辆被涂成五颜六色的汽车从面前驶过。

忽然，一切都停止了。镜子们瞬间失明，镜中的映像模糊了，被抹掉，化为了乌有。除了镜子们，谁都没发现此事。

布西歇说：

“它在寻找。”

斜镜子还在为刚才的谈话而懊恼，随口嘟囔了一句：

“它可能在找红头发的克罗申卡。”

“你！”哨子大叔冲它嚷叫。可是已经晚了。那看不见的东西已经靠近，似乎再次在玻璃上蒙了一层油脂。然后一切复原了。那个把镜子中的映像抹掉的看不见的东西，似乎不能长时间地待在一个地方。

看来，新的时代开始了。

饥饿的孤独在周遭乱窜，不该说出红头发女孩的名字。

大伙儿都攻击斜镜子，而它为了赌气还嘿嘿地笑，装傻充愣。

“为啥？为啥不能叫她的名字？要是我乐意呢？我们可是讲言论自由！你们这些恐怖分子！”

最后哨子大叔说：

“别说它了。斜镜子没有看起来那么傻。”

“纯粹瞎说。”斜镜子拼着最后的傲气说道，但随后就彻底闭嘴了。

“它在守着，它在守着。”镜子们仍然窃窃私语地说，“不应该，不应该叫出来……”

斜镜子终于出汗了，开始流泪。

就在此时，悲剧即将达到最高潮，红头发克罗申卡晃着一头深色的鬈发，从商店门里蹦蹦跳跳地出来了。

她穿着格子学生裙、短上衣和一双很大的新鞋子，看上去好像一只长腿的苍蝇。

布西歇很满足地完整复制着这个难忘的形象（红头发克罗申卡总是乐意对着它摆姿势），而镜子合唱团的其他成员则烘托着这一幕，各尽所能地唱着赞美歌——有的赞美下身，有的赞美上衣，有的赞美小提琴，把它从十个不同的侧面展开。

通常天才得到的那份是她腿的下部，可是这一次只有裙子边儿在它上面摆了一下就消失了。

克罗申卡隔着橱窗向爷爷挥了挥手（镜子里反射出整整一片粉色的扇子），就带着她的小提琴向学校跑去了。

镜子们紧张得微微发抖（但或许这是因为有辆巨型垃圾车像往常一样从旁边驶过）。

这时又发生了片刻的失明。

这是孤独在贪婪的搜寻中一掠而过。

它可以在任何地方找到牺牲品，包括这里——而橱窗对此无能为力。然而镜子们颤抖着。斜镜子已经毫不掩饰地哭了起来（它可怜自己）。

就在这个时候传来一个声音：

"红头发的克罗申卡是世界上最美的！"

所有的镜子都震惊得快要爆炸了。

"这是谁？说什么？为什么？"镜子们发出吱吱嘎嘎的声音。

"傻瓜！天才的白痴！"哨子大叔咆哮道。

"不管是威尼斯，还是维纳斯，不管是涅菲尔提提，还是世界上所有的美人，都不能跟红头发的克罗申卡相比！"

这是天才在庄严宣布。是它，永远默默无闻、沉默寡言的小镜子。

"干什么！"镜子们小声说，"不要，不要说出来！"

"她很快就会在这儿出现，因为，我看，她忘了带乐谱！"天才继续以响亮又略微低沉的男低音说。

"哎呀，哎呀，为什么——叛徒——别出声，我们要打死你这傻瓜——干什么呢——你真是天才——你们还怨我——我就知道它是那路货——它疯了！”橱窗里一片吵嚷。

“她马上就回来！”天才大声宣告。

惊惶的孤独闪过两次，每次大伙儿都陷入了片刻的昏睡。

“她已经来了，我现在就要照到她了！”天才用尽最后的力气喊道。它全身发抖，橱窗玻璃黑下来了。

“天才，这是缺德！”哨子大叔打断它，“这是背叛！”

“那就是她！看！那儿！那儿！”

霎时间，孤独将所有无以名状的油脂全都蒙在了橱窗的镜子上，好像在俯身查看这声音的来源——于是生命消失了，好像被镜子的表面吸光了。什么都没有了。

可是过了一阵，镜子们复活了。阳光重新在它们上面闪耀，它们又照见了汽车、人、云彩。

没有克罗申卡。她消失了。

镜子们全都明白了。

它们开始出汗，这些珍贵古老的镜子流下了一行行泪水。生命暗淡了，失去了活力和光亮。镜面和雕花的木镜框都中了邪，这些古旧的镜子散发出潮气。

库夫申尼娅不安地从里面看着橱窗，叫来了主人，他们两人开始把镜子搬到屋里，然后试图塞住橱窗玻璃上某些可疑的缝隙。

镜子们止不住地哭。库夫申尼娅把它们擦干，拧干抹布，然后又擦——可是一点都没用。

忽然，一个满头暗红色鬈发的纤弱的侧影在橱窗外停下来，五根修长的手指轻轻地敲打着玻璃！

“爷爷！你好！怎么了？库夫申尼娅，你怎么了？”

“不是库夫申尼娅，是伯爵夫人。”爷爷照例纠正她。

镜子们立刻干了，恢复了常态，幸福得转着圈照——这是商店的天花板，这是墙，上面一个挨一个地钉着装有各种小玩意的柜子架子，这是亲爱的伯爵夫人，这是它们爱戴的主人，他正高兴地把门拉开，这是小公主红头发克罗申卡，她拿着小提琴跑进商店，喊道：

“我忘了带乐谱！我是凭记忆演奏的！”

伯爵夫人惊道：

“去考试没带乐谱??? 你疯了！”

“我得了 3^+！就这样！我毕业了，完事了！乌拉！”

“她活着，她活着。”镜子们唱道。

只有一面镜子没有唱。

天才变成了一堆包着一些小晶体的灰，留在它的角落。

很快，那些搬到屋里的镜子被擦干了，又各就各位地挂好了。

这时候它们才发现天才出事了。

大个儿布西歇断然地说：

“天才完了，是因为叛变。”

“对，对。”其他镜子纷纷表示同意，它们幸福得容光焕发。

因为刚才发生了那么奇妙的事情——它们被关心，被请到房子里做客，真想不到！

可是哨子大叔在沉默了很久以后说道：

“不，不是那么回事。”

“什么——不是？就是！”布西歇坚定地回答。

“我说不是。不是背叛。”

“你怎么证明！”斜镜子说。它重新获得了发言权。因为红头发克罗申卡得救了！

“天才让它停下了。它自己死了，变成了一个小点儿。”

“让它停下——谁?”斜镜子不相信地问，“我们镜子都能让所有过路人停下。”

“它让那个有很多名字的东西停下了，”哨子回答，“天才诱使它停下了，诱使它停下来看，结果被天才照到了。”

“得了吧！所有人都停下来看。我也可以让任何人停下来！”斜镜子不肯作罢地反驳。

“那个有很多名字的东西要不停地动。必须这样。它像旋风一样飞着，从来不停。”

“天才那么小，它抓不住孤独，”布西歇反驳道，“连我都不能把它整个照出来。当然了，有些特别大的镜子……在冬宫……连它们也不一定。”

大伙儿敬佩地点头。皇宫的镜子，这来头可大了！

“天才知道它的力量。它已经不止一次地使用过这力量了，所以变得这么小。这一次它让那个有很多名字的东西停下了，而自己彻底死掉了。”哨子大叔接着说，“记得吗，他说过‘我能让它停下’?”

“说过的话多了！”斜镜子恶狠狠地说，“我也说过很多，可这根本不算什么！我，伙计们，一点都不愿意出卖红头发克罗申卡！不过是话到嘴边就溜出来了！可是天才……它可是故意的！”

“它不止一次地救过人，现在我明白了。现在它消失了。”哨子大叔固执地重申道。

大伙儿都点头，说不定它是对的。可是它们应该迅速地忘记一切。它们镜子就是这样的！

而天才变成了一小堆浑浊的玻璃灰，一直躺在橱窗里。

哨子大叔沉默了整整一个星期。

一面镜子能怎样呢？只能哭。

可怜的镜子们在橱窗里送走了七个黄昏，迎来了六个黎明，映照了无数的汽车和行人。

一堆灰就是一堆灰。

一切就这样保持原状，直到下一次打扫的时候，库夫申尼娅用笤帚把这堆来历不明的垃圾扫进了簸箕，同时很惊奇，每个星期都打扫，怎么会有灰落进橱窗呢？

她根本没想起天才。

它后来的经历是这样的：库夫申尼娅直接用簸箕把这堆灰送到门口的垃圾箱，可这时刮起了一阵小风暴，簸箕里的东西被刮得一干二净。

一块小晶体和玻璃灰一起飞了起来，飞得很远。

库夫申尼娅耸耸肩，回店里去了。

一团尘土在街道上空飞着，被吸进一家玻璃作坊的通风口。

此时作坊的师傅正打算熔制玻璃。

这团灰停在了师傅旁边，接着师傅从灵魂深处打了个响亮的喷嚏——于是这团疯狂旋转的灰尘就落入了一切已经就绪的容器里。小晶体是最后落进去的，发出"叮咚"一声——而师傅皱着眉，也没细看，什么都没发现，就把容器放到了炉子里。

结果，三个小时之后，他意外地炼出了一块像镜子一样平的水晶玻璃。

他很少做出这么好的玻璃。几乎从没有过。

只要在表面涂一层水银，也就是所谓的汞膏——镜子就可以映照世界了。

师傅捋了捋他的大胡子，在自己的膝盖上打了一拳，他非常高兴！

玻璃与水银的结合——造就了一面熠熠发光的新镜子。

当然，这是一面新的镜子。可是它有点显旧。像老镜子一样，颜色有点深，有点发蓝。

这是一面方形的镜子，个头不小。很重。

不知为何，一个严厉的老头儿把它买了去，他是个主治医师，把镜子挂在了他的儿童诊所的衣帽间里。

它在那儿照着跑来跑去的孩子、穿着整洁的少年，还有婴儿，以及他们的小衣服、小帽子、脸蛋、脚丫。那些妈妈也会心神不安地对着镜子照照。

总有一天会有一个红头发的少妇抱着婴儿来这儿……

镜子知道，这次见面会是在冬季，在圣诞节期间，前厅会有一棵漂亮的圣诞树，大伙儿都会很忙——可是孩子满月的时候，得带他们到医生这儿来，这是规矩！哪怕只是为了显示我们的孩子长得多棒。

而红头发的克罗申卡会在这面反光的玻璃前驻足，尽力用一只手整整她蓬松的头发（另一只手会紧紧地抱着一个很小的小人儿）。

于是镜子就会快乐得熠熠发光。

幸存者

只有在月夜才会发生这种情况，在最幽静的夜里，在一个滨海小镇会出一些怪事——有一座房子好像是从荒蛮的岩石上自己长了出来，它几乎是一座城堡，没有门窗，只有一些大敞着的黑洞，却有三层楼高，屋顶看起来很牢固——它矗立在月光下，而当黎明开始涨潮的时候，它就像幽灵一样地消失了。

有些喜欢猎奇的夜间旅行者在这一带游荡，寻找刺激，他们沿着塌陷的小路在破落的建筑物之间攀爬，当地人在睡觉，只有这未建完的城堡矗立着，石头泛着白色，就像一座久已废弃的城堡，一个个黑洞与满月相望，里面好像雾气缭绕。

不过夜间旅行者总要睡觉，他们带着满脑子可怕的印象躺在灌木丛下的落叶上。可是渐渐地，清晨来临，他们该回到海岸去了，此时周遭看上去更加破败、傻气、简陋，可怜的村子之上根本没有什么阴森的城堡。

可是还有一个人知道这消失的房子——这是一个中学高年级的男孩子，他总是摸黑起床带着网去海边。

他每天夜里都会看到没建完的城堡，可是白天，当他带着捕捞的收获回到位于小山丘上的家时，却根本没有什么城堡。可是这小伙子没有向任何人问过这件事，在此地最好对什么也不要感兴趣，否则说不定会丧命的。

城堡完全可能是一些幽灵夜间的休憩之处，白天它们可以随意把它变没。

他的母亲有三头羊和一小块地，在疗养所做护士，收集草药，知道很多事，可是也没有把这些事告诉任何人。

他们母子都不是本地人。当年地震的时候这个年轻的女人带着自己三岁的孩子从废墟中爬了出来，她救出了儿子，丈夫却留在了废墟深处，那如山的水泥之下偶然形成的坟墓里——地震的时候他正在车库弄车。

他和一堆铁一起留在那儿了，只能在那儿质问命运，陷入无底的地缝。而他妻子当时还没有工作，是个大学生，她流落他乡，历尽艰辛，好在快到中年的时候总算有了一座自己的小房子。儿子长大了，胆怯而勤谨，看来他的童年留在了那里，留在了石块下面。他跟妈妈在那儿弓着身子度过了一天多的时间，妈妈一直安慰他，给他唱歌，而她自己不停地用指甲抠着、清理水泥块儿。大地还在颤抖。母亲小心翼翼，尽量不惊动悬在他们头上的水泥板，挪开了一块又一块的小石头，挖开了一个向上的小洞，把儿子送了出去。而他不肯离开那个把他送出来的洞，躺在地上大哭着把手往那小洞里摸索，一直叫着妈妈、妈妈。救援人员循着撕心裂肺的哭声找到了他，想把他抱走，可是他尖声哭叫，因为正好这个时候他抓到了妈妈的手。

一个救援人员想起来看看是什么夹住了孩子的手，结果他看到黑乎乎的废墟中有几根血淋淋的手指。他抱着一线希望朝着那缝隙喊话，结果听到了清醒的回答，说清理要小心，我在一块悬着的水泥板下。

就这样，这个生在千里之外、原本家庭条件优裕的男孩，在沉默寡言的母亲的庇护下长大了，但完全长成了另一个样子——他本可以开着车去上大学，弹钢琴，在父亲和祖父的藏书中长大，可现在他却攀上山崖去凿石英卖钱，潜水去摸贝壳，捕鱼，像海豚一样游泳，可以仅凭两条胳膊攀缘上树。

他母亲决定这样培养他，她要把他培养成一个可以承受一切，能承担任何艰苦的工作，能克服一切困难的人。

她自己也是克服了一切困难才把房子建起来的。当她开始在村旁小山丘的巴利桑德尔街——那个地方是不准人居住的——开始建自己的小房子的时候，当地人几次烧了她的库房，老太婆们警告丽莎维塔，这是块凶地。可是丽莎维塔给村民的孩子治病治得那么好，最后他们终于不管她了。让她倒霉去吧，当地人这么想着，让步了。

得说明一下，她没有其他地方可以建房。在这温暖的海滨，地价贵得不得了。

所以当地人都躲着吉特，好像他是麻风病人。

他捕鱼，从空荡荡的村图书室借书，母亲在城里给他买了一支便宜的木笛和乐谱夹，他们一起用自学教材凑合着入了门，以后男孩自己喜欢上了，经常在黎明时分在远离海岸的地方吹莫扎特的曲子。

只是他没有伙伴，因为当地的男孩女孩——他们是些快乐的孩子——从他们快乐的父母那儿知道了该知道的一切，知道要躲着丽莎维塔的儿子吉特，于是都躲着他——他们做得很对。

人们会来找丽莎维塔寻草药，买羊奶，因为她的山羊与众不同，是卷毛的，人们认为它们的奶可以治咳嗽。

而丽莎维塔用她的羊的毛织的毛衣也很受欢迎，据说可以治骨头酸疼。

可是丽莎维塔和他的儿子有个外号，叫“幸存者”，孩子们在学校就这么叫吉特："哎，你，幸存者，把作业给我抄抄。"

人们这么叫他们，是因为当地人依稀记得年轻的丽莎维塔的故事，当时她带着儿子来到村里，身上只有一份证明，说他们是地震中的幸存者。

可是另一方面，这也是当地人的一个玩笑——村里流传着一个古老的故事：当杀戮到来的时候，一个幸存者会手持十字架迎上前去。

而屠杀早就开始了：从前在巴利桑德尔街的一座大房子里住着两个巫师兄弟。因为一点普通的家庭内的嫉妒，一个巫师兄弟把另一个巫师兄弟的孩子弄死了。于是整个家族互相杀戮，那座房子很快就被烧毁，变成了一片废墟，甚至那片地方都受到了诅咒。可是有个谣言一直流传，说是当巴利桑德尔街的那个家族中的一个死者回来的时候，房子会重新建起来，而村里的每个人将得到三次杀人的机会。

至于丽莎维塔，好像是故意与她为难，她所得到的正是那座山丘上的一块地（其他的地本地人还要呢）。

可是吉特冥冥中知道，他们的生活不会在此结束，他们的生活将继续，他们将去往远方，生活在另一些人中间，所以他安心地用别人的小船捕鱼，安心地把一半的收获送给这条旧船的女主人，把另一半带回家，熏制以后拿去售卖。他得什么事都学会做。他母亲也什么都会做。

她只是没有力量回到过去的生活，那时她是医生的女儿，而她自己也几乎是医生……

那一夜她所有的亲人都死了，在他们的尸骨上建起了新的城市，到处是建设者。丽莎逃离了，现在她害怕那个城市和它的新居民。

出院后她被安排在远离灾难地点的地方，在海滨的儿童村当护士，她就这样留在了当地……

就这样，年轻的渔夫吉特每天晚上看到那座消失的房子，就在自家生锈的小门对面，隔着一条路——可是每次出门以后他都赶着去海边，况且这里的夜很黑，吉特看不清这是个什么房子——也许是云聚在山崖上显出幽暗的白色。后来在旁边的海湾来了大群当地特产的狗鱼，于是吉特黄昏就出发去打鱼了。

可是第一个月光明亮的夜晚来了，于是在似真似幻的月光下，这座房子的存在变得不容置疑了。

吉特想和平时一样赶紧从它旁边过去，沿着路去到海边，可是他突然发现上面，在空荡荡的窗洞里，有种奇异而闪亮的东西，好像水中的鱼。

他肩上背着渔网，停住了。

在窗台上搁着一只白得耀眼的胳膊，可以看到肘部以下的部分。

吉特像被磁石吸着一样，走近了那房子。

在高处，接近屋顶的三层的窗口，那只胳膊从黑暗中伸出来，在月光下特别显眼。它发着光，好像是用磨光的大理石做的。就像博物馆里的展品，吉特跟母亲放假的时候去参观过。

挣钱养家的吉特不能放过这样的宝物。

他不怕任何没主儿的手臂。

他开始寻找攀墙而上的路径。

吉特本就是无所畏惧的人。他锻炼自己，翻山越岭寻找好矿石，攀登一失足就会粉身碎骨的危崖。他平静地从海滨地带野蛮的流氓混混儿中间走过，就像鹿走过狮群：对他来说这是习以为常的生存环境。对了，这是跟他的猫穆尔学的。它一看到狗就原地一蹲，像个小柜子一样，从来不跑，所以已经毫发无伤地活到了高龄。

还有，穆尔跟着它的主人到处走，但受不了海岸。因为在那儿它不时地就要像小柜子一样往那儿一蹲——那些讨厌的狗总是在海边的餐馆找寻残羹冷炙。

于是，吉特立刻把渔网挂在自家栅栏之内，以猫一样的步子无声地跨过了石板路。

然后他把头伸进相当于门的洞里，发现里面直到屋顶空空如也——其实，也不能指望是另一种情况，只有月光把黑暗填充起来，像雾一样丝丝缕缕地微微缭绕着，流向里面……

吉特用眼睛寻摸了一下，找到了上面的那个窗户——出人意料地，在这个歪歪斜斜的长方形中出现了一个黑影：好像那手臂抬起来挥舞着。这是一只很小很瘦的手，有着纤长的手指……而后又无力地放下了。

吉特跳起来跑回自家的门前——他看到窗洞里跟刚才一样放着一条闪光而修长的鱼。

"我睡得太少了。"少年思忖着，然后重新冲向那房子。老猫穆尔绝望地叫着，从篱笆的洞里跳出来，跟上了他。

对了，穆尔很爱自己的主人，受不了跟他分开——特别是当吉特关上自己的房门做功课的时候。或是离家出门的时候。穆尔甚至会跟着吉特跑到山里，出现在最不适当的地点，比如说，吉特正在攀爬的岩石上，并在上面绝望地叫着求救。

他不得不对着穆尔发出"吭吭"的训斥声。它在受到这样的训斥之后会生气（看来，在猫的语言中这种声音是极大的侮辱），消失半天。

此时，吉特一边对着猫发出"吭吭"的声音，一边用有力的手指扒住下层的窗台，往上一纵身，开始沿着笔直的墙壁向上爬。对于有经验的攀岩者来说，总能在石砌的墙面上找到缝隙和凸起，他在山中、在死火山之间寻找紫石英的时候，有时会突然发现在头顶上很高的地方，岩层的断面发出玻璃般的紫色光亮，有时他可以单用两条胳膊向上攀，而两腿则全无支撑地晃动着，直到在旁边或上面的某个地方找到支点。

对了，吉特所收藏的当地岩石是最好的，没人怀疑这一点——他只把低档货卖给当地的珠宝行。

简而言之，吉特已经将头探到窗台以上了，可是窗台上什么都没有——现在那只胳膊悬在一个空旷黑暗的地方，一根手指指着什么方向。

吉特坐到窗户的栏杆上，自然而然地看了看手指所指的方向。

正好在那里，在雾气迷蒙的黑暗的远方，在山里，有一个明亮的白点正在渐渐化掉，好像阳光下放大镜镜头上的焦点一样。

男孩仔细看着那光点，估摸了一下距离，他明白了，有个东西正在一块当地称为“马蹄岩”的岩石上闪光。

那胳膊开始不知不觉地融化，而吉特立刻下去，一路小跑地沿着山路出了村。

赶了一小时路以后，他已经坐在马蹄岩的顶部了，可是这儿看不到任何闪光的东西。

此时依然是明亮的月夜，在地平线那边有一条竖直的白带——那是月光在看不见的海中投下的光带。

得下去了。被这幻觉害苦了！

可是他忽然听到人的声音，好像有人在呻吟。他俯身往悬崖下张望，看到在那里，在特别暗的地方，有一只白白的小手正在抓挠吉特脚下的石头，距离他大约两米。

吉特向下一探，抓住了这只蜷起来的手，就在此时，那个紧贴着岩壁的人脚下发出小岩屑哗啦哗啦散落的声响……

吉特扛着这个人下了山，他不得不把这个失去知觉的身体送回去，等他们到了山谷对面的小路上，吉特已经看到，在他离开的岩石上有个白晃晃小点儿——恰好在刚才可怜的女孩儿所抓的最后一块小石头的地方——原来他肩上的是一个女孩子，她瘦瘦的，在月色中面目朦胧。

这时那个光点在远处的石头上滚来滚去，破裂了，在远远近近的山崖间东蹿西跳的。

吉特甚至把他背着的女孩儿放到了小路上，他对这个月光兔子的舞蹈太感兴趣了。

这时光点凑到近前，突然跳到女孩儿身上，摇晃着，朝她的眼睛照着，然后向着海边跳去。

小女孩打个激灵，跳起来，闭着眼睛跟着那光奔去。

吉特，当然，也跟着跑。

可是小女孩就像一阵旋风，她飞到最近的路边，那儿停着一辆没有车灯的黑乎乎的汽车。

车门"砰"地一关，汽车发出吼叫，而后一切都消失了。

吉特回到家，拿了渔网，下山到小船那儿去。可是宝贵的时间已经过去了，黎明将临，通常很幸运的吉特这一次徒劳地撒网，吹莫扎特的曲子。鱼群已经离开。

吉特是在自家的栅栏门前迎接下一个夜晚的。他看到那房子慢慢地出现，就像山头升起的云雾，在三楼那个窗洞里出现了那只手，它并没有融化，用一根手指指着大海的方向。

吉特迅速下到岸边，上了船，以上了发条的玩具的速度、以厨房的挂钟摇摆的速度划起了桨。可是他的心跳得更快。

白色亮点在波浪间起伏，吉特在那儿停下船，开始左右张望——但波浪中一无所有。

吉特想下海潜水，因为他发现，那亮点正在海水深处喷出雾气。吉特潜水好极了，可以像日本的海女一样在海中摸红螺，可是他摸遍船周围的地方，却一无所获。

只是当吉特笔直地潜到海底时，他才看到了一大团白色的东西正打着转儿，正被水流卷向无底的深渊。

吉特尽力跟随着这个可怕的茧，抓住它飘荡的边缘，于是被拉到那身体跟前（原来这是一个连头包起来的身体）。

可是什么力量妨碍他把这东西带上去——原来这是一道在上面跳舞的亮点发出的光束。它好像一根轴，这个白色的身子被钉在它上面，光束将它带向深处。

吉特急忙闪身，跃出海面，换了口气，又一次潜下去——但这一次他是冲着光束而去，用身子截断它，往下潜的时候尽力让光照在自己的背上。

这样一来，物体的映像和其本体之间的联系断开了，那身体在水中荡着，好像已经变软了，吉特一把抓住那下沉的身体，拉扯着往上游，回到了船上。

吉特为解开这个白色的茧花了很长时间。他拆了半天湿乎乎的、一层层包得很结实的包裹，最后终于露出了一张脸、一双瞪大的眼睛。

还是那个姑娘，昨天那个小孩子，可是已经完全没有生命迹象了。

吉特是住在海边的人，他会做人工呼吸，很快，那姑娘开始发抖，从嘴里吐出很多水，咳嗽了一阵，闭上了眼睛。

小船飞快地划向岸边，而光的焦点毫无意义地漂荡在水波上，就像没捕到鱼的浮漂。

吉特背朝海岸划着桨，一直看到海里有个斑点儿，看到它从水里跳出来，发出强光，只晃动的一瞬间，他连眼都没来得及眨，就照到了半坐在船上的姑娘的头。

光源还是在那儿，在高高的岸上的某个地方。

少女颤抖了一下，身体一震，从船上跳下去，顺着微波往陆地漂去。

可是在浅滩竞走方面没人是吉特的对手。

只是他应当把船弄到岸上，这是别人的船，对于吉特贫穷的母亲来说，它太贵了。

吉特几个虎跳就赶上了逃跑者，用胸膛挡住了光束。

姑娘停住了，声音暗哑地喘着粗气。

吉特抓住她的手，拉着她就走。光束跳动着，摇晃着，寻找着自己的牺牲品，可是总找不着。因为吉特也跳来跳去，就像猫耍老鼠那样。

他们走得越来越高，离海越来越远，最后，吉特终于到了通往他家的那条路。

路上停着一辆车，就是昨天的那辆，从它黑乎乎的玻璃后面射出一束从头到尾一样粗、像刀片那样窄的光（奇怪，它在远处也不散开，吉特想）。

吉特拐着弯儿走，藏到灌木丛后，因为那光束像一根荨麻一样烧得他的胸很痛。可是光束找到了他。在最后一段上坡路的时候甚至只好开步跑，好快点搞清楚该怎么办。

他背后的姑娘似乎苏醒了，开始把自己的手从吉特的手中抽出。

光束还在空中摇晃、跳跃，好像书写着巨大的字母。

可是吉特的肺活量很大，而姑娘的个子很小，光束晃来晃去也没用。

在此之前吉特一直很冷静，此时保护者的激情在他的心中苏醒了。

可他还是犯了个错误。他决定把车门打开，把看不见的杀人者狠揍一顿。

光束一下子逮着了瞬间暴露在外的姑娘，她被一股疯狂的力量猛地一撞，从吉特钢铁般的手臂中被拉了出去，从另一方向跳向汽车，接着传来“咔”的开门声，以及敲击声、哭叫声，然后汽车就消失了。

吉特在追着姑娘扑向车门的时候总算看清了唯一的一件事——车里没有人。

车里既没有方向盘，也没有座位。

只有一团升腾的黑暗。

这黑暗瞬间夺门而出，好似沉重的一击，把吉特推开了。

当他在路边水沟醒来的时候，天已经大亮。他两手空空，没精打采地朝自己的家走去。

第二天，他黎明前下海的时候天气并不好，可是他已经好几天没打到鱼了——忽然，他的运气来了：他看到波浪间闪着微光，就往那边划去，一大群奇怪的、从没见过的鱼游过来围着他的船蹦着：水简直像沸腾了似的。

可是他捕到的并不多，只有四条——鱼群像突然出现一样又突然离开了。

而且岸上也有麻烦在等着他。

当他带着捕到的鱼回家时，三个臭名昭著的朋友捉住了他——这是可怕的黎明时分，他们全身——包括脑袋——打着激灵醒来，酒也醒了，此时他们那被断送的、堕落的生命有个最重要的问题急于得到答案：到哪儿去弄酒喝。

他们请吉特给他们一点钱或手表。

村子里还没出现过这样的事。

吉特悄悄地把表从胳膊上摘下来藏在身后，给了他们理所当然的回答。

这三个朋友早就不喜欢吉特了，他们很高兴可以有理由稍微教训他一下，让他懂得尊敬前辈。

吉特一边准备自卫，一边快速地弯了一下腰，把表藏在了他通常系船的大石头后面。

然后他向上看了看巴利桑德尔街，那是他母亲住的地方。他不是盼着从那儿得到救援，不是。他往那儿看，是在用目光寻找母亲。突然他看到，小山丘上赫然立着一栋新的高高的白房子。

三个朋友也回过头，他们也看见了。

“得，每个人都可以杀三次人。”年龄最大的一个说道，另外两个笑起来。

他们把他围住，吉特挨了第一拳，在心窝处。

他的血已经开始往沙子上流，而钱和表都没找到。这时三个人开始捉摸，是不是应该让吉特以这副模样留在外边，留在地面上。他们先把小船推到海里，同时忧心忡忡地互相嚷嚷：让他们觉得这小孩出海了，没回来。他们把鱼从船里拉了出来，他们毕竟是海边长大的，对鱼很懂行，知道这大鱼不是本地的。

吉特也同样得推到波浪里去。

可是岸边已经出现了一些人，于是三个朋友喊着“哎呀，跟他说过的”，关切地把吉特（当作一个喝得酩酊大醉的人）拖起来。他们一边回头张望，一边把他拖走，然后关在救助站的地下室了。

他们在三天中正好做了一次救助者。

然后，他们仍然有说有笑地给一个当拖拉机手的朋友打电话，约他喝酒，在等他的时候把那条漂亮的大鱼炸了。过了一会儿，这个朋友开着拖拉机从鱼类加工厂来了——带着酒。

大伙儿都兴高采烈。

拖拉机手看见了那条鱼。

“怎么来的，打哪儿弄的？”他问。

“一个怪人捉的。”他们回答。

“不，我们这儿没有这样的鱼。”拖拉机手表示异议。

“你们没有，我们有。”最年长的那个好开玩笑的人说，谈话就此结束。

四个人一起喝了酒，吃了炸鱼（拖拉机手拒绝了），而后这个拖拉机手不得不把这几个朋友送到抢救室，他们很快就从那儿去了极乐世界。

村子里炸开了锅：一个晚上死了三个人！

很多人朝巴利桑德尔街的方向看，在那儿出现了一座新的白房子，好像一团浓厚的雨云。

很多人开始磨刀或煎草药——可怕的毒芹。

那天中午，吉特的母亲担心起来，她跑到小船的女主人那儿去打听。她们一起走到了海边。那儿没有船。女主人马上怀疑吉特没回来。

可是母亲马上看到，在吉特通常泊船的地方，有一只被沙子掩埋了一半的拖鞋——一双旧的橡胶人字拖，他夏天总是穿着这双鞋。

于是她开始四下搜寻，结果找到了手表——是精心摘下来的，表带完好无损，卷成一圈。是儿子特地放在这儿的。他很珍爱这块潜水表，这是他自己买的。

另一只拖鞋丢在滨海路上。

所以丽莎知道，吉特不在海里。

她开始在海滩寻找脚印，但什么都没找到，所有的脚印都被晒太阳的人踩没了。傍晚时分她有了个主意，暗自对自己点点头，把老猫带到了海边。

穆尔对喧嚣的大海怕得要命，一看到有狗跑过来就把毛竖起来，可是女主人把它抱起来，沿着浴场一直走到半夜，一边安抚着这只灰猫，一边到各家打听。

在码头附近猫开始往下跳，跳到地面后，在一扇铁门前使劲叫唤。

不仅如此，它还趴下，把爪子往门缝里伸——通常它找吉特的时候，总是这么做。

另外几个救援者打开门，冲进地下室，叫来了救护车，抬出了垂死的吉特。母亲在医院守了儿子一个星期，而吉特说胡话的时候提到了什么海里的光束和朝这光束游来的鱼。

“我干吗、干吗要……”他说。

一个星期后她把他带回了家。在家里，在小房间的一个角落，她开始给吉特喝汤药和奶，而在他们家的栅栏门的对面，一辆起重机已经忙活开了——那儿正为那座一夜之间出现的三层高的大石头房子造车库。

当吉特见好以后，有一天早上他睁开眼，下了地，走到门外的台阶上，他看到了这座好像乌云压顶一样的巨屋——现在它已经有门窗了，甚至还挂着窗帘。而在三层靠边的那个窗口里，还亮着灯。

吉特被一股不可思议的力量拉着往那边走了几步，向上观望。

可以看到在那儿，在半开的窗户背后的墙上，有一幅年轻女子的肖像。

吉特一生中已经见过这张脸两次了——上次是在夜里，当光束在山峰波浪间玩着匪夷所思的把戏，企图弄死一个姑娘的时候。

墙上挂的正是她的画像。

可是这画像跟那张脸不完全一样——好像要大五岁。

在这幅画中，年轻女子坐在窗前，一只白白的手臂搁在窗台上。

吉特回身进屋。母亲已经知道他好了，正在圣像前祷告。

而后她来到他的跟前，告诉他说她在对面那座正修建的房子里找了份打扫的工作，报酬很好。女主人是个正派的女人，甚至还打听吉特的身体状况来着，她不知从哪儿知道了他的名字。她甚至给了他一盒维生素。

(丽莎不知为何去墓地把这盒维生素埋了。就是说，她想，要是埋在其他地方，一百年以后万一有谁在那儿打井或种什么东西呢，而这儿反正全是死人，毒药对他们也没害处。自从地震以后，丽莎就能很好地预感到人的各种行为的后果。此外，丽莎本身就很聪明，她已经在那房子里做打扫了，看到三楼有个生病的小姑娘——这些维生素本是放在她的小桌子上的。)

下一次，当她到病人房间打扫卫生的时候，给她煮了自己的茶，让她喝了两杯。

“这对您比较好。”丽莎说。

她从第一天就看出，女主人在漫不经心地给自己年轻的女儿大把地吃药。

好像为了报答这样的关怀，病人眼看着衰弱下去。

或者这不是她的女儿，因为她们俩一点儿也不像；此外，从年龄的差距来看，这位妈妈要有这么大的女儿除非十一岁就生孩子：病人看起来十六岁，而母亲最多二十七岁。

丽莎还想给小女孩喝羊奶，可是只试了一次，就被坚决禁止了：永远不可以。羊奶被怒气冲冲地泼到了洗碗池里。

年轻的女主人总是抱怨，一切不断地从手中溜走，越活越没劲儿，不知怎么搞成这样了，可是力量只够三次（丽莎心里琢磨她说的是什么意思，可是深表同情地点着头）。

"只有三次！"那女人痛苦而有力地大声说，"第二次也没成功！您想想吧！那三个小伙儿，这是杀人者当权的时候了。这不算。那是有名的鱼。该知道它的厉害。那是河豚。"

而夜里，吉特躺在自家园子的折叠床上，看着对面房子屋檐下那扇透出微光的窗口。

灯光照着墙上的画像和画上女子细瘦苍白的手臂。

丽莎每天的职责是打扫卫生，然后给衰弱无力的病人喂饭（主要是喂药）。巴利桑德丽亚自己从来不碰她女儿，不去厨房，也从不吃东西（"我不能吃。"这位过于年轻的妈妈笑着说）。

有一天，吉特在自家园子里的核桃树荫下补网的时候，看到那辆熟悉的黑车从那座房子前开走了。正在熬果酱的丽莎打个激灵，把锅从炉子上拿下来，从衣袋里摸出一串钥匙，从架子上拿了一瓶草药浸汁，对吉特说：

"出什么事了。我去看看。"

"我跟你一起去。"吉特说。

他们朝大房子走去，可是没有一把钥匙能把门打开。

丽莎敲了敲门，也没有回应。

于是吉特朝上看，三楼的那扇窗户像往常一样开着，他看到一只乌鸦落在了窗台上，还有两只落在房檐上。

最近一段时间，吉特的体力下降了，可一个人一旦学会了飞檐走壁，就永远丢不掉这个本领（就像游泳一样）。至少，吉特是这么想的。

他好像已经不止一次地爬过这面墙了。

吉特很快就爬到了三楼，爬进窗户，然后又很快探出头来说：

“我看，完了。”

“试着把门打开。”丽莎说。她跑回家抱来了圣像，把它立在大门的门口。

吉特捣鼓门里的那把锁，终于找到了一些隐秘的缝隙。门打开了。

他们顺着楼梯上到那个房间，那个姑娘躺在那儿死去了。

在楼上，丽莎忽然说：

“不，这儿不合适。”

他们俩抬起瘦弱不堪、没有了呼吸的小小身体，抬到了自己家里。

丽莎让吉特把水烧开，她则嘴对着嘴给那姑娘做人工呼吸。

吉特坐在旁边，读着医学手册上的“急救”一章。

他不会哭，可是他的嘴里发苦、发干，而心脏则在胃部的某处跳动着，好像被火烧着似的。

这正是他救过两次的那个姑娘。

这时母亲简短地喝了一声：

“给我水！”

他把茶壶拿过去的时候，看到姑娘在喘气，而母亲用开水在碗里把一种捣碎的草药粉化开，小心翼翼地用小勺子喂病人喝下去。

时间就这么很快地过去了。

这时候吉特看到自己拉上了厚窗帘的窗户上有一道好像手电光的光束在跳动。

他对母亲说：

“快跑，藏远一点。”

丽莎了解自己的儿子，她马上就离开了。

光束穿过窗帘，尽力地逼近姑娘的身体。

吉特迎着这束光走去。

他打开窗户跨出去，摇摇晃晃地向前走去，好像顶着强风。他被穿在那光轴上，光轴正在熔化的一端已经开始灼烧他的胸口，而另一端，确切地说，就是光源，现在吉特已经知道了——光源来自那辆黑色的汽车，就是那辆烟雾腾腾的空车。

光束抵住他的胸口，直接顶在贴身的十字架上，左突右撞，企图绕开他。

吉特迎着光束笔直地走过荒草和山丘，有时会跌到坑里，可是光束还是那么绷得紧紧的，不摇晃，不寻找任何其他人，而是死死地盯住锁定的目标——而男孩每次总是从陷坑里一跃而起，挺身插入灼热的光束，去为姑娘遮挡。

他不记得这段旅程持续了多久，可是忽然，他醒过来，看到光束已经没有了。

吉特的胸口有一小块深深的伤口还在冒着烟，贴身的十字架在伤口前闪着光。

吉特已经站在山顶的公路上了，身边是那辆黑车。透过它黑色的玻璃，可以看到车内有团雾气腾腾的东西在一闪一闪，好像夹着火星在缭绕，翻腾。

吉特走近些，往挡风玻璃里头看了看。

车里发出最后一道光，小伙子觉得胸口一阵剧痛。

他扑倒在机器罩上，他的十字架“当”地响了一声。吉特用手去护十字架，突然感到出奇地轻松。

片刻之后，吉特站在一辆非常普通的车子旁，好奇地向车内张望——里面空空如也，既没有玻璃，也没有方向盘和座位。

看来，这车被扔在这儿已经很久了，而汽车配件的爱好者们已经把它拆光拿净了，就像勤劳的蚂蚁——它们其实也是小偷，如果仔细想想的话。

当他心情轻松，毫发无伤地（只是胸口有点酸）下坡往家走的时候，看到他们家对面堆着一大堆准备盖房子的石头。原来的豪宅消失了。

一幅镶在框子里的画扔在路边，上面满是水泥粉尘。

吉特拿起这幅落满灰尘的画，把它擦干净，清清楚楚地看到那个年轻女人的肖像。她的手臂很白，很美，放在一个不知什么地方的窗户的窗台上。

家里很宁静，母亲正在厨房用勺子轻轻敲打小锅，低声地哼唱。

他把画像暂时放在门口。

从房子深处的房间传来轻声细语：

“你来干吗，傻瓜？你干吗这么做？赶紧吐出来！”

吉特小心翼翼地朝半开的门里看了一眼。

姑娘躺在床上，跟一个看不见的东西说话。

吉特往左移了一步，看到小羊佐尔卡正不出声地嚼着桌布。

至于穆尔，它待在桌子上——这本来是绝对不允许的——后背拉直，气呼呼地死死盯着在它下面要把桌布吃掉的羊。

猫甚至发出了骂街的“法克”，但是羊没听清。

这时候妈妈丽莎端着每天要喝的茶进来了，猫跳下来，把尾巴一盘，变成了小柜子的样子，羊被带走了，于是生活又恢复了常态。

谁都没有问那姑娘任何问题，直到有一次她自己道了声对不起，然后问道：

“你们知道吗，我是不是丢了什么？”

“放心吧，什么都没丢。”丽莎回答。

“我本来有个继母……”

“她不知到哪儿去了，”吉特说，“好像蒸发了。”

“父亲死了，我知道……后来继母来跟我住……她出示了遗嘱……我妈妈十五年前在地震中死了……”

丽莎不由得咳嗽起来。

“继母出示了一切——婚姻证明，甚至婚礼的照片……里面还有我，拿着花儿……真可怕……还有爸爸的信。他写道，得让自己任性的女儿准备接受新妈妈……他说，女儿很难管……只有你能管束她……”

“别相信。”丽莎说。

“他管她叫‘我的小爪子’。他从不会这样说。还有‘小鸡’。”

“这是胡扯。”丽莎回答。

“她有父亲的遗嘱。什么遗嘱？不错，他岁数不小了，四十多了……可他是个结实的老头儿！一直也没在海里找到他……他是意外死亡！‘我把所有的动产和不动产留给我的妻子巴利桑德里亚……’不错，爸爸的一个远房姨妈起诉了，说毕竟有一定比例的钱是属于我的。可是在遗嘱里写着——我要得到这笔钱必须满足一个条件，就是一定要在这儿建一栋房子，不知为什么……巴利桑德尔街……过去的七号……”

“就是对面的那栋，”丽莎说，“这条街叫巴利桑德尔街。听说从前那儿有一座房子，里面一个兄弟杀死了另一个兄弟的孩子……结果房子烧毁了。谁也不允许住在巴利桑德尔街。后来一些像我们这样的外来户在这儿住下了，因为村里的人都躲着这个地方……有人诅咒过它，说要是房子回到原来的地方，就有权杀人了。每个人可以杀三次人。但不是亲手杀。得用个什么法子，通过什么别的手段。每个人想的办法不同，有的用毒药，有的用巧妙的诽谤，有的用神秘的光……一个幸存者会手持十字架迎着他们走去。有这么个传说。”

“我特别想自杀。”姑娘说，“我不同意跟她住在一起，可是她还是在我们家住下了。给我开了药。她把我带到这儿的海边。我们住在巴利桑德尔街……我逃跑了，我想跳崖，可是沉到了海里……我被光唤醒了，我觉得自己在飞，好像蝴蝶一样。她跟我说，我说的最后一句胡话是要求死在自己的床上，在妈妈的画像下。巴利桑德里亚说‘好’，她很快建好了房子，给了我一个房间，挂上了妈妈的画像。好实现我的愿望。这幅画像是地震后留下的唯一一件东西。我梦见妈妈向我伸出手来救我。”

“就是这样。”吉特说着，把那幅画拿了过来。

姑娘把画像抱在胸前，环顾她所在的房间——白色的墙壁上挂着几张水彩画，墙角的圣像下点着一盏小灯。

“现在这是你的房间了。”丽莎维塔说。

“我的房间？”姑娘问，“我会死在这儿？”

丽莎维塔马上表示了否定。“正好合适。”她把画挂在墙中央的一个钉子上，好像它是专门等着这幅画似的。

画像上女子的目光蒙眬、温柔，而她那只白得耀眼的手臂就搁在那早已埋在地震废墟中的腐朽的窗户的窗台上。

三个旅行或梅尼普体的表现力

《幻想与现实》研讨会报告纪要

旅行一

一个老人很想去什么地方。在漫长的一生中他去过海边，也去过山里——那是他特别喜欢的地方，去过北方，也去过南方。可是这些都是乏味的、必须要去的旅行——提前买好票，妻子把东西收好，然后旅行者们来到某个预订好的确定的地点，在预定的时间离开。

有一天，夜晚刚刚降临，夏天的太阳已经隐没在屋后，全家人都在郊外某处的一座小房子里坐下喝茶了——我们这位老人也准备去郊外的房子找他们——这时，天花板上忽然开了一个方口，就好像它从来就在那儿一样。它通向阁楼。老人没有害怕，而是很高兴，他把椅子放在桌子上，向上够着爬上阁楼，进入了一个黑暗、干燥和很高的空间。其实他明白，这不可能——因为楼上的六层住着人，他们总是跺脚，喊叫，夜里放音乐……

旅行二

……我一边沿着H城古老的窄街向上走，一边在心里温习着……

旅行一

……可是此时迎接老人的是一片寂静，黑暗中依稀可见高高的房顶，远处有什么东西在闪烁，可能是一扇窗户或一扇开着的小门。

旅行二

……我还想着，真奇怪，我自己现在来到了这座陌生的小城H，这是昨天夜里，当某个亚历山大大大地挥舞双臂，用他的车载着我在蜿蜒的山路上飞驰的时候我恍惚看到的地方。这是

旅行三

亚历山大讲着一些事，一边笑着，一边起劲地手舞足蹈。好像讲的是他是一个多好的司机。我坐在他的旁边（所谓死亡座），相当迟钝地想道，再过一秒钟我和他，还有他那非常亢奋的老婆——她坐在后座上哈哈笑着附和着她的丈夫——再过一秒钟，我们就会跌到漆黑的谷底，从旁边闪过的护栏上的光点可以猜到深渊就在旁边。

人的一生中很少会遭遇这生死之间短短的距离。甚至当他怀疑有可能遇到空难，或者，比方说，中毒的时候，当他的脑子里清晰地浮现出可怕后果的场景（直至葬礼），即使在那样的时候，他也很少会中途返回，退票，或是把一块日本餐馆里上的炸河豚肉吐到盘子里。

我很想对我那快乐的司机说，我不想坐他的车了。

可是怎么做得出来呢？不好得罪他，何况没有其他办法可以回酒店，这个亚历山大热情地同意把我从举办热闹的节日宴会的海边餐馆送回酒店——我们参加所谓《幻想与现实》研讨会的人全都住在那儿。

还有一个办法，可以试着打车。可是在这个小城，半夜一点的时候，哪儿有出租车呢？再说，到我们的酒店有四十公里路。就是

说要花很多钱。这儿只提供我们温饱，就像实验用的动物，此外还为我们付旅费，再没有别的了。

像每个正常人一样，我自然没有退掉机票，也没有把可疑的河豚吐到日本盘子里。

结果就是这可怕的路，光点飞快地掠过，司机手不挨方向盘，大呼小叫地说他从没出过车祸，而他老婆在后座上一再说："对，亚历山大是首席司机！"我很想反驳说，世界上所有的墓地里尽是首席司机，可是我没吱声。

我们身处拥有很多伟大作家的国度（说实话，每个国家都有自己的伟大作家），我忽然想，很可能，我死在这条路上以后，会到某个新的《神曲》的境界，在那里，在昏黄的光中，在第一圈，可是根本不是在闪光的绿色小山丘上，而是在一个比较朴素的地方，在某个木屋阁楼里的作家食堂（一道宽阔的楼梯通往那里），在那里，但丁、薄伽丘、托尔斯泰、契诃夫、乔伊斯、普鲁斯特坐在一张张小桌子旁。我们俄罗斯有这样的创作之家。在那儿的确可以看到不同的作家聚在一张桌子旁，在这样的地方，新来的一开始会感到相当别扭。

等到我跟着亚历山大栽进深渊以后，我就会来到这个作家食堂，只有托尔斯泰、契诃夫、普宁他们那一桌旁有空位。我会走近他们，而他们会瞪我，最不满意的是托尔斯泰……那两位也一样……

我当时产生了这样一些当然很可笑的想法，而我说出来的是，当司机不碰方向盘的时候我会害怕。而且还是在夜里，而且速度还这么快，而且是在山路上。我没说"而且还醉得那么厉害"。

也许，对于等着进入那个世界的我来说，跟态度不友好的、皱着眉头的俄罗斯经典作家同桌共进晚餐的前景不怎么有吸引力。

"哇！"亚历山大心满意足地大笑着喊道（他那蠢老婆则跟着他

笑，同时我们几乎是在云端飞驰，在那漆黑的云山雾罩的夜色中，在弯弯曲曲的潮湿的路面上像狗尾巴一样被甩来甩去。）——“哇！您还不知道我开车的本事！”

“嗨！啊喔！”他那疯老婆尖声叫着，于是我们的狗又一次猛甩粗壮的尾巴，我身不由己地贴上司机热腾腾的身侧，而后一瞬间又被拍在车门上。

亚历山大竭尽所能地让我立马去跟契诃夫和托尔斯泰为伍。我又做出了一次自救的尝试：

“哎呀，我不舒服，我要下车！停车！我下车步行！”

“好好！我们这就到了，只剩下二十分钟了！”狂野的亚历山大一边大呼小叫，一边挥舞着双臂，好像穿着呱嗒板跳舞的西班牙舞者。他是怎么操纵方向盘的？莫非他是像马戏团里骑独轮车的小丑那样控制汽车的？就是说用意念力？

我想象着，我的亲人从那儿——从那深沟里把我的身体弄出来该多不容易，而要把我跟亚历山大分开又该多费劲。

我们又摇晃起来，我时而贴在亚历山大身边，时而贴在侧面的玻璃上。我在漆黑的空中飞行，向亲朋好友发去了告别的问候。但我不知为何想象着天堂。就是那种形式简易的天堂，被——比方说，一些小荷兰人描绘过很多次的天堂：羊，鹿，灌木丛，河，林木茂密的山——一个人都没有，下面题写着：“伊甸园”。

那个怎么办，等一下（旅行一）：一个老人很想去什么地方。

我还没写完这个故事！

在漫长的一生中他去过海边，也去过山里——那是他特别喜欢的地方，去过北方，也去过南方。我还没写完这个。我没来得及写完！

而现在（旅行三），我在一片漆黑中飞驰，在那个皮肤黑得可疑并且大醉的司机以及他那像巫婆一样的蓬头散发的老婆爆发出的一阵阵魔鬼般的哈哈大笑中，我想到伟大的但丁，想到他那聪明绝顶的主意：马上安排他的敌人们进地狱！

这种体裁叫作“梅尼普体”①，这是一种小说，其剧情在死后那个世界上演。

这就是那个报告，看来我已经来不及在《幻想与现实》研讨会上宣读它了！

我一边以极限速度在暗夜的山路上疾驰，迅速接近不满的托尔斯泰和契诃夫，一边想：这是一种多阔气的体裁，梅尼普讽刺！

这是一种多阔气的体裁，作者可以用作品报复所有的敌人，描写他们在地狱受罪，颂扬自己所爱的人，同时自己像先知一样继续逍遥法外地遨游在世界之上！

但是，鉴于我们的《幻想与现实》研讨会——在我看来，它召开的唯一目的是填充这家在冬天无人造访的酒店——题目正好是关于幻想的，我将被允许在此谈谈对“梅尼普体”的看法，以及从现实走向幻想的问题。

体裁（未来的报告）

我愿意把这种过渡简单地称为穿越。要是我活下来（这时我再次跟车门、挡风玻璃，而后跟亚历山大相撞），我会设想穿越的形式可以是不同的。

这或者真的是一个过渡，是读者心知肚明的一幕（就像但丁的《神曲》一样），是明显的穿越；或者一切都是在读者完全不知不觉的情况下发生的，这就是秘密的穿越。

---

① 梅尼普体是古希腊罗马时代的一种文体，具有荒诞、反讽的特点。

比如说，主人公（读者也和他一起）早就在那个世界了，可是他对此还不太有把握。而我们，我们傻乎乎地又是跑，又是摇，好像表演古老的扭摆舞的舞者那样扭摆着沉重的下身。我们同样傻乎乎地还不明白，下界那劈山裂石的惊雷闪电已经远去，烟雾与焦煳的味道已经散入山谷。

可是我们急急忙忙地赶回到自己的酒店，各自回房，像活人那样冲淋浴，上床，临睡前读读杂志或看看电视，而早上五点别人就长驱直入地进了我们的房间，用备用钥匙开了门，无论我们怎么愤怒地大呼小叫，他们全都不予理睬，只管四处查看，收起我们扔在各处的东西，回答警察的问题，寻找我们的护照……

“你们干吗？你们怎么回事？”被惊醒的亚历山大喊起来，可是谁都听不到他的叫声，警察隔着跳起来找短裤的亚历山大坐在椅子上，而值班员隔着亚历山大的老婆拿起她的枕头，检查那儿有没有留下什么痕迹……

这恰恰是第二种向梅尼普体过渡的类型：神秘的穿越。

只是，如果这是梅尼普体，而不是美国幻想作品集中的一个最简单的小说的话。

旅行三

又是一系列的接吻：侧面的玻璃——亚历山大——又是窗户。往挡风玻璃上猛地一磕，原来这是亚历山大在展示他的刹车技术。

我在所有可能的极端状态中继续构思着未来的报告。

体裁未来的报告（提要）

1 有这样的情况：读者明白过渡（穿越）已经发生，主人公进入了死后的世界，而主人公自己却完全不知道（像上面描写的情况）。

2 或者主人公已经猜到了并且害怕了，而读者还没猜到，可是也已感到害怕了。

3 或者作者在文本中直接讲到穿越（如《神曲》中维吉尔对但丁说："我不是人，我曾经是人。"随后说道："跟我来。"）。

4 还有更糟的——读者什么都不明白。

可是最好是可以把各种穿越的形式混合起来，那样便只有很敏锐很聪慧的读者才会读懂您的书（而不是"提要"中第四点提到的情况）。就是说叙述从阳界开始，可是不经任何解释忽然到了阴界。这有点像旅行，正常的旅行。而一切都正常地结束了。大家都活着。主人公到达了想要到的地方——可是糟糕的是，这是个很奇怪的国度，所有的人都穿着白色的袍子，什么都不吃，只是一个劲儿地跳环舞……而且有时会用力一撑就飞将起来。

这是在和读者玩一种游戏，一种叙事—猜谜游戏。看不懂的不是我们的读者。能看懂的——那才真是明白的读者！

旅行三

我们的回转障碍赛多奇怪——呼啦呼啦地一个劲向上开！（车门，你好！车门，再见！你好，亚历山大！）

"嘿，有人在追我们！揍他们，亚历山大！"

我像航天员一样被压在座位靠背上。我们沿着很陡的弯弯曲曲的山路向上开。好在到目前为止这条湿滑的夜路上所有的车都是朝一个方向开的——从海边上山。谁都没想起夜里从饭店往海边飞驰！否则的话这就活像是迎头相撞了（这正是我们所探讨的体裁和穿越）。

"亚历山大！这个舒马赫落后了！Fuck you！'一级方程式'！"

这个还没成为寡妇的女人在后排喊叫着。

“哦，太棒了!”司机两个拳头在方向盘以上十五厘米的地方当空挥舞着，叫道。

致读者

“哦，我的读者，”我摇晃着，还不时像处于迷狂状态的伏都教祭司一样往旁边一跳，重复了一遍，“哦，我的读者!”我在刚开始从事文学活动的时候就知道，他会是最聪明、最灵敏善感的。即使我把情感藏起来，即使我对自己的不幸的主人公似乎铁石心肠，他也能够捕捉到它。即便我讲得直接而简单、不可笑，没用修饰语和尖新的比喻，没做细腻的风景描写，没写对话，就像公共汽车站上的某个人平平淡淡地向另一个人讲述第三个人的故事一样，他也能了解。我讲得他毛骨悚然，而我说完就走开了。这就是叫作“小说”的那种体裁的规矩。

我只把我的那些可怕的、奇怪的、神秘的故事讲出来，丝毫也不揭示它们的秘密……让读者自己去猜想。

我把非现实的东西隐藏在一大堆现实的碎片中。

(可是，说实话，我等我的读者等了好久。我刚发表了第一篇小说，就立刻遭禁了!我的第一本书是在那之后二十年才出版的。)

旅行三

(意外地吻了亚历山大的肩膀一下，又狠狠地吻了车门一下。)

是的，我本可以把我的报告整理出来，如果不是遇见这个可怕的亚历山大的话，他有一个梦寐以求的愿望——参加“一级方程式”。而这一理想只是在雨夜，在醉酒的状态下，在山路上实现的!而且是冬天!这可是最难的运动!

他特意在恶劣的条件下行驶，加上不用手，就像骑自行车的孩子一样，加上没有驾驶服。他大概瞧不起“一级方程式”的车手。他们白天在条件优良的赛道上行驶，还带着机械师，而且开的是价值几百万美元的赛车！每个傻瓜都能行！

这没得到承认的天才寻找着他的赏识者，而他老婆就大声地赞美他。

看来这是他们的一个小秘密，这夜间的追逐赛。

致读者

好吧，我理解他们——在写作的时候我也是什么都不用，没有任何辅助工具，就冲到一条危险的路上，以疯狂的速度向前冲，把偶然坐上我的车的乘客（就是你们，读者们！）吓得要命。

旅行三

忽然，在路的拐弯处，在巨大深渊的远方，忽然有一座雾蒙蒙的、亮着灯光的、梦幻般的小城一掠而过——它粘在岩石周围，那些平屋顶像瓦片一样，层层叠在一起，黑暗中闪出带有廊柱的拱门、大门、狭窄的走道、很陡的台阶，而最醒目的是高处的一座带有塔楼、打着强光的高高的城堡。整个城市好像过去那种茶色的钩织镂空的桌布，在天空黑天鹅绒般的背景下一闪而过，消失在弯道后（呼！呼！）。

“喂，”我喊道，“我要下车！赶快！那是什么地方？”亚历山大耸耸肩。“离酒店还有多少公里？”

“还有十五公里！”亚历山大手舞足蹈地喊道。我再次紧紧地贴到他的身上，就像葬礼上的孤儿，可是只是短短的一瞬。然后我同样猛烈地贴到了车门上。大概，在沉没的泰坦尼克号上乘客们就是被这样胡乱地甩来甩去的。

后来，黑夜过去，我吃早饭的时候勉强跟亚历山大打了个招呼。他面色混沌苍白，不知为何没看见我，就像面前什么都没有一样地从我身边走过。他老婆没在他身边。

我走进餐厅，里面有几个人在吃饭，他们也不回答我的问候，不错，我问好的声音很小，就像蚊子叫一样。

我给自己倒了杯咖啡，可是不知怎的没有喝。

窗外的天色晦暗，昨晚的小雨还在下着。

我从餐厅回到房间，在这一会儿工夫里，房间里的一切已经收拾好，恢复到昨晚的样子，当时我在那场可怕的夜间旅行之后一冲进房间就扑倒在铺得平平整整的床上了。

服务员那么快就把一切都收拾好了！就像我昨晚不曾在这里过夜一样！

旅行二

一小时后我已经乘着当地蓝色的公共汽车去海边了。在那儿，在离饭店十五公里左右的地方，应该就是我夜间经过的神奇的城，昨天在黑色夜空的映衬下它发出朦胧的光。我占据了临窗的好位子。这样的座位适合远途旅行，并方便在途中构思。

旅行一

于是，一个老人很想去什么地方……

旅行二

那座城，它的拱门，有雉堞的墙，教堂，高塔，柱子，昨天它缓缓地环绕着山岩，呈螺旋状，旋转着形成旋涡，吸引人走进去。

我要去那里，我跟自己说。

旅行一

好像有个老人很想去什么地方。在漫长的一生中他去过海边，也去过他喜欢的山里，也去过草原，去过北方，也去过南方。可是这些都是乏味的、事先预定的全家休假旅行——提前买好票，妻子把箱包打理好，旅行者们来到某个预订好的确定的地点，在预定的时间离开。

有一天，夜晚刚刚降临，夏天的太阳已经接近地平线了，全家人都在郊外某处的一座小房子里坐下喝茶了——我们这位老人也准备去郊外的房子找他们——这时，天花板上忽然开了一个方口，就好像它从来就在那儿并通向阁楼一样。

老人没有害怕，而是很高兴，他把椅子放在桌子上，向上够着爬上阁楼，进入了一个黑暗、干燥和很高的空间。

其实他明白，这不可能——因为楼上的六层住着人，他们总是跺脚，喊叫，夜里放音乐……

可是现在这儿很安静，在黑魆魆的高处屋顶依稀可辨，远处有什么东西在闪着——可能是一扇窗户或一扇开着的小门。

老人朝着亮走去，看到在那儿的屋顶上有个地方被凿出了一个毛毛糙糙的洞，光就是从那儿发出的，一些干燥的线状物向洞内悬垂下来。

此人小心地爬了出去，于是他来到一片一直延伸到地平线的大草原，草深及膝，鲜花盛开。

此人环顾四周，往脚下一瞧，看到了一个不大的洞，好像鼹鼠洞之类的。这个洞慢慢地塌陷，眼看着要合起来，淹没在草中。

在那里，在下面，草底下，不知怎么好像有大房子、街道、电线、车流，醉汉的夏日晚会，西沉的太阳，很多的人。

看来，此人的全家也应该是在那下面，在草的底下，他的可怜的孩子们，他的严厉的妻子，他的总是在闹气的老妈妈。

可是这个念头只是一闪而过，一去不返。他尽力驱赶着它，要把它忘记。

现在的生活，它所处的高度，这个温暖和煦的阳光照耀着的草原都让他很有兴趣。夹杂着青草和甜丝丝的花香（好像是石竹）的熏风吹拂着——这幅景象赏心悦目，一直延伸到大地边缘的青烟缭绕的森林，甚至地平线的山脉。

这老人信步行来，一路遇到几株低矮的果树：一棵樱桃树，它熟透了的果子几乎是黑色的；一棵树冠宽大的李树，它的枝头的果实成双成对地向下垂着头，好像红胸鹦鹉。然后他看到一棵开着非常漂亮的白花的苹果树，结着几乎透明的果子，十分诱人。可是老人担心主人就在近旁，他们可能不喜欢随心所欲的行为，所以克制了品尝的欲望。

然后是一丛丛玫瑰，是从前那种的野玫瑰，每朵花都像泡泡状的白色小碟子，中间是粉红色的，从嫩绿色的蓓蕾中吐出即将开放的红色花蕊。

此人在一丛成熟的树莓底下看到了第一个活物——一开始，看见有个东西在阴影里剧烈地动起来的时候，他吓得心怦怦直跳。

不过原来这是一只抖动着耳朵的小兔子。老人弯下腰摸了摸这只小动物的背。它的皮毛像猫一样，凉凉的，滑滑的。小兔子没有受惊，没有跳开，而是依偎在老人的脚边，就差没发出呼噜呼噜的声音了。

远处有一只母鹿在带着孩子们游玩，而在这幅田园诗般的景象的深处，在闪亮的水边，向这边探出的不是别的，正是长颈鹿的长脖子！

“我到了动物园了，就是这样。”老人想。

一切渐渐地映入眼帘。

先是出现了茂密的草丛，其间开着些硕大的花朵，又看到一条弯弯曲曲的清亮的小河，河水倒映着垂柳。

这里见不到一个当地居民，老人感到一丝恐惧和窘迫。如果在这样天堂般的地方遇到当地人，那你差不多保管会被从这儿驱逐到某个荒漠区，那会是一个光秃多石、天气寒冷、风雪肆虐、没遮没挡的地方。

美丽的地方早就给瓜分完了，老人想。

可是他没见到一个两条腿的。

从前，当老人在自己的乡间住所周围转悠的时候（他们家有一座可笑的、几乎是胶合板造的小房子，那还是他那能工巧匠的父亲在一小块土地上建起来的，他还造了一座几乎像日本的花园那么小的园子，所有的果蔬分别栽成一畦一畦的，脚下经常会绊到水管、水桶和锄草用的锄头）——当他在附近溜达的时候，经常离开家人的拥挤的小世界，尽量避开所有人，可是在游逛中又经常会撞上一些同样在游逛的人，他们用空洞的、陌生人的目光看他，好像很排斥的样子。他自己大概也是那样看他们的。

老人通常会从这些旅行中带回一些在小河或路上捡的稀奇古怪的石头。他具有收藏家的灵敏和直觉，他善于在很不好看的灰石头上发现古老的化石、贝壳和植物的印痕，有时甚至能遇到很好的大块标本。他吃力地把它们扛回家，可是，当他在家里兴高采烈地把自己的收获倒出来时，家人不知怎的却不能分享他的快乐，他们只是出于礼貌地看一眼便各自走开了，又是这些石头蛋，往哪儿放啊……孩子——他的儿子们——对父亲对于这些稀奇古怪的玩意儿的兴趣不以为然。他也没能得到他们特别的喜欢。这都是因为妻子，她对他就像对一个没做功课的学生。老人在家里感到很愁闷，并且对没完没了地抱怨的老母亲感到很心疼。

现在他摆脱了所有人，孤身一人，确切地说，不是孤身，因为小兔子还没有离开他，它像个小绒球，在脚边跳来跳去，就像小猫一样。

世界上唯一曾经无条件地爱过老人的是一只黑白两色的猫，叫米什卡，是他在垃圾站捡来的，当时它奄奄一息。这个垃圾堆上捡的小猫的耳朵上还有一块伤，他的第一个妻子怕传染，可是这个伤口治好了，只落下了一条疤痕。

通常这只名叫米沙的猫总是等着老人下班回家，就像等着太阳升起来一样。它总是睡在主人的身侧。当大家还在看电视的时候，米什卡总是把两只黄色的眼睛睁得大大的瞧着主人，好像生怕眨一眨眼似的。这样一待就几个小时。

后来米沙不见了。已经过去了二十年。老人已经有了另一个家庭，而他还是不能再另外养一只猫。他怀着一种信念，一定会再见到米什卡。

老人停下脚步，抱起小兔子，然后朝它的脸上吹了吹，把它揣到怀里。小兔子很快暖和过来，把凉凉的耳朵和小爪子蜷起来，大概是睡着了。从前他带米什卡散步的时候，它就是这么在他的外衣里面入睡的。

有一次老人——当时还很年轻——离家很长时间才回来，他放下东西就得赶紧去上班，后来米什卡就丢了。

当时米什卡在主人脚边腻了一会儿，然后后退一步跳到了他的腿上。它马上发出呼噜声，打了个转儿，美美地闭上眼躺了下去，可是它被抱起来放到了地上。以后再没人见过它。大概是因为对主人非常想念，这猫跟着它的神从家里跑了出去，去追他，结果没追上，迷了路。

老人跟他女儿一起找米什卡找了很长时间。

现在她已经是个岁数不小的女人了，有自己的孩子，而那时她还是个小不点，一天到晚地哭猫，跟父亲两个人在各所房子、各个车站贴启事，一家一家地找。

有一次，天已经很晚了，老人（当时还不老）感到胸口掠过一阵熟悉的思念，他忽然感到，有什么东西结束了，断了。痛放下了，替米什卡担惊受怕的心放下了。这个人明白，米什卡已经不在了，它的痛苦随之结束。它已经不再饥饿，不再哭，不再叫，别人家的猫不再咬它，狗不再追它，它不再感到冷。结束了。

此后不久，他妻子带着孩子跟另一个人走了，她的理由是，她厌倦了说谎，厌倦了从一张床跑到另一张床。在这个家她没得到爱。

那段生活也结束了。

而现在，在不炎热的夏日午间，老人走在低矮茂密的草和高高的花中间，既没感到累，也没感到饿。他感觉很舒服。眼前不断涌现新的辽阔空间，山在前面等着他，他会登高望远，或下到溪谷寻找那些美极了的石头。也许是紫色的水晶和透明的粉玛瑙。他感到心中快活，舒畅。怀里那个毛茸茸的小团儿使他的心里暖洋洋的。

忽然，在前面，在几棵树的背后显现出一个人为的、长方形的东西。自然中不可能有这种形状的东西。这是一座房子的房顶。老人警觉起来，想绕个一公里的圈子，绕开房子，可是藏还不如不藏，否则显得像小偷一样。反正别人会找到他，请他走开，到更荒凉的地方去。

得打听一下，我跟伊万到底在哪儿，老人想。他已经把兔子叫作伊万了。

其实老人的内心深处恰恰相反，他什么都不想知道。就像人有时在失眠的夜里不想看表，以免被吓着。

他知道，什么东西有点不对劲，这趟向上的、向着天花板的行程不能完全纳入现实的框架。这是不是发疯呢？

尽管如此，好像是为了尽义务，老人还是走上台阶，敲了门。

没人应门，只好再敲。回答他的是一片静默。门显得有点奇怪——既没有钥匙眼儿，也没有门铃。只有一个圆把手。只好推门而入。

门内散发着太阳的味道，也就是烧焦的木头的味道。没有尘土和蜘蛛网，可是房内也没有人。

有一张圆桌，没有灯、电线，可是有几把椅子，墙角摆着圣像（老人鞠了躬，画了个十字）。墙角有一张沙发床，床上铺着一张小花毯，床头柜上有一台收音机。老人把它打开。

传来了庄严的竖琴声，声音很大，音乐瞬间充斥了整个房子。

怀里的兔子伸出了凉凉的耳朵，开始抽动，谛听。

老人吓了一跳，因为在别人的地盘上，他的举止太鲁莽了。他关上了收音机。然后他不得不把睡醒的伊万放到地上，它马上从敞开的门蹦出去了，停了一下，就消失在那片长方形的耀眼光亮中了。

跳走了，这野东西。老人又孤身一人了。

这时在墙角的沙发床的花毯下，有什么东西开始像小山似的隆起。一个东西越来越大，竖直起来，忽而伸长，忽而弯曲。

老人一激灵，后退一步。从毯子下钻出一个不大的东西，而后它拉长了身子，用明亮的黄眼睛看着老人。

这个闪着黑白两色的动物一动不动，好像祈祷一样，然后忽然离开原地，试探地踩着花毯向老人走来，它跳下地，走上前来，用毛烘烘的脸蛋儿蹭了蹭他的腿，发出了忘情的呼噜声。

老人摸了摸这只别人家的猫的脊背，而后他的手指忽然在左耳上触到了一道硬条，一道伤疤。

老人一下子坐到沙发床上。很多年前失踪的猫米什卡爬到他的膝上，兜兜转转，然后躺下不动了，哼着它那一成不变、长唱不衰的歌。

旅行二

我坐在吱嘎作响的蓝色公共汽车上继续前进，山路沿着一条深沟延伸，忽然我看见，深谷之上有一处护栏坏了，那儿聚着一群人，一架直升机垂着绳索在上空“轰轰”地盘旋，旁边停着一辆急救车和两辆警车。我们的司机好像很害怕，赶紧驶过这个地方，而我一个劲儿地伸着脖子，想看看直升机在干什么。

有人非常不走运。

车里的乘客全都趴在我们这一侧的窗户上，一个小女孩跳到我的座位上，并且，真是天真烂漫，简直就是爬到了我的身上，就这样一直待着。而她那又矮又胖的妈妈就坐在旁边，却一声不吭！好在她们很快就下车了。

不过，前面已经出现了那座旧钩织物颜色的小城：在正午的淡淡日光下，在无法穿透的、像珍珠贝的螺纹一样闪亮的云层之下，它悬在山谷转弯处，熠熠发光。

可是在白天它已经是另一幅景象，它的光没有黑色天鹅绒做背景。

我下了车，司机猛地把门一关，门打到了我，他大概是很着急。我并不疼，但很不爽。

让我自己感到意外的是，我来到了一条砖铺的狭窄街道上，旁边是一座两层的房子，房子很旧，有木制的百叶窗和很长的阳台，从二楼的一头直通到另一头。

护窗板是放下的，可是遮挡得并不严，而阳台的正门几乎是大开的，可以看到幽暗的房子内部。房子景象凄凉，虽然在二楼的左边的第三个窗口透过护窗板露出了灯光。我不知为何穿过拱形的门洞走了进去。那里钉着一个铁牌子："陶艺工作室"。

我穿过这个潮湿的门洞，铺着大小不等的鹅卵石的院子内却藏着出人意料的气派：在院子深处一堵大圆石砌的墙内有古代的自来水，那是一个好像染上麻风病的狮子头，从它的嘴里伸出一个平常的水龙头，看上去像狮子在呕吐。

在墙边散放着各式各样的瘸腿的椅子，它们好像谈话的人一样，围成一圈。

显然陶艺家们就是坐在这里的，旁边有一辆泥迹斑斑的侧翻的小推车。

我的脑子里栩栩如生地浮现出一张张被炉火映红的大胡子的脸，与此同时我向入口走去。在那儿，在很旧的楼梯间的墙上，也挂着"陶艺工作室"的牌子，箭头向上指着。

我沿着古老的、有很多破口的大理石台阶走上二楼。左边有个高高的木门，同样挂着"陶艺工作室"的牌子，可是紧紧地锁着，看来已经有很长时间了。我动了动门把手，上面有土。

也可以向右走，那里大门洞开，可是作为一个不速之客，我被奇怪的胆怯拴住了脚步。大概这里也曾点着暖洋洋的炉火，欢声笑语，而此时却鸦雀无声，散发着石灰味儿，幽暗中的走廊不知通向哪里，左边是一些关着的百叶窗，右边（我已经朝这个方向走了）有一个没有门的、刷着白灰的房间在黑暗中大敞着，散发出像山洞一样潮湿的霉味，没有人气。它新刷的白墙很耀眼，怯怯地邀请我进去，所有的空房间都是如此——招呼人们进去永久地住下。可是我继续向前走，高高的走廊笼罩着暝色，下一个房间很快就出现了——这是一个很大的房间，也粉刷过，可是它的前面没有墙，而是一段大约一米高的围栏。我马上看到了整个房间，在进屋的地方只是开了洞，没有装门，墙边有一堆黑乎乎的破烂。房主搬走的时候常会留下一堆堆这样乱七八糟的东西，可是这里是不久前才装修的！

我迟疑地停下脚步。这已经完全不像那种炉火熊熊、售卖杯盘的艺术工作室了。那团黑色的破烂下散发着肮脏、烦恼，甚至恐怖的感觉。没想到这团东西是活的，好像一堆躺着的流浪汉，他们一动不动，没有呼吸，被一个又脏又臭的拾垃圾的人堆在那儿当柴火烧。

得逃离这里。我一回头，余光忽然瞥到那堆东西动了起来。在这个幽暗潮湿、到处是石灰的地方有什么东西在颤动，好像在伸腰，又好像鸟儿在拍翅膀，那团黑东西也像一锅沸了的黑粥一样动荡、升高。伴随着翅膀扇动的是一声短促而低沉的叫声。是鸟叫吗？那团东西显然整个地动起来了，而且速度很快，就在我的身后。

我已经顺着楼梯向下跑了。

有些人就是这么死的，他们甚至来不及弄清楚是怎么回事，就死于神秘莫测的翅膀、堆积物、号叫。谁都不会听到那个永远说不出的故事，关于最后的瞬间的故事……

我顺着楼梯向下跑，头发好像爬满活蚂蚁一样颤动不止。即使这样，我的脸上，我可以感觉到，却出现了麻木的笑容。就像受审的入室窃贼佯装只是开了个玩笑。

我头也不回地跳到那座石墙围着、有被卡住嗓子眼的狮子的院子里，简直是窜进了黑暗的拱门。我背后响起脚步声，听起来有很多只脚，但步子轻盈优雅，不像是人，好像是爪子在着地。但即便是穿着舞鞋的芭蕾舞演员落地的时候也有声响。追逐我的肯定是些影子。

我跑到大街上，脸上还是带着那副笑容。我迅速沿着街道向右走。我的微笑凝固了，好像抽筋一样，怎么也摘不下来。身后的脚步声听不到了。可是忽然又传来了刚才那种巨大的翅膀的颤动声，那翅膀好像也是带爪子的。

我强迫自己回过头来。

一条白狗和一条黑狗迟疑地在门洞旁蹲下，那条长着小黑斑的白狗还一个劲儿地搔痒，有节奏地摆动着一只爪子，斜着眼睛，翻着白眼。

这就是那呼啦啦扇动翅膀的声音。

这两条狗在房子里那堆破烂上睡觉，后来听到我的脚步声，醒了，又打哈欠，又狂搔痒。这就是为什么会听到有爪子挠地、翅膀抖动的声音，还有细声的嗥叫，这是狗打哈欠时发出的尖细的声音。

不错，还有别的什么睡在这堆破烂里。什么东西在破烂中沉重地蠕动，重重地摇动，这一堆东西就是那个有半个房间大的家伙。它没有追上我。它留在那石灰的幽光中睡觉了。而我下了楼，走在街上，由一黑一白两条狗陪着。白狗很漂亮，是达尔马提亚狗，大个头，大脸，有黑色的斑点，就像这种狗的一位主人说的，是“母牛和白桦的混合体”；而黑狗是不值钱的、个头不大的杂种狗，有一点达克斯犬的特点。

右边有一座黑洞洞的、很高的、类似教堂的房子，只有一层有钉着铁条的窗户，我本可以朝里面看看，可窗户是从里面关着的，被结实的百叶窗遮着。进入房子的门出人意料地矮，几乎看不出来。有些地下室的门就是这样的。

当我跟两条狗走过的时候，忽然有一阵孩子的歌声像一股喷泉一样从深处冒了出来。它无拘无束地从地下冒出来，就好像这是理所应当的——孩子们在那里，在下面奔跑嬉戏。这是谁想出来的主意，把学校或幼儿园建在地下？

那栋怪房子的二楼空荡荡，这里的地下却有很多孩子……

我和两条狗继续向下走，最后终于在黄昏降临，暮色四合的时候来到了一个巨大的平台上，台子下面是塌陷下去的万丈深渊。

平台下面什么东西都看不到，可是远处，在十公里之外的地平线那里灯火闪烁——那是一条非此界的公路，路灯像珠子一样穿成一串。

这很像是坐在飞机上向下俯瞰时的景象。

狗突然在我身后发出高亢野性、夹杂着低吼的叫声。它们简直叫得背住了气。

它们是在冲谁叫？我四下张望，原来是冲我。两条狗都蹲着，都是一副狂态。在白狗的脸上明显可以看到裸露的牙齿，而黑狗的脸上只能看到两排在黑暗中晃动的獠牙。

原来是这样：不远的地方有一座不大的二层楼房，房子的门也是开着的。

一切都很合情合理。狗在给主人发信号，有外人来了，它们在做本职工作。对于它们是和我一起来的这件事，它们却三缄其口，好像根本不认识我。

奶牛和白桦的混合体表现出狩猎的兴奋。而黑狗只有在它从白色的达尔马提亚狗身边跳过时才显现出达拉斯狗的特征。

整个这幅图景显得很奇特——像漏斗一样深不可测的大坑，远处灯光串串的山丘，狗吠二重唱的小白桦合唱团，所有这些都笼罩在已经相当明亮的月光下。

从开着的门中走出一个女人，她的白围裙在有光亮的门口闪动了一下。她对狗说道：

“行了，行了，别叫了！”

两条狗好像嘀咕着“好吧，好吧”，或“这不会有好结果”，退到一边卧下了。白狗示威地用爪子打起自己来，而旁边的那条看不见的黑狗也在挠地，带着尖音打哈欠。音乐会结束了。

“它们总是结伴到处跑，”女人走到近前来说，“白狗还小，十个月，管不住。黑狗跟它一块儿。”

两条狗知道在说它们，又疯狂地抽动起来，好像表明，它们非常尽职尽责。

女主人朝它们跺跺脚：

“告诉你们，够了！”

我跟她聊了聊。她请我进了房子，说这房子是她丈夫造的，他的第一职业是石匠。这个女人叫桑塔。这房子大概是中世纪的，它的内部好像杂志里的插图——古老的砖拱样式，锃亮的镶木地板，古旧的大餐橱，桌上的玫瑰。房子深处不知为何有向下的螺旋式楼梯，而右边角落有个燃烧的大火炉。火炉前有个不声不响的老人伸直两腿，一动不动地坐在圈椅上。他是那种眼睛像深色珠贝或两汪石油、而脸上的皮肤好像旧书的硬封皮的老人。

可是当我进屋的时候，老人有礼貌地站起来鞠了个躬。他站了片刻之后，又庄严地坐下不动了。

“这是我父亲，”桑塔说，“他八十四岁。而妈妈还没跟我们在一起。”

她是什么意思——“还没跟我们在一起”？

她请我喝点什么，可是端上来的却是大酒店式的晚餐。我拒绝了。我们又走出来，往深谷那边走。两条狗并排蹲着，一动不动地望着远方。它俩在一起很有默契。

我忽然觉得，这里是世界的尽头。一切正是结束于此，包括生命。而地平线上那闪亮的珠串已经是另一个世界了。

“你们这儿真安静。”我说。

“简直太静了。”桑塔沉默片刻，回答说。

我说，当我看到万事如意的人，我就特别高兴。我很高兴世界上有人生活安泰，住在那么好的房子里。

桑塔看了看我，好像想说什么，可能是想淡化我的赞美，但是并没有说。

女人之间不用说也都明白——爱很少是幸福的，尤其是对丈夫和孩子的爱。

这些我们都知道，我们女人，他人生活文本的保存者。

我跟桑塔告别，在朦胧古旧的灯光下沿着砖巷子一直向上走，黑狗和白狗则晃着尾巴，彼此交缠着跑在我的前头。上山的路上我没有遇见一个人，只是在走过了教堂，走过了地下童声的小溪，走过了我白天急忙跑出的房子之后，才在一个斜坡上看到一个女人和一个不年轻的男人（他们站在打开的门前，正准备往屋里搬两个箱子）。

我问他们，那个叫桑塔的漂亮女人住的地方叫什么，跟她一起的还有老父亲和丈夫。

他们俩困惑地彼此看看，男人用疑惑的口吻对妻子说：

“自从桑塔死后，我总是听到有人叫她的名字……我清楚地记得她妈妈的哭喊：‘把我的桑塔挖出来！’”

“别神经了。还有，要是再遇一次那样的地震，我们也不会在这儿了。”他的妻子激烈地回答道，同时把自己的箱子往门里弄，“可是他们怎么能那么建房子，整个学校都塌了。十一月了，该把孩子们坟上的玫瑰盖起来了。”

“今天我已经去过了。”丈夫回答。

看来，他们早就开始谈论搬家的事了。

白狗和黑狗已经停下，消失了。可是发自地下深处的孩子们的合唱声却越来越响……

旅行三

昨天我站在饭店门口，一个喝醉了的、无所畏惧的人正在车边等我，要带我去做一辈子最重要的追逐……

我跟他挥手告别……他拐弯走了。滨海小城长夜漫漫，漫长的、无眠的夜。天上飘下雨。得找一辆出租车。

还有一种文学体裁，那就是我们还没走的路。

SHORT CLASSICS
短经典精选

短经典精选系列

走在蓝色的田野上
〔爱尔兰〕克莱尔·吉根 著 马爱农 译

爱，始于冬季
〔英〕西蒙·范·布伊 著 刘文韵 译

爱情半夜餐
〔法〕米歇尔·图尼埃 著 姚梦颖 译

隐秘的幸福
〔巴西〕克拉丽丝·李斯佩克朵 著 闵雪飞 译

雨后
〔爱尔兰〕威廉·特雷弗 著 管舒宁 译

闯入者
〔日〕安部公房 著 伏怡琳 译

星期天
〔法〕伊莱娜·内米洛夫斯基 著 黄荭 译

二十一个故事
〔英〕格雷厄姆·格林 著 李晨 张颖 译

我们飞
〔瑞士〕彼得·施塔姆 著 苏晓琴 译

时光匆匆老去
〔意〕安东尼奥·塔布齐 著 沈萼梅 译

不中用的狗
〔德〕海因里希·伯尔 著 刁承俊 译

俄罗斯套娃
〔阿根廷〕比奥伊·卡萨雷斯 著 魏然 译

避暑
〔智利〕何塞·多诺索 著 赵德明 译

四先生
〔葡〕贡萨洛·曼努埃尔·塔瓦雷斯 著 金文彭 译

房间里的阿尔及尔女人
〔阿尔及利亚〕阿西娅·吉巴尔 著 黄旭颖 译

拳头

〔意〕彼得罗 · 格罗西 著 陈英 译

烧船

〔日〕宫本辉 著 信誉 译

吃鸟的女孩

〔阿根廷〕萨曼塔 · 施维伯林 著 姚云青 译

幻之光

〔日〕宫本辉 著 林青华 译

家庭纽带

〔巴西〕克拉丽丝 · 李斯佩克朵 著 闵雪飞 译

绕颈之物

〔尼日利亚〕奇玛曼达 · 恩戈兹 · 阿迪契 著 文敏 译

迷宫

〔俄罗斯〕柳德米拉 · 彼得鲁舍夫斯卡娅 著 路雪莹 译

奇山飘香

〔美〕罗伯特 · 奥伦 · 巴特勒 著 胡向华 译